越界狙击

OUT OF BOUNDS

焦糖冬瓜/著

羊城晚报出版社
·广州·

图书在版编目（CIP）数据

越界狙击 / 焦糖冬瓜著. — 广州：羊城晚报出版社, 2022.5

ISBN 978-7-5543-1059-5

Ⅰ. ①越… Ⅱ. ①焦… Ⅲ. ①幻想小说－中国－当代 Ⅳ. ①I247.5

中国版本图书馆CIP数据核字(2022)第048994号

越界狙击

YUEJIE JUJI

责任编辑 黄初镇　张灵舒
特约编辑 刘兆兰　岳弯弯
责任技编 张广生
责任校对 杨　群
出版发行 羊城晚报出版社
（广州市天河区黄埔大道中309号羊城创意产业园3-13B　邮编：510665）
发行部电话：（020）87133824
出 版 人 吴　江
经　　销 广东新华发行集团股份有限公司
印　　刷 恒美印务（广州）有限公司
规　　格 685毫米×980毫米　1/16　印张 18　字数 300千
版　　次 2022年5月第1版　2022年5月第1次印刷
书　　号 ISBN 978-7-5543-1059-5
定　　价 49.80元

WELCOME TO THE KEPLER WORLD

BEFORE YOU START

二十年前，

人类从开普勒 22B 星球带回的生物样本泄漏，造成全球生物异变，

地球上出现了全新的高维生物生态体系——开普勒生态系统。

受到开普勒感染的地球生物大多变得更富攻击性，

并主动开辟与扩张生存领域，形成开普勒生态区，威胁着人类的存续。

部分被感染的人类并未失去为人的理性，

同时拥有了强大的开普勒能力，得以使用这些能力与入侵物种抗衡，

这样的人类被称为“融合者”；

他们被国家针对开普勒生态入侵所设立的专门机构——灰塔统一管理，

被分配到各个特殊外勤小队，参与执行相关任务。

然而，随着融合者们使用开普勒能力的程度越发深入，

他们也会被逐渐同化成泯灭人性的开普勒生物，这种情况被称为“越界”。

为了防止越界的融合者反过来对人类发动攻击，

融合者在参与执行任务的过程中，

必须随行配备一个负责监管其身体变化的“Inspector（监察员）”。

当发现融合者出现任何越界迹象时，

Inspector 可以通过远程狙击将其击毙，以绝后患。

Inspector 是融合者最后的保险栓。

目录 Catalogue

第一章

CHAPTER 01

这个INSPECTOR

银湾市 灰塔第一专属医院 双人病房

一个人穿着蓝色条纹的病号服，靠着床头架着腿，正在打全息游戏。

他床头的挂牌上写着：

外勤部队 二队副队长 谈墨

脑震荡 住院观察一周

他左侧的病友是一个十岁左右的小男生，小腿上打着石膏，正专心致志地研究生物课的课件——《开普勒生态》。

全息屏幕播放着二十年前的录像：飞船从开普勒22B星球顺利返航，却在即将进入地球大气层的时候被一颗陨石撞毁。录像画质有些粗糙，空中飞船爆炸的瞬间，只见整个屏幕泛起雪花，让那人类历史上惊心动魄的一刻看起来就像劣质动画片。

讲义里机械般没有任何温度的声音在病房上空回荡，和旁边动感十足的游戏音效形成鲜明对比。

“这颗陨石对飞船造成了不可挽回的损害，导致飞船在通过大气层的过程中解体。飞船中百分之九十八的样本在大气层中被消耗，但仍然有百分之二抵达地表。”

屏幕上出现一片大陆，先是显示一个小红点，这个小红点就像皮疹一样泛滥开来，紧接着整片大陆都被染红了。

“尽管开普勒探索联盟在第一时间前往回收样本，但还是没来得及阻止异星生物的入侵。人类面临有史以来最大的灭绝危机，各国紧急启动生态隔离措施，至此，约37.2%的世界沦陷为开普勒生态区……”

谈墨一个不小心，游戏机掉了下来，正好砸在了鼻梁上，疼到仿佛世间万物灰飞烟灭。

“啊——”

小男生瞥了他一眼，把网课的声音调大。

“老韩，《开普勒生态》第一课我已经听过上百遍了，换一个吧？”谈墨一边捂着鼻子一边说。

“那我放第二课。”被称为“老韩”的孩子给了谈墨一个不屑的眼神，“我比你年轻多了，你好意思叫我‘老韩’？”

“对不起，小韩——我的意思是，咱不放《开普勒生态》，放放数学、物理、化学？”谈墨好声好气地说。

“我一个高级工程师，你好意思占我便宜叫我‘小韩’？”那个孩子指了指床头的挂牌，上面写着：

高级工程师 韩准

骨折 住院一个月

“你们这些酸腐知识分子，就喜欢计较这些。天晴了想下雨，下雨了又要出太阳。”

就算韩准是常人口中的“天才神童”，谈墨也没办法开口叫一个小学生模样的男孩儿“韩工”。

“噔噔噔噔”，走廊上传来高跟鞋的声音，铿锵有力，踩在人的心跳上。谈墨对这节奏太熟悉了，这是“使命在召唤”。

去年他的公休假就泡汤了，今年为了不猝死在岗位上，他才决定进医院里享受人生。为了这宝贵的“假期”，他可以牺牲一切尊严和底线。

他动作神速地把游戏机塞到枕头下面，拉起被子倒在床上，闭上眼睛表演“一秒入睡”。

身着灰塔制服的女军官夏乘风背着一个黑色的长匣子，穿过走廊，进入了这间病房。

“谈副队，你的休假结束了。”

谈墨摁住自己的眼角侧过身去，含含糊糊地说：“我犯困……头晕，想吐……需要静养。”

旁边的韩准开口说：“那都是怀孕的征兆，得静养十个月，等瓜熟蒂落。”

你才怀孕了！你全家都瓜熟蒂落！

夏乘风扯着嘴角冷笑了一下：“他是近身格斗被队友过肩摔——后脑勺着地，被抬进了医院。”

“哦，不是给游戏机砸的啊。”韩准凉凉地说。

“游戏机?”

“嗯，他打了三个多小时的游戏。游戏机在他枕头下面。”韩准又说。

谈墨忍住用游戏机给韩准的脑袋开瓢的冲动。

“韩大工程师，你可真是拆台专业户啊！你这么喜欢拆台，你怎么不去工地啊！”

头顶一片阴影扫过，谈墨还没来得及翻身，夏乘风已经跨了上来，狠狠坐在他身上。

夏乘风并不重，但她身上的黑色长匣子分量不轻，加上骤然袭来的冲击力，让谈墨差一点把内脏喷出来。

“你……想干什么?”谈墨的额头上冷汗流下。

夏乘风弯下腰，仔细观察着谈墨白皙健康的脸色。这个男人原本就生得好看，养尊处优了几天，脸颊上还添了点奶膘，让她有那么一瞬间忘记了他也有杀气。

她一只手摁住谈墨的肩膀，另一只手伸到谈墨的枕头下面，把游戏机摸了出来。

“还是热的，看来你玩了很久。”

韩准斟酌地看了一眼自己打了石膏的腿：“我回避，你们随意?”

“我们没有任何小学生不宜的内容，您安生坐着就好。”夏乘风微微一笑。

谈墨试着起身，再次被夏乘风强势镇压。

“谈副队，你的高队长今早六点三十分离开银湾市，执行护送赵教授的任务。起飞三十分钟后，飞行器在开普勒生态区坠毁。”

“什么?”谈墨猛地弹起。

夏乘风来不及保持平衡，向后栽倒。当她的后脑勺即将撞到床尾的架子上时，谈墨一把拽住了她身上黑色长匣的背带。

“您反应这么灵敏，看来脑震荡已经痊愈了。”夏乘风不着痕迹地呼出一口气，刚才谈墨肌肉的爆发力透过被子传递过来，让她有一瞬心惊。

“然后呢？说话说一半，弟弟短一段!”

“我没有弟弟。”

夏乘风抬了抬下巴，谈墨把她拉了回来。对上谈墨冷毅的目光，她收敛心神，没有了玩笑的心情。

“你的队长高炙已经‘越界’了，同行的监察员当场身亡。银湾市灰塔认为，只有你……能击中他。”

夏乘风把背上的黑匣子取了下来，递给了旁边的韩准。韩准利落熟练地打开匣子，里面是一把黑色的狙击枪。他目光一凛，没说任何废话，盘起腿来将枪架上肩膀，根据夏乘风提供的生态区信息，开始校正瞄准镜，然后把枪扔回给谈墨。

谈墨正动作迅速地穿着外套，韩准的力气不大，眼看着枪还没到谈墨胳膊可以够着的范围就要坠地，没人看清楚谈墨是怎么移动的，只见他单手一捞，枪就被他背到了身上。

“这么大的事，你为什么不一进来就说清楚!”

“因为你脑震荡，上面要对你进行执行力测试。从我离舱起测试就开始了，你还有……二十秒赶到楼顶。”

谈墨在心里问候了夏乘风的祖宗十八代，冲了出去。

“高炙是个挺好的人。”韩准说。

“放心，他会回来的。”夏乘风从病房的衣柜里找出一个袋子，把谈墨的东西收拾进去。

“你是说谈墨还要回来睡？我还希望你给他办个出院手续，他打游戏太吵了。”韩准皱着眉头抱怨。

“我说高炙会回来的。”夏乘风把谈墨的游戏机扔进袋子里，看了一眼窗外。

谈墨来到电梯前，发现红色的标志一直处于停顿状态，就知道是夏乘风故意让他坐不了电梯；他冲进安全通道，疯了一样向上跑。

通信器里传来队友的声音:“副队，十秒后闭舱起飞，您行吗?”

谈墨专心向上冲，没有理睬对方。

通信器里的队友倒是自问自答起来了:“我明白，问一个男人行不行，他是不能回答‘不行’的。”

谈墨踹开了楼顶的大门，飞行器引擎造成的气流迎面而来，差点将他掀翻。

飞行器“黑色皇后”悬停在医院楼顶的后侧，舱底的大门开启，趁着飞行器转向产生气流变化的瞬间，谈墨纵身一跃，踩进了舱门。

一只手伸过来，死死扣住他的胳膊，将他用力往里一带。

“测试通过，允许执行本次任务。”吴雨声垂着眼，看着手臂上的计时器说。

谈墨很快调整了呼吸，面无表情地从吴雨声的身边走过。

已经远离城市的“黑色皇后”朝着目标地区飞去，在地面上留下一道一晃而过的黑色影子。

这艘飞行器通体纯黑色，最高飞行速度是音速的十五倍，遇到强气流也能保持稳定，并且全程静音。

飞行器内，一队全副武装的年轻人扣着安全带，靠着椅背正襟危坐。

除了……副队长谈墨。

他侧着脸，本来想眯一会儿，无奈对面的小菜鸡正在抖腿，后脑勺抵着椅背拼命做深呼吸，喉咙时不时滚动着吞咽口水，总感觉还没抵达目标地点，小菜鸡就能把自己给吓死。

要不是有其他队友看着，谈墨绝对会给小菜鸡一记手刀，让他高枕无忧地睡到目的地。

吴雨声抬起脚，狠狠踩住小菜鸡的脚背。这货再继续抖下去，对面的谈墨会把战术刀扔出来，戳他脑门儿上。

“不是应该‘平地一声惊雷，春春闪亮登场’吗？江春雷，你紧张什么？”吴雨声好笑地说。

“别踩我的脚……我这鞋是新的！”江春雷被转移了注意力，总算没继续表现出帕金森症状。

闭目养神的谈墨眉头动了动，他想起来了，小菜鸡的名字是“江春雷”，他总是记成“李冬笋”。

吴雨声在江春雷的护目镜上敲了一下，打趣地说：“哟，你可真给高队长面子。是为了解决高队长，所以特地穿了新的战术靴？你是不是早就谋划好了篡位夺权啊！”

江春雷推了吴雨声一把：“我本来正在军备处试新鞋呢，突然就被通知出任务了好吗？我就不明白了，高队长平时对你不薄啊，你现在是要去杀他，竟然还能这么平静？”

吴雨声的脸色沉了下来，在他的脑袋上砸了一下：“呸呸呸！你个乌鸦嘴，我们是去阻止他‘越界’，不是去杀他！你再胡说八道，扔你下去啊。”

“阻止他越界和杀他有什么区别？不都是开枪击中他吗？”

江春雷说着，眼睛红了。他入队最晚，虽然和包括队长高炙在内的队友还没来得及培养起深厚感情，但他们毕竟是出发去“解决”自己的队长，江春雷完全不明白吴雨声此刻为何如此平静。

高队长就要被“处决”了啊！

世界被开普勒生态区侵蚀的同时，生活在其中的人类也难以幸免。大部分被生物侵蚀的人类成为了开普勒生态的一部分，供异星生命体驱使。少部分人类虽然拥有了开普勒生物的能力，但仍然保持人类的理性，这样的人被称为“融合者”，他们身处人类对抗开普勒生物的最前线。

随着融合者使用开普勒生命体能力的次数逐渐变多，他们被侵蚀的部分也会越来越多，直到越过人类的界限，成为完全的开普勒生物——这就是“越界”。

一旦越界，便意味着他们不再是人类了。

这时候，会有灰塔指派的 Inspector（监察员）携带专门的狙击枪，远距离狙击越界的融合者。

绝大多数情况下 Inspector 会直接实施狙杀，只有在非常自信的情况下才会动用含有衰减剂“anti-Kepler（反开普勒）”的子弹。这种子弹可以减弱开普勒生物的侵蚀性，如果成功命中，就能救对方一命，将对方拉回人类世界。

但如果没打中，就要面临对方的致命反击，运气好只是任务失败，运气不好，这位 Inspector 就会把自己和队友的性命都赔进去。

吴雨声眯起眼睛看向对面，用笃定的语气说：“我相信我们能阻止高队长越界。”

江春雷顺着吴雨声的目光看过去。对面的谈墨是半道爬上来的，从进入机舱开始，他就一直保持着环抱双臂的姿态，闭着眼睛，耳朵上戴着一副耳机，胳膊里抱着一把狙击枪。

技术研发出身的江春雷一眼就认出那把枪是射程最远的“朱雀”，能在五千米开外命中目标时子弹速度不减，还配备智能瞄准系统和动态预测系统。

全世界的“朱雀”不到十把，在灰塔号称“神兵”，能驾驭它的 Inspector 不是万里挑一，而是十万、百万里挑一。

但是眼前这个 Inspector 看起来很年轻，不像是有很多战斗经验的样子。

虽然谈墨没有睁开眼睛，但在前线众多的糙老爷们儿里，他的五官绝对可以用“出挑”来形容。特别是他眉眼间那一抹天崩地陷不为所动的慵懒，让人觉得就算此刻他们正驶向地狱，这人也能享受末日旅程。

江春雷就这样看着对方，看得久了，他发觉那股慵懒里隐隐又透露出干练。谈墨的眉眼之间有一股子锐利，让江春雷莫名其妙想到藏在诗卷中的匕首，看似美好，实则每一道线条都力透纸背。

如果不是吴雨声的提醒，江春雷根本不会注意到这个人——这家伙悄无声息地抹消了自己的存在感。

可一旦注意到他，就挪不开眼了。

江春雷下意识地朝谈墨的方向前倾，对方的耳机里播放的音乐声很响，好像是摇滚乐？

这么吵，别说睡着了，真的能调整自己的心理状态吗？

谈墨不想被江春雷这么盯着看，毕竟死小子看那么久也不给钱。他换了换坐姿，脖子歪向另一侧。他的皮肤偏白，脖颈延伸出一道绷紧的线条，是一种精悍的力道。

谈墨右眼眼皮靠近眉尾的地方有一颗艳红的小痣，就是这颗小痣给谈墨的五官添了几分绮丽，视线触上去的瞬间，江春雷的心跳猛地漏了一拍。

就像皑皑白雪上的红梅。

“看够了吗？”谈墨睁开眼睛，对上了江春雷的视线。

江春雷立刻道歉：“对……对不起！我只是第一次见到使用‘朱雀’的监察员而已！”

谈墨笑了一下。

江春雷想象中的 Inspector 都是冷酷无情的，谈墨这一笑，虽然不是什么令天地黯然的绝色，但莫名让江春雷忐忑的心朝着另一个微妙的方向乱了节拍。

谈墨右臂上的标识露了出来，除了 Inspector 的六芒星记号之外，还有一道红杠，是副队长的标识。也就是说这个 Inspector 除了监察的职责之外，也会亲自参与一线战斗。

红杠的下方是他的名字：谈墨。

“你对‘朱雀’感兴趣？拿去看看？”谈墨单手握着自己的枪，递向江春雷的方向。

江春雷下意识向后一靠，惊慌了起来：“不不不！这么重要的枪，肯定已经校准好了的！万一被我一碰就……”

谈墨笑了，嘴角挑起：“骗你的。怎么可能给你看。”

他接受的是专门的 Inspector 训练，平时跟自己队友待在一起的时间不多。这个李冬笋……啊，不对，江春雷，是新来的，但这小子并不知道在之前无数次的演习里，谈墨早就通过瞄准镜观察过他许多次了。

小春雷翘起腿是要放屁还是抓痒，休息的时候怎么磨牙，从瞄准镜里观察过他的谈墨都一清二楚。

适度的紧张能让精力集中，但过度的紧张可能会毁掉整个任务。谈墨单手撑着膝盖，将一颗糖扔了过去，正好砸在对方的护目镜上：“春雷，可真是个好名字。”

江春雷发现那是一颗用金箔纸包着的巧克力，他露出无语的表情，这是哄小孩儿呢。

自己的名字被人取笑的次数可不少，比如从小到大他的作文就写得不大好，被同学们戏称为“‘雷’的代言人”。

谈墨向后靠着椅背，身上融合了成熟男性的果决与少年气质，他扬起下巴，用平稳的声音说：“惊蛰之后，暖空气和冷空气会产生激烈的对冲，形成空气垂直对流，积雨云中正负电荷剧烈碰撞，然后就有了雷霆万钧。雷雨丰春，万物复苏。你的名字又有力量又有希望，是个好兆头。”

江春雷顿了一下：“真的？”

“应该是真的吧。”谈墨摊了摊手，用无所谓的语气说，“反正这次任务的主角又不是你，你只要操纵好遥控狙击枪吸引高队长的注意就行，打得中打不中都无所谓——所以你的紧张毫无价值。”

江春雷的脸黑了下来，不用这么直白地说出他就是个诱饵兼摆设吧！

这时候，他们耳畔的通信器传来驾驶舱的声音："已抵达投放区域，双人飞行器请准备。"

谈墨和吴雨声同时站了起来，机舱中央缓缓升起一艘双人飞行器。吴雨声跨进了驾驶席，谈墨则长腿一迈，坐进了后面的座位。

他朝着江春雷高声道："如果我狙击失败的话，我的队长高炙再也回不来，我和我的搭档也会死在这片区域——但是你生还的概率是很高的。"

他的意思就是，小朋友你死不了！

谈墨说完就拉下了氧气面罩。猎猎的风瞬间涌了进来，他们的双人飞行器猛地下沉，紧接着破风而翔。

三千米外就是编号为K033的开普勒生态区，满眼一片绿意盎然，植被茂密得就像还未遭到人类破坏的远古时代，绿得生机勃勃，也绿得危机四伏。

双人飞行器降落到一处高地，停在一块岩石背面，从此处足以俯瞰大半个K033生态区。

谈墨从飞行器里跨出来，将"朱雀"架设在岩石之间，然后趴下来，枪抵在他的肩膀上。他侧过脸看进瞄准镜的时候，像是瞬间和狙击枪融为一体，风速、湿度甚至于生态区内植被的阻力，全部化为数据，在他的脑中自动进行运算。

吴雨声背靠着岩石坐在谈墨的身旁，他的职责是为谈墨戒备。

目前他们处于生态区K033的领域之外，但是这个领域随时会蔓延——开普勒生物在受到威胁的时候，会不惜一切代价扩大侵蚀范围，哪怕是暂时性的侵蚀。

吴雨声必须在谈墨被开普勒生态吞没之前将他带走。

"你看到高队了吗？"吴雨声问。他的嗓子很紧，这一次的任务目标不是什么路人甲乙丙丁，而是他们自己的队长。

周围很安静，身下山岩的砂砾干燥得有种粗犷的磨砺感，阳光明媚，天空澄澈，可越是这样，心绪越是无法沉淀，血液深处的危机感雀跃着，心脏无法做到完全的平静。

"还没有找到。"谈墨清冷的声音响起，"我后腰的口袋里有水果糖。"

吴雨声知道谈墨喜欢甜的东西，弯腰帮他把那颗糖找了出来，剥开糖纸送到他嘴边："喏，吃吧。"

谈墨盯着瞄准镜，正在调整角度，机械一般地开口道："我是让你吃。"

吴雨声愣了一下，然后笑了："真羡慕你，从没见你紧张过。"

谈墨没有说话。

他心里在想：你没见到我紧张，不代表我不紧张。可我若是让你知道我紧张，朋友，你多半就会更紧张。

然后他们会像两只脆弱的鸡蛋，因为紧张而相互碰撞，碎了，蛋清蛋黄流一地——嘿嘿，这就叫"完蛋"。

"五年磨一枪，我相信你。"吴雨声这句话说不清到底是真的相信谈墨还是在自我催眠。

“哈?”谈墨笑了一下,“这铁杵都给磨成绣花针了吧?”

吴雨声无奈了:“我说的和你说的不是一把枪。”

“无论哪一把都是非常坚挺的枪。”谈墨对着通信器说,“监察员已就位。”

K033生态区的深处，有两艘运输机。

其中一艘已经完全坠毁，残骸散落满地，地面上到处是烧焦的痕迹和物资碎片，以及奇怪的不明生物相互噬咬留下的尸骸。只剩下舱尾勉强成形，上面坐着一个男人，身上穿着的是和谈墨他们一样的作战服，右臂上的标识上有两道鲜红的杠，表明了他队长的身份，底下是他的名字——高炙。

他一脚踩在舱尾断裂的地方，另一条腿垂挂着，五官深邃冷峻，看着十几米远外的另一艘运输机。

这一艘运输机机舱还算完整，坠落的原因是双侧引擎损毁，自动驾驶系统计算了最佳的角度，让它得以成功硬着陆，只是可惜……坠入了开普勒生态区K033。

沉重而紧张的气氛凝结在机舱之中，氧气的供给正在下降，恒温系统已经失效，舱内温度逐渐升高，但是他们却不能打开舱门。

“轰——轰——哐——”

舱外，几十个已经完全脱离人类形态的生物就像感觉不到疼痛一样撞击着机舱上的窗子——那里是整个机舱最薄弱的部位。

负责执行这次护送任务的是外勤部队的第二中队，舱内全体队员严阵以待，端着枪瞄准着撞击声响起的地方，每一次撞击都让他们的神经更加紧张。

只要裂开一道口子，开普勒生物就会一拥而入，他们便在劫难逃了。

年过七旬的赵浚是这次返航护送的开普勒生态学者。

他的双手颤抖得厉害，撞击声一响起，这位老教授的肩膀就会跟着剧烈颤抖。对开普勒生命体越是了解，他就越是感到恐惧。

一个高大的身影挡在老教授的面前，这是一位经验老道的二队队员，名字叫常恒。队长高炙越界了，处于丧失人类神智的状态，常恒成为目前局面下最有话语权的人。

赵教授闭上眼睛深深吸了一口气，他的肩膀忽然不颤了，像是下定了什么决心，用沉冷的声音对常恒说:“如果它们进来了，请你第一枪解决我吧。”

“赵老，您别自己吓自己。援救队伍应该已经快到了。”常恒沉着声音安慰。

他们飞跃这片生态区的时候，飞行高度被控制在开普勒生物的攻击范围之外，但谁也没有想到魔鬼藤竟然能彼此缠绕着攀向天空——简直就是童话里的豌豆藤。

魔鬼藤体内都孕育着胎果，运输机通过时，它们将胎果喷向高空，名为“鳞鸟”的开普勒生物从中破胎而出，借着这股冲击力撞击他们的引擎。鳞鸟身上的鳞片就像无数刀刃，毁掉了运输机的引擎，浓稠的墨绿色血液喷得到处都是；就连备用引擎也被它们破坏了，导致运输机不得不执行硬着陆。紧接着他们就遭遇到这片区域内开普勒生物的攻击，异变的动物，甚至植物都凶悍地向他们扑来。

运输机的机舱变成了生态区里的一颗山核桃，就算现在严丝合缝，但迟早会被拍碎。

本来他们是能平安撑到救援抵达的，因为负责保护赵教授的二队队长高炙是一名能力卓著的融合者，他能够控制住进入他十米范围内的开普勒生物。但随着越来越多的开普勒生物来袭，高炙过度使用自己的能力，导致他体内的开普勒细胞侵蚀加剧，一不小心就越界了。冰绿色的血丝不断覆盖着那对冷峻理智的眼球，最终完全夺走了他原本的瞳眸。

常恒只能联系总部，要求尽快派出救援队，还要求必须紧急调配一个新的 Inspector 来解决高炙。

每一分钟都度日如年，每一秒都是和死亡擦身而过。

高炙对曾经出生入死的队友已经毫无感觉。他抬了抬手，巨大的藤蔓破土而出，藤蔓上还挂着无数被吞噬的生物肢体：人类关节扭曲的手臂和被消化到只剩一半的脸，还有野兽因挣扎而张大的嘴，畸形到让人想吐。

它展开无数狰狞的倒刺缠绕上运输机舱，舱体外壳被勒紧的瞬间发出一阵金属嗡鸣声，尖锐的声响让人耳膜震痛。

这对机舱内的人产生了巨大的精神折磨。

老教授捂着耳朵，背上沁满了冷汗。

“赵教授，您先坐下。您的心脏不好，先吃片药。”

清润温和的声音响起。赵教授侧过脸，发现当所有人紧张到快要原地爆炸的时候，自己的这位研究生却平静得很。

他递给赵教授一瓶矿泉水，扶着赵教授坐了下来。

赵教授的眼眶顿时湿润了，心底充满内疚：“轻云啊，是我不好。要不是我邀请你跟我一起回城，你根本就不会……”

“赵教授您先不要急着自责。我们谁也没有想到安全系数最高的运输机会坠毁，也想不到高队长会忽然越界，更想不到和他乘坐同一架运输机的监察员会先一步阵亡。外面的藤蔓有融合生物基因的能力，而且体积庞大，有自主攻击意识，如果我没猜错，应该是‘阿卡那加魔鬼藤’。”

赵教授点了点头：“所以，我们的情况很危险啊！”

研究生用纸巾给赵教授擦了擦额角的汗水，不慌不忙地接着说：“它属于中型开普勒生物，高炙能驾驭的不会超过三个。哪怕他控制三根这种‘阿卡那加魔鬼藤’同时攻击我们，也至少需要五分钟才能把机舱摧毁。”

话音刚落，倒刺刮过的声音变得更加密集，已经有两根魔鬼藤裹上来了，机舱四壁发出“咔啦咔啦”的声响，向内凹陷出魔鬼藤的形状来。

“哐啷”一声，一张女人的脸被碾在了机窗上，头骨因为魔鬼藤的缠绕而一点一点碎裂。她仿佛还保留着求生的意识，瞪着双眼，然而她的脑浆早就流出来了，黏着头发紧紧贴在窗子上。

"唔……"赵教授睁大了眼睛，忍不住就要吐出来。

研究生挡在了赵教授和窗子之间，用温柔的声音说："别看。她死了很久了。"

"轰隆——"机舱向内凹陷，现在缠上来的魔鬼藤已经到第三根了。

"我×——你的嘴是开了光吗！"常恒狠狠瞪向赵教授的那位学生。

说三根，还真有三根魔鬼藤缠上来了！

对方的脸上没有露出丝毫惊恐的神色，唇上仍然是淡淡的笑意，仿佛此刻他们所经历的一切不过是游乐场里的云霄飞车冲进了鬼屋。

以常恒的直男审美也必须承认，这个研究生长得真不错。不是电视上那种含情脉脉的会受到小姑娘追捧的长相，相反，他的眉眼间带着一种精锐的审度神情，仿佛无时无刻不在理性地计算和评估所有人和物。

当他侧过脸，舱内的光亮掠过他高挺的鼻骨，又在他的眼窝留下细腻的阴影时，常恒莫名想到了黑夜至深，黎明到来前海面、礁石与天空剥离时的交界线。

明暗难辨，正邪难分。

倘若将他唇上那层和煦却浅薄的笑意看透，剩下的就是一种禁情割欲的冷然。

出生入死过无数次的常恒，没来由地对他起了一丝胆寒。

研究生不紧不慢地开口道："根据时间，灰塔的救援队应该已经抵达了，他们此刻在想的应该是怎样冲破开普勒生物的封锁。至于你们的高队长……银湾市灰塔可以调动的 Inspector 里，我不认为有人能击中他。"

常恒的内心是惊讶的——这个研究生怎么会了解银湾市灰塔的战斗力配置？

融合者对危险有着天生的嗅觉，特别是高炙这个级别的融合者，远距离要击中他太难，想靠近的话……还没扣下扳机就被他解决了。

这看起来确实是个不可能完成的任务。

但他已经被开普勒生态同化了，不解决掉他，任由他一直调度这个区域内的生物来攻击的话，救援队也无计可施。

"有的，我们银湾市的灰塔有可以击中高队长的 Inspector 。"常恒非常坚定地回答道。

这位研究生意味不明地"哦"了一声，又问："那他人呢？"

其他队员露出了咬牙切齿的表情。

"老常！都怪你——你没事儿跟谈副队比什么近身格斗！"

"要不是你一个过肩摔砸坏了他的脑袋，他肯定跟我们一起出任务了！"

"老常……兄弟们要是折在这里，可都是被你害的！"

常恒的脸色变得难看起来："谁晓得一个简单的护送任务会变成这样！而且谈墨是我们的副队长啊！堂堂副队长，近身格斗竟然被几个队的队长轮番吊打，难道不该提升一下吗？我们二队就那么没尊严吗？"

原本紧张的气氛因为这一通相互指责，竟然平添了几分喜感。

常恒一推卸责任，其他人顿时愤怒了起来。

"提升？他一个监察员提升个毛线近身格斗啊！会扣扳机不就得了！"

“他要是近身格斗都那么厉害了，我们不就没存在价值了?”

常恒的脸都涨红了，结巴着试图平息队友们的怒火:“这……还好他脑震荡了啊，他要是跟我们一起出任务了，肯定是跟高队坐同一艘运输机，此时此刻就嗝儿屁领盒饭了！我这歪打正着地把谈副队留在了城里，搞不好这会儿派来援救我们的就是他!”

话音落下，其他人即刻安静了下来，仿佛在绝望中找到了巨大的希望。

年轻的研究生眯起了眼睛，嘴角带着一丝玩味念起这个名字:“谈副队……谈墨……”

“对！我们副队长用的可是‘朱雀’!”

赵教授的研究生又开口了:“朱雀确实是目前精确度最高、射程最远的狙击枪。正因如此，它也要求使用者反应灵敏、持枪沉稳，距离感超强而且对目标的动态轨迹有预测性。”

“是啊。”其他队员纷纷点头。他们的谈副队就是这么牛!

赵教授的研究生眯着眼睛凑近常恒，声音里带着笑意:“你们那位副队长都脑震荡到无法执行护送任务的地步了——他还能操作‘朱雀’吗?”

所有人的心瞬间凉透了。他们十八个小时前离开银湾市的时候，谈墨还躺在病床上呕吐，不可能现在就好全乎了。

常恒侧目看向他，心想这家伙怎么就不害怕呢?

不害怕就算了，还总是一针见血。人看着文质彬彬的，对赵教授也很温柔恭顺，可这种恭顺只要细细去体会，就能感觉到有一种……一种在大夏天喝了杯带冰碴子的水的感觉，起初通体舒畅，但渐渐地，五脏六腑都有种寒凉的后劲儿。

最奇怪的是，机舱里已经超过三十摄氏度，这家伙却还戴着一副手套，不憋汗吗?难不成他有洁癖?

“那个……你叫什么名字?”常恒问。

“洛轻云。”那人说。

第二章

CHAPTER 02

人生何处不相逢

这三个字听起来温和缱绻，又透出不可小觑的气势。

“洛轻云？”常恒觉得这名字很耳熟，猛地想起一个人来，但看看对方眉眼温良的样子，哪里像那位传说中屠尽整个开普勒A22生态区的阎罗王？

而且赵教授的学生肯定是走理论研究路线的，怎么可能会进入一线外勤部队？

估计这人的名字不是“洛轻云”，而是“洛青云”之类。当爹妈的不都希望自家孩子青云直上吗？

“嗯。”对方轻轻应了一声，就陪在赵教授的身边，和他接着讨论起了外面的生物种类和变异特征。

“赵教授，我在想……魔鬼藤借助彼此来攀升高度，随后抓住机会向运输机发射胎果，以此来弥补胎果中鳞鸟飞行高度不足的缺陷，这是一个非常有智慧性的举动。您觉得呢？”

他的声音里带着一种平铺直叙的坦然，没有丝毫恐慌。

赵教授之前还在心里构筑着视死如归的觉悟，可洛轻云提出的这个问题引得他去思考，学者的研究本能让赵教授暂时忘记了死亡来临的恐惧，竟然真的和洛轻云探讨了起来。

执行援救任务的“黑色皇后”已经抵达了这片区域的正上空，他们发现了被开普勒生物包围的运输机，以及坐在十几米外另一艘运输机残骸上的高炙。

“黑色皇后”的通信频道里传来谈墨的声音：“伙计们，把那些开普勒生物吊起来，给我争取个视角，我看不到高队。”

他的声音低沉，似冰冷的机器。

江春雷深吸一口气，他启动操控面板，舱门打开，一把狙击枪伸了出去。

这把枪就是为了让高炙以为 Inspector 身在“黑色皇后”上而准备的。

“黑色皇后”开启了火力攻击系统，无数电磁炮密集地击打在那些阿卡那加魔鬼藤上。

魔鬼藤的茎蔓爆裂开来，浓稠的绿色血液就像喷泉一样冲向半空中，而在这绿色的喷泉之中又有更细的魔鬼藤衍生而出，发出尖锐的声响，竟像咆哮的野兽，冲向刚刚降低飞行高度的“黑色皇后”。

“黑色皇后”速度很快，它轻松地避开了魔鬼藤的攻击，随即对着高炙所在的位置又是一阵狂轰乱炸。高炙身下的机舱残骸塌陷了下去，形成了一层厚厚的尘埃。

可是当尘埃散去，只看见高炙依然坐在原处，他的四周是刚才为了保护他而挡在面前的开普勒生物。他仿佛端坐在尸山血海上的君王，面上没有任何悲悯与动容。

魔鬼藤已经放弃了运输机，转而开始攻击低空飞行的“黑色皇后”，其他生物也顺着魔鬼藤攀爬而上，争先恐后地高高跃起，像是要把那艘纯黑色的飞行器生生给扯下来。

这就是谈墨所说的“吊起来”。他终于在瞄准镜里看到了高炙。

谈墨缓慢地呼出一口气，死死盯着高炙，从这个角度可以看清他的侧脸。高炙的眼窝很深，鼻梁高挺，侧面有一种峭壁向往天空的气质，那是让谈墨非常羡慕的男人味。

这并不是谈墨第一次从瞄准镜里看高炙。他们共事近五年，哪一次任务高炙不是游刃有余地平安归来，根本没有他发挥的空间？于是谈墨做得最多的事情就是远距离击杀妨碍二队执行任务的开普勒生物，以及……无聊的时候就想象自己变成高炙，预测高炙的每一个动作和每一个反应。

时间久了，谈墨甚至忘记了自己还是二队的 Inspector 。以至于当他被人从病床上拽起来，着急忙慌地冲上“黑色皇后”的时候，他都还有点恍惚。

瞄准镜里的高炙越来越清晰，谈墨的指腹抵着扳机，机会只有一瞬，稍纵即逝。

但那个时刻还没有到来。

呼吸从最初的沉重逐渐变得舒缓，滞涩的血液似乎越来越畅通，谈墨的视界无限收拢，从高炙的侧脸锁定到他的右眼。

身处高处的江春雷操纵遥控狙击枪锁定了高炙，对准了他的眉心，开了一枪。

子弹在空气中高速飞驰，就在即将正中高炙的瞬间，一只长满鳞片的鸟俯冲而下，挡下了那颗子弹，随即“噌”地落在地面。紧接着一根魔鬼藤蹿了过来，把这只鳞鸟吞了下去，让它变成孕育下一个胎果的营养。

江春雷压根儿就没有想过能射中，但是当他从控制面板里对上高炙的视线时，整个人还是被镇住了，仿佛灵魂被洞穿，自己的咽喉已经被对方扼住了，手脚瞬间冰凉。

“黑色皇后”立刻拉升高度，避开了阿卡那加魔鬼藤的突袭。

三千米外的岩石之间，谈墨保持着那个姿势，不曾动过。他还在等待着那个最佳的角度和时机。

他的心绪越来越平静，视线和思维合二为一，融入时间里。

江春雷鼓起勇气，对着高炙又是一枪，后者迅速侧过脸颊，那枚子弹射进了他脚下的金属残骸里，溅起一丝火花。

运输机里的人看不到外面发生了什么，只能从声音来分辨。

常恒闷着声说：“好像射失了……还是两次……对付高队长怎么也要派出精英吧，这种菜鸡怎么可能打得中！”

舱内气氛立刻低迷下去。

洛轻云撑着下巴，笑了一下：“真正的 Inspector 应该埋伏在千米之外吧，头顶上的那个是吸引你们高队注意的障眼法。”

“你怎么知道?”常恒问。

“不是你说的吗，对付高炙得派精英。头顶上那货的水平，够精英吗?”洛轻云语气温和地反问。

他的笑容起到了一种恰到好处的安抚作用，常恒忽然觉得这家伙好像比之前顺眼了那么一点。

可是如果还有另一个 Inspector 埋伏在远处，并且真的击中了高炙，那么高炙多半会死。

常恒低下了头，握紧了手中的枪，他打心底不希望高炙死去。

洛轻云似乎看穿了常恒的心思，轻笑了一声。

“你笑什么?”常恒问。

“我笑你在担心不该担心的问题。”

“你难不成还知道我在想什么?”

“埋伏在千米之内，很容易被高炙发现。可如果埋伏在千米之外，击中高炙的难度会成倍递增。所以你不需要担心你的高队长会死在这里。我还是认为没有任何 Inspector 能够打中他。”

常恒愣住了，随即又问:“那你就不怕死吗?”

“我? 今天应该还不是我的死期。”洛轻云回答。

江春雷又射击了第三枪，再次被魔鬼藤挡了下来，这位年轻的技术员也焦躁了起来。

“黑色皇后”从高炙的头顶一晃而过，高炙终于站起身来。

时间以其精准的刻度，在谈墨的脑海里留下“咔哒”“咔哒”的声响。他的视线穿透瞄准镜冲进生态区，摇晃的密林与那些被疯狂驱动的生物像是同时被凝固住了，谈墨听到了大脑与视线终点的那一声共鸣。

就是现在!

谈墨的手指扣了下去。

与此同时，机舱内的洛轻云心头一紧，他闭上眼睛侧耳倾听，有什么正飞驰而来。

那一枪避开了一切会阻碍它前路和速度的障碍物，显示出不可动摇的决心。此间万物都要为它回避撤退，否则触碰到它便会灰飞烟灭。

不……

那不是一枪，而是两枪!

洛轻云的眼睛骤然睁开，心脏前所未有地，剧烈地跳动了起来。

那是一种超乎计算的精确，捕捉了天时地利，几乎驾驭了时间。

高炙感觉到空气的振动，他侧过脸来猛地抬手，竟然硬生生把那枚从“朱雀”射出的子弹抓住了!

但他万万没有想到，第二发子弹紧随而至，擦着他握住子弹的拳头飞过，毫无预兆地命中了他的右眼！

他睁大了眼睛，子弹里携带的“anti-Kepler”衰减剂迅速在他的体内扩散，他眼底的冰绿色逐渐褪去，属于人类的痛感涌上他的神经。他捂住了自己的眼睛，殷红的血液从他的指缝之间溢出。

他向后栽倒，落了下去。

没人看到他唇上的笑意，那是解脱，也是重生。

“黑色皇后”中的江春雷看着自己的控制面板，整个人都处于难以置信的状态。

老天爷啊！高炙到底是怎么被击中的？

他不是把子弹给抓住了吗？

这到底怎么回事？

无数问题萦绕在江春雷的脑海中。

他将刚才那一幕以高清全息影像慢放，才察觉埋伏在三千米外山岩上的谈墨前后射出了两枚子弹。

第一枚是要命的磁力硅弹，如果命中，足够在高炙的脑袋上炸出一个大坑，可惜它接近高炙的近千米范围内时就被高炙感知到了；而第二枚子弹携带的是药剂，比第一枚子弹慢了大概零点一秒不到，而且只有轻微的角度差距。它的轨迹被第一枚子弹遮掩，高炙抓住了第一发，却没料到还有第二发。

“这……怎么可能……”

这样微妙的时间差和轨迹差，绝对不是高炙运气太好，而是手握“朱雀”的那位掌控力已经神乎其技。

不仅仅是江春雷，守在谈墨身边的吴雨声也惊呆了。

“我以为你射失了……没想到你打中了？”吴雨声激动到有些磕巴。

谈墨缓慢地呼出一口气来。只有他自己知道，他开出第二枪的时候，大脑的神经紧绷到快要炸了。没有人比他更懂什么叫做“差之毫厘，谬以千里”。

那枚子弹出膛的瞬间，就像从他的心脏上划开了笔直的膛线，拖拽着他的视线和思维冲向高炙。

——老高，我想带你回家。

——相信我……不要拒绝我。

这两枪完全建立在谈墨对高炙行为模式的了解上。就算他越界了，谈墨相信高炙下意识的肌肉习惯还是不会改变。

他赌对了。

高炙右眼被命中的瞬间，谈墨终于从冰冷静止的时间里回到了人世间。

禁锢着机舱的魔鬼藤忽然松开了，像是感应到了强烈的威胁，朝着谈墨和吴雨声所在的山岩奔袭而来。

不仅如此，整个生态圈内还可以移动的生物都朝着他们冲了过来。

“啧——谈副！我们走!”

吴雨声正要把谈墨拉起来，却没想到谈墨只是换了个坐姿，右脚踩在岩石上，枪口略微压低。

“一分钟后撤退，我们要给‘黑色皇后’争取援救时间。”

运输机内的常恒还在分辨着外面的情况——为什么那些生物好像朝着另一个方向而去了？

一直坐着的洛轻云忽然站了起来，凛声道:“抓紧时间开舱逃生。”

“高队还在外面呢!”万一高炙没被击中，他们这会儿出去不就是送死？

常恒的话还没有说完，洛轻云已经打开了舱门，因为变形，舱门被卡住了，但是从门缝里可以看到高炙就倒在开普勒生物的尸骸里。

“他真的被击中了？”

洛轻云很肯定地回答:“击中了。”

常恒精神一振，一脚把卡住的舱门给踹开了。

“黑色皇后”降低高度，放下了好几条伸缩绳索。赵教授颤颤巍巍，跨出舱门的时候差点来了个倒栽葱。洛轻云一把捞住赵教授，将伸缩绳索套在了赵教授的身上，轻声说:“赵老，别怕。”

常恒争分夺秒地冲过去把高炙扛了起来，回头正好听见洛轻云在安慰赵教授。

这小子居然没着急忙慌地自己先上去，常恒对洛轻云的好感度提升了一点点。

洛轻云也套进了另一条绳索里，拉着赵教授的手，两人一起快速上升。

几只鳞鸟忽然冲了过来，眼看着就要撞上赵教授，洛轻云一把将赵教授推开，但是鳞鸟的喙就要撞上他自己了!

常恒一手扛着高炙，另一只手还拉着绳索，来不及帮忙了，他的心脏猛地提到嗓子眼。

——靠，这小白脸儿可千万别死了啊!

一枚子弹擦着洛轻云的耳朵穿行而过，气流高速摩擦的热度在洛轻云的耳廓上留下一道浅浅的烧灼痕迹，鳞鸟的脑袋“砰——”地爆开了，身体像条破布烂衫一样掉落了下去。

回声经久不绝。

洛轻云顿了一下，看向远处的山岩。

托着枪的谈墨很浅地勾了一下嘴角:“啧啧啧……这家伙的美貌还真是不减当年啊。”

“哈?”吴雨声完全不明白谈墨在自言自语什么。

谈墨继续在瞄准镜里欣赏洛轻云那张俊逸的脸，半空中的风撕扯着他的发丝，掠过他的眼睫——这何止是不减当年，简直惊心动魄嘛。

不过可惜，谈墨目前只有那么点想看对方出丑的恶劣心思。

洛轻云很显然知道 Inspector 埋伏的地点，眼眸缓缓抬起，看向了谈墨的方向。

他的眼底始终带着万物皆烟云的孤冷。

可这样的孤冷里，又浮现出一丝探究欲，遥遥而来，穿透了谈墨的瞄准镜，往谈墨的大脑深处狠狠撞了一下。

“啧，世上最无法预见的，大概就是遇见。”谈墨调笑着说。

“什么?”旁边的吴雨声凑了过去。

“我说——人生何处不相逢呐!”谈墨忽然直起身，利落迅速地更换自己的枪头。

他们这边的情况也不容乐观。阿卡那加魔鬼藤已经冲出了这个生态圈原本的领域范围，距离谈墨他们不到一千米了。

“它的速度太快了!”吴雨声皱起了眉头。

谈墨不发一言，冷不丁扣下扳机，大口径狙击弹打进了魔鬼藤的体内。那藤蔓炸裂开来的画面太过惊人，吴雨声甚至有自己被溅了一脸血的错觉。

赵教授终于上升到了“黑色皇后”的下方入口，队员们七手八脚地把他拉进来，而下方的洛轻云也在向上托着赵教授的腿。

一只个头更大的鳞鸟恶狠狠冲向洛轻云。洛轻云从唇齿间挤出两个字:“找死。”冰冷得几乎能将周围空气凝结。

他抬起手正要一把扣住鸟喙，大口径狙击弹破风而来，“啪”一声，鳞鸟的脑袋炸裂，脑浆和血液四散开来。

洛轻云的手正好挡在脸跟前，却避免不了身上的白衬衫被溅上墨绿色的血花。

下方的常恒还有其他队员也被溅了一脸。

“我去——谈副队干啥换大口径啊！这是逼债泼油漆吗？就因为我斗地主输的钱没给他?”

“靠！你知道他是财迷还不给他钱！你这不是害人吗!”

“呸呸呸！我好像吃进嘴里了!”

“啊，恶心！你赶紧做测试看看有没有被感染!”

两次子弹都是擦着自己的脸，洛轻云能确定这位埋伏在三千米开外的 Inspector 对他有意见。

只是技术这么高超的 Inspector，如果有过交集，洛轻云不可能会忘记。

他忽然很期待见到这位谈副队了。

三十秒后，所有人都进入了“黑色皇后”的机舱内，医疗人员赶来检查高炙的情况。他的右眼被击中，衰减剂让他全身失去力量，医疗人员对他进行了生物测试，他体内的开普勒浓度已经降低到正常范围了。

“对不起……”高炙此时忍受着剧烈的疼痛，这种疼痛也让他确定了自己还是人类。

“对不起个毛球……你要是回不来了才是真的对不起我们!”常恒肩膀颤抖得厉

害，眼睛红得要命，强忍着没让眼泪落下来。

江春雷摸了一把额头上的冷汗，哭腔道：“高队，你刚才瞪我的样子差点让我心肌梗死，原地报废啊！”

“你小子回去多练练吧……准头太差。”高炙的声音带着一丝温和的倦怠。

确定所有人被营救以后，山岩上的谈墨迅速收枪。

他们的双人飞行器才离开山岩，鳞鸟就撞了过来，魔鬼藤蜿蜒而上，被侵蚀的生物早已没有了痛觉。它们被某种力量驱使着，沿着魔鬼藤伸长的枝蔓争先恐后地爬上来，企图要捉住他们。

“像不像通天塔？”谈墨轻声问。

“通哪儿的天？”吴雨声反问。

“呵。”谈墨轻巧地一笑，取出了别在腰间的手枪，对准某个点就是一枪。魔鬼藤发出哀鸣，整座山岩失去了维持许久的平衡，轰然倒下。

而谈墨则靠着椅背闭上眼睛，深深吸了一口气。

他击中高炙了，任务完成。

耳边是“呼呼”的风声，被强行抚平的心脏眼下像脱了缰的野马一般跳动起来，谈墨抬起手在胸口上用力捶了捶，这时候他才发觉自己全身都在不可自抑地颤抖着。

对于其他人来说，这次任务不过短短十几分钟，甚至对于谈墨来说只是扣下扳机的那一瞬。但只有他自己知道……这五年磨砺的不是那一枪，而是他自己。

他用五年去了解高炙，不是为了杀他，而是为了保护他。

从进入第二中队开始，谈墨的心就仿佛被裹入密不透风的茧里，他的呼吸心跳都被封闭着无处安放，唯有要保护高炙的信念没日没夜翻涌而来，周而复始。

“我觉得自己好厉害……比拯救了苍天大地还厉害……”谈墨像是没了骨头一样瘫倒在后座上。

吴雨声听到他这句话，动作微微顿了顿。

五年前，在谈墨人生最低谷的时候，是高炙说的一句“这小子能忍人所不能忍，我愿意把生死交付给他”，才让谈墨振作起来。

所以谈墨不会让高炙越界，更不会允许高炙死。

这家伙太重情义了。

“对，你真的超厉害。”

如果不是在驾驶飞行器，吴雨声一定会代替高队长回头揉一揉谈墨的脑袋。

他们俩跟“黑色皇后”在半空中会合。入口打开，双人飞行器稳妥地停了进来。

驾驶席上的吴雨声快步冲向高炙，一把抱住了他：“高队！我还以为……”

“还以为再也见不到我了吗？”高炙的右眼已经被紧急处理，只能用左眼看人，“我还活着……谈墨呢……？”

谈墨背着枪，不紧不慢地从双人飞行器上跨了出来。他没有立刻去看高炙，而是走到常恒的身边，抬起脚尖懒散地碰了碰对方的小腿："来根儿烟。"

常恒低下头，示意谈墨看一看自己身上的浓墨重彩，黄的黑的，分不清是鳞鸟的脑浆子还是血沫子，随后瓮声瓮气地回答："没有。"

"啧，小气。"谈墨继续问其他队员要烟，但是他们都说没有。

谈墨身着深色的恒温作战服走来走去的，身体的线条被完全勾勒了出来。他的肌肉并不夸张，但是线条流畅，有一种拖拽着视线的紧绷感，腰腹的线条感劲力十足。腰部两侧配备了近战的手枪，腿上束缚着战术刀和弹夹，背上除了"朱雀"之外，还有其他装备，保守估计他身上的武器负重是队内其他人的1.5倍。

但是他走的每一步都很平稳，和队友谈笑风生的时候，耳边翘起的碎发也会跟着轻轻颤动，让人看了心头发痒。

洛轻云向后靠着椅背，半张脸笼罩在阴影里。谈墨隐隐感觉到有人在看自己，从头到脚，以一种冰冷而审视的态度。

他无所谓地笑了一下，走到机舱的另一侧继续借烟。

江春雷摇着手说："谈副队，人赵教授还在舱内呢，你抽什么烟啊！"

"劫后一支烟，赛过活神仙啊。"谈墨手指向下一拨，江春雷的护目镜又掉了。

谈墨自动无视了洛轻云，刚要从他面前走过的时候，洛轻云开口道："我有烟。"

三个字很轻，那声音却有着温润与冰冷交织的质感。

谈墨愣了一下，看起来很随意地单手撑在了洛轻云的耳边，垂眼笑了一下，另一只手勾了勾手指："谢了，麻烦来一根。"

洛轻云从口袋里摸出一个铝制的烟盒，取出一根烟递给谈墨，抬起眼的时候对上了谈墨的眼睛。

这是一个年轻的 Inspector，年龄不会超过二十五岁，他的眼底看不到冰冷的监察铁则，甚至带着几分调笑的暖意。右眼眼角上那颗红色的小痣……不，近距离仔细看才发现那是一个小疤，正随着他眼角的笑纹扬起。

真漂亮。

这种漂亮跟赞美异性的漂亮无关，而是一种灵动鲜活、让人下意识视线停留的漂亮。

洛轻云捏着那根烟，食指一拨，烟在指间转了个方向，他捏着烟头的部分，将烟嘴送到了谈墨的唇边。

谈墨的唇缝微微张开，咬住了烟嘴的部分："劳驾，再给个火呗。"

洛轻云的表情没有什么变化，他取出打火机，替谈墨点着了烟。

"谢了，洛队。"

最后两个字很轻，只有洛轻云听清楚了。

谈墨笑了一下就转过身走开了。

洛轻云看着对方的背影，目光暗沉了下去，心想他果然认识自己。谈墨这样出挑的样貌，那个红色的小疤也算明显的标志，但是自己却完全不记得在哪里见过他。

叼着烟的谈墨坐到高炙身边，垂下眼对着他冷不丁呼出了一口烟圈。

“谈副队！你别这么过分啊！高队有伤啊！”常恒赶紧伸手扇了扇。

谈墨却不以为意地笑了一下：“啧，老高，就剩下一只眼了，别恨我啊。”

高炙看着谈墨，冷冷地说：“以前两只眼睛的时候没觉得，现在只剩一只眼睛了才发现——小标致长得挺东西。”

话音落下，舱内忽然变安静。

良久，吴雨声开口说：“是……小东西长得挺标致吧？”

谈墨眯着眼睛晃了晃手里的烟：“反正是夸我长得帅的话，我都收下，谁叫高队被我打中了脑袋，估计语言中枢受损了呢？”

“滚。”高炙的声音很低，对谈墨没什么威慑力。

“我特地给你准备的，你不抽吗？”谈墨把烟从嘴边拿下来，在高炙的面前绕圈圈，半天就是不给他。

“你想死啊。”高炙很想揍他，但是动不了。

谈墨也不捉弄他了，把烟送到他嘴里，语重心长地说：“老高啊，我救了你，让你能安然退休了，你得知恩图报。”

“哼。”高炙用尽全力吐了口烟圈，可惜没挨着谈墨那张比城墙还厚的脸皮。

“我觉得以身相许是最划算的选择。以后你在家待着，给我洗衣煮饭。我会对你好的。”谈墨一副认真得不得了的样子。

“别看狗血电视剧了，伤脑子。”高炙冷声道。

“我喜欢吃糖醋排骨还有松鼠鱼。”

“滚。”高炙声音压得更低，额头上青筋突起。

谈墨没滚，继续坐在高炙旁边的座位上，戴上了耳机，听重金属摇滚乐。

有的人在聊天，有的人在向灰塔汇报这次任务的情况。

洛轻云一边陪着赵教授说话，一边敏锐地分辨出谈墨耳机里漏出来的摇滚乐声嘶力竭的歌词。

——从这世界被侵蚀的那刻开始，我觉得自己大概会永远留在黑暗里。

——而你是我最绚烂，最悠长的白天。

第三章

CHAPTER 03

爱欲之神

他们平安抵达了这座与开普勒生态区对峙的前线城市——银湾市。

舱门一开，医疗团队立刻就把高炙给带走了，他还需要接受一系列的检查乃至隔离。

机要军械管理部门特地派人来向谈墨回收“朱雀”。其他的 Inspector 对“朱雀”这样的神兵多少会有所留恋，但谈墨只是迅速拆卸，利落地将它放回保管箱里，仿佛它是什么烫手的山芋。

夏乘风来监督“朱雀”的交接，走之前告诉谈墨：“你医院里的行李我已经拿麻布袋装好送你公寓了。”

“麻布袋？我是被扫地出门了吗？”谈墨问。

“你觉得呢？”夏乘风笑了一下，转身离开。

“诶！等等，我枕头下面的游戏机呢？”

“也在麻布袋里——”夏乘风回答。

“老常，喝一杯，斗地主啊？”谈墨单手搭在常恒的肩膀上说。

“喝脑浆子啊？你看看我这一身，回去消毒洗澡！”

“哦，好吧。”

“诶，等等！”常恒忽然想到了什么，一把拽住了谈墨，“你不是脑震荡正在住院吗？你不晕不吐能喝酒斗地主了？”

谈墨把他手掰开，回了一句：“我好了你不高兴吗？”

江春雷走到了常恒的身后，小声说：“我怎么觉得……谈副是装的？”

“呵呵，他就是想找理由把他剩下的两天公休假给休了。”吴雨声早就看穿了谈墨的伎俩。

常恒感到被欺骗了，他之前真情实感地懊悔过自己摔伤了谈墨的脑壳。

“去他的……老子在一线十年了，十天的公休假一天都还没休呢！”

“那要不你也找谁辅导一下近身格斗，来个过肩摔，脑震荡一下，把那十天混完？”

谈墨无所谓队友说什么，交还了其他的装备，把作战衣退回的时候，跟装备部的黄丽丽说：“小姐姐，我这作战服有点硬，清洗的时候可不可以加一点点柔顺剂？”

黄丽丽抬起眼，笑着拨了一下耳边的发丝：“那……谈副请我吃饭啊。”

“可以啊。”谈墨点了点头，“你几点下班？我等你啊。”

黄丽丽眼前一亮：“真的吗，我们吃什么？”

“食堂啊。从一号到十二号，任你挑选，口味繁多，经济实惠。”

黄丽丽没好气地推了谈墨的肩膀一下：“滚滚滚！”

“那还要不要我等你啊？”谈墨又问。

“谁要跟你吃食堂啊！”

“那你跟我回宿舍，我给你做饭，边吃饭边看电影？”

“真的？你给我做什么？”黄丽丽再度燃起了希望。

“横跨半个多世纪的经典，历经人类浩劫但仍然屹立不倒的国民品牌——康×傅泡面！我给你另外打个鸡蛋。”

黄丽丽挥了挥手背：“滚吧。别等我，没结果。”

“那好吧，记得我那一丢丢的柔顺剂。”谈墨伸出食指和拇指捏在一起。

“我给你挤点洗手液，你就当柔顺剂吧。”

“那一会儿一号食堂见？”

“我希望我们再不相见。”

谈墨拿回自己的常服换上，T恤和牛仔裤虽然款式简单，但被谈墨的宽肩长腿一衬，往人群里一丢，那妥妥的相亲利器。

他还真去了一号食堂，餐盘从窗口推出，格子里是他点上已经分好的菜品：糖醋排骨、糖醋里脊、糖醋鱼块和红薯饭。

不远处的江春雷朝谈墨挥手，一脸兴奋：“谈副队！这边！这边！”

谈墨端着餐盘来到江春雷的对面，江春雷一看他餐盘里的菜，顿时牙疼。

“谈副……你这么好甜口啊？”路过的装备部员工问。

“吃甜的让人感觉幸福，淡忘世间一切疼痛。”谈墨一边回答，一边将一大块糖醋里脊塞进嘴里。

他吃东西的样子并不斯文，大口大口的，但也不显得粗鲁，而且让人看着挺有食欲。

糖醋里脊的脆皮被咬开的声响让江春雷牙疼的感觉更严重了。

吴雨声也端着餐盘过来，坐到谈墨的身边，瞥了一眼他的菜。

根据他们的训练强度，吴雨声倒是一点都不担心谈墨的血糖，他只是看着谈墨的腿，说了句：“记得去军需药品管理处领你的药。”

“领药？胰岛素吗？”江春雷抬起眼来问。

“不不不，不是胰岛素……”谈墨非常认真地看向江春雷，“你知道高队这一次任务为什么会失控吗？”

“为什么？跟你要去领的药有关？”

“有关。”谈墨的目光沉了下来，一脸严肃的样子，“老高和我在一起五年了。”

江春雷的眼睛瞪得比铜铃还大，他万万没有想到他们的队长和Inspector竟然是“一对”？

果然现实比小说还要刺激！

“要不是他身体素质好，哪里受得了我？现在他要退休了，为了让他安度晚年，我只能去药品管理处领取……”

谈墨的话还没说完嘴里就被吴雨声塞了一大块排骨："拉倒吧你，母胎SOLO（单身）选手没资格说这话！"

"哈？"江春雷一副大梦初醒的样子看着吴雨声，"高队和谈副队到底……？"

"他们就是纯纯的塑料兄弟情，虽然很假，但历久弥坚，难以降解。"吴雨声叹了口气，"高队的检查报告就快出来了，多半可以荣誉退居二线。谈墨你别嘴上没个把门儿的，害得高队晚节不保。"

"老高不在意的。搞不好现在正在研究糖醋排骨和松鼠鱼怎么做呢。"谈墨笑着说，"我可是他嫡亲的儿子呢！不然怎么继承他的房产？"

"那也得高队认你这不省心的崽儿！"吴雨声无奈地说。

有人走进了食堂，顺手领了餐盘，逆着光，从谈墨的角度看不清对方的五官。但那人身形高挑，应该是穿着衬衫，袖口正好折在胳膊肘，露出精干的小臂线条，下摆收入裤子里，两条腿笔直修长，迈开的脚步看似悠闲，却带着飒劲的气场。

不少正在用餐的人都看了过去，毕竟这个食堂里一线作战和后勤保障人员居多，不是穿迷彩服的，就是穿日常休闲私服的，像对方那般衬衫西裤的人简直稀罕。

一个年轻的通信官恰好此时端着餐盘起身，她没有注意从身后路过的人，餐盘眼看就要撞到对方身上。而这人轻轻松松单手托着自己的餐盘移开，另一只手抬起了通信官的餐盘，向下一沉又一个平移，顺带把掉落的杯子也接住了，盘底的手一个巧妙的晃动，歪倒的杯子竟然就这么立稳了。

"……谢谢！"年轻的通信官在和人视线相触的瞬间脸就红了。

"不客气，你没事就好。"

这一切发生在一眨眼之间，整个餐厅的时间仿佛短暂静止。

看到这一幕的吴雨声用胳膊肘撞了一下谈墨："看到了没？"

"不稀奇。"谈墨垂下眼，夹了一大口红薯饭塞嘴里。

"这身手也叫'不稀奇'？"吴雨声问。

"老高比他厉害。"谈墨闷闷地说。

"他……他不是跟着赵教授的那个研究生吗，好像是叫洛轻云？"江春雷摸了摸后脑勺，"他不是应该跟着赵教授去研究所吗？怎么跑到我们一线部队的食堂来了？"

"他是不是还戴着手套呢？"谈墨不咸不淡地问了句。

"是啊。好奇怪啊，干吗一直戴着手套？"那副手套是黑色的，挺薄，之前在机舱里没觉得有什么特别，只以为是研究员的怪癖，可到了食堂明亮的白色灯光下，江春雷发现那手套的质地很特别，似乎有金属的光泽，随着对方的移动，手套表面仿佛有什么东西在流动一般。

经过谈墨的提醒，吴雨声终于明白了洛轻云的身份："竟然是那个洛轻云……真没想到。"

"哪个洛轻云？"江春雷呆呆地问。

"单枪匹马干掉一个生态区的洛轻云。"吴雨声没好气地回答。

而他们口中的"那个洛轻云"已经端着餐盘来到了谈墨的斜对面，欠了欠身，问道:“这里好像没人，不介意我一起吃吧?”

“不……当然不介意……”江春雷扯了纸巾把旁边的座位擦了擦。

吴雨声一直盯着对方，从那双放下餐盘的手，到他的胳膊、他的肩膀，以及那张精致谦逊的脸，完全感受不到一丝传闻里“神挡杀神，佛挡杀佛”的气势。

“我吃好了，你们慢慢吃。”

谈墨风卷残云地把饭菜扫荡干净，一脸“生人勿近”。他正要起身，不料斜对面的洛轻云将一个百香果味的牛奶布丁递了过来。

“谈副队，请你的。”洛轻云说。

就面部骨相而言，洛轻云跟高炙是属于同一挂的——眼窝深、鼻梁高、下颌线利落，五官立体，有男人味，是那种有侵略性的长相。可偏偏洛轻云的神情又带了几分水墨晕染似的柔和，眉眼的轮廓线条沁着水波流纹般的空远，让人觉得这人应该脾性和涵养都很好。

“我血糖高，不吃甜的。”睁眼说瞎话——谈墨的特长。

说完，谈墨就端着盘子起身，又拍了拍吴雨声的肩膀:“你们陪洛队好好聊聊。”

“洛队!”江春雷眼里满是崇拜和好奇。

吴雨声朝对方伸出了手:“洛队你好，我是吴雨声，担任二队的戒备员。”

洛轻云和吴雨声握了握手，视线的余光却在谈墨的身上。

“你好，我是洛轻云。本来在北辰市的外勤部队，现在调配到银湾市，即将担任一队的队长。以后大家就是自己人了，多指教多配合。”

虽然听着是场面话，但洛轻云的声音有一种真诚稳重的感觉。

已经走远的谈墨听着洛轻云说话，在心里暗暗一声：切。

虽然五年过去了，但只要见到洛轻云，谈墨耳边仿佛还会响起那道通讯器里传来的指令。

——你的人可以不到位，但你的子弹必须到位。

看洛轻云的反应，多半是压根儿不记得自己是谁。

谈墨自嘲地一笑。

吴雨声寒暄道:“哪里,洛队客气了。只是没想到洛队……竟然是赵教授的学生?”

洛轻云的唇线弯起，带着学者的儒雅:“谁说进了一线部队的人不能是研究生啊？对开普勒生物的了解越深，才越能够对付它们。”

吴雨声笑着说:“我们队的老常还说您临危不惧，一点儿不像那些遇事儿就慌乱的研究员。现在我算明白了，就算当时舱体破裂了，您也有把握保护赵教授全身而退吧?”

“不不不，你们误会了。我并没有接到保护赵教授的任务，纯属工作调动之前去看望自己的老师。正好赵教授也要回银湾市，我就跟着他的专机一起回来，没承想会遭遇突发事件。”洛轻云顿了一下，又说,“你们的谈副队倒是让我很惊讶，我听说他是开了两枪，第二枪击中的高队长。但就我这么多年的经验……第一枪如果没有击中就会彻底暴露位置，第二枪是不会有机会的。”

提起谈墨，江春雷的眼睛都亮了起来：“我有录像！8 K高清画质——能让你把那两枪的角度、轨迹还有受到的风阻都看得清清楚楚！你要不要看？要不要看？”

江春雷现在逢人就推销自己的录像。

洛轻云刚要开口，吴雨声提前一步说：“三百块看一次。以您的权限其实可以调阅官方资料。”

江春雷一听，立刻拍了拍胸脯说：“我怎么可能收洛队的钱呢？当然是免费的！附带我的分析报告！”

吴雨声愣了愣：“我靠……江春雷你可以啊！我们还是队友呢，我看就要收钱，洛队要看你就免费？”

“你什么时候升队长了，哪怕升副队长，我也免费给你看啊。”江春雷一副理所当然的表情。

“靠……你也太现实了。”吴雨声差点把餐盘拍在江春雷的脑门上。

“那这个就算是我请你的了。”洛轻云把谈墨不要的布丁放在江春雷的面前。

江春雷二话不说，立马把视频发给了洛轻云。

“诶，洛队，我有个问题想问一下，为什么您一直戴着……”

江春雷的话还没说完，就被吴雨声从桌子下面踢了一脚。

洛轻云抬起自己的手看了看，虽然戴着手套，依然能看出来十指修长，一旁的吴雨声不由得想象这手握住战术刀斯杀的时候会是何等利落。

“秘密。”洛轻云向后仰了仰下巴，笑容里带着一丝桀骜，又像是自嘲。

等到洛轻云吃完饭端着餐盘走了，吴雨声才收起了好脸，对江春雷说：“人家给你三分颜色，你就真的以为自己可以开染坊了？”

江春雷意识到自己搞不好犯了洛轻云什么忌讳：“我……没想那么多，就觉得好奇……吴雨声，你知道他是为什么要一直戴着手套吗？”

“我也不知道。”吴雨声摇了摇头，“关于洛轻云的资料很少，只知道他是个很厉害的融合者，危险级别远超过我们的高队长。但是他的具体能力是什么……我们都不清楚。至于那双手套……有人说他那双手被变异生物咬伤，疤痕狰狞。还有人说，他的手被开普勒生物的‘黑火’烧伤过，戴手套是为了避免接触感染。”

“可是他戴着那样一副手套，就肯定会有人问他吧……难道他都没有回答过？”江春雷问。

吴雨声的眼睛眯了起来：“他并不是刚成为融合者就戴上那副手套的……而是在他某次灭掉了一整个初级生态区之后。”

所有的融合者都会经历一段和开普勒基因适应的过程，随着适应性越来越强，能力也会越来越强，同时离那道界限也越来越近了。

总之，那双手套不是代表伤痛，就是代表能量暴走。

谈墨离开餐厅之前，将餐盘送进了清洗机器里。

又到了灰塔系统的内部播报时间，谈墨对这些播报不感兴趣，播报总共就是三件事：灰塔领导人很忙，灰塔保护下人类很幸福，开普勒生物很残忍。

但今天的内部播报竟然拍出了恐怖片的效果。

今日要闻：无知少女饲养开普勒生物，终酿惨剧。灰塔责令北辰市治安中心必须在72小时内锁定开普勒生物来源。

谈墨摸了摸下巴，心想：把开普勒生物当成宠物养，这恐怕不是“无知”，而是无脑。

全息屏幕上，外勤队员们全副武装突入了这个女孩的房间。里面简直就像个小型的热带雨林，大量的安息藤优雅地沿着墙壁伸展开来，淡蓝色的米诺斯虫隐藏在藤蔓之后，就像铃铛一样挂着，吸食着来自安息藤的营养。

房间的中央是一张粉色的床，床上的女孩儿脸上充满眷恋，像是沉浸在美梦中。她的四肢却早就扭曲折断了，身体到处是被安息藤穿透的痕迹，但并没有丝毫血液渗出。

更奇怪的是，她的身体没有像其他成为开普勒生物养料的人类那样迅速腐败，而是被某种植物纤维填充着。哪怕她已经死去多日了，从皮肤到肌肉都依然充满弹性，就像一个完美的娃娃。

根据外勤队员的扫描评估，这里已经形成了一个初级生态区，暂不具备攻击性。

看到这里，谈墨冷笑了一下，低声道：“北辰市的外勤脑子是灌了水泥吗？”

耳边响起了温润的嗓音：“安息藤本来就不是攻击性开普勒生物。”

谈墨没有转身，而是继续看着屏幕，冷声道：“看清楚了，那可不只是安息藤。藤蔓上的嫩叶带着淡金色的边，这是芙莱亚系开普勒生物的标志——这安息藤携带了芙莱亚基因。”

芙莱亚系开普勒生物，外形多样，但最大的特点就是温柔、精致、美好，它们能释放生物静电，形成奇特的磁场以吸引猎物，让猎物产生强烈的被爱的幻觉，被称为开普勒世界中的“爱欲之神”。

可一旦猎物不愿意被控制，“爱欲之神”就会化身为“杀戮之神”。

果然，当调查员来到女孩的身边，用镊子夹取女孩的皮肤取样的时候，原本安静的安息藤忽然游走起来，铺天盖地涌向房间的中央，就像一个巨大的罩子！

外勤队员们迅速反应，瞬间火光四溅，安息藤被击中的地方爆裂开来，银蓝色的血液喷涌而出，在半空中凝结成透明的六棱花。

谈墨冷哼了一声：“真是死都不忘了臭美啊！”

这些六棱花每一朵都折射出房间里之前发生过的事：被安息藤缠绕着的女孩陷入了疯狂的状态，迷离的呼喊，无法满足的欲望……每一片花瓣上的内容都让人难以直视。

外勤队员们把这些六棱花都打掉了，但空气中的粉末没有落下，反而构筑出了另一个世界。迷雾之中，隐隐有曼妙的身体绕过他们的肩膀、他们的枪口，外勤队员们就像中了邪一样，动作迟缓了下来。这就是芙莱亚系开普勒生物的“磁场”。

老道的外勤队员们都在竭力抵抗着诱惑，但那位取样的调查员却没有这么强的自制力。他忍不住摘下了自己的氧气面罩，安息藤的微粒立刻进入了他的鼻腔、喉咙与肺部，化为锋利的刀刃，随着他每一次呼吸和心跳开始了切割。

“啊——啊——”调查员极度痛苦地挣扎了起来。

他的肌肤开始泛红，其下大量毛细血管破裂，整个人不到三分钟就变成了一滩烂泥，白骨都露了出来。

这对于现场的外勤队员们来说是极其震撼的，他们当即放弃了靠近女孩尸体的想法，退出房间并且释放药凝弹，对整个房间进行了生态隔离。

播报中没有感情的声音还在继续：

根据调查，女孩所培植的安息藤为芙莱亚系变种。外勤队对女孩购买种子的花鸟市场进行了突击检查，查获开普勒生物种子多达三十余种……

北辰市和银湾市毗邻，出了这么大的案子，银湾市也不可避免地要进行大规模排查。

在食堂里吃饭的人都不约而同地认真看着这则播报。两个后勤部队的女军官一边将餐盘送进清洗机器，一边心有余悸地聊天。

“看到了吗，那个女孩子应该是成为安息藤的养料了吧？”

“是啊，我看到她身上有好多伤口，伤口上都是植物纤维！太惨了！不知道她挣扎的时候是不是很痛苦！”

“但是安息藤真的很漂亮，我有个大学同学结婚的时候用的就是被处理过的安息藤标本做婚礼装饰呢，那感觉就像精灵世界！”

谈墨笑了一下：“她可不是安息藤的养料。”

两个女军官停下了脚步，好奇地看向他：“谈副队，不是养料那是什么？”

谈墨眯着眼睛笑着，身体前倾看向她们。

“是‘母体’。如果尸体能够被成功回收，剖开来应该就能看到里面孕育着安息藤。她身体里的血液不是因为受伤流干的，而是被她肚子里需要养分的孩子们吸干的。”

女军官们露出惊讶的表情：“她是人类，竟然怀上了开普勒生物？”

“安息藤日日夜夜地取悦她，她当然要付出代价啊。看到她身上的口子吗？那些可不是伤口，而是源源不断的快、乐、来、源。”

谈墨的声音里带着调侃，女军官们的脸都红了。

“谈副队，你好坏啊！”

“就是，你吓到我们了……”

谈墨点了点头说：“吓到你们就好。这样你们就不会被这种外表好看、内心恐怖的生物吸引了。有点防范心啊，小妹妹们！”

女军官们明白了谈墨的意思。谈墨有张好看的脸，本来在灰塔内部的女军官里人气就不低，就连热爱存钱，请客只请食堂的小抠门之处，大家也觉得挺可爱。

其中一个女军官说了声“讨厌”，正要打谈墨一下，不知看到了什么，就退开了。

“谈副队，下次请你喝奶茶！我们先走了。”

有人请奶茶，谈墨从来不会拒绝。他笑着说:“好啊，三倍糖哦。”

说完他刚要转身，就撞上了某个人的胸膛。

“抱歉。”谈墨下意识伸手去推，想要和人拉开距离，却没想到有只手扣住了他的手肘，谈墨和对方的胸膛只剩下一个拳头的间隙。

这人是谁？为什么会悄无声息地出现在自己的身后？

“是谁说自己血糖高，不吃甜的？”带着调侃笑意的声音响起。

谈墨一抬头，对上了一双看似温润实则深若寒潭的眼。

“洛……洛轻云？”

谈墨这才反应过来，刚才在和自己聊播报内容的人竟然是洛轻云。

洛轻云没有放开谈墨的意思，不紧不慢地开口道:“像芙莱亚系这种低级的开普勒生物，还不配用‘取悦’这个词。”

谈墨试着后退，洛轻云的手看似没有用力，但是他却动弹不得。洛轻云在观察谈墨，他能感觉到自己和谈墨曾经有交集，但是自己在何时何地、因为什么和谈墨之间产生隔阂，他没有找到答案。

谈墨心底对洛轻云的疑惑很得意，同时也有点不大开心——果然贵人多忘事，这家伙不记得他了。

“哦，‘取悦’这个词有什么特别之处吗？”谈墨的脸上没有展现出丝毫情绪，直落落地回视洛轻云。

“越是高等的开普勒生物，它们的思维世界就越执着和纯粹。有句话不是很流行吗——物质泯灭，爱欲永存。”

这是上个月国内票房第一的电影中的台词，讲的就是开普勒生物爱上人类的悲剧故事。

谈墨笑了一下:“啧，童话都是骗人的，电影就是精神鸦片。”

“但这句话是真的。”洛轻云说。

“我知道，您拥有的就是高等开普勒基因。您说是真的，那就是真的咯。”

谈墨心想，还好自己曾经看洛轻云的脸看了无数遍，不然又会被这张脸给骗了。谁让自己是个资深颜控呢？可惜，看的次数多了也就免疫了。

“谈副队，像你这样的人出外勤的时候应该很危险。”洛轻云再次看出来这位谈副队不大喜欢自己。

“为什么？”

大家都是人，出外勤的时候开普勒生物还会区别对待不成？

“你的体脂率很完美，身体素质很高，肢体协调性极佳，运动神经发达，长得也很好看。不只是芙莱亚系，只要是有繁衍需求的开普勒生物……应该都会优先选择你。”洛轻云说。

谈墨算是明白了，洛轻云在用他刚才警告女军官的套路来吓唬自己呢！谁让自己这么不给他面子。

“谢谢你这么夸我。”

谈墨用手做出开枪的姿势，指尖在洛轻云心脏的位置上点了一下：“那就让它们来——取悦我试一试。”

他比之前更加靠近洛轻云，这让洛轻云可以清晰地看见谈墨琥珀色的眼瞳，带着七分无谓和三分嚣张。像谈墨这样的人，真要是哪天深陷高级开普勒生态区，哪怕知道自己无力回天，大概也只会笑一笑，抱怨一句“真他娘的倒霉”。

这样的人是抓不住的，于是洛轻云放开了他。

谈墨直接转身就走了。

路过的人多少都会为洛轻云得天独厚的外貌而驻足或者打量，只有谈墨走得那叫一个干脆。

“还真是不挥衣袖，也懒得带走云彩啊。”

洛轻云笑了笑，低头看了一眼自己的胸膛。

洛轻云来到银湾市灰塔为外勤队员安排的公寓。按照他的级别，公寓的规格不算低，一室一厅，空间很大，配置齐全。天已经黑透了，窗外也没什么繁星点缀的风景，只有其他军官的公寓灯光以及远处哨卡的亮光。

既然没什么风景，洛轻云索性把窗帘拉上了。他从冰箱里拿了一瓶矿泉水，一边在沙发前坐下，一边启动光脑，导入江春雷发给他的资料。

江春雷肯定是拍不到谈墨的射击姿势的，毕竟距离三千米有余。

但那两发子弹在超高清慢镜头之下，旋转着金属光泽，破开气流，一往无前。

两发子弹在千米以外的轨迹几乎完全重合，这也是感知力超群的高炙没发现第二发子弹的原因。当高炙握住第一发子弹的时候，第二发子弹正好穿过了他拳头的上方，时间差巧妙到令人叹为观止。

洛轻云不由得想象，如果是他，能不能避开第二发子弹。

这世上没有如果，赌的本就是意料之外。

这段视频正常的速度不到零点五秒，被延伸放慢成三十秒，每一帧都让人惊叹于那个开枪的 Inspector 对时间、空间还有物质密度的感知力。

如果不是 Inspector 必须由不可能越界的人类来担任，洛轻云都要怀疑谈墨也是个融合者了。

这样的狙击技巧，这样一种理性与野性并行不悖的张力，仿佛从千军万马当中寻找一个微不可见的出口。

视频播完了，开始转入江春雷的技术流分析，洛轻云完全不感兴趣。就感知力来说，他大脑深处的分析要比这敏锐成百上千倍。

可那两发子弹就像宇宙里相互吞噬的双子星，有一种致命的吸引力。

他将这段视频反复播放了几十遍。越是这样看着，洛轻云就越是有一种与之共鸣的渴望。

“谈墨……”他慢慢念叨着这个姓名。

第四章
CHAPTER 04
送命题

高炙住院了，他养的鱼自然交给了谈墨来伺候。谈墨一一确认这些小宝贝都康健安泰，换了水投了食物，再一看时间，都过午夜了，干脆就在高炙家的沙发上睡了下来。

裹着被子即将入眠的时候，谈墨被放在茶几上的通信器震醒了，是吴雨声发来了一段视频。他吭哧吭哧地爬起来，一看时间……靠，凌晨三点啊！

“这是什么……就不给人好好睡一觉吗？老子不看动作小电影！”

吴雨声的语音从通信器里传来：“谈墨，江春雷从北辰市一个技术员那里得到了一段影像，你好好看看。”

谈墨揉了揉眼睛，有气无力地回答：“好……等我睡醒了再看……”

“是关于洛轻云的。”吴雨声强调说。

谈墨叹了口气：“不要迷恋洛轻云，虽然他是个满身传说的男人。”

就在他即将滑进被子里的时候，吴雨声的语音又来了：“是几年前调查专员前往被洛轻云灭掉的那个初级生态区时拍下的影像。”

谈墨的脑袋猛地向下一沉，骤然清醒过来：“什么？”他如同打了鸡血一般立刻坐起身来，点开了吴雨声发来的视频。

这个视频内容可以用“惨烈”来形容。

地面上到处是开普勒生物挣扎和搏斗之后留下的痕迹，绿色和深蓝色的液体沁透了整片土地——那是开普勒生物的血液。

一个调查员半蹲下来检查一株孕育了胎果的阿卡那加魔鬼藤。

它从内部被撕裂，不少胎果还没来得及离开母体藤蔓，就已经破裂了。

胎果内部孕育的正是糅合了开普勒的米诺斯虫和人类基因的生物——泰坦。它们拥有迅猛的速度和惊人的跳跃力，杀伤力很强，长相酷似某部神话电影里的“泰坦”，又是神族的对手，所以大家就以这个名字来称呼它们。

别看它们外表诡异狰狞、能杀能撞，但是不具备自我思考的能力，完全被这个生物圈的核心“种子”驱使，属于高攻击性的低级别生物。一旦这种生物全部完成了孵化，危险系数极高，任何一个外勤小队身陷这一类的开普勒生态区，别说掉一层皮，折损率不过三分之一恐怕都回不来。

谈墨皱起了眉头，眼前这情况……难道是洛轻云发现了胎果，所以趁着魔鬼藤“怀孕”、攻击能力下降的工夫，来了个剖腹杀子？还真够快狠准啊。

初级生态区内的开普勒生物摄取营养的能力不强，所以孕育能力也不强，有这样一根魔鬼藤已经非常不容易了；估计种子也在这根魔鬼藤的体内，种子被灭了，所以整个生态区就被摧毁了。谈墨心想这也算是洛轻云这个级别融合者的正常水平了，不值得吴雨声大半夜把自己叫醒啊。

但之后的进展让谈墨发现自己完全误判了。

调查员接着进入到这个生物圈的一处山谷，彻底傻了眼——这个山谷里满满长着的都是阿卡那加魔鬼藤！

它们彼此扭曲交缠，你死我活，互相扼杀，而它们的体内一律孕育着大量的胎果，在彼此的攻击之下爆裂，胎果内的液体喷溅得到处都是。有的魔鬼藤甚至钻入对方的体内，直接将对方从内部撕毁；有的魔鬼藤体内的胎果被四五根魔鬼藤刺穿了，还被硬生生拖拽出来，变成其他魔鬼藤的食物。

这样残酷的场面，让不少调查员当场呕吐。

谈墨完完全全被震住了。这根本就不是初级生态圈——这是一个……一个正处于高速发展阶段的四级生态圈！

"据说，那场任务里，洛轻云的人都被阿卡那加魔鬼藤给吃了……"吴雨声的声音再次响起。在安静的夜晚，这句话显得冷静又有几分可怖。

"你说的'吃了'，是指变成了'养料'，还是'胎果'？"谈墨问。

明明早已是过去的事，甚至不是自己亲身经历过的任务，谈墨的背脊仍莫名一片冰凉。

"胎果。"吴雨声回答道。

谈墨一口气哽在喉间，他没来由地联想到，如果自己当时就在洛轻云的队伍里……是不是也已经死了？

"洛轻云亲手杀死了所有队友结成的'胎果'。后面是他队里医疗兵的任务记录器记下来的。"吴雨声的声音发紧，可见那场面之惨烈。

视频里的洛轻云将战术刀扎进了一颗胎果里，淡蓝色的液体喷涌而出，朝四下漫延。一个穿着作战服的队员从里面倒了出来，趴在地上剧烈咳嗽，医疗兵冲上前去想要帮他，洛轻云却猛地取出手枪击穿了那个队员的脑袋。

"洛队，你干什么?!"

洛轻云的眼底没有丝毫怜悯，垂着眼说："你看清楚，它已经是开普勒生物了。"

那么多的胎果，洛轻云却能准确找到每一颗由自己队员结成的胎果，剖开，然后在医疗兵的面前杀了它们。

"求你了洛队……求你了……就让他们在胎果里待着吧！"医疗兵抱着脑袋，每有一声枪响，他的脑袋就像要裂开一样。

"不能。我们必须确保我们的人都不会'越界'。你觉得他们想成为'泰坦'吗？"洛轻云问。

他的声音根本没有感情，与平日里的样子相比就像另一个人。他刚刚一个一个亲手解决了自己的队员，脸上的表情却很淡漠。

"不想。"医疗兵咬着牙关回答。没有一个士兵想成为任由敌人操控的奴隶。

“救不了他们，就只能成全他们。”

洛轻云整个人都是冰冷的，用理性和逻辑完成了剩下的任务。一旦队友被吸食进入胎果，他就马上抛弃了所有人性情感，就像是……一个纯粹的死亡执行官。

“要离开这个生态区，就必须找到种子。”洛轻云说。

“找到了种子我们也杀不了它的……他们都死了……都死了……”医疗兵已经精神崩溃了。

他是一个救死扶伤的医疗兵，却只能眼睁睁看着洛轻云把队友一个一个全杀了。

洛轻云判断种子就在山谷里，此时医疗兵也被魔鬼藤咬住了，洛轻云救下了他，但是他的腿已被咬断，正在大量失血。活物的血液引来更多渴望营养的魔鬼藤，洛轻云杀都杀不完，终于，他的枪里也没有子弹了。

一株巨大的魔鬼藤从山谷中冲了出来，咆哮着张开了嘴，无数被它吸食了生命的人在它的嘴里求救，之前死去队友的呼喊声也一起传来。

奄奄一息的医疗兵颤着声音：“好想杀了它们……杀了它们……把它们都杀了……”

医疗兵的记录器已经歪了，只能看到洛轻云的侧脸。即便在魔鬼藤就要冲到他们面前，如此弹尽粮绝的情况下，洛轻云依旧没有任何表情，仿佛他只是这一切的旁观者。

“你是要我和你一起死在这里……还是让我干脆‘越界’，把它们都杀了？”洛轻云突然低下头来询问道。

那声音温柔善诱，像是来自地狱的邀请。

医疗兵的眼泪掉在记录器上，他发出癫狂的声音，胸腔像是要被自己的气息撕开一般嘶吼起来：“杀了它们……杀了它们……！”

洛轻云的嘴角很细微地勾起，画面抖动得很厉害。

其他人也许看不出，但是谈墨确认那是某种想法得逞之后的笑。

他将自己的战术刀递给了对方：“根据灰塔守则第八条，任务过程中如果Inspector阵亡，队内其他成员将履行Inspector的职责。没有枪了，用战术刀凑合吧。”

此刻，巨型魔鬼藤已经摆到了他们的身后，大片阴影笼罩在洛轻云的背上。他的神情没有丝毫变化，风将他的发丝高高掠起，露出来的五官有一种残忍的美感，像某种被封存在琥珀里的不死之物。

谈墨心脏莫名一阵剧烈颤抖，手指下意识抓紧了床单。

紧接着，记录器里的画面就花了。

“后来呢？”谈墨问。

“他把那些魔鬼藤都干掉了，却没有越界。倒是那个医疗兵失血过多，等救援队伍赶到的时候他已经死了。洛轻云就倒在医疗兵的身边，七天之后才恢复意识，然后被灰塔送进无机室隔离了一个月。”

谈墨长长地呼出一口气来，一手抱着膝盖，另一手摁住自己的脑袋，手指在头顶的发丝里捋了捋。“这样都不越界，我看洛轻云也不需要什么 Inspector 了。”

“关于调查报告……在山谷的最深处，也就是魔鬼藤守卫的中心，有一株枯萎的‘克莱因之瓶’。”

谈墨愣了一下，克莱因之瓶是高级开普勒生态区孕育“幼种”的核心，非常罕见。如果将魔鬼藤用胎果孕育的泰坦比作蚁群中的工蚁，那么克莱因之瓶孕育的幼种就是蚁后。

“视频里的魔鬼藤这么活跃，根本不像缺乏营养的样子。身为生态区核心的克莱因之瓶只会更强大……怎么会枯萎的？调查报告里确定洛轻云是倒在医疗兵旁边而不是克莱因之瓶里面吗？”

高阶的融合者是克莱因之瓶最爱的繁育素材，他们能给幼种提供珍贵的营养。

“确定。但是调查报告里完全没有提到克莱因之瓶枯萎的原因。”

谈墨心底深处的某根弦颤了一下。

吴雨声又说：“谈墨……你没发现吗？在这场任务里，洛轻云是没有戴手套的。我怀疑他那双手的能力和克莱因之瓶有莫大的联系。”

“所以……他那双手到底有什么能力？”谈墨反问。

“我怎么知道？还以为你身为监察员的观察力很惊人呢。”

之后，是长久的沉默。

良久，谈墨呼出一口气：“吴雨声，你是不是在心里有那么一点同情洛轻云？觉得他要强行剥离自己的感情来杀死自己的队友？”

“有那么一点吧，但更多的是有点……我不知道该怎么说。”

无论是谈墨还是吴雨声，都是见惯生死的人了，没有价值的心软和共情并不能提高任务的生还率。

讲白了，如果有一天谈墨变成了胎果，吴雨声也会杀了他。

但绝对做不到像洛轻云那样——准确锁定，利落结束。

“你仔细去体会他杀死胎果里的队友时的反应，我总觉得……他没有把自己当成‘人类’。”

谈墨一句话点醒了吴雨声——这是最让吴雨声觉得违和的地方。

“这也许……”谈墨看着视频里最后的画面，眯起眼睛，揣摩着对方那个时候的感情。但谈墨发现无论自己怎么去理解，都无法做到像洛轻云那样，在杀死队友时那么淡漠疏离。

“也许什么？”吴雨声的喉咙有些发紧。

“也许这才是真正的洛轻云。”

谈墨接着说：“吴雨声，你也是融合者。如果你不得不杀死变成胎果的我，你也会动作利落，因为你不想我受苦。但你一定会痛哭流涕，满心悲怆，因为你对我的情义是真的。而我作为监察员，如果有一天狙击越界的你，在我的子弹出膛之前我会剥离自己所有感情来保持专注。但我杀了你之后，我会痛不欲生。而洛轻云，他根本没有这样的反应，再想想平常他表现出来的温和与风度——你不觉得像是一种模式化的社交方式吗？”

吴雨声咽下口水，他知道谈墨说的是真的。不知道为什么，谈墨对于高级别的开普勒生物，特别是融合者，总有一种难以解释的“心有灵犀”。

“还有……他给了医疗兵一个选择题：到底是死在这里，还是允许他越界。他这像是一种试探，就好像在说，‘生死关头，你已经失去一切，让我看看你还有没有原则和底线’。”

吴雨声愣住了。

“不管他手套之下的能力是什么，吴雨声……他有属于他的界限，不要妄图窥探。”谈墨总结道。

吴雨声此刻背上起了一层冷汗。

每一种生物都有自己看待世界的立场和角度，洛轻云的立场和角度是什么？

谈墨就像着了魔，一遍一遍重复播放着洛轻云最后问医疗兵的那个问题。

每看一次，他的心底深处，难以言喻的痛感就多一分。

谈墨并没有在为这场战役的惨烈而心痛，但他隐隐感觉到曾经发生过什么事情，导致洛轻云对人类失望透顶。

如果在洛轻云的心里，人类是美好的、值得的，他又怎么会轻易摒弃生而为人的立场呢？

在他看来，黑暗至深是黎明。而对于洛轻云来说，黎明是黑暗的前兆。

“另外……这些视频资料应该是保密级别的吧？别人怎么会那么轻易就给了江春雷？”谈墨的眉心皱了起来。

“这个……应该是……江春雷黑进了北辰市灰塔的系统吧。”

“删掉删掉！所有资料全部删掉！你们这些兔崽子是生怕高队领不到养老金吗？如果被发现了我的奖金也泡汤了！”

谈墨快疯了，忙不迭地清理所有痕迹。东西都没了，终于可以安慰自己什么都没看过了，谈墨拉起被子倒头就睡。反正太阳照常升起，又会是新的一天。

是死，还是越界……谈墨才不想思考这个送命题！

迷迷糊糊之中，谈墨觉得好像有种鲜甜的味道在鼻尖附近弥散开来。

他睁开眼睛，陡然惊觉自己来到了视频里的那个生态区。无数的魔鬼藤正在山谷中相互厮杀，到处回荡着绝望的低鸣。

谈墨捂着耳朵向后跌坐下去。靠！他怎么会到这里来？

就不该睡一半爬起来看那个鬼视频！快点醒过来啊谈墨！快点醒！

那根最为壮硕的魔鬼藤朝他蜿蜒而来，藤蔓上坐着一个人，一条腿盘着，一条腿懒洋洋地挂在藤上。

“你怎么来了？”柔和如同幻听的声音响起。

谈墨抬起头，藤蔓上的赫然是洛轻云！

逆光之下，他的五官阴郁却并不冷冽，带着一丝勾魂夺魄的邪肆。

他越界了。这是谈墨脑海中唯一的想法。

谈墨二话不说，拔出配枪对准洛轻云“砰砰砰”连续射击，几十发磁力弹都擦着洛轻云的身影射空了。危急之际，谈墨找不到替换的弹夹，但是洛轻云已经来到了他的面前。

“看看这些魔鬼藤，它们的繁衍需要这世上最好的基因……”

洛轻云从魔鬼藤上跳下来，落地的时候一点声响都没有，他走到谈墨跟前，靠近他，侧过脸用一种说不清楚的目光看向他。

“所以它们会竭尽全力去取悦和讨好它们看中的配偶。”

洛轻云的声音空灵悠远，仿佛来自天际。但谈墨觉得那就是魔鬼在他耳边低语。

“当它们选中了你，你的眼神、你的笑，你说的每一句话做的每一件事，都会激发它们对你的占有欲。哪怕它们，或者你的身体毁灭了，这种自你发源的欲望也不会停下，就连你的精神体也会被它们拽入开普勒的高维世界里，周而复始，生生不息。”

物质泯灭，爱欲永存——这是洛轻云对谈墨说过的话。

它就像沉重的警钟，悬挂在谈墨的脑海里，经久回荡。

谈墨昏昏沉沉，不敢去看洛轻云的眼睛，那双眼睛浸染了不可抵抗的邪念，只消看一眼就可能被拽进另一个世界。

他握紧了手中的战术刀，狠狠扎进了洛轻云的胸膛，血液顺着战术刀的凹槽流了下来，越来越多，甚至染红了谈墨的虎口。洛轻云却像是感觉不到疼痛一样，将脸颊贴在谈墨的脸颊上，嘴唇几乎要触碰上谈墨的耳朵，这让谈墨一阵闪躲，但洛轻云用力将他摁了回来。战术刀扎得更深了，谈墨死死握着刀柄，没有犹豫，也没有颤抖。

“你猜……我是不是早就越界了？它们放我回来，其实就是为了寻找最适合繁衍的……配偶？”

巨大的恐惧灭顶而来，这不是死亡，而是比死亡更可怕的——“永恒”。

闹钟铃声骤响，谈墨猛地睁开眼睛，紧接着一阵用力呼吸，身体都弓了起来。

“咳咳咳……”

他狼狈地翻下床，脑壳就像要裂开一样疼，他冲进洗手间里，打开水龙头，将脑袋埋进了洗手池里。

过了许久，他终于缓过神来。

“靠……这是什么鬼梦？我怎么会梦见洛轻云？”

心脏剧烈跳动，手指颤抖得厉害。他怎么觉得梦里的洛轻云说的……

“呸呸呸……配偶，配个屁啊！”

但刚才狠狠把战术刀扎进洛轻云胸口的感觉——还是很爽的！

起床洗了个澡，谈墨去医院看高炙。

他两手空空来到医院门外，看到其他探病的人有的买了花，有的带了什么牛奶什么营养品，反观自己连个过期果篮都没提，似乎不大好。

于是他来到小卖部，看了半天，买了一把棒棒糖。反正老高那张死鱼脸送什么他都不会赔个笑，自己送把棒棒糖，老高肯定不吃，自己再带回去，多么完美。

谈墨进入了医院专门的单人病房，验证过自己的身份信息之后，病房的门打开了。高炙就靠坐在床头，穿着蓝色的病号服，右眼上的纱布已经摘掉了，完全没了昨天的虚弱。

“老高，我来看你了。”谈墨走过来，一点都不客气就坐在了床沿边，将那一把棒棒糖递到高炙的面前。

高炙抬起眼来，他右眼的颜色显得比左眼要浅。谈墨毫不避讳地盯着看。

唉，高炙这种男人，就是瞎了一只眼睛都能散发出浓浓的雄性荷尔蒙。

谈墨表示很嫉妒，也很遗憾。还以为能看到一个颓丧的队长，欣赏一下他“只是近黄昏”的低落，结果高炙还是那么帅。

谈墨轻轻发出一声叹息，而这声叹息被高炙误会了。

“我没你想的那么糟，这不还能看见你吗？”

谈墨把那把棒棒糖戳到了高炙的面前：“礼物——惊不惊喜？意不意外？”

高炙太了解谈墨的德行了，也不说话，直接从那一把棒棒糖里取了一根草莓味的，拆了包装纸，塞进了谈墨的嘴里。

“那医生说，你还有多少时间？”谈墨问出这个问题的时候，感觉自己在查成绩，心脏拧得厉害。

“根据衰减速度，短的话六年，长的话十年。”高炙说。

天晴了雨停了，谈墨觉得自己又行了。他看向高炙，惊喜道：“还有这么久？我还以为你只能再多活仨五月呢！害我来看你的时候内心充满悲壮……”

谈墨的话还没说完，就被高炙狠狠胡噜了把脑袋。

“悲壮你个头！我还不了解你？再悲壮，你也就哭个七秒，之后该干啥干啥。把我骨灰交你手上，你都能弄丢了！”

“既然知道我不靠谱，你就绝对不能‘狗带’。”谈墨“嘎嘣”一声把棒棒糖给咬碎了，“人生苦短，及时行乐啊老高。有些事情要提上日程。”

“什么日程？”高炙又摘了一根棒棒糖，拆了包装纸塞到谈墨嘴里。

“咱俩赶紧去扯证。”

“哈？”高炙有点蒙。这表情谈墨很喜欢，想拍下来做表情包。

“遗产继承公证啊！这样十年之后，我才能继承你的遗产啊！不然你这些年风里来雨里去的，存下来的钱难道上交灰塔吗？”

在谈墨看来，自己跟高炙这么铁的关系，他上无老下无小，由自己来继承就是对他的遗产最好的安排。

高炙伸手一把将谈墨给摁了下来，翻身一压，谈墨就摔趴在了病床上，脸砸进枕头里，还岔了气。

“你很可以啊臭小子，我的遗产是那么好继承的？你有命花我的钱吗？”

“哎呀……哎呀……腰……腰要断了!”谈墨用力挣扎，整张病床跟着“吱呀吱呀”起来。

“你的腰能轻易断？你给我解释一下，谁给谁洗衣煮饭？嗯？”高炙咬牙切齿地翻起了当时躺在担架上没能还回去的旧账，恨得不行。

江春雷站在病房门口，手里还抱着一个大果篮，里面有各种新鲜又昂贵的水果。他听着这里头的“友好交流”，进退两难，只好看向旁边的人，用眼神示意对方：我们要不下次再来。

但是洛轻云一动不动的。

“我！我给你洗衣煮饭……我二十四孝……”谈墨被对方的锁喉逼得背上起了一层冷汗。

“煮饭？你丫会用电饭煲吗，你煮饭?!”高炙的质问很有力度。

“我给你煮跨世纪经典料理,历经百年岁月永不褪色的……”谈墨企图翻身逃脱，果不其然失败了。

“康×傅牛肉面是吧?”高炙又用力拧了一下谈墨的肩膀。

谈墨干脆放弃挣扎，哼唧起来:“啊……好痛……不行了老高……求你了……”

门外的江春雷恨不能直接把脸埋进果篮里，他再次用余光瞥了一眼和自己一起来的人。

“你不行了？你装脑震荡让我给你签假条的时候，很行啊!”

“我错了，我错了！以后不会了……”

反正一说就是“我错了”，但死不悔改，这是谈墨身为 Inspector 最后的倔强。

“以后？以后换了新队长,你还想有‘以后’?”高炙看着动作狠,但其实很有分寸,旨在教育而非伤害,“你这近战渣渣，以后给我老老实实训练！你以为每个队长都会给你留个戒备员吗？你连自己都保护不好怎么保护别人，嗯?”

听到这里，江春雷抬起头，这……语气里浓浓的恨铁不成钢啊?

谈墨却突然没了声音，整个人轻轻颤抖着，咬着牙关皱着眉头。

高炙意识到了什么，松开了手，一把将谈墨翻过来:“小谈？小谈你怎么了？是药剂失效了吗？你回来之后去领你的药了吗?”

就在高炙的手即将摁上呼叫器的时候，谈墨忽然坐起身来,“嗖”地下了床，一边往外溜一边回头道:“老高明天见！遗产的事情就这么说定了啊!”

谈墨一推开门，就撞到了江春雷怀里的果篮。江春雷一个踉跄，谈墨眼明手快地抓着果篮的把手往回拎了一下，帮人稳住了。

“水果不错啊。剥个榴莲给你高队降降火。”

谈墨一转身，就对上了洛轻云的脸。

好家伙！这脸。谈墨下意识要后退，洛轻云一抬手扣住了他的肩膀。

谈墨的嘴里还留着草莓味的棒棒糖渣，他就这样看着洛轻云的眼睛,“咔嚓”一声把它嚼碎了。

空气里弥漫起草莓硬糖的人工香精味道，甜到发腻。而他瞳眸清亮，像开普勒爱欲梦境里的清醒人间。

谈墨整张脸瞬间沉了下去，心想这家伙怎么来了。

洛轻云今天总算没有穿衬衫了，而是米色的薄卫衣和黑色休闲裤，很惬意，很知性。

就像刚晨跑完的研究生，高大英俊，又若有若无地散发着男性荷尔蒙，惹得这层楼的护士推着推车来回经过了起码三遍。

“洛队。”谈墨点了点头，飞快就走了。

“你以后也就这么跟你未来的队长打招呼吗？”洛轻云挺好脾气地问。

谈墨愣住了，转过身来时眼神里有一瞬的难以置信：“你……要做二队的队长？”

真要那样，谈墨立刻去把“朱雀”领出来，趁其不备，一枪崩了洛轻云！

“不是。”

谈墨微微呼出了一口气：“那等我未来的队长走马上任了，我会去给他擦枪、敬茶、马杀鸡。”

“不是煮饭、洗衣、生孩子吗？”洛轻云又问。

谈墨哽了一下，冲着病房内的高炙说：“老高，你生是我的队长，死是我的死队长，你要老当益壮积极进取，千万别被人占了位置啊！”

“你怎么还没滚？”

“滚了，滚了！”谈墨朝着电梯走去。

等进了电梯，谈墨发现自己收到了一条来自高炙的信息：记得去军需药品管理处领镇痛剂。

嘴角浮起一抹笑，谈墨回了一句：知道了，么么哒。

医院门口一阵凉风吹来，谈墨脸上的笑容消失了，路灯灯光落在他的肩头，显得萧瑟冰冷。

他想起高炙的那句话，他们没有“以后”了。

高炙这人看起来严厉，其实最护短。谈墨与其说是他的监察员，更像是他的搭档。每次任务，高炙带人突入，谈墨在远处给他支援；高炙撤出生态区，谈墨给他解决追上来的尾巴。

他们太默契了，以至于谈墨不确定自己还能不能适应下一个队长。

洛轻云和江春雷进了病房。

“高队。”洛轻云笑了一下，“您看起来状态还不错，真让人羡慕。不知道我有没有你这样的好运气。”

高炙愣了一下，附和道：“我确实运气好，遇到了最好的监察员。”

“是的，大部分的 Inspector 都想着能在我们越界的时候杀了我们，而不是救我们。”洛轻云说。

江春雷觉得自己与这气氛格格不入，于是借口洗水果离开了室内。

高炙说：“小谈其实没有通过 Inspector 的测试。”

这世上大概没什么能够引起洛轻云的兴趣，但是说谈墨没有通过测试，无异于说一个全国高考理科状元在参加高考前数学还不及格。

“您说的应该不是狙击技术，而是心理测试吧？”

高炙摇摇头，回答：“放眼整个灰塔系统，大概找不到第二个心理素质比他更好的了。哪怕生态区已经蔓延到了他的身后，他也能专注地开好每一枪，对目标的观察和行动预测能力，更是无人能出其右。”

“那是因为什么？”洛轻云问。

“他的实习任务没有圆满完成。”高炙看着洛轻云的眼睛回答。

“原因呢？”洛轻云蹙起眉，“就谈墨的水平，我很难相信他完成不了实习任务。”

高炙叹了口气说：“他可能是运气不太好吧。”

洛轻云揣摩着高炙的目光，总觉得他想说的不止于此。但这个原因也许和谈墨的隐私有关，当事人不在，高炙也不好继续说下去了。

洛轻云开口道：“Inspector 的职责从来不是救我们，而是防止我们成为开普勒生态的一部分之后，反过来对人类构成威胁。Inspector 必须保持冷静、客观，对目标没有情感，准确评估目标状态，做出正确的选择。这是灰塔的监察员守则。”

高炙点了点头说：“但是谈墨的心很软……哪怕他从没有跟我说过话，从没有握过手，只在瞄准镜里日复一日地看着我，他也做不到杀了我。”

“因为从一开始他就想救你。他万分细致地观察你，了解你的行为模式，理解你在各种状态下做出的判断，就是为了在你‘越界’的时候用衰减剂命中你。他有着惊人的分析能力和判断能力。而且高队，根据我获得的信息，你不是他救下的第一个融合者。”洛轻云说。

高炙的眉心皱了起来，目光沉了下去：“谈墨在银湾市灰塔，对于所有融合者来说，都代表着‘希望’。但是洛轻云，如果可以……我希望你永远不会出现在他的瞄准镜里。”

“为什么？”

“每一次面对融合者扣下扳机，对他而言都是生死折磨。无论他有多么敏锐，他的判断力有多么惊人，都是走在钢索之上，总有一次，他会失误。而这个失误的代价不是毁掉你，因为那个时候你已经越界了，无知无觉，但是他有人类的感情，他会自责，会痛苦，可能还会……一蹶不振。”

“我懂您的意思了。”洛轻云点了点头，站起身来，“忘记说了，我调到这边来是做一队的队长。”

“这个我知道。”

“还有，下周一队和二队有演习。”洛轻云说，“算是让我和我的人熟悉熟悉这边的作战氛围。”

高炙顿了一下，随后眯起了眼睛：“那就请洛队务必全力以赴，好好替我收拾那群兔崽子，特别是小谈。我不在……他不能继续天真下去了。”

洛轻云点了点头：“我明白。”

第五章

CHAPTER 05

万物唯一

当天晚上，银湾市灰塔给洛轻云搞了一个什么欢迎晚宴，其实就是吃那种不需要穿着假模假样的制服，踩着夹脚凉拖也没关系的自助餐。不过洛轻云长了张注定人气爆棚的脸，不少后勤和通信部的女军官们都盛装打扮了一番，自助餐的餐厅里充满紧张期待的气氛。

晚宴的主角洛轻云穿着很休闲，但宽肩窄腰腿又长，走到哪里都是视线的中心。就连银湾市灰塔的管理者耿劲柔都一直陪在洛轻云的身边招待着，待遇可见一斑。

谈墨对此没有丝毫兴致，他宁愿窝在小巷子里喂流浪猫，也懒得混什么免费的自助餐。

“咱谈副队为什么不来？这么多甜到齁的点心，他就这么放弃了？”常恒一边咬着牛排一边问。

吴雨声笑了笑：“我打赌，耿劲柔一定会要求我们把谈副队叫来。”

果不其然，耿劲柔和洛轻云走了过来，耿劲柔笑着介绍说：“洛队，这些都是二队的队员，你应该打过照面了吧？”

洛轻云笑了笑：“都认识，高队的部下都很出众。”

耿劲柔看了看，问：“怎么没见到谈墨？”

早就预料到这一切的吴雨声脸不红心不跳地扯谎：“谈副队您还不知道吗？估计在哪儿跟女军官们讲故事呢。”

耿劲柔露出了然的表情，对洛轻云说：“那是，谈墨这家伙长了张可会说话的嘴，后勤的女军官们就爱跟他聊天。”

谁知道洛轻云回了句：“我还以为是因为谈副队长得好看。”

耿劲柔差一点被红酒呛着，倒是吴雨声面不改色地继续为谈墨“尬吹”：“那是，银湾市灰塔‘F4’可不是白叫的。”

“‘Flower 4’？”洛轻云很自然地拉开了吴雨声身边的椅子坐下。

耿劲柔看洛轻云打算和二队的人联络感情，趁机离开和其他高层聊天去了。

吴雨声有点惊讶：“洛队还知道这么老的梗呢。”

“那是哪四位呢？”洛轻云饶有兴趣地问。

他没有任何架子，语气自然得像是吴雨声的老朋友。若不是吴雨声早就见闻过洛轻云那些狠绝的传说，恐怕也早就对他放下一切戒心，甚至掏心掏肺了。

“银湾市灰塔的‘塔花’，自然是三队的队长李哲枫，四队的队长周叙白，还有我们高炙高队，以及我们的谈副队。要知道，谈副队可是唯一一个以人类的资质杀进‘F4’的选手。”

其他三位都是队长，也就都是融合者。

洛轻云撑着下巴，微笑着反问吴雨声："那我来了之后，他还是'F4'吗?"

吴雨声愣了两秒，没忍住笑出声来。他是真没想到洛轻云还有这样的幽默感。

"哈哈哈……确实你来了之后他就得被踢出'F4'了。估计他得恨你。"

洛轻云抬起酒杯，意思是要和吴雨声干一杯。吴雨声刚抬起酒杯和对方相碰，就听见洛轻云泛着轻微凉意的声音响起："是因为这个，他才不来今天的晚宴吗?"

吴雨声的心脏像是忽然被捏在了手心里，只要对方一个用力就会四分五裂。

"洛队别误会，他真的……"

洛轻云笑意不减，却用没有任何温度的声音截断了吴雨声的话："他没有在和任何人聊天。以他的性格，如果真的在这里，应该会有女军官围绕着他笑声阵阵。你看到类似的场面了吗?"

"他……"吴雨声张了张嘴，他发现自己一旦对上洛轻云的眼睛，就半句谎话都说不出来。

吴雨声在心里问候了谈墨的祖宗十八代——要不是谈墨开枪射鳞鸟的时候喷了洛轻云的一身血，也不至于这么被这家伙惦记!

洛轻云的手抬了起来，搭在吴雨声的肩膀上，吴雨声只要稍微侧过脸，就能看到那只被黑色手套包裹的手垂在自己的心脏上方的位置上。

"你可以告诉他我不在这里。他喜欢吃甜的吧，别浪费了那么多的点心。"

吴雨声万分戒备地看着对方的指尖，那金属质感的寒光像某种威吓，镇压在吴雨声的心头。

他只能打了个电话给谈墨："阿墨，过来吃自助餐啊。这里甜点好多，有什么泡芙、松塔、芝士蛋糕，应有尽有!"

"不去，我喂猫呢。"谈墨的声音从通讯器里传来，还有几声小猫拉长的叫声，可以想象谈墨正在逗弄某只猫下巴的画面。

吴雨声心想死道友不死贫道，位置越高责任越大，谈墨你既然是副队长了，那就有牺牲自己拯救队员的义务。于是他再度脸不红心不跳地扯谎："洛轻云来晃了一会儿就跟着耿劲柔走了。"

那边的谈墨犹豫了一下，问："耿劲柔那个满嘴官僚主义的八哥真的不在?"

"不在，不在!"吴雨声心想：哥们儿，你在乎的是那耿劲柔吗?你不想打照面的明明是洛轻云好吧!在我面前还用保持这种小学生程度的虚伪吗?

"那行吧，我现在过去。你给我多拿点甜点。"

通信结束之后，吴雨声看向洛轻云，说："洛队，我去给谈副队拿甜点。"他想借机远离洛轻云的那只手。

"不着急。"洛轻云又挑起了话题，"你担任谈副队的戒备员很久了，应该很了解他吧?"

"还行吧。他这人很坦荡，没什么秘密。"坦荡到欠了饭钱不发红包的样子也那么理所当然。

“我感觉谈副队对我好像有点意见，你知道是为什么吗？”洛轻云十分诚恳地发问道。

吴雨声理解洛轻云的想法，任凭谁调任到了一个新岗位，感觉到有个没什么交集的人不大喜欢自己，都会想知道原因。但谈墨也是吴雨声的兄弟，吴雨声还是决定维护谈墨。

“这我就不知道了……没听他说起过呢。”

“他会跟谁说呢？高队吗？”洛轻云状似无意地问。

“高队对于他来说就是爸爸，哪个小男孩儿会跟爸爸说在学校里讨厌谁啊。”吴雨声尴尬地笑，心想去觅食的常恒还有江春雷怎么还没回来，被叉子叉死了吗？

洛轻云说：“不跟爸爸说，那就是会跟妈妈打小报告咯？他那位妈妈是谁？”

吴雨声本来想说哪儿来什么妈妈，但对上洛轻云视线的那一刻，无边的压力向他滚滚袭来，周围觥筹交错的声音就像被无形的什么东西屏蔽了，全世界只剩下眼前的洛轻云。

这就是高级融合者的气场，能让同为融合者的吴雨声感到呼吸不畅。

“得问问李哲枫李队了。但是李队不在……出外勤了……”吴雨声的喉咙滚动了一下。

洛轻云没有说话，只是看着他，另一只手撑着下巴，指尖在脸颊上轻轻敲着，像是在等待什么。

“要……要联系李队……得打卫星电话……”谁不知道李队执行任务的时候六亲不认，但只要是关于谈墨的事情，他绝对秒回。

洛轻云很淡地反问了一句：“是吗？”

吴雨声只能硬着头皮打开通讯器，调出和李哲枫的通信界面：“李队，洛轻云从北辰市调来银湾了，谈墨跟他是不是有什么过节？需要我从中调解吗？”

发完这条信息，吴雨声有点紧张。

他希望李哲枫不要回得太快，也希望谈墨和洛轻云之间没有任何过节。虽然后者显然不大可能。

然而李哲枫的回复迅速利落：“实习那会儿粉转路人，无须介意。”

吴雨声赶紧把屏幕调给洛轻云看，心想原来谈墨还当过洛队的小粉丝呢！这说明有旧情在的嘛！

但洛轻云的眉心却微微皱了一下：“所以现在这算……‘脱粉回踩’？”

谈墨看起来比他小了好几岁，当年洛轻云在灰塔扬名的时候，谈墨应该还是预备役培训生。很多培训生都会崇拜洛轻云，这很正常。

让人真正想不通的是，自己到底做了什么让谈墨“脱粉”了？

吴雨声不敢乱说话。

洛轻云又说：“你坐着等吧，我去给他拿点心。”

吴雨声呼出一口气，背上都是一层冷汗，他是没想到吃个自助餐而已，怎么就差点把命搭上了呢？

所以当谈墨来到自助餐厅，刚坐下就看到洛轻云端着点心朝他迎面而来的时候，脸臭得可以。

吴雨声立刻遁走，谈墨朝他做了个抹脖子的手势——老子信了你的邪，披星戴月赶来，你设计老子！

洛轻云把盛满了甜点的盘子放在谈墨面前，很温和地说："谈副队，晚上好啊。以后我们要合作的机会有很多，正好互相了解一下。"

谈墨没拒绝，用叉子扎了块蛋糕塞进嘴里，回应道："我很敬业，所以任务中的配合洛队不用担心。至于私下里嘛，我们没必要太熟，毕竟万一我得履行监察员职责，跟你太熟了就不大好了。"

谈墨的意思就是，咱们还是保持距离吧，不然哪天老子干掉你了还不好意思呢！

"你不正是因为了解高队，才准确预测了他的动向，救了他一命吗？"洛轻云将一杯热茶推到了谈墨的面前，"你说要跟我保持距离，看来是想取我性命。"

谈墨笑了笑："在灰塔目前所有的监察员里，没有任何一个能取你的性命，除非……"

谈墨停顿了一下，单手把叉子撑在盘子里，靠近洛轻云。这是一个挑衅意味的姿势，他略微上扬的眼角轮廓勾勒出灵动的神情，眼尾的那粒红色小疤鲜活得像要烙在对方眼底。

"除非什么？"洛轻云声色如常地问。他闻到了谈墨身上很淡的夜间露水的味道。

"除非你心甘情愿。"

说完，谈墨又看回了自己的餐盘，两人的距离骤然拉开，他低下头继续吃东西。

"不过洛队你越界的时候，估计也不可能记得有谁能让你甘愿赴死了。"

说着谈墨的舌尖在嘴角上舔了一下，不是故意的。他随即意识到了自己跟洛轻云不熟，便收起了在朋友面前的肆意，又取了张抽纸规规矩矩地擦了一下。

洛轻云没有说话，只是沉默地看着谈墨，他低着头露出来的后颈，洁白的，脆弱易折。洛轻云一个冲动就能毁掉他。

两人之间眼看着就要尴尬冷场，幸好常恒和江春雷端着食物回来了。

常恒一脸懊丧，活像是破产了一样。

谈墨乐了："老常，你怎么了？"

江春雷替常恒回答说："老常忘记了今天是他结婚周年纪念日！"

"我去，那老常你还不赶紧回家？今天不妥当，一整年你媳妇都不会让你顺当。"谈墨幸灾乐祸地说。

"唉，我媳妇已经回娘家了……"常恒生无可恋地说。

"那你完了。"

常恒忽然想起了什么，眼巴巴看着谈墨说："副队，上回你制服不是掉了嘛？后来你骗黄丽丽帮你弄套新的，那招教我一下呗！我好回去哄媳妇！"

"这怎么能叫骗呢？这叫哄！老常你对你老婆的心态不好，搓衣板就是你的归宿啊！"

损归损，谈墨还是顺水推舟地拿起了桌子上的餐巾纸，灵巧地折叠起来，随后把它塞进了袖子里。然后他双手张开，向所有人展示，自己的手里什么都没有。

洛轻云看着谈墨的手，骨节并没有想象中那么分明，指节线条柔和，让人联想到拂过水面的柔韧的柳梢。

“看好了哦。”谈墨朝着对面的常恒眨了眨眼，手却伸到了洛轻云的耳边。

他的动作很快，指节只是靠近洛轻云的耳边假装蹭了一下，洛轻云的耳朵还没感觉到温度，接着就听到了什么东西“啪”一声绽放的轻响。他侧过脸，看到谈墨的手里已经出现了一朵白色的花。

是刚才他用餐巾纸折好了藏在袖子里的那朵花。

洛轻云本来可以避过。谈墨靠近他耳朵的正是他扣动扳机的食指，它的职责原本是夺走像洛轻云这样的融合者的性命。可就在刚才，它在洛轻云的耳边创造了一个生命。

谈墨手指的动作再快，对于洛轻云超强的五感来说，这个小把戏也没有任何意义。洛轻云能分辨出谈墨的两根手指夹住纸巾一角的角度，能听见纸巾和谈墨袖子摩擦的声响，但他并未看透谈墨是用了什么办法，让那朵花被夹出来的瞬间像是真正的绽放一样。

“鲜花配美人，纸花配……”谈墨故意不再说了，把那朵纸花随意地插在了洛轻云的衣服口袋上。

洛轻云知道他的下半句：纸花配死人。

明明是不吉利的白色纸花，洛轻云却产生了一种错觉，他全身的血液都朝着胸口处奔涌而来，渴望着将那朵纸花浸润成疯狂的鲜红色。

“别胸口上多不讲究！”江春雷上前，想帮洛轻云把那朵纸花拿出来。

但是洛轻云直接把那朵纸花按进了口袋里，说：“没关系。这就算是谈副队送我的见面礼吧。”

谈墨笑了一下：“我的见面礼是请人吃子弹，大家都不待见。”

洛轻云颔首一笑，又是那种优雅成熟的风致，刷爆了全场的好感度。

他学着谈墨的样子，向在场所有人展示自己的手里没有任何东西，甚至伸到了谈墨的面前，笑着说：“要不要确认一下。”

江春雷的眼睛瞬间睁得比铜铃还大——这是让谈副队脱下他手套的意思吗?!

谈墨也顿了一顿，正要去勾起洛轻云手套的边缘，没想到洛轻云又说：“谁脱我的手套，谁就要做我的人。”

“什么意思？”谈墨的指尖硬生生停住了，“什么叫‘你的人’？”

“做我的队员。不然呢？”洛轻云好笑地反问。

谈墨抬了抬下巴，迅速抓壮丁：“江春雷，你过来确认洛队手套里有没有藏东西。”

江春雷兴奋地刚要起身，常恒反应过来，提醒道：“小春雷，你就那么想去一队？你背叛我们吗？”

“小春雷可以来试试，不过我怕你会没命。”洛轻云又说。

江春雷立刻坐了回去，心想洛轻云的手套肯定封印着超级强大的开普勒能力，搞不好可以杀人于无形。

“那就不玩了。”谈墨没好气地说。

“这么薄的手套里藏了什么东西，谈副队还能摸不出来吗?”洛轻云问。

这家伙的声音温和，表情也挑不出毛病，可谈墨怎么看怎么觉得是挑衅，好像在说——你连摸我手套的勇气都没有吗?

“摸就摸。”谈墨的话刚说完，对面的常恒呛了一下。

谈墨看过去，常恒尴尬地抠了抠下巴。“老常，要不你来摸啊。”谈墨说。

“有妇之夫，怎么能乱摸。谈副队你来，才配得上洛队嘛。”

“啧，写报告的时候怎么没见你这么能说?”

谈墨没好气地扣住了洛轻云的手，拇指和食指捏着洛轻云的指根，朝着指尖的方向一路捋下来。这金属手套不知道是什么材质，纤薄得就像一层丝，谈墨能感觉到底下洛轻云的骨节，乃至于拿捏他的掌心时，还隐隐能摸到对方的掌纹。

“确认好了吗?”洛轻云朝着谈墨的方向倾了一下。

“嗯，确认好了。”谈墨点了点头，心想爷爷这把戏也练了许久，你就看了一遍，还能真学会了?

结果洛轻云连袖子都挽到胳膊肘了，露出两条白锃锃的胳膊，摆明了告诉谈墨，我的技术比你更高。

就在那一瞬间，洛轻云把手抬起来，往谈墨耳边挥了一下，接着说了声:“好了。”

“什么好了?”谈墨下意识去摸自己的耳朵。

一枚弹头从他的耳朵后面掉了下来。宴会厅的光线是暖色的，可这枚弹头下落的轨迹却泛着精悍的冷光。

谈墨条件反射地接住了它。

“我很喜欢子弹。对我而言，所有弹孔都是光照进来的地方。”洛轻云说。

这是在回应谈墨刚才说的“不受待见”。谈墨觉得自己就像一拳打在棉花上，没意思。

那枚弹头上有一道特殊的刻痕，谈墨一眼就认出来了，那正是第一届灰塔 Inspector 培训班的纪念弹头，顺利毕业的人都有。到了第三届的时候，由于 Inspector 的折损率很高，前面两届几乎都没人能留下来，这弹头就逐渐演变成了前辈留给后辈的纪念品。

很稀有，买都买不到。

但洛轻云说:“我用它，换谈副队的花。”

“太贵重了，还是……”

谈墨刚要还回去，洛轻云的指尖却抵在谈墨的食指上。谈墨注意到了他的手套，食指像是过了电，让他不得不把手收了回来。

“鲜花配美人。”洛轻云站起身来，低了低下巴和同桌所有人告别，便转身离开。

江春雷还在旁边瞎开心:“哇！洛队送你这么珍贵的弹头啊！看来他很认可你的

能力呢！”

谈墨白了江春雷一眼：“有人送弹头给你，意思是总有一日取你狗命，你开心个啥？”

“这弹头值钱啊。”江春雷还是不明就里。

谈墨叹了口气，很想把江春雷送回灰塔培训班，回炉重造。

“可洛队究竟是怎么办到的？弹头这种生硬的东西藏在手套里，谈墨肯定能发现。可如果他是藏在袖子里的……他把袖子都捞上去了啊！”常恒百思不得其解。

江春雷也摸了摸后脑勺：“对啊，他是怎么做到的呢？”

谈墨眯着眼睛，一切魔术都是骗术，洛轻云是怎么骗过他们的？

自助餐晚宴在九点多就结束了。

洛轻云风度翩翩地和各部门的重要人士告别，一转身就看到谈墨靠着墙，抱着胳膊打量自己。

“谈副队。”洛轻云轻笑着看向他。

谈墨却觉得这个笑容怎么看怎么不顺眼，缺乏某种真实感。

“我知道你是怎么把弹头变出来的了。”谈墨说。

洛轻云顿了顿：“你很聪明，当然能想到。”

“当我刚耍完我的小把戏，大家都关注着你胸前的纸花时，你就已经悄悄把弹头放在我耳朵后面了。”

“没错。”洛轻云点了点头，又接着说，“谈副队喜欢我的小把戏吗？”

“还行吧。”说着谈墨挥挥手，转身走了。

他听见洛轻云在身后询问：“我能有谈副队的通信号码吗？”

谈墨侧过脸，嘴角露出一丝坏笑：“您不是已经有了吗？就在那纸花里啊。”

宴厅的灯光暗了下来，宾客们各回各家各找各妈。

谈墨又回了高炙的公寓养鱼。

洛轻云则靠坐在自家的沙发上，从口袋里取出了那朵白色的纸花。

他脱掉手套，指腹沿着折痕游走，把它拆开抚平。很明显，这张餐巾纸干净得很，别说阿拉伯数字了，一个小杂点都没有。

洛轻云摁住自己的眼角笑了起来，他竟然真的信了谈墨有在纸巾上写字。

论耍小把戏，谈墨比他高明太多了。

“小骗子。”

一晚上的时间过去了，他还是没能找出将纸花折回去的方法。

二队没有了队长，暂时不会给他们指派什么任务，谈墨照常去灰塔报到，顺便进了高炙的办公室，替他把文件都处理了。

队里原来的医疗兵在护送赵教授的任务中坐在高炙的运输机上，运输机坠毁的时候他就牺牲了，所以灰塔派来了另一位实习医疗兵，资料也送到了高炙的办公桌上。谈墨看着对方的信息，眉头颤了颤。

“怎么了？”吴雨声在谈墨的身边坐下，顺带扔了一条巧克力给他。巧克力在桌上滑行了一小段距离，被谈墨用食指摁住。

“这个实习医疗兵竟然叫‘王小二’？”

“王小二……这个名字是路人了一点，但你又不记事儿，这名字不是挺……”

吴雨声的话还没说完，谈墨就向后靠着椅背，脚后跟踩在座椅的边缘，仰着头转了一圈，沉思道：“你没觉得咱们队里的人名字都特别‘炮灰’吗？江春雷？常恒？还有你的名字吴雨声？这会儿又来了个王小二……你知道我们二队要跟洛轻云的一队做对抗演练吧？”

“知道是知道，可这跟名字有什么关系？”

“感觉我们会被团灭，成为一队的陪衬啊。王小二……估计是第一个被‘炮灰’掉的。”谈墨说。

吴雨声撑着下巴，另一只手在谈墨的额角弹了一下：“哦……可是谈副队的名字一听就很有主角气场啊。”

谈墨叹了口气，把两条腿放下来，认命地离开了高炙的办公室。

“去哪儿啊？”吴雨声问。

谈墨回答说：“去射击训练场，我想看看那个新来的王小二基本能力怎么样。总不能带他出任务的时候，还得派你保护他吧？”

“保护你已经让我心力交瘁了，我可带不了两个孩子。”吴雨声笑着说。

“滚——送你条围裙你还真当自己保姆了？”

路上，谈墨的通信器里收到了一条陌生信息。今天日光充沛，谈墨走到了屋檐下，蹙着眉将信息看完，然后将额前的头发丝向后捋了捋。

“啧……招个医疗兵而已，要不要这么麻烦？”

谈墨来到了射击训练场，见到了那位王小二。

大概是知道副队长要考校他的射击，王小二全副武装，换上了作战服，戴上了护目镜，腰间别着枪，一副严阵以待的模样。

“谈副队！”王小二来到谈墨面前问候道，绷直了后背，声音还挺洪亮。

正在练习射击的队员们都看了过来，要不是王小二的下巴在轻轻打战，谈墨还真不知道他紧张。

“护目镜摘了。”谈墨也学着王小二的语气大声说。

挺有威慑力的，周边几个正在练射击的低级人员都不约而同地把护目镜摘下来。

谈墨抱着胳膊，侧了侧脸：“兄弟们，不是说你们，我是说他。”

其他人又戴回护目镜继续射击了。王小二慌乱地把护目镜摘了下来，头发被撸得乱糟糟的。

“知道我为什么让你摘护目镜吗？”谈墨心里憋着笑，王小二这熊样儿，让谈墨想起了第一次向高炙报到的自己。

“因为……因为……”王小二想了半天。但医疗兵的射击训练不都是戴着护目镜的吗？

他们的护目镜除了起到保护眼睛的作用，还有生物扫描功能和辅助瞄准功能，能增加命中率。灰塔的射击训练虽然分为戴护目镜射击和裸眼射击两个部分，但作为医疗兵的王小二，只须考核戴护目镜射击。

王小二今年才从灰塔的医疗训练班毕业，神情还带着几分温室小花的天真，头发是可爱的自然卷，脸颊上还留着小雀斑，人也是白白净净的。

像是常恒这样的大老爷们看到了一定会有保护欲，至于谈墨这样的……就很想逗逗他。

“好好想想因为什么？”谈墨憋着坏笑。

这孩子一本正经思考的样子真可爱。越是这样可爱的……谈墨就越是不忍心将他留在一线。

一线外勤队伍折损率很高，谈墨知道自己执行任务的时候会忍不住关注这样的小可爱。也不光是自己，队里的老人都一样，可能无法完全专注于任务，这就会降低他们的任务完成率甚至生还率。他们更需要千锤百炼的医疗兵。像这些没有经历过生死的学生，留在市里的医院能挽救更多普通市民的生命。

“因为一线队伍在外勤中会面对各种各样危险的开普勒生物，护目镜虽然是重要的装备，但随时可能失去。在没有护目镜的情况下，我也要保证自己开枪的命中率！”王小二睁大了眼睛看向谈墨。

谈墨笑了笑：“小二，你有这样的意识非常好，但是在真正的作战过程中，你可能连枪都没有拔出来，命就没了。你知道我们二队从去年到前天，医疗兵没了三个吧？”

王小二很坚定地回答：“我会保护您的，谈副队！”

谈墨被呛了一下。天啊，这小家伙说要保护我？竟然有点小感动……

他摸了摸下巴：“那行吧，开几枪给我看看？”

“是——”

王小二利落地拔出了手枪，全息靶位随即转换场景，从远山之间飞来一大群鳞鸟，发出刺耳的嘶鸣声。王小二的神情专注而坚决，在鳞鸟进入射程之后，开始射击。

“砰砰砰——”十发子弹，命中了七发。

但是子弹是不可能消灭鳞鸟群的，哪怕知道面前的都是全息影像，灭顶而来的鸟群还是让人惶恐。

不少人已经闭上了眼睛，如果在现实中，他们的身体已经被鳞鸟的喙捅穿了。

王小二却迅速换了近距离的定向瞄准枪，这种枪一次能射出上百发磁脉冲弹，通常用来对付密集的虫群或者其他成群的小型攻击性生物，对鳞鸟这种体型的生物则很难构成致命伤；但至少王小二同学战斗到了最后一刻。

场景结束，王小二的成绩在所有参加射击训练的人里面居然排了个中上游。

“还不错。就是有点拉肩的坏毛病。”谈墨很认真地评价。

“啊……”王小二转过头来，刚才认真又果决的表情又变成了小奶狗的样子，仿佛立刻要抱住谈墨的脚踝求摸摸。

谈墨走到了王小二的身后，用半抱着他的姿势，一手托住王小二的手腕，另一手抵住了他的肩膀。

“就这样……下一个全息场景大概还有二十秒……”

谈墨一动不动，王小二的后背就抵着谈墨的胸膛，他能感受到谈墨沉稳的呼吸，而世界上所有和目标无关的杂质统统消失了，他的精神也越来越专注。练习场里其他人无论是谈笑声，还是从他们身边经过带起的空气流动，都无法在他的内心造成任何波澜。王小二忽然觉得自己好像进入了另一个空间，一个和这个世界相连又无关的空间。

此时，银湾市灰塔的张秘书正带着洛轻云参观全息射击训练场。

“洛队，这个训练场是露天的。也就是说，全息场景会受到自然因素的影响，比如说风速、雨水、日照造成的温差等……”张秘书一边走，一边介绍。

洛轻云的脸上始终带着淡淡的笑容。前方有几个灰塔新闻部的年轻人似乎正在摆弄着什么，有点苦恼的样子。

“怎么画面这么不清晰？是不是里面的零件坏了？”

“唉……这就是个古董，你还真想着能拿它拍照呢？现在都普及全息摄影技术了！”

“会不会是镜头不对啊？”

洛轻云停了下来，撑着下巴，倚着射击场边的围栏，扬声问他们：“这是单反相机吧？有三四十年历史的。”

“你知道单反相机？”

“懂一点。之前外出任务的时候见到过。它的成像原理和我们的全息摄影机不同，虽然是平面的，但运用得当的话也会有很唯美的立体效果。”洛轻云朝对方伸出手，“介意我看看吗？它可能需要手动调焦。”

“哦哦，好的，您看看！”对方把相机递给了洛轻云。

装了长焦镜头的单反相机很沉，那位年轻的摄影师两只手拿着都有点吃力，但洛轻云单手就稳稳接住了。

“看不出来洛队连这种古董相机都能摆弄。”张秘书笑着说。

“全息摄影虽然能记录下所有的细节和过程，但这种传统的成像方式你不觉得更有意思吗？”洛轻云一边说一边调整相机的焦距。

射击场的全息场景正在转换，早晨十点多的日光还带着一股轻灵和慵懒交织的悠闲，射击场上的练习人员都做好了射击准备。

洛轻云将焦距和光圈都调整妥当了，正要递给一旁的年轻人，某个身影却闯入了镜头，让洛轻云不由得停住了。

镜头里的谈墨正在陪着一个年轻人练习射击。他一手扣着对方的肩膀，另一只手托着对方的手腕。

他似乎有一种奇特的气场，能让处于他周遭某个范围内的人都变得专注起来。

不动如山——这是洛轻云此刻对谈墨的感觉。

一只拍着翅膀的瓢虫倏忽降落在了谈墨的睫毛上，可谈墨连眼睛都没有眨一下。

全息场景骤然降临，那正好也是一片绿荫参天，谈墨沐浴在日光下，每一次扣动扳机，他都平稳得像只是进行了一次呼吸。

哪怕周围枪声四起，无数开普勒生物咆哮而来，那只小小的瓢虫也像沾染上了谈墨处变不惊的气势，沉静坦然地驻留在那片轻盈的眼睫上。

仿佛专情而沉醉地亲吻着他眼尾上的红色小疤。

洛轻云的呼吸顿住了，血液汇聚向指尖，他下意识想象着此刻谈墨脑海中的世界。直到整个场景都结束了，谈墨露出一个笑容，取过了那个年轻人的枪，轻轻在对方的头顶上敲了一下。

他的唇线弯起，肩膀微颤，那只瓢虫终于振动翅膀离开他的眼睫。镜头里的一切在景深效果下仿佛凋零般褪色，而谈墨那一笑就像迎向太阳的昙花，化作被无限延伸的白驹过隙间那惊鸿一瞥。

当他在瞄准镜里看这个世界时，也是像这样吗？

万物衰败，只剩那个唯一。

第六章

CHAPTER 06

和我比一场

“那个……先生……先生，我们的相机……”

“哦，我试着拍了一张照片。”洛轻云转过身来，笑着把相机还给了对方。

“天啊，拍得真好，虽然是静止的画面但就是让人觉得很美……”

“怪不得我老师说用单反相机的才是真正的摄影，全息影像根本没有艺术性！”

张秘书好奇地凑过去一看：“这不是二队的谈副队吗？喔……谈副队最喜欢别人夸他帅了，这张照片要不要给他看看？”

洛轻云淡淡地笑了一下，说：“恐怕不行。这台相机里没有装储存卡，刚才的照片无法储存。”

几个摄影记者纷纷露出了遗憾的表情。

“现在这种相机都是古董了，要给它们配储存卡都得定制。”

“要不然赶紧用通信器把照片扫描下来吧！”

“也只能这样了……”

记者们还在讨论着怎么把那张照片保留下来，张秘书已经带着洛轻云走向射击场的中央了。

这时候的谈墨正在和王小二说话。

“谈副队，我通过你的考核了吗？我可以跟着你了吗？”王小二一脸期待地问。

谈墨笑着揉了一把王小二的脑袋，叹息道：“小二，我是真的很喜欢你。”

王小二的眼睛顿时亮了起来，但谈墨的下一句话让他立刻变成了一只被薅秃顶的小鹌鹑。

“自己喜欢的人得放在安全的地方，藏起来。一线外勤部队遇到的是实打实的开普勒生物，不是全息场景。你知道刚才的每一次场景转换如果是实战，你早就死了吗？”谈墨看向王小二。

这几年，他失去的队友已经够多了，每一个人都在自己的心上刻下了伤痕。他怕自己快要刻不下了。

“谈副队，我不怕死。”王小二握紧了拳头看向谈墨，脸蛋都红了，一双眼睛炯炯有神。

谈墨又被他给晃到了，捂着眼睛说：“热血上头的时候都不怕死，但真到那一刻来临，你就知道死亡多可怕了。”

张秘书已经带着洛轻云来到了谈墨的身后，开口问：“谈副队，我看这位……”

王小二立刻站直了身姿自报家门：“我叫王小二，是刚从银湾市灰塔分配来的实习医疗兵！”

“对对，这位王小二同学，且不说他的专业医疗技术了，他的射击水平已经比很多上过一线的战斗人员还要优秀了。不知道谈副队不满意他哪一点呢？”张秘书笑着问。

谈墨一回头，对上了张秘书身旁那人的眼睛，心里微微怔了一下：洛轻云怎么来了？

“张秘书……你就没觉得这小子长得像一个人吗？我怕我要真受了伤，是这小子冲上来救我，我一个头脑不清醒，直接崩掉他的小脑袋瓜咋办？”

王小二向后退了半步，一脸茫然地看着谈墨的背影。

“像谁？”洛轻云侧了侧脸，打量着王小二。

“呃……”张秘书显然反应过来了，缓慢地露出一抹调侃的笑容，“看着像是谈副队的……一位故交？”

王小二露出有点不知所措的表情，其他人也都悄悄地停下收枪的动作，竖起了耳朵。

“自然卷短发，大眼睛，很天真的表情，还有这纯情的小雀斑……要说像，那可不就是像四队队长周叙白？”张秘书的话音刚落，周围人都露出了然的神情。

“这周队长怎么了，能让谈副队这么闻风丧胆的？”洛轻云好笑地问。

“何止周叙白啊？长得像李哲枫的也不能要，对吧？”张秘书坏笑着朝谈墨挑了挑眉，“这是‘海王’的烦恼。还好洛队您来了，不然我们整个银湾市外勤部队的鱼塘都要被谈副队承包了。”

谈墨咽了一下口水，也懒得反驳张秘书的玩笑，只是小声说：“反正都不能要。”

李哲枫也好，周叙白也罢，和他都是过命的交情。

从前大家都是人类，风里来雨里去，能活一朝是一朝，谈墨总在他们面前嘚瑟自己枪法好。但自从二人都获得开普勒能力之后，谈墨在他们面前的立场就变得有些微妙起来。

他不想再经历身边队友变成融合者，有朝一日被迫出现在他瞄准镜里的情形了。

“而这个王小二——我的想法是，他更适合去市医院。你看，像耿劲柔这样的银湾市重要人物，哪天心梗发作了，岂不是最需要王小二这样的外科精英了？”

张秘书忍俊不禁：“我是不是还要代耿先生谢谢您这么为他着想啊？”

谈墨摆了摆手说：“那倒不用客气。我先回去了。”

他身后，王小二的眼睛红了，咬着牙槽，一副要哭出来的样子。

洛轻云垂下眼，看着谈墨的影子从自己的脚边路过，像浓墨在书页里晕开，合上了便无人问津。他不知道自己为什么，就是很想把这个人叫住。

“谈副队，和我比一场？”

闻言在场所有人都愣住了，张秘书也露出了“有意思，搞快点”的表情。

谈墨垂在腿边的手指很轻微地颤了一下，转过身来，洛轻云的脸上还是挂着那种让人心生好感的温和笑容。

“洛队，我知道你一个人可以灭掉一整个开普勒生态区，但如果比射击……您未必是我的对手。”谈墨说。

“我知道。就是因为这样，才有比的价值。我们还可以押一下注，你会不会觉得更有意思？”洛轻云走到谈墨的面前，微微前倾。

“赌什么？”谈墨一米八三的身高，站在洛轻云的面前居然显得有点弱势。对方一靠近，谈墨就有一种灾厄将至的危机感。

也不知是不是错觉，谈墨总觉得洛轻云的视线落在自己的眼睛上……不对，应该是眼睫毛上。

谈墨下意识想要侧过脸，但就像是被什么力量牵引着一样，忍不住回看过去。那是洛轻云的眼睛，看似温和明亮实则冰冷无情，有着某种隐藏在安静美好的皮囊之下，却能够腐蚀骨骼的力量。

谈墨微微抬起下巴，故意把自己的脸凑向对方，嘴角很浅地勾起。这样的表情本来有几分孩子气，却因为他漂亮的五官轮廓和锋芒锐利的气场而显露出三分讥诮。

他确定洛轻云在看自己的睫毛，不……不是睫毛，是自己眼角的小疤。

洛轻云应该是看出了那个疤是被远古开普勒生物——“鸿蜮”的神经线穿透所留下的伤痕。

哦，明白了。谈墨在心里笑了一下，洛轻云是在探究他过去的经历，评估他的能力。

“洛队，你能通过我身上的痕迹来猜测我的过去，但你是猜不透人心的。所以，看够了吗？”谈墨很随意地拨了一下自己的刘海，正好就把那个小疤挡住了。

洛轻云笑了一下，他虽然在笑，谈墨却隐隐感觉到他视线里的扭曲和热度。

“记得我说过，你符合开普勒生物的一切审美。我只是在用这种审美欣赏你而已。”

“你是开普勒生物吗？”

谈墨冷冷地看着洛轻云，和别人不同，他对洛轻云没有任何好奇，只有一个问题——你越界了吗？或者一直想着越界。

那双眼睛就像幽深夜空里的星子，明明泛着冷光，却让洛轻云很想将它们抓进手中。

“谈副队，如果我是开普勒生物，你现在就不应该和我比什么射击，而是立刻去找个人类世界最偏远最不可能被开普勒生态区侵蚀的地方躲起来。”

洛轻云笑了，那是一种对待后辈的包容与溺爱，但谈墨却觉得对方企图借用这场较量冠冕堂皇地整治他。

洛轻云侧过脸，故意很轻地扬了扬手，他根本没有碰到谈墨，带起的风却把谈墨的额发吹开，那个艳红色的小疤又露了出来。

谈墨想着，洛轻云搞不好对远古开普勒生物留下的印记情有独钟？

“要不这样，你赢了，我把我这个疤送给洛队做纪念？”

“不，它留在谈副队的脸上才好看。这样吧，如果我赢了，谈副队你就收下这位实习医疗兵王小二吧。”

不只是脸上，就连洛轻云的眼里也带着点点笑意，好像谈墨在他面前就是个不懂事的孩子，不懂得如何珍惜前线的人才。但是谈墨就在不久之前才看过任务记录仪中的洛轻云怎样面无表情地抬起枪，处决了胎果中的队友。

谈墨心想，洛轻云此刻对他的笑容，也不过是社交环节的一部分吧。

他回头看了一眼王小二，这家伙也很震惊。

“那我要是赢了呢?”谈墨问。

“谈副队想要什么?”洛轻云微笑着问。那个表情就像站在商场儿童玩具货架前的爸爸，将不遗余力、不计代价地满足孩子的任何无理要求。

“保险起见，谈墨，有一个条件你不能提。”张秘书一脸严肃开口道，“你绝对不能要求洛队做你爸爸！你有三个爸爸当靠山已经够嚣张了！”

张秘书一说完，谈墨差点没喷出来：“什么鬼?!”是我和洛轻云之间的较量看起来不够正式，还是我谈墨长得就那么像别人的崽??

“高队已经沦为了你的奶爸，为你殚精竭虑，未雨绸缪，而李哲枫和周叙白就差没给你把灰塔拆了。为了保证一线队伍的纯洁性，洛队绝对不能沦陷。”

纯洁？我们一线怎么就不纯洁了??

谈墨盯着张秘书半天，悲哀地发现张秘书竟然是认真的。

张秘书殷切嘱咐完毕，这才放下一颗心：“谈副队，现在你可以向洛轻云提出条件了。”

一时之间，整个训练场安静得只剩下风吹发丝轻扬的声音。

洛轻云在北辰市或者说整个灰塔系统内都非常有名，一个危险系数极高却又将自己的精神崩溃级别压得很低的融合者，简直就是像神一样的存在。他和开普勒生物作战的能力几乎无人可及，在各个高危生态区里出生入死，无数次化险为夷——这样的一个人竟然主动说要和一个普通人类比一比?

不不不，谈墨也不能算是普通人类。他可是坐着银湾市 Inspector 的第一把交椅。

洛轻云这是在挑衅他们所有 Inspector ，还是挑衅灰塔的 Inspector 制度本身?

“洛队这是要让灰塔知道，您比任何监察员都厉害，没有人可能击中你是吗?”谈墨歪了歪脸，嘴角扯了起来。他眼尾上方的那个红色的小疤略微上扬，蹭过了眉角，让看着他的人心底某个地方很轻微地痒了一下。

“就我目前对灰塔的了解，能击中我的 Inspector 确实不存在。”洛轻云说。

在公开场合说这样的话，而且还是用这样云淡风轻的语气……张秘书忍不住摁了摁额角。和谈墨打过交道的人，或多或少都能感觉到谈墨内心深处的骄傲，洛轻云的话恐怕会激怒他。

就这几天的观察来看，洛轻云平日里明明很低调谦和，从来都不会去挑衅任何人。难不成他就是想看看谈墨生气的样子?

又或许是因为 Inspector 接受的训练也是保持理智、客观、冷静，对生命漠然，让洛轻云想要试一试银湾市最厉害的 Inspector 到底又有多少斤两?

在病房里，高炙对洛轻云说，他第一次见到谈墨是在医院。谈墨受了很重的伤，忍耐着这世上最刻骨的疼痛，但他的眼睛里面没有怨恨，反而像是一团火红的霞光，可以点燃最高远的云翳，染红山川大河。每次当高炙进入生态区之前，都会下意识回头看一看谈墨的眼睛，每一次对视都会让高炙觉得有人为他点燃了万千长生烛火，沉默而强大，庇护着他。

洛轻云不明白这种感性的想法，甚至觉得高炙对谈墨这种心理上的依赖也很可笑。但他承认，谈墨的眼睛很漂亮。尽管洛轻云是个对世间众生的形态感到麻木的人，但谈墨好像让他对“美”这个形容词有了那么点感知。

“洛队说的没错，我现在应该还做不到击中你。”

谈墨很淡然地从身侧拔出配枪，进行校准，他的表情一点一点沉敛下来。虽然有一瞬间他想过要洛轻云公开叫自己“爸爸”，但很快开始唾弃自己幼稚。口舌之快顶个鬼用。

不如问一点有实际意义的。

“如果我赢了，洛队不妨告诉我……”

这回换成了谈墨靠近洛轻云。他双手握着枪，脚跟略微离地，很自然地来到洛轻云的耳边，小声说：“为什么高炙会被派去保护你。”

谈墨的声音带着气流振动，无数细小的微粒撞击上洛轻云超凡的听觉神经，那轻微到足以忽略不计的水汽还带着谈墨的体温。

洛轻云怔了一下。本该没有人注意到的秘密，却被谈墨猜到了。以高炙的性格，他应该不会把真正的任务目的透露给其他人。

他侧过脸，视线很近地扫过谈墨那双琥珀色琉璃球一般的眼睛，其中带着戏谑和狡黠，更多的是一种对真相的执着。

这场任务差点要了高炙的命，谈墨很介意。

“为什么这么想？”洛轻云问。

“很简单。一个生态区的开普勒生物忽然对处于高空的飞行器暴走，不会没有原因，它无法识别身为人类的赵教授，那么它识别到了谁？难道是因为老高太帅了，击中了开普勒生物的审美吗？”谈墨歪着脑袋看着洛轻云。

“而你，号称战斗力媲美一整个生态区的洛队，眼睁睁看着我们高队越界都没有出手，这是为什么？”谈墨又问。

洛轻云看着那双眼睛，反问：“是啊，那是为什么？”

“因为你无法使用自己的能力。”谈墨回答。

一旁的张秘书觉得像是听到了笑话：“不可能的。洛队的开普勒能力很强，怎么可能无法使用呢？”

谈墨看着洛轻云的眼睛，目光有一种透彻的力度：“能让你这样的人无法使用开普勒能力，我想只有号称‘融合者埋骨冢’的零号基地可以做到。你去那里执行任务，铩羽而归了，对吧？”

零号基地是开普勒联盟建立的第一个开普勒生物研究基地，可惜在二十多年前就沦为了开普勒生态区。多年以来灰塔一直试图派遣最强悍的融合者进去回收开普勒联盟的原始研究数据，但没有任何人成功过。

能活着回来，洛轻云也算天选之子了。

“你念‘铩羽而归’这个词的时候，好像很用力。”

“如果不是铩羽而归，你也不会耗尽自己的开普勒能量，更不需要老高的保护。你让我的高队差一点玩儿完，你觉得我不该用力吗?”谈墨的目光更冷了。

空气莫名紧张了起来，没有人想到一向嘻嘻哈哈的谈墨竟然会有这样质问别人的时候。

洛轻云垂下眼，很轻地重复了那四个字，眉头不可察觉地蹙了一下。

“如果我赢了，就请洛队告诉我，你到底在那个生态区里经历了什么，值得我的高队为你越界。”谈墨一字一顿，清晰而用力。

张秘书愣在了那里，就连王小二也不知所措。

洛轻云又念了一遍：“‘我的高队’。”

这是一个清晰划分了三六九等的称呼，一个充满了保护欲的称呼，一个……值得被视为“归属”的称呼。

正因为这样，高炙才会说，有人在等他，他必须回来。

张秘书给王小二一个眼色，让他暂时离远一点。

洛轻云抬起了眼，对上谈墨的视线，他的声音很从容和缓：“谈副队，如果你赢了我，我可以告诉你我在那个生态区的经历。但根据保密守则，我得解决所有听到的和可能听到的人。”

周围传来倒吸气的声音。普通人类暂且不论，但一小部分融合者肯定已经听清他们谈话的内容了，都赶快向更远的地方走去，生怕听到不该听的东西。

谈墨扯了扯嘴角，还没等张秘书开口劝他，他就耸起肩膀说：“那我没兴趣知道了。有什么比好好活着更重要?”

“你可以提其他的要求。”洛轻云说。

“好吧……如果我赢了，洛队能不能告诉我你那双手的能力到底是什么?为什么要戴手套?”谈墨看向洛轻云，他不是开玩笑。

所有人都愣住了，等着看洛轻云的反应。张秘书也紧张起来，生怕谈墨触碰到了洛轻云的逆鳞。

“好。不过，我只告诉你一个人。”洛轻云微微抬起手，用右手随意地捏了捏自己左手的手指。

这么一个简单的动作，却让谈墨心底涌起一种奇怪的感觉，仿佛某种致命危险的生物用獠牙轻轻碰了碰自己脆弱的脖颈。

洛轻云要和谈墨比射击的消息第一时间传遍整个银湾市灰塔内网，赌徒盛宴不请自来，军械处的梁顺梁处长亲自坐庄。谈墨不能免俗，上场前还发了个信息给军备处的黄丽丽。

谈墨：老黄，给我买一千块我赢。

黄丽丽：滚！你说谁老？你说谁黄？你是不是不要命了？

谈墨：那……小丽，给我买一千块我赢。

黄丽丽：你跟洛轻云比，你有没有点数啊，还敢押你自己赢！

谈墨：又不是比近身格斗，也不是比谁杀的开普勒生物更多，我为什么赢不了？

黄丽丽：抠鼻孔.jpg

原本还在训练场里的人都纷纷去了观众席，之前那几个新闻部的还打开了全息摄像要全程现场直播。

像是这样的全息场景射击，谈墨早就驾轻就熟，可当他再次意识到和自己同场较量的人是洛轻云的时候，手心还是起了一层薄汗。

这样可不行啊谈墨……不就是个洛轻云吗？

蓦地，整个训练场暗了下去。密集的“嗡嗡”声远远传来，这次的场景不再是丛林，而是洞穴！

漆黑一片的情况对于洛轻云来说更加有利，因为融合者在黑暗中也能敏锐辨别目标。

铺天盖地的米诺斯系小飞虫从洞穴深处飞了出来，乌泱泱一片。

洛轻云和谈墨谁先找到并且击中这群虫子中的种子，谁就赢了。但这在其他围观者看来，几乎是不可能办到的事。他们只怕还没看清种子在哪里，就已经被虫群蛀空了。

张秘书倒是很淡然地戳了戳前排的新闻部小记者们：“睁大眼睛，调整好机器，胜负可能只在一瞬间。”

小记者们立刻进入严阵以待的状态。

当虫群进入距离他们十米范围内的时候，两人的动作就像镜像复制一般，一手拔出了专门应对虫群的近距离定向瞄准枪，一手握着用于精准射击的手枪。两人几乎同时扣下了定向瞄准枪的扳机，上百发磁力弹就像炸开的烟花，冲向虫群，自动锁定了移动目标。磁力微弹爆炸开来，形成此起彼伏的明亮光斑。

在这样的混乱中，又有虫群前仆后继，两人第二次扣下定向瞄准扳机，一边消灭靠近的虫群，一边寻找种子。

随着第三次扣下扳机，谈墨的神经收拢，思维越来越集中。在众多飞虫之中，有微微的光亮一闪而过，就在那光亮快要被虫群掩盖的时候，谈墨和洛轻云同时开了枪。

洛轻云的子弹直冲种子而去，谈墨的子弹却带着微妙的角度，飞速旋转着几乎要与洛轻云的子弹碰在一起。两发子弹齐头并进，仿佛即将擦出火花，利用空气进行了短暂到几乎会让人忽略但又至关重要的一段相持过程。

气流飞旋，转瞬即逝的一刻，洛轻云看见谈墨的那发子弹披着周而复始的冷光，仿佛拖拽着一个微小的宇宙，坍缩着穿透了黑洞，从另外一个空间出口喷薄而出，奔赴未知却更广阔的远方。

【种子】被击中 击中者 谈墨

当全息系统发出提示的时候，大部分人还没回过神来。

张秘书笑了一下。王小二远远地看着谈墨，一脸崇拜："真的好厉害啊！"

谈墨将双手的枪收入了枪套，看向一旁的洛轻云，抬了抬下巴："洛队，信守承诺啊。"

洛轻云垂下眼笑了："利用气流来影响我的子弹，同时也早就预测好了对自己弹道的影响……谈副队，你可真是反人类啊。"

"您的夸奖我收下了。看得出来，是真心的。"谈墨也笑了一下。

这场胜利对于他而言，是早就预料到的理所应当。

就像开普勒生物有属于它们自己的领域，融合者同样也会继承这种才能。

而身为人类的谈墨，他的领域，在枪膛和目标之间。

一旦扣下扳机，就意味着会到达某个结局。而每个结局，都是时间向着四面八方延伸而出的，充满可能性的世界。

洛轻云走到了谈墨的身旁，微微弯下腰，挨近谈墨的耳边："我双手的能力是……"

为了听清他的声音，谈墨下意识朝着洛轻云靠了过去。

那四个字让谈墨睁大了眼睛。

心跳变得缓慢而清晰，洛轻云唇齿间的气息似乎同样缠绕上了谈墨的听觉神经，要反向将他的思维从大脑里拖拽而出，牢牢掌控。

梦里面那个带着藐视众生笑容的男人……仿佛真的来到了自己身边。

洛轻云低着眉眼，看着谈墨怔在当场的样子。他很满意地弯起了唇线，然后转身离开。

等到谈墨回过神来的时候，四周已经围了一群人了。

"洛队为什么戴手套？他那双手到底有什么能力？"

谈墨心想，哥们儿，你要想知道就得让他摸一摸你啊！老子难以启齿！

"别藏着掖着啊！传闻那双手足以毁掉一个初级生态区！"

谈墨无奈，兄弟，那可不是初级生态区，那是四级生态区……

"听说被他的手指碰一下，就会灰飞烟灭，是不是真的啊？"

谈墨无声咆哮——是真的是真的，我的灵魂已经灰飞烟灭！

张秘书陪着洛轻云离开了射击训练场，她有些好奇地说："你就这样把这双手的秘密告诉谈副队了？"

"愿赌服输。不过张秘书……谈墨是银湾市一线外勤部队的'海王'……这是什么梗？"洛轻云问。

张秘书没有想到洛轻云竟然会对这种灰塔内部调节职场气氛的八卦感兴趣。

"嗯……怎么说呢……别看谈副队平日里装病、懒散，嘴上没个把门儿的，但他是一个非常靠得住，对朋友也很仗义的家伙。他虽然是个监察员，但从来没有把自己放在融合者的对立面上，相应的，银湾外勤队伍的这几个队长都愿意为他两肋插刀。”张秘书顿了一下，“你知道开普勒的种子是如何繁衍的吧？”

“知道，种子会孕育出幼种，为了延续各自的生态区。当种子存在的时候，幼种就算再强大，整个生态区还是会听命于种子，不听话的幼种就会被种子毁灭。但是当种子死亡之后，幼种就会取代种子，就像继承王位一样，成为新的种子控制整个生态区。

“这也是融合者的由来。我们融合者都曾经是幼种，只不过干翻了种子，自己当家做主罢了。”

说完洛轻云自嘲地一笑：“这也算是优胜劣汰，物竞天择？”

张秘书接着和他解释：“李哲枫和周叙白过去都是谈墨的队友，在任务里被种子选择，成为幼种。为了活下去，也为了拯救队友，谈墨把这些种子都干掉了，这才让李哲枫和周叙白顺利转化为拥有人类意志的融合者。”

“所以李哲枫和周叙白都对谈副队‘以身相许’了？”洛轻云笑着说。

“这个……他们最多只是严格管理一下谈副队的身体健康，确保他能以最佳的体质和精神状态参与任务。谈墨不会选择做他们中任何一个人的监察员，毕竟选了李哲枫，周叙白就会作妖；选了周叙白，李哲枫搞不好要打断谈墨的腿。而我们的负责人耿先生估计分分钟心肌梗死吧——洛队，你不会加入他们的对吧？”张秘书心有余悸地问。

洛轻云眯起了眼睛，抓住了张秘书话语中的信息：“谈副队的身体不健康？”

“他嗜糖，而且这么多年出生入死，不可能没有旧伤。有任务还好，但平时除了基础训练外，他能坐着绝不站着，能躺下绝不坐着，最大的运动可能就是呼吸。你明白的，一个人血糖越高，在外勤的时候越容易被开普勒生物定义为‘营养’。”

这时候，张秘书的通信器响了，洛轻云看了一眼，上面显示“李哲枫”三个字。

“李队啊，您不是在外面出任务吗，怎么打卫星电话过来啊？”

“谈墨不接我电话。”李哲枫清冷的声音传来。

张秘书露出了然的表情：“哦，他刚才在射击训练。”

“他最近身体还好吗？是不是又熬夜打游戏了？”李哲枫问。

“还好，正常着呢。”张秘书说。

“上周灰塔发送给正、副队长的邮件里有个报告，关于应对米诺斯虫系生物的经验总结，他交了吗？”

张秘书笑了笑：“您还不了解他吗，就像小学生写暑假作业，必须到最后一天他才会开始哭爹喊娘。”

“我写好了，发送到他的邮箱里了。让他自己交一下。”李哲枫回答。

张秘书再次露出了然的表情：“那您还不如直接替他交了。”

“那样，他会连邮箱都懒得登录的。”

“还是您眼光长远。”

“我听说高队的事了，请灰塔暂时不要给二队分派任务。”李哲枫又说。

“明白的。在您回来之前，二队不会有任务。”

“好的，谢谢。告诉谈墨，再不接我电话，回来我收拾他。”

李哲枫的电话利落地挂断了。最后那“收拾”两个字非常有力度。

张秘书看向洛轻云，解释说：“李队很严格的。”

“很严格？你是指查岗还是代写报告？”洛轻云好笑地反问。

“报告的事情就永远不要指望谈副队了。”

这时候，张秘书的通信器又颤抖了起来，名字显示“周叙白”。

张秘书露出“有完没完”的表情。

“喂，周队啊，您不是在外面出任务嘛，怎么打卫星电话过来啊？”

“张姐，墨哥又不接我电话了。”那边的声音有点委屈，倒一点都不像是个行事果决的外勤一线队长。嘴边的“墨哥”两个字还带着那么点亲昵的软糯感。

张秘书用心疼的语气说：“哎哟，谈副队刚才在射击训练呢，我亲眼看到的。”

“好吧……我听说了高队的事情，他是不是最近心情很低落？”

“当然低落啊。所以他不接你的电话也是情有可原的嘛。”

“是吗？我看他游戏ID挂在线上的时间倒是挺长的，一天二十四小时他恨不能挂出七十二小时来呀。”

张秘书咳嗽一声，接着回答：“那是他为了高队的事情心里难受，只能在游戏世界里找安慰嘛。”

洛轻云侧过脸，对张秘书空口说瞎话的本事表示赞赏。怪不得这么年轻就在灰塔混到风生水起，成为首席秘书了。

那边忽然“哼”了一声，委屈的声音蓦然沉冷：“那张姐帮我跟他说一声，再假装没看到我电话，我送他一个茧。”

说完，通信结束了。

“送他一个茧？”洛轻云勤学好问。

“周队的能力是米诺斯系的，号称灰塔‘首席虫师’。虽然他当初连打蟑螂都要谈墨来……”张秘书叹了口气，“我该问谈副队要个加班费啊，这通讯员当的……”

这时候谈墨从他们身后走上来了，一副视若无睹的样子，屁股后头还跟着欲言又止的王小二。

“谈副队。”

谈墨听见洛轻云的声音，感觉对方的手要来拍自己的肩膀，便下意识侧过身，没想到那只手只是掠过他的耳畔，像某种无声的调侃：我知道你刚才很不好意思。

明明只是被他隔着手套碰了一下，偏偏一想到洛轻云对自己说过的那双手的能力，耳朵就跟被烫到了一样。

“干……干什么……”谈墨差点咬到自己的舌头，心说谈墨你紧张个鬼啊，洛轻云说的肯定是骗人的！

反正他自己的手他说什么是什么，还有人能去验证不成？

洛轻云笑了一下：“我是想提醒一下谈副队，明天我的一队和您的二队有对抗演练。每个完整的演习编制里都得有医疗兵。谈副队明天是想不战而败吗？”

谈墨愣了一下，回头看向一脸期待的王小二，然后又眯起眼睛看向洛轻云："洛队很想我收下王小二啊？"

"他是个很适合你的医疗兵。"洛轻云回答。

"哦？为什么？"谈墨摸了摸下巴，他对洛轻云选拔队员的标准倒是很感兴趣。

"第一，他很崇拜你，所以会一切以你为中心，不惜任何代价完成你的指令。忠诚和对领队的信任是非常重要的品质。"

莫名地，谈墨又想起了五年前的那句话——人可以不到，但你的子弹必须到。脚踝蹿起一丝疼痛，沿着胫骨冲上膝盖，涌进了大脑。但是他的表情并没有丝毫变化，连拳头都没握一下。

"第二，张秘书给我看了一下医疗培训班对他的考核评价，他在一分钟之内就能完成其他医疗兵三分钟才能完成的手术。他不是枪枪精准，他的专业武器是手术刀和止血钳。任务过程中，动作快不仅能挽救队友，也能提高他自身的生存概率。"

谈墨的心沉了下来，他知道洛轻云说的都对，但他顾虑的其实并非这一点。

"第三，他的射击能力已经达到一线部队一般外勤人员的水平了，至少你并不用花那么多精力来保护他。我想不出谈副队拒绝王小二的理由。难道是有什么……私人恩怨？"

洛轻云的视线很轻柔，谈墨却有一种被对方看透的感觉。

王小二生怕被误会，高声道："没有！我和谈副队没有私人恩怨！"

谈墨瞥了王小二一眼，妥协道："那什么，我同意你进入二队当实习医疗兵了。明天演习记得按时到。"

他在来训练场前收到了一条信息，那是王小二的母亲发来的，他从中得知王小二自从"那件事"之后，一直都很崇拜自己。这种崇拜在谈墨看来，就像五年前的自己盲目崇拜洛轻云一样。不如就用这场演习实现一下王小二跟随自己的心愿吧。

说不定演习过后，王小二也跟自己似的，偶像滤镜碎了，就能死心了。

把另一个人当作自己的理想是一件很危险的事情。万一这个人其实根本没把自己当回事儿，那等于说理想就彻底破灭了。

"王小二。"谈墨看向对方，目光难得有一种郑重。

"在！"

"你要记住，任何时候只有你自己可以决定自己的方向。无论你决定做什么，无论你要为什么而奉献或者牺牲，一定是因为你热爱着它，而不是因为另一个人。"

王小二一听，眼睛亮得就像在放烟花，大声说："收到！"

洛轻云听着，脸上的表情没有变化，心里却有一股从来没有过的莫名失落。

据李哲枫所言，谈墨以前做过他的粉丝。那是不是那个时候的谈墨，也曾用王小二看他的目光看着自己？

"如果没其他的事，在下告退了。"谈墨给了张秘书一个笑容，就目不斜视地从洛轻云身边走过了。

第七章

CHAPTER 07

下马威

谈墨来到地下车库，正要去自己停机车的位置，只感觉身后有什么东西袭来，第一反应就是老高又又又又来搞偷袭了！他下意识一个向后肘击，却没想到对方一把捂住了他的嘴，另一只手扣住他的手腕向后一扯。一切发生在瞬间，谈墨连呼喊都来不及，就被拽到了停车场的阴影里。

不，不是老高！老高还在病房里！

谈墨被人一把压在了墙上，半张脸都被压得变了形。他瞥见撑在自己眼前的那只手，戴着黑色的泛着金属光泽的手套——除了洛轻云还能有谁？

“洛队……您这是射击输了来打击报复吗？”谈墨咬着牙问道。

洛轻云就算真是报复也不可能杀了他，以谈墨那德行这会儿就该调侃对方了。但谈墨一看到洛轻云的手，就想起洛轻云对他说的这双手的能力，顿时脑子里开始嗡嗡作响。

谈墨梗着脖子，只想这只手离自己远一点，再远一点。

“谈副队，你松懈了。”洛轻云压低声音说。

他靠得有些近，谈墨仿佛能感觉到对方声带振动，连空气也被带起，随着呼吸进入了自己的肺里，整个胸腔随之共振。

“放开我。”

高炙、李哲枫还有周叙白这帮人，没事就喜欢搞偷袭，次数多了谈墨的反应确实灵了很多，也形成了条件反射。只是洛轻云动作也太快了，他就算脑子反应过来了，也没法从人手底下溜掉。

“有什么话刚才还没说完吗？”谈墨心想，苍天保佑，老高可别“托孤”洛轻云，把他也拉进偷袭大军，那样自己真没有活头了。

“谈副队，问你个问题，你能在三秒内答出来，我就立刻放开你。答错的话，我就让你验证一下我这双手的能力，怎么样？”洛轻云的声音里带着笑，在空荡安静的地下停车场里格外清晰。

“我不想回答你的问题更不想被你……你那双手是拿来干什么的你心里没点数吗？莫挨老子！”

“十八厘米的红螃蟹，和十厘米的黑螃蟹，哪只爬得更快？”洛轻云问完，开始倒计时，“三——”

这是什么鬼问题？十八厘米的红螃蟹？为什么是十八厘米？洛轻云在暗示什么？他造谣谁十厘米呢？不对，重点是，为什么是螃蟹？不是魔鬼藤不是米诺斯虫不是胎果，好端端提到螃蟹干什么？

“二——”

十八厘米的螃蟹腿比十厘米的螃蟹要长，当然爬更快。可是总觉得没那么简单！但也许他就是在诈我呢，其实按正常思维来思考就行了吧？

“一。”

“红螃蟹爬得快！”谈墨高声道。他可不想被那双手碰到！

“唉……谈副队，这可是送分题，你都能答错？”洛轻云又笑了起来。

“哈？”

“当然是黑螃蟹啊——红螃蟹已经被煮熟了。”洛轻云一本正经的。

谈墨僵在那里，愣了两秒，想要看气氛憋住，但还是顾不上自己的脸贴在墙上的狼狈样子狂笑了起来。

靠，这什么小学级别的脑筋急转弯？自己怎么就没反应过来！

“现在不紧张了吗？刚才在张秘书面前说的话比较官方，但我很想和你进行一下非官方的交流。”

敢情您是靠说冷笑话调节氛围的啊！谈墨有点哭笑不得：“您的聊天申请可真别致，说吧——为了不辜负那只阵亡的红螃蟹。”

“我猜了一下……你不想让王小二进入二队，是因为你认识他，他看起来对你充满崇拜，明显就是追着你而来。”洛轻云说。

谈墨镇定心神，坦白地回答道：“几年前，有一所学校的实验室被开普勒生物污染了，里面困着几个学生，那次是我们二队执行的突入任务，王小二就是那几个学生之一。我们赶到的时候，其他学生都已经死亡了，我一枪崩掉了种子，那孩子活了下来。但我压根儿没想到他会进入灰塔，还要当什么医疗兵。去大医院实习不好吗，跑前线来干什么？”

谈墨企图换个姿势，视线密切留意撑在眼前的那只手，虽然戴着手套，谈墨也能感受到它透露出来的劲力。但它克制地与他保持着距离，看似掌控的动作中隐隐透出一种包容和保护。

“仅仅如此吗？我想，谈副队能在生死之际都维持理性，不会因为这个就要放弃有潜力的医疗兵。”

谈墨转过头来，给了洛轻云一个“放开老子”的眼神。从洛轻云的角度正好能看到他绷紧的后颈和肩部线条连成一道弧弯，就像拉满的弓弦。每一次近身格斗，洛轻云都能从对手的身上看到类似的线条，可谈墨的却不一样，看上去脆弱又倔强，好像他随时会在对手兴致高昂的时候说放弃，而对方一旦放松警惕，他就会予以致命一击。能屈能伸，却又坚韧到难以征服。

他想要靠近一点看看他，看看这个和从前遇到过的完全不同的人类。

“其实我收到了王小二母亲的信息，她告诉我，王小二的父亲是治安队的，十二年前殉职。王小二是被母亲含辛茹苦抚养长大的，他的姐姐也是个医疗兵……在三年前也殉职了，那个时候她的孩子才一岁半。”谈墨看着洛轻云，他有点怀疑洛轻云是否理解母爱，理解这种血脉亲情之间的羁绊。

洛轻云的五官在阴影里有一种端庄如雕塑的气质，没有任何裂痕，却仿佛等待着温润的水流沁透。他皱起了眉，在思考："不，不是这个理由。"

"那还会是什么？"谈墨饶有兴趣地看着对方，好奇洛轻云能得出什么结论来。

"你是个很有责任心的人。你背负着一个母亲的期望，这会让你对真正的任务目标分心。一个监察员一旦分心了，后果会很严重。而且不仅仅是你，一旦其他队友知道了王小二的事情，也会宁愿牺牲自己去换取他的生还率。你是基于一个监察员和副队长的职责，才决定退回王小二的。"洛轻云开口道。

一字一句，都是谈墨最真实的想法。这些心声他绝对不会说出来，甚至和他相处已久的队友，比如常恒和吴雨声，都未必能猜到，搞不好还会反过来劝他留下王小二。

"就算你……说对了吧。"良久，谈墨闷着声说。

角落里灯光很暗，但洛轻云还是能看清谈墨的样子："谈副队，你的脖子红了。"他声音轻轻的。

"废话，你被人这样压在墙上试试！气都快冲到脑门顶了！"

洛轻云好像笑了笑，没有发出声音，只有一阵短促的风掠过谈墨的脸颊。而洛轻云的那只手缓慢伸向他。谈墨全身肌肉都绷了起来，心跳不受控制地"咚——咚——"起来，仿佛洛轻云即将握住的是他的心脏。

"你在怕我。"洛轻云的声音里笑意渐渐退去，那一丝丝的凉意让谈墨想起了昨晚看的那段视频。

还有那个离谱的梦。

"我……我没有。"

"谈副队，我只是想要点醒你——王小二这几年的努力都是为了有朝一日他也能保护你。你把他退回灰塔，这会不会毁掉他的人生价值？"

"他还年轻，还可以改变人生的方向……"

谈墨心想，老子也曾经想过要保护你，把你当成老子的目标。但事实证明，人生那么长，变数那么多，总有更好的方向。

冷不丁地，洛轻云的手指在谈墨的额头上敲了一下。

"你干什么！"谈墨颤了一下。不是错觉，当洛轻云的指节触碰到自己的皮肤时，好像有细微的电流通过。

"改变人生方向？谈副队，你觉得灰塔是想进就进，想出就出的吗？你不要王小二，以他在医疗班的成绩，他就会被派去其他的一线部队。"洛轻云的声音越来越低沉，就像过了风霜的刃，过滤了多余的情绪，只剩下理性的冷。"如果他被分到我这里来，我可能会任由他自生自灭。他就会变成看起来可以爬很快但其实已经死了的红螃蟹。"

"……"

"我希望你做出最好的选择，尽一切努力保证自己的生还率。王小二这样的医疗兵，只要能熬过半年的外勤任务，他就一定能在关键时候救你。你希望把他放到其他前线队伍里，变成红螃蟹，还是留在你的队里悉心栽培，变成一只有战斗力的黑螃蟹?”

又是选择题……洛轻云真的很喜欢问别人这种看似送分实则送命的问题。

但他不是洛轻云，他没有决定别人生死的能力。

谈墨低下头，反问:“洛队，你特地把我拦下来分析王小二的事情，到底是为了什么?”

洛轻云沉思了一会儿，像是回忆起了什么，随后缓缓开口道:“王小二……很像曾经跟着我的医疗兵。”

瞬间，一度成为谈墨梦魇的场景再次涌上脑海。理智告诉谈墨不要再让洛轻云说下去，但是他的内心深处却有一种强烈的探究欲——到底从洛轻云的角度去看，当时的那个生态区里发生了什么?

“那是一个处于高度繁衍状态的生态区，吞噬了我所有的队员，只剩下我和那个可怜的医疗兵了。他一直是个听话的孩子，从不怀疑我的任何决定，只有那一次，我在他面前把所有被胎果同化的队友杀掉，他崩溃了，求我能不能就让他们留在胎果里。我就很想知道，当他的信仰崩塌，当他亲身来到死亡边缘，当仇恨将他吞没之后，像他这样单纯又盲目信任我的人，会做出怎样的选择?”

谈墨闭上眼睛咬着牙又挣扎了一次:“别废话了，这段我在任务录像里看过了!没有新鲜的就放开老子!”

“哦，果然，你看过。”洛轻云带着调侃的声音忽然冷了下去，“谈副队，如果是你呢?你会怎么选?和我一起去死……还是看着我越界?”

能问出这样的问题，这个人必然在某些时候会把自己放在人类以外的立场上。

“洛轻云，你从一个善良的人那里检验到了人性的恶，是不是很有成就感?”谈墨反问。

洛轻云竟然毫不迟疑地回答:“嗯。所以能回答我的问题吗，谈墨?”

谈墨冷笑了一下，咬牙切齿地说:“在我这里，没有所谓开普勒世界和人类的界限。用什么样的立场生存，是你的决定，不是我的问题。”

洛轻云有一瞬的失神。这是第一次有人对他说这种话。

“但是洛轻云，如果你胆敢跨过你和我的界限，我一定会干掉你。”谈墨艰难地侧过脸，目光倔强而决绝。

“……”洛轻云的心脏像是被一把锋利匕首的尖端挑了起来。

谈墨不知道哪里来的力气，猛地撞开了洛轻云的胳膊，大步流星地跨上了一旁的机车，“轰”的一声就飞了出去。

“有病就去治病!用你的医保去看心理医生——”

谈墨开着机车冲出停车场的时候，还不忘朝洛轻云的方向比了个不文明的手势。

洛轻云站在停车场的阴影里，望着谈墨离开的方向。

这时候，洛轻云的通信器振动了一下，张秘书发了一张图片，是在之前那台数码相机里的。

图片里的谈墨专心致志地看着目标，红色的瓢虫就落在他的睫毛上。

一场温柔到甘愿坠毁的着陆。

洛轻云缓慢地呼出一口气来，神色逐渐变得阴骛，仿佛有无数肆虐的欲望要奔涌而出却又在瞬间被压抑了下来。

他喃喃地重复着谈墨最后的话:“你和我之间的界限，到底是什么?”

第一次对抗演习 模拟场景 A02 生态区

洛轻云和队员们在装备室里见了面。这些队员是他特地从北辰市灰塔申请带过来的，昨天晚上刚刚抵达，今天就直接要进入对抗演练的状态了。

“大家一边检查装备一边听我说一下二队的情况。”洛轻云的声音在装备室里响起来。

“二队的队长高炙在医院里，灰塔暂时也没有分配新的队长给他们，但这并不代表我们可以松懈。这支队伍并不好对付。”洛轻云向后靠着桌子，声音很清晰，没有太多的紧迫感，“首先是他们的技术员江春雷，看起来容易紧张，遇事慌乱又怕死……”

“老大，你确定这样的人对我们有威胁吗?”正在戴护目镜的安孝和看向洛轻云。他是目前一队里最年轻的队员。

洛轻云回答:“我说了，他是技术员，操作遥控设备，从不近身作战。他的遥控狙击枪想要打中我，那是几乎不可能的。但只要角度合适距离合适，击毙你们的可能性还是很大的。”

安孝和的神情立刻严肃了起来:“我明白了，我会小心他的遥控装置，尽早锁定他的位置。”

“其次，他们的队伍里资历最老的队员常恒，他擅长近身格斗，所以我们尽可能远距离解决他。”

正在调试狙击枪的短发女队员抬起头，应了一句:“收到。”

作战服勾勒出她玲珑的曲线，她把枪背上肩的动作充满了韧性，手臂上的标志写着“楚妤”两个字。

“还有他们的戒备员吴雨声，是个融合者，能够将自己融入开普勒生物的体内，进而操控它们。既可以充当哨兵，又可以发起突袭，防不胜防。当然在今天的演习里，融合者的能力基本用不上。最简单的环境，考验的是各队的配合以及队长的调度。”洛轻云开口道。

一直沉默着的男人抬起了头，看向洛轻云:“他们的队长都没了，还需要戒备员吗?”

这个男人大概二十七八岁，脸颊上有一道从眼角划到下巴的疤，手臂上的红十字标志说明他是个医疗兵，标志下方是他的名字：庄敬。

洛轻云走过来，拍了拍庄敬的肩膀，开口道:“吴雨声是二队 Inspector 的戒备员。”

楚妤眯起了她的丹凤眼，“我没听错吧? 给 Inspector 配戒备员? 这个 Inspector

得多金贵?”

安孝和也笑了起来:“二队的队长这么担心自己会被处决啊?”

“据我所知 Inspector 都会尽量埋伏在生态区外，实在不行也会留在飞行器上，很少有进入生态区的。二队有必要浪费一个重要战力来保护 Inspector 吗?”庄敬侧过脸，看向洛轻云。

楚好和安孝和也看了过来，等着洛轻云揭晓答案。

洛轻云收起了笑容，将手枪摁入腰侧的枪套中，说道:“这么和你们说吧，这个 Inspector ，如果是我，只留一个戒备员给他都会不放心。含在嘴里怕化了，捧在手里怕摔了。”

安孝和哈哈笑了起来:“还放在心里怕齁了，搁在床上怕睡了呢，哈哈哈哈!”

楚好和庄敬不约而同地给了他一个白眼。

“他的名字是谈墨，担任的是二队的副队长。”

洛轻云一边调整着自己的手套，一边走过安孝和的身边。没有人看清楚洛轻云是怎么出手的，只见安孝和狼狈地向前一栽，脑袋差点撞在自己的枪托上。

“哎哟!”

楚好和庄敬互相交换了一个眼神，露出几分了然——他们的洛队很把这个 Inspector 当回事，不允许任何人拿他开玩笑。

能担任副队长，就表示这个 Inspector 不但履行监察的职责，还须亲自参与任务。这个谈墨一定有什么过人之处，能让他们的洛队如此看重。

洛轻云继续说:“二队的队长高炙是一个风险级别只比我少一个‘+’的融合者。他在三天前的一个任务里越界，差点杀死了所有的队友。而谈墨在三千米外履行了身为 Inspector 的职责。”

“可是高炙没死啊……”庄敬说。

“所以，是谈墨救了他啊。”洛轻云抬起手腕，在自己的通信器上轻轻一点，江春雷发给他的那段视频被播放出来。

庄敬、楚好和安孝和都睁大了眼睛看着那两发子弹的神迹。高炙抓住第一发的时候，他们的心绪都紧跟着被挑起，随即第二发药剂弹紧随而至，不偏不倚击中高炙的右眼。

“这确定没开外挂?”安孝和惊叹道。

楚好回了个白眼给他:“你当这是游戏呢?还外挂……最大的外挂估计就是他那把‘朱雀’了。”

安孝和的心头颤了一下:“他这要是埋伏在远处，一枪一个准……”

“我们全得玩儿完。”庄敬凉飕飕地说。

楚好拍了拍心口:“还好，A02 方圆三千米内没有高地，他得进入演习区内。有密林作掩护，他没那么容易干掉我们，那边的那个实习生正好给我们当诱饵。”

一直默默整顿装备，没有加入谈话的实习生顿了一下，卑微地举手说:“那个……我叫李若霖。”

“好的，李若霖，一个多么适合当诱饵的名字。”楚妤重复道。

李若霖叹了口气：“你们这些老队员都没有心吗？”

“那当然。”安孝和、楚妤和庄敬再次异口同声。

“这一次的演习场景对我们还是很有利的。”洛轻云笑了笑，“祝大家旗开得胜。”

而另一间装备室里，江春雷还在摆弄自己的各种遥控装置，他的腿又开始抖了，“天啊，天啊，我们竟然要跟洛轻云的人对抗演习？我会不会立刻就被干掉啊？”

吴雨声看着他不断抖动的膝盖，再次忍受不了，狠狠地踩住了他的脚背：“你可以一进入模拟区就倒下睡觉，说不定一觉醒来就赢了。”

“真的吗？”江春雷满眼期待，宛如彩票中奖。

常恒也看不过眼了，在江春雷的后脑勺上摁了一下：“当然是假的，这世上哪来那么多床位供你躺赢？”

“高队不在，副队长就没什么嘱咐我们的吗？”实习医疗兵王小二看向军备室的角落。

谈墨从进入军备室开始就一直没有说过话，而是盯着模拟场景不知道在思考着什么。

王小二深深地觉得谈副队长正在憋大招。

“有什么好嘱咐的？高队肯定把我们每个人的资料、配合习惯、常用的战术……事无巨细地告诉洛轻云了。”谈墨说。

“什么？高队为什么要这样？”江春雷问。

谈墨轻哼了一下：“还能为什么？严父心态呗。他就要卸任了，但还记挂着我们，演习里被洛轻云带人修理了，也好过实战里被团灭。感谢老高用心良苦了。”

“洛轻云的人都是血雨腥风里活下来的，就算他带过来的那几个在一线不满一年，也绝对不好对付。”

吴雨声看向谈墨，共事这么久，他太了解谈墨了。表面看起来没有胜负欲，但骨子里相当叛逆——你越想教育我，我就越想给你点颜色看看。

“既然这是演习，大家就不要吝啬牺牲，反正也不是真的阵亡。”谈墨笑了一下，朝吴雨声勾了勾手指，“亲，我们只要不被团灭就好。”

那声“亲”让吴雨声的鸡皮疙瘩都掉了一地。

“对了，据说咱们谈副队射击赢了洛轻云，真是振奋士气啊——赌注不是洛轻云那双手的能力吗？给我们大家分享一下吧！”常恒高声道。

吴雨声也很感兴趣，毕竟自己在欢迎晚宴上被那双手给“威胁”了：“喔哟——说来听听！”

江春雷更是期待值爆表。

谈墨勾起嘴角很坏心眼地笑了一下：“放心吧，就你们这外貌条件，这身体素质，绝对享受不到那双手的服务！”

所有人异口同声：“什么服务？”

“毁灭世界！”谈墨没好气地回答。

当他们离开装备室的时候，谈墨叫住了吴雨声：“阿声。”

“怎么了？”吴雨声一回头，就看见谈墨正把狙击枪背到背上。

“我不想输。”谈墨垂着眼，看着自己的脚尖，那模样很认真。

“洛轻云惹到你了？”吴雨声好笑地问。

“先声夺人吧……等以后他对我们了解得越多，我们就越没有赢的机会了。这次是人类与人类的较量，一旦上升到开普勒级别，我没有任何赢他的可能。所以，这一次我不想输。”

吴雨声点了点头：“好的，我明白了。他确实惹到过你，在北辰市？我略有耳闻。”

谈墨没说话，背着枪从吴雨声的身边走过。

“宝宝不难过了，爸爸给你出气。”吴雨声跟在谈墨的身后离开了装备室。

演习正式开始，根据抽签结果，谈墨的二队获得了率先进入模拟区进行部署的权利。

先进入模拟区有优势，属于守方，胜利条件稍微苛刻一些，至少要有两人活到最后才算赢。

半个小时之后，洛轻云才带着一队进入模拟区。

周围是被开普勒生态所感染的初级生命体，它们茂密浓郁，基因特性相互交融，充满怪诞和让人不悦的风格，所幸不具备攻击性。

这次演习的重点，是人与人之间的对抗。

楚妤一进入生态区，就锁定了一棵较高的树，借助它攀爬到最高的地方，安装了一个三百六十度转动的监视器。这样就能居高临下地观察至少三分之一个生态区。

“楚妤，尽快下来。你在高处待得越久，越容易成为其他人的靶子。”洛轻云提醒道。

“收到。”楚妤迅速回到了地面，在树下通过监视器进行了生物扫描。

“怎么样？”安孝和兴致勃勃地问。

楚妤眯起了眼睛：“二队的人已经分散开了。十二点方向有一人，四点方向有两人，六点方向有两个人。十二点方向的那个家伙几乎处于生态区边界，距离最远。”

“不是说吴雨声会一直跟在谈墨的身边吗？吴雨声是融合者，以洛队的能力应该可以感应到吴雨声的方向。擒贼先擒王，我们把吴雨声和谈墨都端了，搞定剩下的人还不比砍瓜切菜容易？”安孝和说。

楚妤冷哼了一下：“你可拉倒吧。你能想到的，谈墨想不到？我反而觉得吴雨声在的地方，谈墨一定不在。”

“谈墨擅长的是狙击，一个狙击手一旦被发现了位置就很危险。而且按照洛队的试探，他的近战身手不怎么样。如果他的身边不留人的话，实在太危险。我认为他要么在四点方向，要么在六点。”庄敬开口道。

“十二点方向只有一个人，我觉得是他们的那个实习医疗兵，叫什么王小二的那个。”楚妤说。

安孝和问:“为什么?”

楚妤狠狠地在安孝和的脑袋上摁了一把:“你是猪吗?这个王小二没有战斗经验,无论跟在四点方向还是六点方向,他是既不能戒备又不能伏击,还得手把手教他怎么行动。还不如把他单独放出来,成为分散我们火力的诱饵。”

“所以我们最后解决他?”安孝和问。

一直沉默不语的洛轻云开口了:“最后解决……也许他就是二队留下的制胜关键。”

“什么意思?”

大家看了过来,洛轻云折断了一根树枝,在地面上画了一个圈,标出了他们最后侦测到的二队的埋伏地点。

“如果我们去解决四点方向和六点方向的人,万一运气不好我们全军覆没……虽然这种可能性很低,但二队毕竟有个非常厉害的狙击手。在这样的情况下,那个远离交火区的人,不就躺赢了吗?”洛轻云说。

众人一阵沉默。

“太麻烦了,我们不如逐一击破,先去距离最近的四点方向解决那两个人,接着再去六点方向,最后解决十二点方向那个!”安孝和说。

“但就在我们一队人接近四点方向的时候,也许埋伏在六点方向的狙击手已经瞄准了我们。”楚妤摊了摊手。

几个人一起看向洛轻云:“洛队,你说怎么办吧。”

洛轻云勾起嘴角笑了一下:“挺有意思的。我倒觉得……谈墨就一个人在十二点方向。”

“这么虎?”安孝和愣住了。

“所以,楚妤和庄敬你俩在这片山岩找一个埋伏的地方,接应我们。安孝和,你带着实习生跟我一起去一趟十二点方向。如果我们这一组有人被击中了,楚妤你的眼睛要放亮一点,随时保持联系。”

“收到。”楚妤回答。

她话音刚落,只听见“砰——”的一声,刚放上高处的三百六十度监视器直接碎了,化作碎片散落下来。

“靠!”安孝和立刻端起枪戒备。

楚妤的屏幕上只剩下一片雪花了。

好一枪下马威!

第八章

CHAPTER 08

枪口已瞄准

同样接受过 Inspector 训练的楚好，汗毛都竖了起来。

洛轻云闭上了眼睛回想那一声枪响，判断道:“是从十二点的方向传来的。”

“所以谈墨果然在十二点!”安孝和乐了,“看来洛队你的直觉还是那么灵!”

“不……你们忽视了江春雷，他也有一台狙击枪，可以遥控也可以直接使用。刚才那发子弹的声音有点散，如果是谈墨自己的枪，可能声音会更短更沉。”洛轻云仔细辨别着。

刚才击中监视器的一枪有一种果决利落，洛轻云甚至可以想象开枪的那个人嘴角微微向上勾起，命中的时候脸上带着沉静的坦然——他不会沾沾自喜，也不会得意忘形。这一切对于他来说，都是理所应当，毫无新意。

洛轻云的手轻轻覆上曾经被谈墨的指尖点过的位置，他很想问——现在你的瞄准镜里有没有我?

“到底是江春雷还是谈墨打掉了我们的监视器?”楚好问。

谈墨高超的狙击技巧再加上江春雷的遥控狙击枪，到处都是烟雾弹，分不清真假。洛轻云低下眉眼，捏了捏自己的指尖，说道:“谈墨，就是想要我们去十二点的方向确认。”

“那我们去吗?”安孝和问。

“不去。如果我们真去十二点方向，会路过一片毫无遮挡的区域，我们就都成了靶子，以谈墨的技术会让你们被团灭。虽然我有自信能避开，但既然是演习，还是谨慎一些为好。或者说，你们想要冒险，体会一把提前‘光荣’?”

“啧——”安孝和摇了摇头,“这算什么光荣? 绝对会成为灰塔笑柄。”

洛轻云调整了部署安排，自己带着安孝和和李若霖去四点方向，确认谈墨是否在那里；而楚好和庄敬埋伏在高处，时刻关注着洛轻云的身后。

洛轻云走在最前面，安孝和跟在他的身后，最后面的是李若霖。

李若霖的心中有点恐慌，战战兢兢，总怀疑哪里会来一发子弹要了自己的小命。

安孝和则小声地和洛轻云说着话:“洛队，我觉得你心情特别不错。”

“嗯。”洛轻云的声音沉稳，然而哪怕是和他不熟的李若霖也能听出一丝笑意。

“这是为什么啊?”安孝和又问。

说实话他们这么聊天让李若霖很紧张，仿佛生怕二队发现不了他们似的。

洛轻云依旧没有让安孝和闭嘴，而是回答他说:“比起互相寻找更让我兴奋的，是狭路相逢。”

“狭路相逢勇者胜?”安孝和又接茬了。

李若霖快哭了，哥哥们别聊天了，你们那么想吃枪子儿吗？

“狭路相逢，胜负转瞬。只有在那个瞬间，他的瞄准镜里才会只有我一个人，他会为我专注，为我控制呼吸心跳，感受着我和他之间的距离和风阻，寻找那条到达我的最合适的直线。我喜欢这种独占世界的感觉。”洛轻云的语气就像在赞美此处风景优雅怡人。

安孝和顿了顿，回了句：“老大，你好变态。”

“哦，是吗？”洛轻云头也没回地反问。

“根据狗血电影，你和他之间只会有两个结局。”安孝和不知道是不是故意的，说话的声音越来越大，“你杀了他，或者他干掉你。”

“太没新意，差评。”洛轻云回答。

接着是长达一分钟的沉默。

安孝和皱了皱眉头：“不是吧，我们双簧都唱成这样了，二队的人还没冲出来？”

李若霖差点没给跪下——果然啊！这两人就是在故意大声聊天招惹二队的人！

听说其他队演习的时候，都会把他这样的新兵夹在中间，但显然洛轻云不仅没有保护他的想法，甚至让人怀疑洛队是不是想让对手直接替自己解决了他这个麻烦。

就在这个时候，有什么穿透了密林的缝隙，安孝和立刻卧倒，李若霖跌坐在地上，一脸惨白。

“我……我是不是阵……阵亡了？”

那枚子弹正好打在李若霖两腿之间，在碎石砂砾中留下红色标记。

“你还活着。”洛轻云的眉梢挑了一下，“还是十二点方向的遥控狙击枪。”

安孝和立刻把李若霖拖到树影下：“这要是谈墨，估计他已经被爆了脑袋！”

“那么谈墨到底在不在四点方向？我们在靠近，为什么四点的方向一枪都没有？”安孝和觉得不大对劲。

“他们打掉了我们的监视器，不就是要我们无法判断现在的局面吗？四点方向还有没有人都是问题。”洛轻云很淡地笑了一下。

“好烦啊，我宁愿跟开普勒生物直接开打，正面刚。人类，果然是最有城府的动物——虚虚实实！”安孝和抹了一把脸。

洛轻云侧过脸，忽然意识到了什么，低声道：“不好。”

“什么不好？”安孝和问。

洛轻云对着耳麦说：“楚妤、庄敬，你们立刻离开那个位置！”

楚妤早就架设好了狙击枪，一直在远处替洛轻云戒备，听到洛轻云的指令，她没有问为什么，而是立刻准备收枪。

可就在她动作的那一瞬，一发子弹跨越了二分之一的模拟区，毫无预兆地击在楚妤的瞄准镜上。

红色覆盖在楚妤的眼前，耳边响起了演习系统的提示：

一队楚妤 阵亡

楚妤愣在了那里，自己只是抬手对旁边的庄敬做了个撤退的手势而已，这么一瞬间的分心竟然就被对方给捕捉到了?

按照规则,楚好的通信被屏蔽,只能从树上滑下来,离开模拟区。

庄敬小心谨慎地将楚妤的装备拽了过来,看一眼她的狙击枪,心头一惊。

“庄敬,你还好吗?”安孝和的声音从耳麦里传过来。

“还活着。”庄敬回答。

“那个……楚妤怎么死的?是被人一枪爆头吗?”安孝和平日里总是被楚妤diss(鄙视)智商,但楚妤这次竟然在他前面阵亡了,安孝和不由得思考自己是不是低估了二队的实力。

“不仅一枪爆头,狙击枪也报废了。”庄敬看着瞄准镜上的着色剂,演习系统判定这把枪已经失去效力了。

“枪怎么报废了?”安孝和还在想难不成楚妤把枪从高处掉下来了?

“不是。”洛轻云闭上眼睛,想象着那一枪的轨迹,笑了起来,“子弹击中了楚妤的瞄准镜。用的应该还是大口径,所以枪管报废了,楚妤也被‘爆头’了。”

这绝对是谈墨的手笔。他示威的时候就喜欢用大口径子弹来告诉对手——我不喜欢你。

庄敬又说:“方向还是十二点。队长,我想去看看,不然我不甘心。”

洛轻云扯了扯嘴角:“别去十二点。那里的一定是遥控狙击枪,只是操作的人不是江春雷,而是谈墨。他们毁了我们的监控器,所以我们无法判断此时的谈墨到底在十二点方向,又或者已经去跟其他方向的队友会合了。”

庄敬又问:“那么我是去六点方向探查吗?还是跟你们会合?”

洛轻云从地上捡起一枚小石子,忽然狠狠朝高处一扔,只听见“啪嚓”一声,那枚小石子也应声碎了。

“庄敬,隐蔽好就行。你活到最后,我们就赢了。”洛轻云的脸色完全沉了下来。

有意思啊,谈墨。你到底在哪里操纵着那把遥控狙击枪?一枪一个,你是在向我挑衅吗?

洛轻云的拳头握紧又松开,血液朝着指尖涌去。

“收到。”庄敬回复。

这个位置已经暴露了,庄敬再继续待下去,下场就会跟楚妤一样。他小心翼翼地避开十二点方向,从树上滑了下来。

就在落地的那一刻,忽然一个身影从灌木丛中蹿了出来,庄敬右手下意识去拿手枪,但是枪却被对方给摁回了枪套。他还没来得及惊呼,耳朵里的通信器已经被对方夺走了!

最重要的是,这个人始终处于庄敬的身后,庄敬连对方的脸都没有看到。

动作好快!而且利落狠辣,丝毫不多余!

难不成是二队最擅长近身格斗的常恒?

庄敬拔不出手枪,转而去拔自己的战术刀,可这人的身手跟鬼一样,不知道怎么在庄敬的手肘上撞了一下,他手臂立刻一阵发麻。对方的手沿着庄敬的手腕向上,直接把庄敬的战术刀拿走了，不仅如此，还往庄敬的喉间一划。

庄敬心头一阵冰凉。

“我去——”

演习系统提示：一队庄敬 阵亡

还在行进中的洛轻云他们停下了脚步，安孝和顿了一下。

“不……不可能吧？庄敬有了楚妤的前车之鉴，难道还不知道避开十二点方向？还是说谈墨从另一个方向出手了？”安孝和问。

洛轻云摇了摇头回答：“我没有听见枪响。庄敬应该是被冷兵器解决的。”

安孝和更加惊诧了：“距离我们和庄敬最后一次联络还不到一分钟……演习系统就说他阵亡了！那解决他的人身手得多厉害？”

李若霖磕磕巴巴地说：“应该……是那个近身格斗最厉害的常恒吧？”

安孝和看向洛轻云：“老大……我不会死在这里吧？”

“我不会死就行。”洛轻云淡淡地说。

毕竟只是个对抗演习，并不是和开普勒生物的实战较量。

就算最后只剩下洛轻云一个，把二队团灭也不无可能。现在对于洛轻云来说只是陪自己的队员熟悉熟悉二队的习惯罢了。

“老大，你这样说，我反而不想死了。”安孝和咂了咂嘴，“好死不如赖活着。我要能活到演习结束，就能尽情嘲笑楚妤了。”

而此刻的庄敬，正在用难以置信的眼神看着“杀死”自己的人。

“竟然是你……”庄敬觉得自己简直“死不瞑目”。

眼前的男人笑着摘掉了自己的护目镜，像是想好好看清楚庄敬所有的微表情，他眼角上方那个红色的小疤随着他的笑容显得那么……嚣张跋扈。

“啧，怎么就不能是我了？”谈墨好笑地反问。

“我们队长说你的近身格斗很烂。”庄敬闷闷不乐地回答，心想，洛轻云竟然也有搞错情报的时候？

“那要看对谁了。近身格斗碾压我的人有我们二队的高炙高队，三队的李哲枫，四队的周叙白——哦，还有你们的队长洛轻云。被他们教训得久了，没吃过猪肉也该看过猪跑了。”

庄敬闭上眼睛用力摁了摁眼角：“我真是信了洛队的邪。”

高炙、李哲枫、周叙白，这些都是银湾市一线外勤队的队长，全都是危险系数非常高的融合者。谈墨被他们碾压是很正常的事情。

但同样是普通人类，谈墨对上庄敬，那就未必“很烂”了。

庄敬一边离开演习模拟区一边说：“这场演习，你还是赢不了的。”

谈墨的狙击再厉害，也不可能击中洛轻云。应该说，庄敬不相信有任何一个Inspector能击中洛轻云。

“那我就试试赢给你看。”谈墨的眉梢向上一挑。

庄敬愣了一下，他知道谈墨那一笑里不是自负，而是千锤百炼之后的自信。

也许……万分之一的可能性，有朝一日能够击中洛轻云的，就真的只有这个Inspector了。

这个时候的洛轻云已经带着安孝和与李若霖进入了模拟区的深处了。

走在前面的洛轻云忽然停下了脚步，抬起右手握拳，示意身后的人都停下来。

“怎么了，洛队？”

安孝和歪了歪脑袋，赫然发觉他们面前接近地面高度的位置布满了非常细的绊脚线。这些线是军械处最新研发出来的武器，能模拟出环境的颜色，极难被发现。在实战中可以用来埋伏攻击性强的开普勒生物。

但这些绊脚线算计不了洛轻云，他的视觉和感知能力超过普通人类。

“绕过去？”安孝和问。

洛轻云侧着脸，微微一笑。他们一旦踩中了这些绊脚线，应该会被炸上天。拆除又太耗费时间。

“当敌人希望你绕过去的时候……”

“就绝不要绕过去。”安孝和坏笑了起来，“我猜，二队的人会不会就用这些绊脚线把自己围在里面。谁要是想进去找他们，就得冒着被炸死的风险。”

李若霖怯生生开口了：“可是万一……他们就是引诱我们进入绊脚线雷区，然后再从远处狙击我们，到时候我们连躲避的空间都很小了。”

洛轻云抬起手来捏了捏鼻梁。他不得不说谈墨的战略很有意思，比如来自十二点方向的遥控狙击枪让他们不断猜测到底是谁埋伏在那里，还有庄敬无声的阵亡，以及现在的绊脚线陷阱，让他们进退两难。

这家伙……现在埋伏在哪里？

洛轻云想象着谈墨的姿态。他应该趴得很低，身上也许盖满了伪装物，比如泥土和落叶，也许有虫子爬过他的耳边，但他依然专注得一动不动；还有那双被作战衣包裹着的腿，没有缝隙地贴着地面。他用尽一切办法让自己与环境融为一体，安静地蛰伏。

他没有融合者强大，却能在转瞬间制伏强者。

“洛队？洛队！”

“嗯？”洛轻云回过神来。

“您在想什么？”

“没什么……就是觉得有些东西裹得越是密不透风，勒得越紧藏得越深……就越让人有想找出来毁掉的欲望。”洛轻云微笑着回答。

“哈？”安孝和完全摸不着头脑。

“安孝和，李若霖，你们俩就在绊脚线雷区的外围待着，我进去一探究竟吧。”洛轻云又看向安孝和，“你知道这个陷阱最大的用处是什么吗？”

“什么？”安孝和问。

“设置陷阱的人预料到我会进去，而你们会留在外面，二队的人的目的就是把我和你们分开，然后找机会干掉你们俩。这样整个一队就剩下我一个了。”

安孝和坏笑了一下：“我也很期待呀，万一是他们的谈副队亲自来解决我呢？”

洛轻云看了看四周，判断道：“这里视野不够清晰，植被密度高，不适合谈墨狙击。也许你会碰上常恒，而不是谈墨。”

“随时保持联系。”安孝和的神情冷了下来。

洛轻云转过身，踩进了绊脚线雷区。

他的身影逐渐隐没，安孝和神色冷锐地观察四周，另一只胳膊搭在李若霖的肩上，用调侃的语气说：“现在需要打草惊蛇。”

“所……所以呢？”

“惊蛇的任务交给你了。去吧，四处看看有没有二队的人埋伏在附近。不用走太远，十米以内。”安孝和推了李若霖一把。

李若霖只能硬着头皮端着枪往林子里去侦察。果然他就是无法逃脱炮灰的宿命。

安孝和就在原处看着李若霖的背影。

“啊——”李若霖忽然高喊了一声。

紧接着演习系统提示：一队李若霖、二队江春雷 阵亡

安孝和一口血差点喷出来：“什么情况！”

他冲进林子里，就看到江春雷还猫在树后面保持着持枪的姿势，李若霖的枪早就掉了，他的另一只手压在腰间的爆破弹上。

“你俩啥情况？”安孝和瞪向李若霖，心想难不成这两人同时开枪命中了彼此？

“我……我忽然发现了他，一紧张枪就掉了……又想用爆破弹炸他……”李若霖指着江春雷。

江春雷咽了一下口水说：“然后我一开枪就打在他的爆破弹上……”

两人距离挺近的，李若霖“自爆”了，江春雷当然也玩儿完了。

安孝和眨了眨眼，已经无语了：“呵呵……同归于尽，挺好挺好……”

江春雷阵亡就意味着二队里操纵遥控狙击枪的人没了。

这样一想，安孝和不得不对李若霖伸出大拇指：“干得漂亮，死得光荣。”

就在这个时候，安孝和像是感应到了什么，忽然持枪瞄准头顶。此时对方的子弹已经出膛，擦着安孝和的脸颊没入地面，留下一抹鲜艳的红。

真的是差一点他就阵亡了！安孝和立刻隐蔽，但对方在高处，对他的动向相当了解，紧追不舍，好几发子弹就落在安孝和的脚后跟处。

“还活着吗？”洛轻云的声音从联络器里传来。

“活着呢！”安孝和咬紧牙关，心想一定要把那个树上的兔崽子给打成马蜂窝！

“我已经到了绊脚线雷区的中央，这里没有人。”洛轻云说。

他的声音很轻松，和安孝和的紧张形成鲜明对比，有点像在调侃安孝和的狼狈。

“那老大您就坐着歇会儿，等我把这龟孙子给……”

话还没有说完，几发子弹穿了过来，安孝和立刻卧倒，子弹擦着他的头顶飞过，他不得不暂停了通信。

看来那个埋伏在树上的家伙已经下来了，安孝和呼出一口气，对自己说，冷静冷静，那个龟孙听不到动静就一定会找过来。

几秒钟过去，整片林子安静得要命。

安孝和侧耳倾听，很轻微的“嘎吱”声传来，他蓦地冲那个方向举枪。脑海中一道灵犀闪过，他意识到那并不是脚步声，而是对方扔了石子儿想“引蛇出洞”！

他猛地转朝另一个方向射击！

“砰——”

“砰——”

两声枪响同时响起。

子弹正好击中了安孝和的脸颊，留下一大片红色颜料。

演习系统提示：一队安孝和、二队王小二 阵亡

安孝和愣住了，那个埋伏自己的人竟然是王小二？二队的那个实习医疗兵？

怎么可能？一个实战经验都没有的人竟然能够屏住呼吸埋伏他？还能和江春雷玩出一明一暗的花样？何况刚才扔的那颗石子儿？

安孝和站起来，一把将灌木拨开，就看见王小二跌坐在不远处，他的护目镜上是蓝色的油彩，也就是说刚才安孝和恰好击中了他的护目镜。

“小子，你很可以啊！”安孝和上前，一把将王小二拽了起来，“窝在树上一动不动，连气儿都没喘几下啊！”

“是……是我们谈副队说的……少呼吸，一定要保证心跳脉搏平稳，不然会被你们队长发现。”王小二说。

安孝和又问：“那江春雷在树下，你在树上是谁的计划呢？”

“也是……副队安排的。”王小二低着头，向后退了两步，又被安孝和扯回来。

“如果我们队长没进绊脚线雷区呢？你们这种一上一下的埋伏手段也就骗骗我！”安孝和觉得自己的阵亡太不值得了，竟然只解决了一个实习医疗兵？

王小二的喉咙发出了“咕噜”一声：“我……我也问过副队，但副队说你们队长一定会进雷区的，因为雷区的中心是空旷的，最容易被狙击。你们队长一定会以自己为靶子引出他的位置。只要副队长开枪，你们队长就知道他在哪里了。”

“我去……”安孝和愣住了，这个陷阱意味着谈墨根本不在乎暴露自己的位置，他的目的压根不是击中洛轻云。

那么……谈墨的目的到底是什么？

“不过你这个医疗兵脑子倒是很好使啊，竟然知道扔小石子儿来探查我的位置？”

王小二“嘿嘿”笑了两下，满是蓝色油彩的护目镜跟着颤了颤，看起来很滑稽。

“还是副队教的……他说我要是在高处开枪偷袭你失败了，你多半会躲进这片灌木里……如果找不到你，就‘声东击西’。”

安孝和睁大了眼睛，自己的“阵亡”早就被谈墨安排得明明白白了。

“我服了，我服了。”安孝和举起手来，把胳膊搭在王小二的肩膀上，一副阵亡兄弟情意深的样子，“这两个老狐狸，不碰到一块儿真对不起我们一队的牺牲奉献！”

听到安孝和阵亡的消息，洛轻云笑了一下，其实谈墨的每一步算计，他都心知肚明。

可偏偏就是入套了。

他们之间似乎有一种特别的默契，都在期待着最后那一步的“狭路相逢”。

此时，占据了原先楚妤位置的谈墨已经架好枪，埋伏妥当，他一直在等洛轻云出现在那片空地里。

所以当洛轻云的背影出现在视野里时，无声的炮火瞬间响彻谈墨的神经，血液被压回了心脏，从来没有过的兴奋感涌入谈墨的大脑，以至于他不得不深吸一口气来调整自己的心绪。

他没有立刻开枪，他有一种预感，洛轻云是故意用后背来面对他的。这个男人真是自负到不可一世，他自认为哪怕谈墨的子弹从身后来，他也能避开！

呵，洛轻云……有本事你就永远不要踏错。

此时，洛轻云侧过了脸，从谈墨的角度能看到他轻缓抬起的睫毛，优雅的鼻梁，还有嘴角那一点笑意。他的唇齿微动，哪怕相隔千米，谈墨也读懂了那道唇语。

——我知道你在看我。

他微微颔首，像是对谈墨的警告，又像是温柔的劝诱。

这反而让谈墨精神集中了起来。

洛轻云终于完全转过身来，谈墨在瞄准镜里对上他的目光，顿时有一种呼吸被锁死的错觉。

冰冷的杀意几乎将时空凝结，瞄准镜就像随时会裂开。洛轻云总是带笑的唇线就似绷紧的弦，勒在谈墨的神经上。

好久没有遇到这样的对手了，但谈墨并没有感到恐惧，相反有一种冷静至极的兴奋。无论呼吸还是心跳，一切属于常人的反应都被剥离，只余下纯粹的对峙。

谈墨的手指压在扳机上，没有丝毫动摇。

一片树叶飘然落下，谈墨牙槽一紧，子弹出膛，树叶飘落的轨迹都没来得及被改变，子弹便穿行而过，眼看就要击中洛轻云的额头，对方身形一晃就避开了。

——靠。

这是谈墨心里唯一的想法。

其他的狙击手这个时候会立刻撤退再做部署，但是谈墨很清楚，只要被洛轻云发现了自己的位置，要么命中对方，要么死。

转眼间洛轻云已冲出了绊脚线雷区，这家伙的记忆力惊人，之前怎么进去的，如今就能怎么出来。他早就盘算好了落脚点，速度极快，一呼一吸之间距离谈墨已经不到八百米了。

谈墨把所有的计算和思考都交给了直觉。

时间的流逝在谈墨的世界里被分割成无数个快速掠过的瞬间，就在洛轻云一跃而起的时候，谈墨第二次扣下了扳机。

这一枪经过大量的预判，速度极快，甚至有一种雷霆万钧的气势，洛轻云坠落的时候，脚踩在了树干上借力，而这一枪瞄准的就是这一刻的他的脸！

洛轻云眼瞳一震，周身的细胞进入一种紧绷到临近破裂的状态，心跳和呼吸同时凝结。

——我要抓住你，我要看你的眼睛，我要你比我此刻更加战栗！谈墨！

气流的冲击让洛轻云随着这股微妙的力量向后仰去，子弹从他的额头上方穿梭而过。

一而再再而三，就是一个分秒必争。

就在洛轻云向后仰倒的瞬间，谈墨开了第三枪，但是他瞄准的不是洛轻云坠落的轨迹，而是树干的上方。

比起掉下去，谈墨更相信洛轻云会恢复平衡再次追过来。

洛轻云手里握着的战术刀，在他倒下的时候已经迅速扎进了树干里，他手腕一个用力就要站起身；但接踵而至的第三发子弹让他的手腕不得不朝着相反的方向用力，一个空中翻转，子弹贴着他的背部穿过，那道轨迹清晰得仿佛要穿透作战衣从他的后颈射穿他的整条脊椎。

精彩绝伦的角度和时机，这是无数次与人类的交锋中，他最接近“死亡”的一次。

他没有丝毫停顿，身子一闪就偏离了谈墨的狙击范围。

我×，是人吗？谈墨暗骂。

哦……这家伙确实不是人。

谈墨迅速放下狙击枪，从腰间取下近距离射击的手枪，冷声对通信器里的吴雨声还有常恒说：“他来了！”

下一秒，一只手摸上了谈墨的手枪枪口，紧接着他失去了平衡，被人摁倒了下去。谈墨的后脑勺重重地砸在树干上，要不是他戴着头盔，后脑勺恐怕砸开了花。

“谈副队，让你久等了。”清润的声音响起。靠得很近，像亲昵的私语。

洛轻云的膝盖就压在谈墨的胸口上，可以轻而易举碾碎谈墨的胸骨，胜负似乎已经分明。

他一只手掐着谈墨的脖子，另一只手收缴了谈墨的手枪，并且非常绅士地将它摁回了枪套里。

谈墨睁大了眼睛瞪着洛轻云这张脸，之前只是在瞄准镜里看着，以为那样已经足够真实和细节。但哪怕自己早就对洛轻云的出现做足了准备，此刻仍有猝不及防的错愕。

那张温和斯文的脸上逐渐褪去了虚伪的温度，浮现出最原始的掠夺欲望，以及摧毁一切的烈性。

洛轻云低着头看着谈墨，发丝轻微地晃动了一下。

洛队，别来无恙。

谈墨在心里轻轻替自己说。

然后他勾起了嘴角，毫无畏惧地对上洛轻云的目光，对着洛轻云比了个口型：BOOM——。

演习系统提示：

一队洛轻云、二队谈墨 阵亡

本次演习结束，二队获胜

听着广播了解实时战况的一队队员们都傻了眼。

“怎么回事？”楚妤起身奔了过去。

安孝和摸了摸下巴：“莫不是真碰到了一块儿，然后同归于尽了？应了那句牡丹花下死，做鬼也……”

庄敬没好气地踹了他一脚：“闭嘴吧你！”

洛轻云被耳机里的通信提示音拉回神，视线从谈墨的脸上移动到他的左手上，只见他手里是一个爆破弹的残骸。根据这种炸弹的爆炸时间和洛轻云的生理反应速度来判断，他逃离的机会不大。而吴雨声和常恒身在另一个地点，完美躺赢。

他们利用了演习的规则，谈墨由始至终都没有想过自己要击中洛轻云。他的射击从演习开始到结束都只是挑衅，目的就是以自身为诱饵吸引洛轻云追击而来，当洛轻云近身，谈墨就自爆，让两人同归于尽。这个时候远在战局外的吴雨声和常恒成为生还者，代表二队取得胜利。

谈墨笑了起来，一开始只是得意地闷笑，然后侧过脸哈哈大笑。

他猜外勤其他队伍、治安队还有别的部门肯定都在打赌，赌的都是洛轻云的一队胜，他们二队输。所以比赛前，他特地跟黄丽丽说了，如果开了局，帮他买五千块二队赢，估计现在钱已经翻倍了。

而洛轻云一直保持着压制他的姿势，眼睛都没眨过，而且连那颇深得人心的假笑都不装了，目光沉得就像要把谈墨原地碾得稀烂。

谈墨从来没有这么爽过，通体舒畅，感觉自己能多活五百年。

他脸上的护目镜忽然被人取了下来，他不得不停下笑看向对方。

“洛队取了我的护目镜，是要把我揍成熊猫吗？”谈墨继续保持躺着的姿势，连脖子都懒得抬一下。

灰塔的人正看着他们呢，谈墨不相信洛轻云敢下手。

“我在想，你到底是谁呢。”洛轻云说。

他的声音很平静，仿佛之前的厮杀不曾发生过，他们只是两个多年未见的老友，迎着夕阳泡着菊花枸杞，聊聊人生。

“我是高炙的 Inspector 。”谈墨拍了拍洛轻云的手腕，示意对方演习结束，麻烦放开你大爷的脖子。

这个答案，让洛轻云的目光陡然下沉，仿佛有什么情感要逆着谈墨的视线，进入他的眼睛、他的大脑，他的思维深处。

“如果刚才你的瞄准镜里是已经越界的我，你会用 anti-Kepler，还是硅弹？”

洛轻云问道，声音很轻。

谈墨的指尖颤了一下。

他又想起了洛轻云的那道送命题：现在就死，还是越界？

第九章
CHAPTER 09
人间烟火

洛轻云的手指不轻不重地握着谈墨的脖子，指尖沿着谈墨血液的流动微微向上，停留在他的喉结处。它随时会收紧，嵌入谈墨的肌肤，穿过他的血肉，抵达他的骨骼，掐断一切。

他的目光如有千钧重，整片天都坍塌进了谈墨的眼睛里，沉沉地压在他的大脑神经上。

谈墨想要吞一下口水，但喉咙却失去了起伏的勇气，洛轻云的那双眼睛仿佛把他心底最软弱的部分拽了出来。这是一道送命题，他一旦回答错了，呼吸心跳还有对这世界的感知统统都会被这个男人掠夺殆尽。

“你想清楚答案了吗?”洛轻云靠得更近了，他的眼睛就像一条看似有限却连接着无限空间的通道——通向疯狂、肆虐、侵蚀和毁灭。

那是扭曲的开普勒世界。

谈墨全身凉了下来，他认真地思考洛轻云的问题。

“硅弹。”他最后说。

我会确保你一定死。

谈墨没有回避洛轻云的视线，而是冰冷地回看过去，哪怕洛轻云的手更用力地掐住了他的脖子，膝盖下沉，把他压迫到快要喘不过气，他仍然直视着洛轻云。

洛轻云压在谈墨颈动脉上的手略微向上抬起，谈墨还以为对方要松开自己，不承想隔着冰冷的黑色手套，某种力量从金属分子的缝隙之间渗透而出，触碰上了谈墨的肌肤。

顷刻，全身细胞被那种力量抽取走了生命力，喉咙里的水分被蒸干，为了追逐氧气，谈墨的背脊完全挺了起来，几乎接近断裂。他的视线焦点像是被锁定在了洛轻云脸上，每接近一点，洛轻云刀削斧凿般的五官就近一分，他的灵魂脱离了身体，迫不及待想要臣服，渴望为洛轻云献出自己的一切。

谈墨知道洛轻云有一副好皮囊，但从未像此刻一般，想用自己所有的感觉来描绘洛轻云的五官。

他的目光动人，所有的线条都美到勾魂夺魄。

就像是来自神的领域，而非人类的世界。

一瞬间，谈墨突然反应过来了什么，双手猛地去抬洛轻云的手腕。

“你的手套是摆设吗?”谈墨嘶哑着声音吼了出来。

“又或许是我很不喜欢谈副队得意扬扬的样子?”洛轻云回答。

“滚!”谈墨从牙缝里挤出这个字。

“我终于明白高队说的话是什么意思了。”洛轻云忽然收回了手，转而把谈墨拉了起来。

虽然只有一秒钟，但谈墨好像看到了他晦暗的神情，其中充斥着孤寂、封闭、失落以及冰冷。

“恭喜你，谈副队，你们赢了。”洛轻云说。

谈墨的心脏跳得剧烈，那股从洛轻云手掌间渗透来的力量似乎还萦绕于谈墨的肌肤，腐蚀着他的骨骼。

“如果是真的实战……”

“如果是真正的实战，我们会全军覆没。这样的低级开普勒生态区，会成为你的武器。”谈墨歪了歪脑袋，“等等，你刚……你明白老高说的哪句话了？”

“小别致长得挺东西。”洛轻云说完就从树上跳了下去，离开了演习区。

“啊？”谈墨站在原处。

他想起那一次洛轻云对他坦白的那双手的能力。

——取悦猎物。

洛轻云说出那四个字的时候，声音里带着慵懒的痞气。谈墨不得不用力捶了捶自己的胸口。

停下……快点停下。这很危险。

那双手的能力绝对不只是“取悦”这么简单，说不定和精神控制有关。

吴雨声不知道什么时候找了过来，站在谈墨的身后用手指戳了戳他的肩膀：“谈副队，你知道刚才你跟洛队聊天的时候，用的是队内公频吧？”

“哦，那又怎么样？”谈墨反问。

常恒带着江春雷也找了过来，他站在树下，叉着腰无语地说：“像我这样低情商的人都知道，洛队问你的问题，你应该回答 anti-Kepler！”

“对嘛！好好的送分题，你怎么总是做不对啊！你从灰塔毕业是不是因为李队给你抄答案啊？”吴雨声无奈地摇了摇头。

“亲，以后我们跟一队抬头不见低头见，人家一队的人要是知道你总想着‘突突’了人队长，还不把我们二队往死里整啊！”江春雷在听到那个答案的时候，差点原地崩溃。

“亲，那你努力提升自己的技能，整回去咯。”谈墨摊了摊手，显然没有放在心上。

“冤冤相报何时了！”江春雷无语地吼道。

“款款深情无人晓。”吴雨声莫名地接茬。

“哈？”江春雷愣了一下，眼睛忽然一亮，“哦，我明白了，我全明白了。”

谈墨抖了一下，严正警告江春雷：“江春雷你给我摆正思想端正态度，没事不要去逛乱七八糟的论坛！”

江春雷拿出自己的通信器，点了一下，重播了谈墨和洛轻云最后的对话。

——你明白老高说的哪句话了？

——小别致长得挺东西。

“靠啊——你给我删了！马上删了！”谈墨从高处滑了下来，一脚就把江春雷踹翻在地。

“不删！不删！留着过年！”

“过年？你过不了今年了！”

演习结束，双方要各自递交演习报告。

谈墨、常恒、江春雷、吴雨声外加实习医疗兵王小二蹲在一起。

“来，老规矩，抓阄。”谈墨说。

王小二摸了摸后脑勺：“报告不是应该队长来写吗？”

谈墨抬了抬眼皮：“我们队长参加演习了吗？他知道发生什么了吗？”

王小二摇了摇头：“高队不在，那就应该副队长写啊。”

谈墨在对方的额头上弹了一下：“朋友，你这样的思想态度可要不得。所有的报告都让队长、副队长写了，你们对整场演习就不会有反思，也不会站在全局的高度来分析，这样就永远不会有进步了。”

江春雷点头点得就跟捣蒜一样：“我赞同谈副队的观点。”

常恒也说：“到底是谁能获得这个难得的学习机会呢，为了公平起见，我们用抓阄的方式来决定。谈副队的手里有五根纸棍，抽中最长的那根就要负责写报告。”

吴雨声拍了拍手：“好了好了，现在开始抓阄！”

谈墨把手伸了出去，手里握着一把那种搅拌咖啡时用得到的纸棍，吴雨声、常恒还有江春雷都一脸紧张地抽出签。当王小二在最后两支当中做选择的时候，谈墨打了个哈欠：“快点吧，兄弟，长痛不如短痛的。”

王小二抽走了一根。谈墨握着仅剩的那根微微用力，用另一只手将它抽了出来，放在了地上。

其他人也把自己的纸棍放下来对比，而王小二的纸棍是最长的。

“啊……是我写报告吗？真的是我吗？”

“别怀疑，就是你，你是我们当中的‘欧皇’。”常恒拍了拍王小二的肩膀，走出门去，把藏在手心里的小半段纸棍扔进门外的垃圾桶，潇洒地走了。

“这是上天对你最好的安排。”吴雨声对他报以笑容，走出门去，同样把手心里的半截纸棍扔进垃圾桶。

“呃……那个……”

江春雷想破了脑袋不知道该说什么，谈墨一把揽住他的肩膀：“那个什么？别浪费人家写报告的时间，走了！”

他们一走出门，谈墨就在江春雷的后脑勺上敲了一下：“你小子搞什么啊？掰了那么长一段下来，你不嫌夸张啊？”

“我这不是怕他也掰，万一掰得比我还短呢？”江春雷小声说。

“你实习的时候都没反应过来的事儿，他就能？”谈墨给了江春雷一个“烂泥果然糊不上墙”的眼神。

谈墨走出演习中心，太阳西沉，视野所及之处都被镀上一层橘色，心里莫名涌起倦鸟归巢的感觉。

只是，巢在何处呢？

他换好常服，坐上离开特别管理区的大巴。

刚迈进车门，谈墨就看到了靠窗坐着的洛轻云。谈墨已经受够了他俩这“人生何处不相逢”的缘分。

洛轻云正撑着脸颊，闭着眼睛，不知道是不是真的睡着了。他的额头和眼睛都笼在阴影里，只能看到下半张脸的轮廓，嘴唇和下巴在橘色的夕阳照耀下，显得利落又柔和。

谈墨对大巴司机做了一个“抱歉”的手势，正要把准备上车的那只脚收回来，洛轻云的声音忽然响起：“谈副队在回避我吗？”他的眼睛缓缓睁开，看过来的视线里带着一丝若有若无的戏谑。

“我想等吴雨声一起走，搭他的便车回宿舍不行吗？”

“吴雨声上了前一班车。况且，你不是回宿舍，而是去看高队。”

谈墨在心里感到惊讶，这都能被洛轻云猜中？

“……我觉得这辆车太挤了。”

“上来。”

大巴上的其他人都看了过来，一位通信官伸出脑袋，开玩笑调节气氛说：“谈副队怎么了？听说你演习赢了，可怎么看起来有点怕洛队啊？”

“对啊，我也好奇……谈副队到底怕我什么？”洛轻云说。

“我怕你个毛球。”谈墨一步跨上来，走到洛轻云的身边坐下。

大巴车开动了起来。

“等离开了军管区，我送你去看高队吧。”洛轻云说。

“不用。”谈墨歪过脸去，想着闭上眼睛装睡，不然没话找话聊，尴尬到飞起。

“我想请你吃个饭。”洛轻云又说。

这人有完没完啊？没看见爷爷我闭眼睛了吗？爷爷请你吃的爆破弹不够香吗？

“你能告诉我，你到底对我有什么意见吗？”洛轻云问。

“你长太好看了。”谈墨没好气地说。

“那你可以申请来我的一队，这样就能天天看到我了。”

还天天看你？我宁愿天天看屎！

“我觉得自己挺好看的，我每天都被镜子里的自己帅呆。”

“那倒是。”洛轻云很淡地笑了一下。

虽然身边坐着的是洛轻云，也阻止不了谈墨能睡着绝不干坐着的原则。

周围的景致一成不变，谈墨的脑袋一下一下地点，大巴转弯的时候，他的脸不客气地歪到了洛轻云的肩膀上。

洛轻云怔了一下，侧过头低下眼，看到谈墨的眼睫毛，像他宿命的翅膀。他扬起下巴，不动声色地吸了一口气，他的嗅觉神经变得千百倍敏锐，分辨出灰塔标配的沐浴液和洗发水之外属于谈墨的味道。

来自他蓬勃的心跳，他身体里无数平缓的河流，他旧诗故梦般的呼吸。

洛轻云从来，从来没有这么清晰地意识到，在他的身旁，有另一个“人”的存在。

他当时将自己的能力从手套中偷偷泄露出来，本来是那一点胜负欲在作祟，他如愿地看到谈墨失去神志的样子，他以为这个再明亮再有意思的人类也无法逃脱被开普勒生物侵蚀，走向人性泯灭的命运。

可是他错了，他从谈墨脆弱的人类肉体当中摄取到的是那宛如柔丝的韧性，和一瞬间便能熔铸成利刃的刚强。

那不是克莱因之瓶，不是米诺斯之茧，不是任何开普勒力量的召唤，那是谈墨。

大巴把他们放在了离出口很近的地方，谈墨砸了咂嘴，醒了过来。

他发现自己靠在了洛轻云的肩头，并没有露出什么反感的情绪，而是揉了揉脸，伸出大拇指说了句：“好肩。”

“谢谢。”洛轻云回答。

乘客们陆陆续续下车了。像是洛轻云这样的级别，塔里通常都会给配车，谈墨没有给他提出送自己一程的机会，便跨上摩托一骑绝尘，看高炙去了。

病房里的高炙正在看江春雷发过来的演习视频录像，一脸严肃，全息屏幕上的光线掠过高炙的脸，让谈墨想起了自己小学的数学老师。

“老高，都要退休的人了，还看什么演习啊？伤眼睛。”谈墨走到他的身边，把屏幕给关了。

高炙冷酷地看了他一眼，反问：“你不会真以为这次演习你赢了是你能耐大吧？”

“我知道，我这次能赢，是靠运气。第一，如果是实战，这样的生态区级别低，洛轻云可以轻而易举地使用自己的开普勒能力操控整个区域。我们整支小队就只有吴雨声是融合者，压根儿镇不住洛轻云，一旦进入开普勒区域里，生杀掠夺都由他决定。一个洛轻云几乎算是‘王炸’了。

“第二，实战里洛轻云也不可能亲自来捉我。他这次多少有试探我能力的意味在里面，如果是实战，洛轻云不会给我开第二枪的机会。”谈墨垂下眼，脸上没有半点笑容。

高炙轻哼了一下：“你没膨胀就好。”

“我们这种人，膨胀的下一秒就是凉凉。”

高炙点了点头，示意谈墨说下去。

“第三，洛轻云带来的几个人，无论是楚妤、庄敬还是那个叫安孝和的，拉出来都能独当一面。咱们队里的江春雷还有那个实习的王小二，都还是宝宝呢。”

几秒的沉默之后，高炙说：“虽然五年前你跟着洛轻云的时间很短，但也不算一无所获，至少挺有危机意识。”

“诶，这话我就不爱听了。实习任务算什么‘跟着’他，别给我脸上贴金。”

谈墨说完，就在高炙的身边躺了下来，还拱了拱对方：“老高，你这床就这么点大，也不知道腾点位置出来。”

“我才是病号，你能要点脸吗？”

“老高，等你出院了，咱们去旅行吧。世界这么大，没被开普勒生态化的地方还很多，一起去看看。”谈墨说。

高炙的神情微微一滞：“想清楚了？你还年轻。”

谈墨枕着自己的胳膊说：“我腿疼……镇痛剂的时效好像没从前久了。如果我还要留在一线，安全起见最好放弃那条腿。装机械义肢的话，至少需要一两年训练和复健才能达到作战标准。但你想啊，我浪费一两年的时间就为了继续在一线出生入死？我又不是有病。”

高炙叹了口气：“你不用这样，我一个人也能适应以后的生活。”

谈墨侧过脸来，露出惊讶的表情：“爸爸，你在想什么呢？你以为我退役是为了陪你吗？军备处的黄丽丽还在等我呢，你别坏了我的名节！”

“你有哪门子的名节。”高炙很淡地笑了一下。

“等我进手术室的时候，你得在门外等我。”

“嗯。”

“我装好义肢学走路的时候，你得在旁边看着我，不能让我摔倒。”

“……你不摔能学会走路？”

“我走不动了，你得背我回去。”谈墨的语气理所当然。

“你的腿又不是因为我才受伤的，为什么我觉得你在讹我？”

“还有，为了我的术后恢复，你得给我做糖醋排骨、可乐鸡翅、糖醋里脊……”

“你还是留在一线吧。银湾市需要你。”

高炙毫不留情地将谈墨踹了下去，谈墨又巴巴地爬了回来。

两人安静了大概半分钟，谈墨又问：“老高，你说洛轻云那次任务到底经历了什么，能让他把能量都耗尽了，还需要你来舍命护航？”

高炙没有立刻回答他，直到谈墨眼皮子沉沉差点睡着了，他才开口道：“没有任何能量的摄取没有限制，也没有任何能力不需要代价。洛轻云也是如此。”

谈墨也不知道听进去了没有，点了点头，随口道：“能量也得守恒嘛……我偶尔会想，他能单枪匹马干掉一整个生态区，这个量级的开普勒能量又是打哪儿来的？”

“你想知道吗？”高炙好笑地反问。

“我要是回答你‘想’，你立刻就会说‘我也不知道啊’！”谈墨一脸“我还不了解你吗”的表情。

“呵呵，滚。这病床是我的开普勒领域。”高炙再次把谈墨拎了下去。

晚上十点之前，所有探病的人都必须离开医院。

谈墨在高炙的病房里搜刮了一遍，把其他人来探病的时候送的什么水果、营养品，但凡是甜口的都拿上了，装了一大袋子，这才心满意足地离开。

他回到自己的公寓，把战利品往沙发上一扔，一想到明天是周末，谈墨立刻开启了“自嗨”模式，打开了音响，开始放摇滚。这种公寓的隔音效果很好，据说开派对也打扰不到左邻右舍。他又开了一瓶啤酒，烧了一壶热水，康师傅红烧牛肉面，走起！

就在这个时候，公寓的门铃响了。

谈墨看了一眼时间，凌晨十二点。这时候还会有访客？到底是人是鬼？

打开可视电话，谈墨愣住了，还真是夜路走太多碰鬼了。

门外的不是别人，正是洛轻云！

他穿着灰色格子的宽松睡衣，睡衣的领子下可以看见部分线条明显的锁骨，演习里迸发出的杀气被收敛起来，就连发丝都蓬松柔软，刘海之下的双眼愈显温良。

他就是靠这种虚伪的气质，让许多人忘记了他是个危险系数很高的融合者。

他怎么在这儿？

谈墨抱着胳膊凉凉地看着屏幕，坏笑了一下——反正我就是不开门，有本事你站到天亮！

门外的洛轻云一只手揣着口袋，微笑着凑近摄像头，口型又是：我知道你在看。

谈墨只好把门打开了。

“洛队，有什么事吗？”

洛轻云的目光微微一滞，唇线弯起：“原来是你住我的隔壁。”

他的声音在走廊里轻轻回荡，尾音柔和，让谈墨有一种对方在哄自己的错觉。

“什么……什么意思？”

你住我的隔壁……那不就等于我也住你的隔壁吗??

洛轻云侧过脸，视线落在桌上的泡面上：“谈副队晚上就吃这个？”

谈墨没有回答他，只是反问：“洛队应该不是深夜来建立友好邻里关系的吧？”

洛轻云好脾气地说：“那自然。毕竟深夜摇滚有伤感情。”

“不是吧？这里的隔音效果是个人都听不到……”谈墨没说完就再次反应过来——洛轻云还真不是个人。

融合者的听力超乎正常人类。意识到这点的谈墨在心里大声冷笑：您的听觉比别人好又不是我的错！

“对不起啊，洛队。我不知道对面住着您，这才放肆了，抱歉。”谈墨眯起眼睛一脸假笑，正要把门关上，谁知道洛轻云一把就扣住了门。

他的动作看似随意，肩膀都不带晃的，但力气很大，谈墨咬紧了牙槽也没能把门关上。

“谈墨，你如果觉得把摇滚声开到最大就能把我吵到自动搬家，你就太幼稚了。”洛轻云说。

哦嚯，被看穿了。

谈墨的脸上依旧挂着假笑：“洛队，您想什么呢？论级别，要搬家也是我搬嘛。”

“我会跟管理委员会投诉。”洛轻云的口吻温和，但完全是一副公事公办的样子，“我会投诉你开功放看小电影。你喜欢多人联袂演出的豪放派，还是婉约派？”

“你……你颠倒黑白!”

谈墨从来不看小电影，原因无他，他第一次接触到这玩意儿的时候，是年少无知上网点开了一个链接。网页上的小姐姐非常撩人，看得人心痒，但点开一看……他做了几晚的噩梦，不只想洗眼睛，还想洗脑子。

初体验抵达了天花板上限，谈墨从此以后再不看小电影了。

“大家就喜欢听些黑白颠倒的故事。”洛轻云回答。

谈墨心想洛轻云要真那么投诉，管理委员会肯定会当真的！那里就是个八卦中心，到时候给他散播一下，整个银湾市都会知道他在家里把音箱开到最大看小电影自娱自乐！跳进黄河都洗不清！

“可以安静了吗?”洛轻云微笑。

“大家爱好不同，您既然欣赏不了摇滚，我也不勉强。互相尊重。”谈墨还惦记着自己快要泡烂的面，很想尽快结束对话。

“谈副队……”洛轻云又说。

“嗯?”谈墨忍不了了，干脆把面碗端过来，对着洛轻云“呼啦呼啦”地吃起来。

“本来如果这次演习赢了你，我有个问题想问你。”

“很抱歉你输了，所以没得问。”谈墨开始喝面汤，想故作云淡风轻，但深知自己肯定会好奇得睡不着觉，“算了，你还是问吧。”

“听说你从前没有这么讨厌我，现在为什么会这样?”

谈墨愣了一下，他没有想过洛轻云会这么在意这件事。他也以为洛轻云会动用人脉去调查，但从没想到洛轻云会直截了当来问他。没了那些拐弯抹角，谈墨忽然有那么点舒坦了。

两人之间突如其来的沉默，只能靠谈墨嗦面的声音来缓解。

“因为我是个 Inspector 。”谈墨将纸碗放到了一边，垂下眼，有点答非所问地说，“我的价值，是由目标来决定的。”

“高炙让你实现了价值?”洛轻云顺着他问。

谈墨在自己的心脏前敲了敲:“洛队，试着站在人类的立场上想想。”

洛轻云垂下眼，无奈地笑了一下:“我试着站在人类的角度想过很多问题，但答案似乎都不怎么美好。所以我只能站在自己的角度去理解。”

“如果站在你自己的角度，答案又是什么?”

洛轻云回答:“你瞄准镜里的目标并不是你的终点。你有过那么多的目标，只有高炙是你自己选的，所以你的价值不是由目标决定的。”

“那是什么?”谈墨反问。

他真的没有想过自己有朝一日居然能这么心平气和地和洛轻云站在家门口聊天，甚至还在期待对方的回答。

“你自己。”

谈墨微微张了张嘴。他困住自己太久，如今从洛轻云口中得到这样一个简单的答案，竟然让他有一种解脱的感觉。

忽然之间，那些被困扰很久的过往，那些期待过却又落空的理想，得到了藉慰，也得到了自由。

谈墨歪着脑袋笑了："刚才你说的话，在我看来就是人类的角度。"

洛轻云的目光很平静，但他的指尖很轻微地颤了一下。

"你是第一个这么说的人。"

这次换成谈墨顿了一顿，鬼使神差，他说了一句："晚安了，洛轻云。"

"晚安。"洛轻云点了点头。

谈墨将门关上，垂下眼，忍不住笑了一下。

真是做梦都想不到自己竟然能和洛轻云做邻居啊。

不过……等到自己的退役申请通过，就要把公寓腾出来了。上面应该会给他安排别的住处。到时候，跟老高住一起就好了，两个退休的人一起躺在摇椅里，并肩慢慢摇。

只是当那些叛逆的、抵触的、对峙的情绪都安静下来，谈墨忍不住去回味洛轻云刚才的话——你自己决定你自己的价值。

如果洛轻云五年前也对他这么说，他会怎么样？

也许就会像自己教育的王小二那样，去找到自己的方向，强势归来，然后和洛轻云……惺惺相惜。

假如洛轻云可以一直以人类的角度来看待他。

洛轻云回到了自己的房间，关上门的那一刻靠着墙，微微呼出一口气。

他没有使劲儿去打听谈墨的过往，之前自己在北辰的队友都已经不在了，他甚至找不到某个人来问问记不记得谈墨。

何况到处搜集资料，挖掘谈墨的过去，那是一种不尊重。

他唯一的老师，教会他人类情绪的那个人曾经告诉过他，去听说一个人，远没有亲自去体会一个人深刻。

所以，他耐下心来试着去体会他。

就在今天，洛轻云才迎面感受过谈墨的子弹，它仿佛能穿透世间万物，是起点也是终点。

那一瞬间，洛轻云有一种拖拽他掉入深渊的力量被那一枪粉碎的错觉。

冰凉的心脏涌起一抹热血，脑海里来自另一个世界的嘈杂疯狂的声音逐渐远去。

他敏锐的听力成了某种隐秘而细腻的安慰，他能分辨出谈墨声带轻颤跟着摇滚乐哼唱的声音，拧开花洒时水流经过他身体的声音，他躺下来平稳呼吸的声音。

这一切都在提醒他，这是他曾经向往的、属于人类的生活。

谈墨的呼吸变得绵长，洛轻云也终于沉入了睡梦。

第十章

CHAPTER 10

凡是过去，皆为序章

一周以后，高炙正式出院，他所在的银湾第二外勤小队也接到了他的卸任文书。

常恒和吴雨声他们亲自来接高炙出院，一伙人是又高兴又感伤。

高兴的是他们的队长虽然差一点越界，但又被拉回来了。大难不死必有后福，高炙终于能远离开普勒生态圈，过上普通人的生活了。

感伤的当然是一起共事这么久，高炙却提前退场了，谁都不知道下一个队长会是谁。

“去KTV嗨一晚吧，我请客。”高炙开口道。

正蹲在角落里把高炙收到的一箱可可奶拆了一包出来“吸溜吸溜”的谈墨抬起头来，一脸惊诧：“爸爸？你还是我们的爸爸吗???”从不允许他们熬夜唱K打游戏，要求他们时刻保持备战状态，连聚餐都不让喝啤酒的高爸爸——竟然要请他们嗨一晚的KTV??

但是常恒的脸色却变得难看起来，吴雨声立刻说：“嗨一晚上KTV嗓子实在受不了……还是吃火锅吧！”

江春雷却一脸兴奋，举着双手就差没原地摇摆了：“KTV好啊！我们可以一起唱！还没跟大家一起唱过歌呢！”

“对啊，我也好久没唱歌了！”谈墨站起身来，把可可奶的纸盒捏瘪了扔垃圾桶里。

“那个……我明天早上有个理疗，今晚不适合熬夜……我就不去了。”常恒说。

“我今晚约了人打游戏，爽约的话可能要打一辈子光棍了。”吴雨声也举起了手。

江春雷露出遗憾的表情：“啊？那就我、高队还有谈副队，根本没什么意思嘛！”

谈墨走到高炙的身边，一手揽着高炙的肩膀，另一手从口袋里摸出一根棒棒糖，递给高炙。高炙面无表情地把糖纸拆了，又塞回谈墨的嘴里。

“老常，你知道自己一撒谎就会眨眼睛吗？你这人宁愿去打拳也不会去做理疗的，找的什么破借口啊。”谈墨带着鄙视的表情，用棒棒糖指了指老常。

“这……这个……”

“还有你吴雨声，你当我的戒备员也有三四年了吧？游戏打得稀烂，我看你打一辈子光棍的唯一理由就是你打个游戏还要妹子救你吧？”

吴雨声的眉毛抖了抖，终于忍不住破口大骂：“你他妈不知道自己唱歌有多难听吗？唱出来的都不是阳间的调子！老子还没死呢你就给我提前送殡了！唱歌难听就算了——酒喝多了就爱来扒老子的衣服！亏我做你的戒备员三四年了，你觊觎老子的身子！你你你，你就是下——流！”

“就是！拉都拉不住！万一你扒小雨的不够，还要来扒我的怎么办？老子家有贤妻，要留清白在人间！更重要的是，听你唱歌——鬼都要原地起立！大家谁活着都不容易，你为什么非要唱歌喝酒呢?!”老常也控诉起来。

江春雷听完了立刻抱紧了自己。天啊，如果只有他们三个去唱K，高炙是肯定能扒开谈墨的，可他一个技术员细胳膊细腿儿的，谈墨发起疯来倒霉的是他啊！

号丧送殡……谈副队这个“歌神”到底有多可怕？

谈墨垂下眼，手指条件反射地在糖棍上点了点，才想起这是棒棒糖不是烟：“兄弟们，那我就实话实说了。我的左腿有毛病，大家应该知道，时间一长，后遗问题更多。正好老高也要走了，我想要不干脆……”

所有人瞬间安静了。

良久，吴雨声才说：“你……你是打算退役了吗？”

“嗯，是的。”谈墨点了点头，“我已经递交了申请，我觉得灰塔八成会批准。所以……就算今天我号丧，酒后对你们扒一扒之类的，可能也是最后一次了。”

吴雨声的眼睛瞬间红了：“那我舍命陪君子，多穿两件衣服吧。”

常恒张了张嘴，说了句：“你的腿挺好看的……早知道近身格斗的时候多摸一下了……”

谈墨冷不丁给呛了一口，直接把棒棒糖扔过去：“常恒你个狗东西——老子的腿自己还没摸够呢！是你随便乱摸的吗?”说好的要留清白在人间呢！

倒是江春雷眼泪直接噙在眼眶里了。

“喔哟妈呀，小春雷这是要哭了吗?”谈墨走到他的身边，揉了揉他的脑袋，“天下本就无不散之宴席。”

“不是……我才刚开始连载你跟灰塔F4的小说啊！怎么你就要和高队退隐江湖了？我这接下来可写什么啊！”

谈墨满脸黑线：“我郑重警告你，那些乱七八糟的东西……不对，什么叫‘我跟灰塔F4’啊？我什么时候被除名了??”

“呵，他那部《副队长的队长》可是特别受欢迎，我跟他说了多少遍，我们谈副队是不会管你发展这些‘副业’，但要是被其他队长知道了……”吴雨声一脸认真地叹息。

“哈？江春雷你给我滚过来，你没把李哲枫写进去吧？哈？你没写进去吧？你要是写了我们二队就真的会团灭了！”谈墨拎起了江春雷的耳朵。

“没有啊！没有啊！我还没见过李队长呢！无法发挥想象空间！”江春雷赶紧否认。不光是常恒和吴雨声，连高炙都暗暗呼出一口气来。

提到其他队长，吴雨声说：“听说北辰市爆发了严重的米诺斯虫潮，差一点整座城市就要被清空。我们很快也会忙起来。”

江春雷说：“虫潮什么的我们根本不用怕啊！周队一回来，全部都解决！”

谈墨忍不住笑了：“周叙白？得了吧，他从前连踩死蟑螂都不敢。指望他，还不如指望李哲枫的黑火呢！”

但不管怎样，KTV之后他们一定会忙成“狗”就是了。

银湾市 灰塔中心

洛轻云坐在一队队长的办公室里，全息屏幕显示出接收到的最新文件——上层决定将一队和二队进行合并。

接到这个消息，安孝和高兴坏了。

庄敬却一直在看那份文件，皱着眉头说："不对啊……"

"什么不对？"安孝和转过头来问，"难不成因为输了演习，我们一队被并入二队？"

向后靠着椅背的洛轻云缓然开口："名单不对，少了一个人。"

"少了谁……"安孝和再从头到尾看了一遍，忽然意识到了什么，"诶，怎么没有他们的副队长？就是那个叫谈墨的监察员！"

楚妤摸了摸下巴，也觉得奇怪："对啊，我们一队还没有副队长呢！灰塔也没有派专门的监察员过来。谈墨不就是现成的吗？"

谈墨作为一个在演习里通过自爆解决了洛轻云的人，在楚妤他们心中俨然是接近神的存在了。他们这群人虽然好强，但也尊重强者，像谈墨这样例无虚发还能参与实战的 Inspector，他们是非常认可的。

安孝和忽然凑了过来，挤眉弄眼地打暗号："噗嗞噗嗞，噗滋噗嗞。"

楚妤不耐烦地给了他一巴掌："有话快说，'噗嗞'你个头啊！"

安孝和、楚妤还有庄敬的脑袋凑到一起，唯独把自家队长晾在了一边。但其实以洛轻云的听觉，他们仨这么着跟掩耳盗铃也没两样。

"我听说的是，三队的队长李哲枫一听说高炙要隐退了，他还在执行任务呢就跟灰塔申请把谈墨调过去了！"安孝和说。

"看不出来谈副队很抢手啊。到底是因为他枪法好还是因为他长得帅？"楚妤问。

"……谈墨那种小白脸你竟然觉得帅？"安孝和一副被苍蝇腿儿噎着的表情。

楚妤回答："无论脸蛋还是身材，谈墨确实比你……还有庄敬都好。"

"我们能说回正题吗？"无辜被刺的庄敬用眼神提醒道，身后的洛队不爱听废话。

安孝和赶紧继续说："我这几天请军备处和档案处的小姐姐们喝奶茶，套出来的消息是——三队的队长李哲枫和谈墨曾经一起接受 Inspector 训练，他们是同期生，还是传统意义上的'青梅竹马'。据说李哲枫的脸蛋特漂亮，比洛队当仁不让。"

"不可能吧。我活了二十多年还没见过比我们洛队更美的男子。"楚妤脸不红心不跳地说。

"浮夸。"庄敬说。

安孝和的眼睛里闪烁着激动的光："后来李哲枫被感染成为融合者，谈墨就变了，见了李哲枫就躲。李哲枫肯定不爽啊，曾经多少回同生共死，转头就做红尘路人了，李哲枫的自尊心哪里受得了？这些年一共打了三次报告要求把谈墨调入三队，都被谈墨亲自去找灰塔拒绝了。这很明显啊，谈墨就是怕自己落到李哲枫的手上啊，肯定会受尽折磨的。"

"那只有我们洛队能救谈墨了啊。"楚妤发出一声感叹。

他们身后的洛轻云忍俊不禁："你们造谣差不多得了。李哲枫和谈墨的事情内部档案里是有详情记录的。李哲枫虽然年轻，但把你们团灭个八百遍还是没什么问题。”

“那李哲枫和谈墨的真实关系到底是怎样？”楚妤问。

“你想知道？”洛轻云朝她勾了勾手指，楚妤立刻凑了上去，紧接着脑袋就被拍了一下，“秘密啊。”

安孝和赶紧把楚妤拉回来，“老大，不论是不是八卦，我们一队输人不输阵，绝不能被三队‘截胡’！”

“出去吧。”洛轻云扬了扬手背。

三个人立刻退出了办公室，顺带把门关上。

洛轻云的视线落在那份名单上，眼睛里仿佛有一片暗色的琉璃深海在起伏着。

灰塔，黑与白的中央，是融合者的评估与管理机构，同时也是 Inspector 的选拔和培养中心。

无论怎样进行数据分析，谈墨都是洛轻云迄今为止见过的唯一一个有可能击中自己的 Inspector；再加上他刚成功救下了高炙，灰塔中心城不可能会这个时候放他离开。结合自己上一次将开普勒能量耗尽的任务，洛轻云有一种不好的预感，他随即拨通了银湾市灰塔秘书室的电话。

“张秘书您好，我有一件事想跟您确认一下，两队既然要合并，为什么二队的副队长谈墨不在给我的名单内？”

张秘书停顿了一下，回答道：“洛队，根据今早的会议记录，谈墨在一周前向灰塔提交了退役申请，今天已经通知到了灰塔中心城。”

“谢谢您告诉我。”

灰塔中心城的特殊先遣队，在一个月前探索零号基地的任务里可以算是全军覆没，像是谈墨这样可遇不可求的 Inspector，想来早就已经登上了中心城的重点关注名单了。这个节骨眼儿提退役，恐怕最后就会变成“被退役”，一旦进入先遣队，那就是真正的九死一生。

“不客气。”张秘书回答。

通信结束的那一刻，洛轻云很淡地笑了一下，像是无奈，又像是自嘲。他十指交叉抵在下巴上，几秒之后又起身，快步离开了办公室，进了直通银湾市灰塔顶层的电梯。

坐在门口的秘书官正要跟洛轻云打招呼，却发现他径自走向了顶楼办公室门口，立刻起身去拦：“洛队……洛队请您等一下，耿先生里面有人！还有人……”

“轰”的一声，需要身份验证才能开启的电子门被洛轻云“手动”打开了。

办公室里一共坐了三个人，包括军械处的负责人梁顺和军备处的黄丽丽，他们都转过身来睁大了眼睛看着洛轻云。

银湾市灰塔负责人耿劲柔坐在办公桌前，发型一丝不苟，看起来斯文有条理，他只是瞥了一眼洛轻云，手指在桌子上敲了一下：“黄丽丽，你刚才说什么？”

黄丽丽哽了一秒：“那个……有人建议我们的作战服清洗时最好加一点柔顺剂。”

“为什么呢?”耿劲柔笑着问。

“因为作战服洗了之后有一点硬，勒到了……某个不可描述的部位。”黄丽丽优雅地微笑。

“这是谁的意见?”

“那个……前二队副队长谈墨的意见。”

“哦，那可以忽略不计了，毕竟他以后未必需要作战服了。”耿劲柔回答。

一直站在门口的洛轻云终于开口了，声音很温和很礼貌，但带着不容拒绝的气场:“二位，可以先离开一下吗？我跟耿先生有话要说。”

黄丽丽二话不说立刻站起身，梁顺也低着头挪开椅子就走。

耿劲柔敲了敲桌面:“你们两个怎么回事？我才是这里的负责人。”

黄丽丽说:“耿先生，认清现实吧!”

“你要不了我们的命,但是洛队可以!”梁顺嫌黄丽丽走得太慢,推着她冲出门去。

耿劲柔的喉咙动了动，一副十足欲言又止的神情，最终还是摆出风度，对洛轻云做了个“请坐”的手势。

洛轻云很给面子地把那扇破烂门拉上，然后在耿劲柔的对面坐了下来。他的脸上已经看不到丝毫笑意，眼神暗沉得让耿劲柔的背上起了一层薄汗。

“谈墨为什么退役？他才二十五岁。”洛轻云开口道。每一个字都很清晰，甚至圆润温和，但耿劲柔就是觉得冷。

“他是一级伤患，服役满五年，有提前退役的权利。”耿劲柔回答。

洛轻云眯起了眼睛，左边胳膊搭在办公桌上，身体前倾看着对方的眼睛:“他受过什么伤?”

没有人能注意到他垂在膝盖上的那只手，手指轻微地颤了一下。

耿劲柔摁了摁自己的眼角，良久才开口道:“洛队，你不记得了吗？五年前在北辰市……他是你的实习队员。他在那次实习任务中受了伤，而你亲自刷掉了他。”

“什么?”洛轻云顿住了。

谈墨曾经跟着他出过任务，还被他刷掉了?

“嗯，是你不要他的。”

说完这句话，耿劲柔有一种很爽的感觉，好像自己为办公室的门报仇雪恨了。

记忆回溯，洛轻云终于想起自己到底在哪里见过谈墨了。

五年前 北辰市

北辰市下辖云霞县遭遇开普勒生物的侵蚀，灰塔派出了三支小队。其中两支护送市民撤离，维持生物检验的秩序，保证撤离的人都是“干净”的；而洛轻云小队被派往生物侵蚀的发源地，执行毁灭任务。

开普勒生物跟地球生物的构造不同。地球上每一种生物，无论是一个人，一只小猫、小狗，甚至于肉眼不可见的细菌，再微小脆弱都是独立的生命个体；但是开普勒生物拥有一种截然不同的生命形式。

它们以生物圈为整体存在，拥有共同的感知，摄取的营养与能量甚至能够共同分享。每一个生态圈都有一颗种子，被专家们称为“异化源”，这颗种子就是整个生物圈真正的“大脑”。种子所异化的范围是它的领地，它的思想就是整个生物圈内所有生物的思想。在它的领地内，它可以驱使一切生物，这些生物就是它的肢体、它的眼耳口鼻，也是它力量的延伸。

当时阻止开普勒生物侵蚀蔓延的方式是释放含有大量 anti-Kepler 药剂的气体——这种气体会和氧气结合凝固，将生物包裹在里面。

根据灰塔的情况分析，云霞县开普勒生物的种子在一个女学生的体内。

洛轻云的任务是将这个女学生引入最适合释放药剂气体的位置，同时灰塔派出了四个 Inspector 从四个方向射击气凝药剂弹，谈墨是其中一个，埋伏在目标地点南面。

计划赶不上变化，等洛轻云带队追捕到那个女学生之后，才发现她只是被异化的人类，真正的种子寄宿在她妹妹的体内，而后者早已被好心的邻居带去撤离了。

洛轻云最终还是锁定了那个小女孩，但释放气凝药剂的地点也因此发生了变化，所有 Inspector 必须在三分钟内赶往新的地点实行射击。洛轻云隐隐记得当时有个 Inspector 告诉他自己所处的位置无法在三分钟内抵达，但是自己给对方下了死命令，因为三分钟更不够灰塔再派另一个 Inspector 过来；如果他无法赶到的话，其他三个方向的气凝药剂也许不足够形成闭合的空间。

那个小女孩一旦混入撤离的市民当中，将会产生难以估量的后果。

“你能否到达指定位置并不重要，重要的是你的子弹必须到达。”

这是洛轻云当时的原话。

平时，洛轻云会对任何一个他见到的人微笑，但只要进入了任务，他的指令会变得没有任何温度可言。

后来，三个方向的气凝药剂都释放了，范围和浓度果然不够，那个小女孩差点就逃出了气凝药剂的包围。就在大家正捶胸顿足的时候，第四枪骤然而至，补中了。

任务结束之后，洛轻云见到了那四个 Inspector ，其中三个都是老手，唯独子弹迟到的那个是灰塔派到他们队里的实习监察员。

那位实习监察员在见到他的时候，背脊笔挺，有一张年轻稚气又很倔强的脸。

洛轻云回顾地图判断：如果这个实习监察员全速奔跑，他是有可能在三分钟内抵达距离目标一千五百米左右的最佳位置的；虽然路程很远，但作为灰塔培养出来的 Inspector ，他应该要有这样的体能和速度。

但是那个实习监察员是在距离两千多米的位置开枪的，尽管比预测距离要远，命中了好像很了不起，但这也说明三分钟的时间内他的跑动速度远不如其他人。

而且最后关头才开枪，也根本不符合 Inspector“时不我待”的守则。

并不是每一次任务都有“最后关头”的。

洛轻云没有办法把队里这么重要的位置交给这个年轻人，所以在评估上给了他“B+”。没有得到“A”的 Inspector 都会被退回灰塔重修，如果重修一年后还无法通过评估，就要离开灰塔。

他是个好苗子，但需要更多的淬炼。

洛轻云这辈子见过太多有天赋的人了，所以他很快就把那个年轻人忘记了。

“你给他‘B+’的理由是公正的。”耿劲柔说。

“如果真的公正，谈墨就不会一枪打爆鳞鸟的脑袋，给我浇一身的鸟血了。”洛轻云收敛起了所有的笑意，他有一种预感，那天谈墨一定还经历了其他的事情，只是当时的自己并没有在意。

“爱德拉之花，洛队觉得它们漂亮吗？”耿劲柔站起身来，取了一只瓷杯，给洛轻云倒了一杯刚煮好的咖啡。

“很漂亮。金色半透明的花瓣，小巧优雅，看起来一碰就会碎。是太阳花，马齿苋科植物，被开普勒异化后的初级变种生物，没有感染性和自主行动能力，但是它进化出一种……”

洛轻云顿住了，刚才耿劲柔说过谈墨是“一级伤患”。

耿劲柔微微抬了抬下巴：“洛队，怎么不说了？”

“爱德拉之花会进化出一种神经毒素，虽不致命，却能让中毒的人生不如死，疼痛感达到产妇分娩的级别。而且这种毒素会迅速和神经肌肉结合，无法治疗，随时可能再次发作，只能使用专门的镇痛剂。”

当年云霞县有一片山沟，山沟里开满了爱德拉之花。如果谈墨要以最节省时间的方式到达指定位置，必须穿越那片花海，而凭借谈墨当时携带的滑索工具，这一点也是可以做到的。

“说吧，到底发生了什么。”洛轻云问。

“爱德拉之花的花粉太细了，嵌进了滑索的伸缩器之间，导致绳索的回收延迟。如果是其他人可能已经掉下去了，但谈墨的反应很快，他立刻射出了第二道滑索，人没有完全掉下去，但是他的左腿陷进了花海。他爬上来之后，向你发出请示，表示自己可能无法按时抵达目标地点。”

那种剧痛让他做不到三分钟内跑完剩下的八百米。

“但是你对他的命令是——人可以不到，子弹必须到。所以他尽全力跑了三百米，爬上附近一棵树，完成了你的指令，让子弹到了。”耿劲柔看着洛轻云，很可惜，他的表情没有任何变化。

耿劲柔几乎怀疑这人是不是已经越界了，怎么一点人类该有的情绪都看不到呢？连一丁点的同理心都没有吗？

洛轻云说：“那次任务结束，他在我面前集合，向我敬礼的时候完全没有异样。”

他并不记得那时候谈墨的脸，因为他的脸上都是油彩；只记得他挺拔的背脊就像一柄开封了的利刃。但是弓满弦易断，剑锐锋易折。

洛轻云只觉得这个年轻人差一点没完成任务，却绷在那里什么都不说。如果他当时那么疼，为什么还能站得那么直呢？让洛轻云完全看不出来他受伤了。

“这就是高炙说的，‘能忍常人所不能忍’。虽然我不明白他为什么要这么忍着，为什么不及时说出来？毕竟外勤一线可都流传着一句话——‘死亡无法征服人类的意志，但是爱德拉之花可以’。”

洛轻云闭上了眼睛，在模糊的记忆里用力地勾勒着五年前谈墨的身影。

为什么……为什么他不肯表露出一丝疼痛？如果真的曾对他崇拜和憧憬，为什么不索求他一丁点的可惜？

洛轻云回忆着谈墨说过的每一句话，包括他对王小二的那句，“无论你决定做什么，无论你要因为什么而牺牲或者奉献，一定是因为你热爱着它，而不是因为另一个人”。

伴随着长久的沉默，洛轻云试图从一个普通人的角度去理解这句话，可是他发现自己永远得不到想要的答案。

他只能把自己变成谈墨，一个在瞄准镜里专注地看着目标的谈墨，一个哪怕面临开普勒生物压境、毫无生还可能的局面，也会开好每一枪的谈墨。

“别人也许会说，但谈墨不会。”

耿劲柔不明白了：“为什么？”

“他要的是认同和尊重，而不是同情。他要我公正地、不受任何外界因素影响地去评价他，他要我做的决定遵循灰塔所有的制度，契合所有的评价标准。他要我尊重他的意志。这样……我才能符合他的憧憬。”

洛轻云似乎能明白谈墨当时坚持到底的意念是什么——谈墨渴望的就是洛轻云的认同。他根本不在乎回到灰塔重新受训，他那么骄傲，他绝对自信一年之后还是能够背脊挺拔地站到他的面前，闪闪发亮。

可到底又是什么让他对自己彻底失望了呢？

“后来呢？”洛轻云问。

耿劲柔咳嗽了一下，继续说下去：“那天晚上他被送进了医院，他有两个选择，要么终身使用爱德拉镇痛剂，但是这种镇痛剂也有耐药性，三到五年之后会逐渐变得不起作用；要么放弃那条左腿使用义肢。以当时的义肢技术，他可能要花三到五年的时间来训练和磨合。”

“他觉得花三到五年来适应义肢等于浪费生命，所以选择了镇痛剂？”洛轻云微微抬起眼。

“嗯。”耿劲柔下意识摸了摸鼻子，他发觉洛轻云好像对谈墨的想法和决定了若指掌，又或者他只想了解谈墨，对其他的都不关心，“也是那次在医院里，高炙惊叹于这小子强忍着剧痛却不哭天喊地的倔强。你想啊，一个人连这种神经痛都能忍耐，他还有什么办不到？”

洛轻云没有说话，手指捏着咖啡杯的杯柄。

“高炙申请把谈墨从北辰市调来了银湾，他们一搭档就是五年。谈墨对于镇痛剂的耐受性也越来越明显，之前是半年一支，到后来四个月一支，去年三个月一支……到今年就每个月需要一支了。他其实早就可以申请退役，但一直坚持着，就是为了高炙。”

现在，高炙要荣退了，谈墨也就没必要坚持了。

洛轻云端起咖啡，抿了一口。

耿劲柔皱着眉头，仔细观察洛轻云的表情：“你知道谈墨为什么跟你不对付了？”

“我想，我明白了。”洛轻云闭上眼睛，深深地吸了一口气。

在那之后，洛轻云的副队长替他选了谈墨的同期生姚正宇作为 Inspector 。洛轻云记得那个姚正宇，他在灰塔的训练班里排名一般，但似乎是什么皇亲国戚；当时还有人传言说洛轻云是为了爬到中心城的高层才会选有背景的姚正宇。

但其实，洛轻云是在中心城长大的，他想要往上爬，不需要讨好任何人。他自信没有人能击中他，所以 Inspector 是谁都无所谓。

洛轻云难以想象当谈墨在医院里得知姚正宇被选上的消息时，到底是怎样的一种感受。论实力，就算洛轻云没有选择谈墨，也应该选择和谈墨水平相当的李哲枫。

这也让谈墨清楚地意识到，洛轻云根本不需要 Inspector ，也从不信任任何 Inspector ，甚至视灰塔的 Inspector 制度如无物。Inspector 对于洛轻云来说，就像路人甲乙丙丁，谁放在那个位置都可以。

这才真正摧毁了谈墨多年来努力的价值，他终于意识到自己付出的和坚持的都不是洛轻云所在意的。

而高炙，重新赋予了谈墨身为 Inspector 的意义。

——我的价值，是由目标决定的。

这是那天他们站在房门前，谈墨对洛轻云说的话。此时此刻，洛轻云终于完全明白了这句话的含义。

曾经的谈墨就像王小二一样，将洛轻云视作目标和理想；曾经，他是谈墨瞄准镜里独一无二的存在，是他的起点，也是终点。

耿劲柔看着洛轻云，他的神情少有的阴郁。

“所以说……虽然这个措辞不大合适吧，你跟谈墨……有缘无分。”

洛轻云笑了笑，手指在瓷杯的边缘碰了两下：“您是不是特别期待我内疚、难过，捶胸顿足，遗憾昨日因今日果？最好自我反省一下自己的眼光怎么就不如高炙？”

耿劲柔僵硬地笑了一下：“怎么可能呢？您可是我们这里的精英啊。”

“与其遗憾过去，不如把握现在。耿先生，我很感激高炙……谢谢他让谈墨变成现在精神独立又强大自信的样子。”

同时，洛轻云又没来由地无比庆幸起来。如果当时自己把谈墨留下，他的天真崇拜可能会左右他的判断，他没有办法成长为现在这样手握利刃但心有刀鞘的强者。

“啊？”耿劲柔没明白。

“我很清楚自己不适合成为别人的理想，因为我的内心没有热度，我的世界只有成功和失败。而谈墨跟着我，要么死在那次全队覆没的任务里，要么死在零号基地，就算侥幸活下来……我也会让他对自己的理想产生怀疑，对自己的价值感到疑惑。”

在那场残忍至极的任务里，如果谈墨真的是自己的 Inspector ，应该会不遗余力甚至深入零号基地的腹地去救他，而洛轻云不知道该怎样保住他。

只是想象谈墨被开普勒生物吞没和碾碎，洛轻云就手指一颤。

那是和死亡截然不同的感觉。

——他相信自己是最强大的融合者，但是在零号基地面前，他不堪一击。

所以他庆幸谈墨对 Inspector 这个位置的执着，庆幸谈墨选择了高炙，而不是回到灰塔受训一年又来到他的面前。

洛轻云站起身来，他本就身形修长，几乎把耿劲柔完全笼罩在阴影当中。

耿劲柔仰视对方，笑容有些难看："那个……谈墨的申请已经通过了……"

洛轻云端起咖啡杯，跟耿劲柔面前的杯子轻轻碰了一下，瓷器的震颤让耿劲柔莫名心痛，紧接着那只瓷杯就碎了，而洛轻云手里的杯子却完好无损。

他将最后一口咖啡饮尽，说："耿先生你看，如果我不高兴了，就会'越界'。你觉得到那个时候，谁能救你？"

话毕，洛轻云转身走了出去。

耿劲柔看着面前的瓷片，摸了摸自己的脖子："你想要谈墨就要呗，在这跟我碰瓷儿算什么？"

这套瓷杯可是珍藏款！耿劲柔欲哭无泪。

而洛轻云的声音再次远远传来："你确定中心城会让他安然退休吗？那个任务，让六名熟练使用'朱雀'的 Inspector 折在了零号基地，连遗体都没能收回。"

耿劲柔眼睛一颤——谈墨就排在第七位。

洛轻云回到自己的办公室，打了个电话去研究所。

"赵教授，我需要请您帮个忙。"

"轻云啊！真难得你竟然有事情请我帮忙，什么事啊？"

"我记得您负责的研究项目里有神经毒素的新型镇痛剂，我想调用。"洛轻云说。

"轻云，是不是你受伤了？"赵教授担忧了起来。

"我没有受伤，是给一个……很重要的人使用。"

赵教授很遗憾地说："但是中心城今早才来通知，要征调我这边的新型镇痛剂。我也奇怪，中心城要这种镇痛剂干什么？用的人不多啊。"

"好吧，没关系，我再想办法。"

洛轻云从口袋里摸出烟盒，打开来给自己点了一根烟。他忽然觉得很疼，但是却不知道疼在哪里。他下意识寻找那种痛感的来源，好像埋在体内很深很深，痛到一呼吸全身的细胞都在颤抖。

那一刻，他想起了在运输机上谈墨低下头来叫他点烟的画面。当时的谈墨笑得很好看，现在想想，也许那是一种得偿所愿的释然。

洛轻云终于认同了谈墨。

"我好像……没办法就这么放你走了。"

——凡是过去，皆为序章。

第十一章
CHAPTER 11
驸马爷

谈墨他们一撮人去了本市的一家KTV，江春雷特地货比三家，确定这一家的啤酒便宜不掺水，歌单横跨百年，沙发够宽敞，并且一个包厢配有五个麦克风，保证他们每个人都能抢上麦，谁也当不了“麦霸”。

谈墨今天兴奋得很，点了一排啤酒，常恒还特地瞟了一眼高炙，见高炙点了点头，这才敢叫服务生把啤酒拿过来。

常恒当着服务生的面，手抓一只德国小强，伸到对方面前说：“小哥，你这儿的卫生不大行啊！要给我们打折啊！”

服务生尴尬了起来：“呃，这种小蟑螂，您就是换一家KTV也能找到……”

吴雨声直接把那只小蟑螂给掸掉了，鄙夷道：“公寓里怎么没见你这么爱干净？不就是小强吗？又不是米诺斯虫！”

常恒语重心长地说：“德国小蟑螂异化的米诺斯虫才麻烦呢！有这些虫子就有虫潮感染的隐患！”

“放心，真有米诺斯虫来了，全都给你一个人塞嘴里吃掉！”谈墨笑嘻嘻地朝服务生眨了眨眼睛。服务生心领神会，赶紧退场。

五个人坐一排，仰头吹瓶，特别有气势。毕竟K歌之前怎么能不润润喉呢？

谈墨手腕上的通信器传来“叮咚”一声，他一边把最后一口啤酒含进嘴里，一边点开信息。不看不要紧，一看吓一跳，他一整口啤酒都喷了出来：“咳咳……咳咳咳……”

“怎么了？”高炙一边拍着谈墨的后背一边问。

“灰塔没有通过我的退役申请。”谈墨的目光沉了下来，一把抹开脸上的啤酒，“只批了我一个月的假期……靠……我要去找耿劲柔那个老狗！”

高炙的眉心皱了起来，整个KTV的气氛随之变得有些压抑。

谁知道常恒忽然跳起来欢呼：“哦——万岁！我这个十年公休假的选手都还没退役，你就想回家享清福！没门儿！”

吴雨声也笑了：“白感伤了。”

常恒和吴雨声交换了一个眼神，现在培养出一个Inspector不容易，更不用说像是谈墨这样能力强、命中率高的。

稀缺资源，岂容雪藏。

“还天下无不散之宴席呢——这是流水宴，吃的就是一个延、绵、不、绝！”江春雷也嚷嚷了起来。

“滚滚滚！”谈墨有一种非常不好的预感，“不喝了，我现在就去灰塔！”

高炙却摁住了谈墨，说：“可我确实是要走了，你小子就不能好好地陪我喝几瓶？”

包厢里的灯光很暗，高炙的目光变得柔软又遥远。谈墨顿了一秒，抓起了另一瓶啤酒，和高炙手里的一碰：“老高，年年有今日，岁岁有今朝。”

他们这群伙计，都要平平安安。

高炙笑着跟他碰了瓶，心底却涌起一抹不安。他同样过目了两队合并的名单，上面并没有谈墨。耿劲柔是不会为难谈墨的，所以驳回谈墨退役申请的只有可能是中心城。

这时候众人熟悉的节奏响起，常恒与吴雨声如丧考妣，谈墨一跃而起：“我的歌——我的歌到了！”

“什么歌？”江春雷眯起眼睛一看，“……《红日》？这是什么歌？”

“年轻人没听过这种半个世纪前的经典不要紧，以后有的是机会，但你现在需要这个！”常恒把一对隔音耳塞扔给了江春雷。

再一看，高炙、常恒还有吴雨声满脸坦然，一边鼓掌一边叫好，但耳朵早就塞上了。

“命运就算颠沛流离！命运就算曲折离奇！命运就算恐吓着你！……”

谈墨手握麦克风一脸沉浸，江春雷太好奇谈墨的歌声，听了一句。就算没听过原唱也知道这唱的绝对不在调上，而且谈墨歇斯底里地嘶吼着，破音不说，就跟随时要断气厥过去一样，江春雷差点想给他叫救护车，偏偏这家伙唱得依旧精神抖擞，浑然忘我。

就在这时候，吴雨声、常恒和江春雷的通信器同时振了一下，传来一条显示来自灰塔的消息。常恒和吴雨声交换了一个“不会好不容易休假还要出任务”的眼神，点开了信息。

那是一份文件，里面的内容清晰明了，绝对重磅。

省略文件前面近五十字的官腔，重点就是目前的二队将与一队合并，即日起，吴雨声、常恒和江春雷三个人的队长就是洛轻云了。

文件里没写禁止外传，也没有“机密”标志，吴雨声直接拿给高炙看。高炙的眉心蹙了起来，微微摇了摇头，口型是：让他嗨完。

谈墨唱完了《红日》，又点出了另一首老歌：“甜蜜蜜～你笑得多甜蜜～好像花儿开在春风里～”

谈墨唱还不够，还要回头和他们挨个儿击掌。

现在除了谈墨，其他人都差不多知道了灰塔后面的安排——谈墨一个月休假回来，多半就要给洛轻云当副队长了。

喝到凌晨四点多，谈墨吼得嗓子累了，又喝了好几瓶啤酒下去，在沙发上蜷了起来。

高炙作息时间一向规律，早就歪着脑袋睡着了，谈墨蜷得不舒服了，下意识往高炙的方向挪动，把脑袋搁在他的腿上才心满意足地睡了过去。常恒靠坐在沙发下面，手里还攥着啤酒瓶，吴雨声和江春雷脑袋靠着脑袋也睡熟了。

公寓里的洛轻云还没有睡，而是站在窗台边，裤子口袋里的那盒烟已经抽完了。

远方起了一层微光，再过一个多小时天就要亮了，但是隔壁房间一直没有动静。

没有人烧水泡面，也没有人玩游戏的时候笑着说网友“傻×纯度挺高”，更没有淋浴时候悦耳的水声。

洛轻云指间夹着的那根烟已经燃尽许久，残留的温度也早已散去了。

啤酒喝太多的直接结果就是想上厕所。谈墨睡到一半抵挡不了尿意，慢悠悠爬了起来，来到了洗手间的门口，推了半天都没把门推开。

眯着眼睛三秒钟，谈墨乐了：这门是拉开的啊。

进了洗手间，谈墨就对着马桶放水，感应式自动冲水发出一阵“哗啦啦”的声音，谈墨正要转身，顿住了。

他缓慢地抬起头，看向天花板。那里似乎有若隐若现的流光，不像是天花板的折射。

谈墨眯起眼睛，打开了洗手间的灯。流光一闪而逝。他仰着头，揉了揉自己的眼睛，这下天花板上除了灰尘之外什么都没有了。

谈墨踩上了抽水马桶的水箱，打开了手腕上通信器的探照灯，天花板上其他的脏污更加明显了，显示细菌及微生物含量超标。

吴雨声也起来了，一拉开门发现谈墨站在水箱上，不由得愣了愣。

“我去……你这是酒还没醒，换了个更高的舞台？”

“我就是发现这里洗手间的天花板太脏了，卫生不达标。拿这个去找他们经理说不定可以免单。”谈墨说。

吴雨声笑了一下：“你说你个副队长的薪水也不低，怎么就能这么抠呢？”

谈墨垂下眼来看他：“我这是抠吗？科学技术日新月异，义肢的型号也在不断更迭，我肯定要换最好的啊。”

吴雨声想到了刚才收到的那个文件，心想只要谈墨一直在 Inspector 的序列里，灰塔就一定会给他公费提供最好的义肢，还会配备最好的复健教练。

谈墨从水箱上跳下来，揣着口袋走到门口，忽然又回过头来。

“干什么！”站在马桶前的吴雨声转过头来，戒备地看向谈墨。

谈墨的目光瞥过洗手间的角落，那里有一道细细的墙缝，很深很漆黑，其中仿佛有什么在蠕动着，就像前段时间看的恐怖电影。

谈墨笑了一下，摇摇头，出门绕过坐在地上的常恒和江春雷，给还在沉睡的高炙披上自己的夹克，走出了KTV。

走廊里灯光很暗，空无一人，只有打扫卫生的机器人在角落里亮着灯。

谈墨看了一眼通信器上的时间，早晨五点，这个时间唱通宵的人可能都趴下了，不会点酒也不需要零食，看不到服务生也算正常。

但是太安静了，安静到让谈墨觉得全世界只剩下他一个人。

谈墨路过一间包厢，从圆形的透明窗往里看，沙发上同样是东倒西歪的一片，全息屏幕处于歌曲播完了的待定状态，桌子上也是和他们如出一辙的凌乱。

他继续向前走，一直走到走廊的尽头，那是一个情侣小包厢，里面的年轻男女在沙发的角落里紧紧抱在一起。全息屏幕还在播放着，光线正好掠过他们拥抱着的身影。

一瞬间谈墨愣住了。

他们脸上是极度惊恐的表情，皮肤苍白得厉害，脸部的肌肉已经干瘪，仿佛碰一下就会掉下来。

“靠！”谈墨又想起了刚才他在洗手间里的天花板上见到的淡淡的流光，那不是反光也不是错觉，而是米诺斯虫的丝线！

谈墨转过身就往回跑，一边跑一边打开自己通信器里的生物扫描功能，每个包厢里看似“睡着”的客人身上都散发出一层很淡的蓝色荧光，他们脸上一个一个的凹陷是被米诺斯虫溶解了蛋白质之后留下的孔洞，一条条蛋白质形成的丝线从米诺斯虫体内流出，缓慢坠落，在沙发上和地上形成一道道腻人的痕迹。

楼道里只剩下谈墨奔跑的脚步声，他的心里一片冰凉。这个KTV已经沦陷为开普勒生态区了吗？是仅限于这个KTV，还是已经向外蔓延了？

“谈墨！快过来！”吴雨声站在门口朝他招手，神情也是相当严肃。

“小雨，这儿好像被‘米诺斯虫’感染了！”谈墨刚要跨进来，吴雨声忽然对他做出了“禁止”的手势。

谈墨立刻反应过来，停住了，他感觉到脖子上好像缠着什么东西，很细很软，贴着肌肤，有什么东西正在往自己的领子里钻。

“怎么办？”谈墨侧着眼看着吴雨声，“叫……叫老高起来吗？”

高炙从前可以控制进入他十米范围内的开普勒生物，如今他体内的 anti-Kepler 衰减剂限制了他的能力。可就算如此，控制一只小虫应该还是能做到的吧。

吴雨声让开了一个身位，只看见高炙拿着一瓶苹果醋走过来，拉开谈墨的领子，毫不留情地把苹果醋倒了进去。

“我靠——我靠——老高你干什么！”

谈墨被高炙摁住了，直到一瓶苹果醋全部倒完了他才松手。

“米诺斯虫畏酸。苹果醋的pH值属于酸性。”高炙把空瓶子塞进谈墨的手里，对已经酒醒的江春雷说，“立刻联系灰塔中心，汇报感染情况。”

常恒也打开了生物扫描功能，嘴里嘟囔着：“就出来喝个酒也不让人省心——差点把命都赔进去啊！”

米诺斯虫并不仅仅指某一种类的虫子。被开普勒异化后的地球昆虫都会具备相同的特性，被统称为米诺斯虫。它们把生物蛋白质和糖分作为主要能量来源，尤其对肾上腺素有趋向性。也就是说，当一个人越恐惧紧张，越有求生欲，导致身体大量分泌肾上腺素的时候，就越容易吸引米诺斯虫。

“我们赶紧离开这里。”谈墨边说边把被淋得湿透了的T恤从头顶脱了下来，“灰塔估计很快会派人来释放气凝药剂，我们可别给冻在里面了。”

“灰塔中心有指令了！谈副队，对方叫你听！”江春雷赶了过来，将通信转移给了谈墨。

谈墨戴上了耳机：“喂，我是谈墨，请问这个任务谁指挥？”

“谈副队，我是洛轻云。”

时隔五年，谈墨又一次在耳机里听到洛轻云的声音，竟然有种恍如隔世的感觉。

是啊，李哲枫和周叙白都不在，之前的一队接受中心城的什么秘密任务，所有人都在传一队全军覆没了，至今未归；而他们二队又没了队长。驻守在城内的，除了现在洛轻云带领的一队，也没有其他外勤了。

谈墨这个人公私分明，既然灰塔派了洛轻云来指挥这次的任务，那么谈墨就会无条件服从对方的命令。

“洛队，请指示。”

“你们有任何防护装置和武器吗？”

“苹果醋算吗？”谈墨看了看手中的瓶子。

他好像听到通信器那一端很短却很压抑的叹息。

“谈副队，请你紧跟高炙，以最快的速度离开该地点。治安队会在一分钟内到达，我会在三分钟内赶到。”

整个KTV里一片死寂，和外面完全是两个世界。

“三分钟？你确定？”

要从灰塔的直升机调度中心赶过来，最快也得五分钟吧。不过那端已经传来了直升机的声音，洛轻云的人响应速度比谈墨想象的要快。

“我答应你的，一定会做到。”

谈墨听着洛轻云的声音，低沉平稳，镇定得就像船锚沉入海底，但又隐隐有一丝无法形容的感觉。

米诺斯虫并不是级别很高的开普勒生物，只是解决起来很麻烦而已，就像德国小蟑螂，花多少钱喷多少药它总能出现在你家。

高炙的开普勒生物级别远远高于米诺斯虫，而从某种程度上说，开普勒生物的等级非常森严，米诺斯虫感应到高炙的危险性，所以没有贸然侵袭这个包厢，只敢在诸如洗手间之类的地方徘徊试探。这也是为什么他们醉了一整晚还安然无恙的原因。但可惜，现在的高炙是一颗“哑炮”，他甚至没有第一时间感应到米诺斯虫的存在。

高炙再一次体会到当爸爸的感觉，以他为中心，其他四个人紧紧靠着他，都打开了生物扫描功能，形成四个光平面，投射在墙壁上。

这里是六楼，不借助设备的话，他们至少得从安全通道下到三楼再往外跳。

电梯作为封闭的空间，肯定是不能进去的；而狭窄的安全通道，从战略的角度，作为只能上下通行的空间，也是很危险的。

这时候，谈墨的耳边传来市内治安队的通讯：“谈副队，我们已经铺好了气垫！你们随时可以跳窗！”

听到这里，谈墨呼出一口气来，对所有人说："前方跳窗。"

所有人意会。

一群黑色的虫子……外形还保留着德国小蟑螂的外形特征，翅膀下蓝色荧光忽明忽暗。它们发出成片的"嚓嚓"声，竟然沿着墙面爬了过来。它们嘴里的分泌物形成细细的蛋白质丝线，互相交错，就像在划分地盘，又像是在构筑牢笼。

"它们怎么会凑过来？"常恒冷声道。

"江春雷，你紧张个什么？"吴雨声立刻猜到了原因。

"我……我只是想到马上要跳窗了就……没控制住心跳……"

"别怕，爸爸们会把你平安带出去的。"谈墨安慰道。

他理解江春雷的紧张，这是他第一次在没有作战服、没有任何武器装备的情况下面对开普勒生物。有作战服，至少米诺斯虫没办法吸取他们的蛋白质。

谈墨没有责备江春雷，越责备他会越紧张，肾上腺素释放得越多，就会引来更多的虫子。

哪怕是最低级的开普勒生物都是具备一定智慧的，它们的种子搞不好很快就会发现高炙是个无法使用能力的纸老虎，那就危险了。

明明只有二三十米距离的窗口，谈墨竟然觉得那么遥远。

就在这个时候，电梯发出"叮——"的一声，门突然开了。

瞬间所有人的心弦都绷了起来。

一个服务生打扮的年轻男人走了出来，看见他们五个人背靠着背，还把通信器灯光都打开的架势，被吓了一跳。

"你……你们……这是怎么回事？"服务生愣在了那里。

"哟……竟然还有活人？"谈墨勾了一下嘴角，将通信器的扫描灯光对准了他。

服务生抬起胳膊挡在眼前，叫喊："喂——干什么啊！"

没有发现米诺斯虫的荧光反应，但谈墨并没有放低警惕："你的老板、经理还有同事呢？"包厢里的客人都玩儿完了，没道理这个服务生安然无恙。

"我……我是来上早班的，在更衣室里换了衣服就上来了。到处都静悄悄的……我同事还把休息室的门给锁了，我们进不去，就到处看看发生什么了。"服务生说。

"'我们'？除了你还有谁？"

"还有两个女生在楼下……"服务生放下了手，一脸疑惑。

谈墨猜想，这几个换班的服务生估计都是在他和吴雨声醒来之前就进来的。

真是天堂有路你不走，地狱无门你闯进来！

服务生冷不丁瞥到了墙面上那一大片虫子，睁大了眼睛露出惊恐的神色："怎么这么多蟑螂！我要赶紧通知经理，打电话叫人来除蟑！"

谈墨冷哼了一下："你见过会吐丝、眼睛发蓝光的蟑螂？"

楼下传来女人的尖叫声。

"啊啊啊——！"

服务生转过头去："发生什么了？难道是她们看到会吐丝的蟑螂了？"

常恒抹了一把脸上的冷汗，用眼神示意谈墨：这小子要是一直认为那是蟑螂也挺好的——至少不会太过恐慌。

“别过去，你的同事……”谈墨叫住了那个服务生。

“啊？我去找杀虫剂……”

“没用的。你的同事这会儿应该已经……”

谈墨的话说到一半忽然停住了，因为他看到有密密麻麻的小虫子从对方的身后爬了出来。

“应该已经怎么了？”服务生抬起眼来看向谈墨，继续用一派天真的眼神看着他。

谈墨的耳麦里响起治安队的声音：“谈副队，谈副队！你为什么还没出来?!”

“遇到了一点小麻烦，稍等。”谈墨冷冷地回答。

常恒和吴雨声的后背已经被冷汗浸湿了。

而那个服务生一步一步地走近他们，脸上挂着“欢迎光临”式的微笑，在生物扫描的光线之下，让人毛骨悚然。

那些一直躲在他身后的虫子早已按捺不住，爬到了前面来，钻进他的耳朵、他的鼻子里，甚至他的眼角。

他已经感受不到任何痛苦了，很快，他的皮肤下面就可以看到无数虫子蠕动的痕迹。

这家伙已经被开普勒生物控制，并且挡住了他们跳窗逃生的路。

谈墨见过不少开普勒生物，但一时之间却无法确认眼前这个异化体的能力。能将人类异化，这个种子绝对不简单。

高炙一把将谈墨扯到了自己的身后，冷声道：“我拖住他。你们走。”

“老高！你说什么呢！”

高炙一旦使用自己的能力，他体内的 anti-Kepler 成分就会攻击他的细胞，加速他的肉体衰退，直接让他折在这里。

这时候，乌泱泱的虫子已渐渐蔓延到四面八方，就像黑洞，一点点将他们吞噬。

“洛轻云说了他三分钟内就会赶到……还有两分半。”谈墨相信只要撑过这两分半钟，洛轻云就能化解这场危机。

“你们没有两分半了。”服务生笑了一下。

他从脖子到脸部的肌肉因为极速生长而形成撕裂般的纹理，躯体变形，被虫子噬咬的部分形成一个又一个的凹陷，衣物被分解殆尽，露出几乎被虫子蛀空的身体。他体内的蛋白质都被虫子吸收了，全身的骨骼却还支撑着身体。

不断有粘腻的液体“滴滴答答”落下来，但是散发出的不是恶臭，反而是某种甜腻的、会让紧张的情绪逐渐舒缓的味道。

这个服务生的变异十分迅速，只用了几秒钟时间。

而他被消化掉的肌肉又被虫子吞吐出的淡蓝色丝线覆盖，一层又一层，紧接他的身体无限延伸开来，从中抽出无数蛋白丝，将通往窗口的路完全遮蔽。

“靠！这是什么鬼……”饶是常恒这样见多识广的老兵，也很想吐出来了。

谈墨忽然感觉到了什么，一把将挡在面前的高炙推开！

脚下的地面骤然开裂，谈墨掉了下去。

吴雨声和高炙想抓住他，但是粘腻的丝网却弹射过来，粘住了他们的胳膊。

谈墨感觉自己的心脏还留在原地，人却掉落了下去。

而让他没有想到的是，下方的楼层也都被虫子腐蚀出了一个大洞，他一层一层地往下跌落。身下的灯光全部熄灭，头顶的光亮来自同伴们的通信器，而他离他们越来越远。

仿佛是在十八层地狱中下坠，永无止境。

谈墨试图抓住身边任何他可以抓住的东西，但是他只看到每层楼的天花板上都趴着被米诺斯虫完全控制的人类，他们手脚扭曲着倒挂在墙壁上，用贪婪的目光盯着自己。

他起码坠了六层楼……甚至坠入地下楼层了。

死定了。

他没有闭上眼睛，很快，他发现自己掉进了一个完全被米诺斯虫的菌丝包裹的空间，而头顶被腐蚀出的洞口迅速被重新封闭。

想象中的疼痛并没有发生，他掉在了一张充满韧性的网上，还微微向上弹了弹。

谈墨立刻坐起身来，发现身下仿佛一片半透明的蓝色银河，无数星星在其中移动，星光映照在四面墙壁上，就像粼粼波光。四周弥漫着青草的淡香，柔和缱绻，谈墨十二万分紧张的心神随着那股味道，在空气中上下摇曳。

这是……怎么回事？

谈墨强行让自己清醒，他低下头，眯起眼睛，赫然惊觉这根本就是米诺斯虫吐出的丝线！

这丝线错综交织，厚得看不见底，那些所谓的星光其实就是是米诺斯雄虫腹部转化蛋白质的时候发出的荧光。

就在谈墨掉下来的洞口右侧，有一个沙袋般大小的茧，无数条荧蓝色的溪流缠绕在上面，茧密密麻麻的丝线之间隐藏着许多很小的像是花苞一样的东西。

谈墨不知道洛轻云的“三分钟”到了没有，但他怀疑自己会掉下来是因为茧里面有一只大型米诺斯虫，它孵化出来之后一定很饿，饿了就需要优质的蛋白质。

上半年体检的时候医疗那边还说谈墨的体脂率很完美，肌肉比例高，相比那些唱K的客人还有服务生，他对于米诺斯虫来说应该算是少有的美食。

他不怕死，海中行舟，免不了某一天要翻船，但是他真的不想变成……那个服务生那样恶心的东西。

静止的空气忽然开始轻微地流动，茧上的花苞在同一时间绽放，竟有一股欲擒故纵的撩人媚态。

谈墨顿了一下，心想现在开普勒生物也这么有仪式感了吗？明明是猎捕进食，弄得跟求婚似的？

茧里的东西蠕动起来，谈墨下意识向后退，但仔细一想，他前后左右四面八方哪儿不是米诺斯虫，他还能逃到哪里去？

茧的尾部仿佛融化了一般，淡蓝色的水从中流了出来，谈墨从来没有见过这样的景象，随后更让他惊讶的是，里面竟然包裹着一个少女。

她的皮肤洁白如凝脂，在荧蓝色光线的映衬下显得冷艳而优雅，就像是从海中游出来的人鱼，朝着谈墨伸出了手。她的胳膊修长，线条优美，嘴唇微启，两片冷釉般的红色之间隐隐能看到小巧的舌尖。

谈墨握紧了拳头，原本死猪不怕开水烫的心脏漏了一拍。

——不是因为这个少女太美。直觉告诉他这不可能是人类，而是这个还不算完整的开普勒生态圈的种子。

吴雨声、常恒和江春雷三人正试图挣脱虫网的束缚，但是它们越来越多。

高炙强行催发自己的能力，将逼近的虫群控制在一米的距离之外，他能感应到在底下十几米深的地方有一个更强大的开普勒生物，但是衰减剂牢牢地锁死了他释放开普勒能量的限度。

“雨声哥！你也是融合者啊！你能不能进入这些虫子的体内，把它们统统带走？”江春雷很着急，如果无法驱散这些虫子，他们怎么下去救谈墨？

“江春雷你的脑子是被雷劈过吗？我就算再压缩自己的细胞，也没办法把自己装进一只虫子的体内吧？”吴雨声咬牙切齿，如果可以他宁愿替谈墨掉下去！

高炙的心跳越来越快，额角上的冷汗不断滑落，他压低了声音说：“吴雨声你听好了，等一下我会用尽全力把这些虫子全部弹开，你抓紧时间下去，无论如何都要找到谈墨……下面有这群米诺斯虫的种子。我能感应到它融合了大量人体细胞，你应该可以进入它的体内。”

融合了大量的人体细胞，就意味着它的体积和细胞数量足够让吴雨声潜入。如果吴雨声能控制住那个种子，也许能救谈墨一命。

“高队！”

但这样的话，高炙恐怕就要牺牲自己了。

直升机的引擎声从外面传来，从窗口吹来一阵一阵的风，只听见“砰——”的一声，有什么东西击中了那张堵住走廊的网。这瞬间，气凝药剂四散，有人抓着绳索从窗口突入，一脚就将这面被凝固的网踹成了碎片。

“高队不要那么着急燃烧自我照亮他人，我们来了！”

欠抽的声音响起，正是安孝和。

直升机舱门大开，楚妤正端着狙击枪单膝跪地，刚才打中虫网的气凝弹就是她射出来的。

紧接着，洛轻云背着装备直接从直升机的舱门一跃而出，跳进了窗口，将手上的作战服和枪一扔，那么重的装备就这样被他轻松扔出近十米，滑到常恒他们面前。

“谈墨呢？”洛轻云的视线扫过他们几个，他明明叫谈墨一定要跟紧高炙，但现在高炙近在眼前，却看不到谈墨。

“他掉下去了！种子也在下面！”高炙冷声道。

“再不去救他连骨头都没了！”常恒一心想救谈墨，连作战服都懒得穿，对着被虫网封闭的洞口连开数枪。

洛轻云的眉头不可察觉地颤了一下，他闭上眼睛感应整栋楼内的开普勒生物。

常恒才刚打穿这一层的虫网，四肢扭曲如同虫类节肢的“人”就从洞口钻了出来，安孝和毫不留情，一枪崩了过去。

“老哥哥你还是把作战服穿上吧！不然虫子钻进来可就麻烦了！”安孝和瞥了一眼洞里面，好家伙，下一层也有个洞，也被虫网给粘住了。

“谁丫是你老哥哥！”常恒觉得对方在讥讽自己年纪大。

“我这是在尊重你经验丰富！”安孝和对着那些试图爬进来的非人生物一顿狂扫。

庄敬也跳进来了，眉头皱起：“这里头是什么味道……打翻了香水吗？”

洛轻云睁开眼，嘴角带着一丝冷笑：“这是米诺斯虫求偶的气味。恭喜我们的谈副队，要当驸马爷了。”

话音刚落，庄敬立刻就把防毒面具戴上了，其他人也纷纷效仿，除了洛轻云。

他冷冷地瞥向那个洞口，蓦地跳了下去。

“啊——”老常低着头，睁大眼睛看着这一幕。

洛轻云势如破竹，那些织网的虫子忽然充满了畏惧似的，扯着丝线向四面八方逃窜而去，而洛轻云周身都散发出和那些虫子相似的淡蓝色的微光。

每一层天花板的洞口都骤然为他敞开，像一场充满恐惧的退潮，他畅通无阻地落在地下室顶部的那个洞口处，细密的网颤动起来，在他的威慑下独独不肯退让。

“找死。”

他扬起了拳头，直接将这层厚厚的虫网打穿了！

茧中的少女越靠越近，她抬起原本微垂的眼帘，目光流转，似乎在问谈墨：我就要掉下来了，你为什么还不接住我呢？

谈墨不为所动地笑了一下，毫不客气地低声咒骂：“去你的‘三分钟’！”

洛轻云你这个混蛋玩意儿，老子信了你的邪！

少女的手臂逐渐伸长，尝试着触碰谈墨，指尖散发着那股异人的淡香。

谈墨偏过脸去，撑着手肘向后退，我靠，我靠！莫挨老子！

这少女再美，谈墨也忘不了德国小蟑螂！

就在这时候，头顶的虫网忽然破了，一个身影从高处一跃而下，挡在了谈墨和那个少女之间。对方穿着作战服，不需他回头，谈墨一眼就认出了这就是承诺他“三分钟就到”的家伙！

少女仿佛受到了惊吓，迅速后退缩回了茧里，用楚楚可怜又充满戒备的目光看着突然出现的男人。

“谈副队，问你一个问题。”洛轻云的声音里带着一丝调侃。

“都什么时候了还要做题?!”谈墨如果现在有枪，第一发子弹不是给这个大茧的，而是给洛轻云的!

“你是愿意跟我走呢……还是跟它在这儿谈恋爱?”洛轻云的尾音微微上扬，带着一丝邪性。

谈墨听过他平常和人谈笑的语调，也听过他发出指令时的沉冷声音，但还是第一次听到他用这样的口气说话。

“你跟这玩意儿谈个恋爱给哥看看!”谈墨吼了出来。

洛轻云回头瞥了谈墨一眼:“你吓到我了。”

很轻的一句话，在谈墨心上挠了一下。谈墨忽然想，难道洛轻云还真被他这次陷入危险的事情吓到了不成……不不不，他可没有那么自作多情。

洛轻云又吱声了:“谈副队，最近降温，小心保暖。”

谈墨这才意识到自己上身没穿衣服，有点想笑:“谢谢关心，也劳烦洛队以后不要再出题考我了，我在灰塔学习班就是学渣人设。”

“我每次给你的都是送分题，你总是不好好答。”

“你不就是享受我的错误答案吗?”谈墨笑了笑，仰着头看着对方。

洛轻云弯下腰，毫无怜香惜玉之情地一把抓住少女的脖子，利落地将她从茧里拽了出来。尖锐的虫鸣声响起，仿佛无数根针扎进谈墨的耳膜里，而洛轻云将那个“少女”甩到了谈墨的面前。

“她”……或者应该说“它”，除了一张漂亮的脸和那只想要搂住谈墨的手，身体其余的部分都是由细密的蛋白丝交缠而成，没有具体的形状。此刻它正在疯狂地挣扎，无数的蛋白丝向着四面八方延伸，形成波浪起伏的花朵，花瓣颤动着像是要把谈墨狠狠吞下去。

“靠——”谈墨差一点心脏病犯了，不顾自己在洛轻云面前到底狼狈不狼狈，跌跌撞撞地向后爬了好几步。

而洛轻云正在环视四方，不知道在寻找什么，当“少女”又在那儿窸窸窣窣搞小动作想触碰谈墨的时候，洛轻云终于满脸嫌弃地一脚将它踩住。

“你在找什么?”谈墨问。

“粮食。”洛轻云闭上眼睛，应该是在用他的开普勒本能认真搜索着什么，“你没听过那个传言吗——我不吃人类的食物，我以开普勒生物作为营养。”

谈墨乐了，唠这个他可就不困了:“这里都是蟑螂，你喜欢大的还是小的?”

而那个“少女”发出了极度恐惧的声音:“不要……求你不要……”

“少女”的声带是由米诺斯虫的丝线交织而成，嗓音就像门坏了之后发出的“咿咿呀呀”声，尖锐刺耳，在地下室里幽幽回荡，听得人毛骨悚然。

“你求我要，我也不要啊!”谈墨调侃着，又很想知道洛轻云到底在找什么。

终于，洛轻云睁开眼睛，很冷漠地看了它一眼，然后来到谈墨面前，不知道是不是为了看清楚谈墨的眼睛，竟然单膝跪下了。

那一刻，谈墨非常想抬起胳膊把自己抱住。

洛轻云只是笑了一下:“谈副队知道自己为什么会被选中吗?”

“因为我身材太好。”

洛轻云很认真地点了点头:“嗯，确实。”

谈墨简直无语:“洛队，我也有个问题想问您——您是要我活着，还是要我死在这里?”他知道他游刃有余，但麻烦尽快解决行不行?

洛轻云看着那双眼睛，再次不明白为什么一个人的眼睛可以总是这么明亮。明明刚才，他差一点就要被吃掉了。

只听“喀嚓”一声，洛轻云的战术刀挥过，“少女”的头和千丝万缕的蛋白丝分了家，带着恶臭的黑色液体流了出来，就在快要流到谈墨身边的时候，洛轻云的胳膊忽然绕过了他的后背，手掌一摁，谈墨就向前一靠，脑袋撞在了洛轻云的胸前。

谈墨能感觉到洛轻云手臂一紧，自己就被他扛了起来。

无数虫子从那条断了的脖颈子里爬出来，乌泱泱一大片，其中有一只的蓝色荧光比其他虫子都要深。

“种子——那一定是种子——”谈墨喊了起来。

他们脚下的虫网软垫如同水波一般起伏分散，逐渐露出原本的地面。

“谈副队，我的枪就是你的枪。”洛轻云侧过脸提醒道。

谈墨立刻会意，果断地从洛轻云的腰间拔出他的手枪，哪怕那只虫子藏身于虫群当中，谈墨还是锁定了它，眯起眼睛，扣下扳机。子弹在它张开翅膀即将飞起来的时候顺利命中，“砰——”的一声，种子像朵黑色的烟花一样裂开了。

顿时，虫群宛如失去了生命一般扑簌簌地掉落下来。

洛轻云略微后退，向上一跃，单手扣住了天花板破洞的边缘，利落地爬了上去。

他将谈墨放了下来，抓过之前扔在地上的作战服递给了他。

谈墨接过作战服迅速穿上，他一抬头就看到洛轻云拿手挡在自己的头顶，那些死掉的虫子这才没掉进他的衣服里。

“谢谢。”谈墨不大情愿地说。

“你真可爱。”洛轻云表示。

“哈?”谈墨不明白洛轻云为什么忽然蹦出这么一句。

“我救你的时候，你不谢我。现在这样的小事，你却对我说‘谢谢’了。”

谈墨张了张嘴，一时之间竟无言以对。

头顶上传来常恒的声音:“谈副队——谈墨你还活着吗?”

谈墨高声回答:“活着呢!”

“这些虫子都死了——其他异化生物我们也解决了! 你们快点上来!”

“来了!”

谈墨向上射出绳索，穿行而去。

第十二章

CHAPTER 12

来我的过去看看

当他们全部撤出这栋建筑物之后，洛轻云朝着地下室开了一枪，气凝药剂迅速扩散，将整个地下室凝固起来。调查小组和负责开普勒生态研究的人员很快就会进入其中，进行评估和调查。

到底这是偶发事件，还是大规模虫潮？

谈墨他们被送进了专门的医院进行检查，以确定他们是否被感染，并且要进行为期三天的隔离。

谈墨在隔离间里待得就快长毛了，已经做俯卧撑做到发腻，目前在床上做起了仰卧起坐。

通信器振了一下。

——我来看你，想要什么？

——糖。

谈墨想都没想就回复了。把信息发出去了他才后知后觉：这人是谁？

管他是谁，谈墨继续仰卧起坐。

当他做到第一千零一个仰卧起坐，双手抱着后脑勺起身的时候，冷不丁对上一双眼睛。

“洛轻云——你怎么进来的？”谈墨就像被烧了尾巴的猫一样，向后一退，后背撞在了床头上。

洛轻云到底是人吗，怎么神出鬼没?!

明明躺下之前房间里根本没有其他人，怎么一起来这家伙就出现了？

洛轻云笑了一下，在谈墨的床边坐下，问候道：“谈副队精神很好。”

他的右手就摁在床边，距离谈墨的腰不到十公分。谈墨瞥了一眼洛轻云的手，露出了极其嫌弃的表情。

洛轻云显然看到了这个小动作，低着头笑了一下：“我的手套有清洗过，并没有任何米诺斯虫的残留物。”

谈墨还是觉得……有点心理阴影，又向床头靠了靠。偏偏洛轻云还故意挪动了一下自己的手，搞得谈墨又是一阵心惊肉跳。

洛轻云看着谈墨那严阵以待的表情，调侃的神色越发明显。他撑着下巴说：“我觉得米诺斯虫的杀伤力比我这双手要大很多。”

谈墨平复下心情，一派淡定地开口说：“毕竟，您好歹还有个人样。可要米诺斯虫跟我谈恋爱，我是接受不了的。您怎么来了？”

“送糖。”洛轻云从外套的口袋里取出一包糖。

谈墨无语地笑了，洛轻云怎么就拿到了他的通信号码？

“我很好奇，像米诺斯虫这种级别的开普勒生物……灰塔怎么会指派您来？真是杀鸡用牛刀，端着大炮只打了只蚊子。但是您的响应速度比我想象的快很多，就像早就预料到我会出事一样。”谈墨把包装袋一拆，里面是五颜六色的水果硬糖。

“谈副队，如果我说，从今天的凌晨到接到你出事的消息时，我一直在等你……你相信吗？我人没睡，响应自然快。”

谈墨顿住了。

洛轻云说什么了？

已经许多年没有人等过他了。

“等我干什么？没听见我放摇滚，洛队反而睡不着了？”谈墨好笑地抬起眼皮，却对上了洛轻云的眼睛。

“对不起。”洛轻云说。

谈墨愣了两秒，好端端地……“对不起”又是闹哪出？谈墨忽然反应过来，可能有人跟洛轻云说过五年前发生的事了。

靠，到底是谁嘴上没个把门儿的？

这样一来自己想暗搓搓地报仇出气都不行了，洛轻云肯定会有所防备啊！

谈墨仔细地看着洛轻云此刻温良的表情，仿佛要向他忏悔一样，忍不住哈哈大笑起来。

“洛队，难为你了，真的难为你了……竟然跟我说对不起？”

“如果你不喜欢‘对不起’，我还可以换成‘我很抱歉’‘我很后悔’之类的说法。”

谈墨摇了摇手说：“不，不……我想的是，虽然你现在对我说‘对不起’，或者‘我很抱歉’，但其实你并没有觉得自己对不起我。”

“哦？”洛轻云侧了侧脸。

这家伙的脸长得真是得天独厚，就是电影里那种英俊的大反派，丧尽天良了还是会有人坚定不移地跟随与信任。

谈墨有点明白小姑娘们嚷嚷的“你的五官决定我的三观”是什么意思了。

“因为五年前你的决定是基于当时的情况做出的客观判断。我那一枪虽然到位了，却迟了一秒，让队里很多人觉得我不够靠谱，我就算留下了也无法真正立足。”

洛轻云的表情里有一抹了然，他看着谈墨说：“但如果你当着所有人的面告诉我，你被爱德拉之花伤到了腿，大家会反过来敬佩你的。”

“大家会敬佩我，但你仍然不会认同我。命令就是命令，只有做到和没做到的区别。这是你接受的教育，对吧？”

“嗯。”洛轻云点了点头，“这是一线外勤所有前辈们对我的言传身教。”

“我的子弹到位了，但晚了一秒，对吧？一旦留下了我，就破了规矩，以后还有人没按时到位，都可以找借口了。”

谈墨表面上满不在乎，从来不在其他人面前提起自己的左腿饱受爱德拉之花毒素的困扰，但不代表他真的不介意洛轻云对 Inspector 的职责的看法。

毕竟……他也曾经年少单纯地崇拜过洛轻云，期待着能被他信任，能被他托付以后背。他忍受了所有疼痛，却换来了啼笑皆非的结果。

但是那天在“黑色皇后”的机舱里，洛轻云主动给他点烟之后，他已经释怀了。

刚才洛轻云一本正经地跟他说“对不起”的时候，他忽然觉得五年前的自己很好笑。

“所以你的道歉只是为了和我缓和关系，不怎么真诚。”谈墨含着糖说。

“你怎么看出来我不真诚的？”洛轻云问。

谈墨向后靠着床头，目光里有一种懒洋洋的意味：“你对周围的人总是一副温和有礼的样子，就连笑容都跟用尺子量好了一样，就为了让看到的人心情愉悦，和你保持良好关系，这样他们就会相信你，竭尽全力配合你。你刚才跟我道歉的时候，用的就是那种笑容。”

“是吗？”洛轻云的视线很用力，像是要把什么东西从谈墨的灵魂深处狠狠勾出来，但很快又垂下了眼，“我自己都不知道自己是个怎样的人。谈副队，你觉得呢？”

他用很轻的口吻问，像是充满疑惑，又像是某种请求，明明这个人的本质是“生人勿近”。

“你是个把生死看得很通透的人，因为通透所以冷漠。你在脑海里为身边每一个人评估价值，然后在任务里将他们的价值最大化。当然也由于这样的特质，你的队伍会在外勤任务中拥有最高的生还率，无论如何……你是个不错的队长。”谈墨把糖咬碎，发出“咔嚓咔嚓”的声响，“如果真的想要表达‘对不起’的话，能不能告诉我实话——你真的觉得自己不需要监察员吗？”

他没有看洛轻云的眼睛。每个人都有保留自己想法的权利，如果洛轻云不打算分享，那么自己也可以假装没有那么好奇。

“人类的语言，充满了委婉、选择性表达以及渲染的艺术，有时候就算我说出实话，也不一定能让对方相信。”

听到这里，谈墨在心里叹了口气，果然洛轻云是不会告诉他的。

“你愿意来我的世界看看吗？”

洛轻云倏忽朝谈墨伸出自己的右手。

“什……什么？”

谈墨看着洛轻云的掌心，平稳的心跳再次跃动了起来。

那是来自另一个世界的邀请，一旦踏入，也许就再不能回头。

“我希望你自己找到答案，而我会对你绝对诚实。”洛轻云说。

谈墨的内心深处有什么在警告着自己。如果接受了这个邀请，就代表着一场“越界”。他不知道这会对自己产生怎样的影响，甚至这是否有可能动摇他身为Inspector的守则，但是他知道……一旦他此时退却了，那个世界将永远向他关闭。

那个困扰了他五年的问题，也将永远无解。

“如果你像上次那样对我……”谈墨一边伸出手，一边用警惕的目光看向洛轻云。

洛轻云的脸上看不到平日里的微笑，而是冷漠疏离的，仿佛要和这个有温度的世界划清界限。

谈墨的手落在洛轻云的掌心，就在那一瞬，有某种力量从他的指尖逆向渗透，从他所有的神经里狂窜而过，他心脏一紧，那感觉就像灵魂正在从身体里抽离！

一阵剧烈的下沉感，谈墨试图抓住什么，耳边隐隐传来洛轻云一句轻轻的："别怕。"

再度睁开眼睛，周围的一切都变了。

这是一架飞行器，周围的人都正襟危坐，他们面前有一个巨大的全息显示屏，展现的应该是某种地下工程。

看这全息显示屏的型号，应该是谈墨中学时代的老系统了。

"各位，就目前的情报来说，在矿井里面发现了因迪拉的巢穴，数量在二十到三十只之间。这种小怪物动作迅猛，攻击性强，大家进去之后务必万分小心，尽量找到它们的种子，擒贼先擒王。这个矿井非常重要，关系到二十多个城市的外勤一线以后有没有硅弹可以使用，希望大家都能全力以赴。"指挥官很认真地看向在场每一个人。

谈墨就站在指挥官的对面，环顾四周，他发现自己像一个身陷全息电影里的局外人。

这是哪里？又或者说，这是哪一场任务？有洛轻云参与吗？他现在是在洛轻云的记忆里吗？

自己从前在灰塔很崇拜洛轻云的时候，几乎看过了他所有的任务记录，可是却不记得有任何一个与回收矿井有关。

谈墨沿着座位向后走，这里足足有二十多名外勤队员，看来是一场不小的任务。

直到走到最后一排，谈墨停下了脚步，愣住了。

角落里坐着一个外貌介乎少年和成年人之间的外勤队员，他身穿作战服，撑着下巴看着窗外。

日光和流云的阴影掠过他的脸庞，眼角眉梢都带着一股致命的吸引力，有着一种无法接近的空灵美感，仿佛就是为了攻陷人类的审美天花板而被雕琢出来的。

和在场的所有人都格格不入。

谈墨站在那里，一动不动，他没有想过自己还能见到不满二十岁的洛轻云。

这个时候的他，不是队长，也没有声名在外，灰塔内部还没有流传起任何关于他的传说。

洛轻云的身边坐着一个三十多岁的男子，看他的臂章就知道他是队里的 Inspector，名字是杨峻。

谈墨愣住了。杨峻属于早期灰塔培养的优秀 Inspector，执行了许多教科书级别的任务。原来他和洛轻云曾在同一个外勤队伍里面？

这时候，杨峻用胳膊肘撞了撞洛轻云，扯着嘴角笑了笑："嘿，小子，给指挥官个面子，不然他就该点你起来回答问题了。"

洛轻云转过头，放下手，微微靠着椅背，看向全息屏幕。

果然，指挥官点了洛轻云的名字："洛轻云——你记住我们的任务是什么了吗？"

洛轻云开口道："清理因迪拉，杀死它们的种子，回收地下矿场。"

明明是和现在一样的声线，感觉却全然不同，像揉碎的冰碰撞在一起，有点脆。

指挥官用一种审视的目光看着洛轻云，微微皱了皱眉，又点了杨峻的名字："杨峻——看好他。"

杨峻的耳朵上还别着一根烟，翘着二郎腿，大剌剌地揽过洛轻云的肩膀说："看好了，看好了。我哪次没看好我的大侄子？"

洛轻云又撑着下巴看向窗外，给谈墨一种他随时会跳下去融入云海的错觉。

杨峻叹了口气，无奈地小声说："你说你长了这样一张有资本的脸，为什么不笑一下呢？假装认真听上司放屁是社会人的必备修养，它能给你省下不少麻烦。"

洛轻云还是一动不动，眼睫毛轻微地向上翘着，看似冰冷，又有一种纤尘不染的纯粹。

所有人都在最后一遍检查自己的装备，杨峻也在检查自己的瞄准镜，而他所使用的狙击枪就是最初一批的"朱雀"。

二十分钟之后，他们抵达了矿井的上空。所有人起立，准备滑索降落。

因迪拉具有较强的攻击性，普通人类未必可以应付，融合者负责先行开路，这其中就包括洛轻云。

因为是要回收矿场，所以不可能释放药凝弹，一旦进行了生态隔离，这个矿场就真的要被"凝固在时间里"了。

洛轻云来到出口，他转身看向舱内，那正是杨峻的方向。

杨峻冲他笑了笑："今天我也会看着你。"

谈墨这才想起来，洛轻云的第一任队长是梁幼洁，同时也是洛轻云的养母。她牺牲了，应该就是在这个时间点的几年前；而杨峻曾经担任过梁幼洁的监察员。

似乎就是为了听杨峻的这一句话，洛轻云随即利落地顺着空降索滑了下去。

入口是个直径七八米的垂直通道，日光仅仅斜着照亮了通道口五六米的深处，剩下的部分依旧隐没在黑暗里。

融合者们进入黑暗空间的瞬间，便听见快速迅猛的"咚咚咚"声沿着通道传来，是饥饿已久的因迪拉。这些开普勒生物的上半身酷似豺狼，只有前爪，拖着一条蜥蜴似的尾巴，尾巴具有超强的攻击力，速度惊人。短短几秒，它们便蜂拥而至，尖锐的吼叫声和尾巴沿着通道铁壁拖拽的声音让人毛骨悚然。

哪怕知道这已经是过去的事情了，谈墨还是会觉得神经紧绷，心脏像是被无形的手死死抓住。

融合者们迅速开枪，子弹在铁壁上弹射出火花，一切让人眼花缭乱，转瞬即逝的火光中可以看到因迪拉凶残的眼睛与过分张开乃至脑袋像被分成了两半的大嘴。

他们顺利落地，紧接着形成三角防御状态，即便在完全的黑暗里，他们也能看清楚洞内的状况。

十几头因迪拉紧贴着墙壁，死死地盯着他们，蓄势待发。地上是另外七八头因迪拉的尸体，有的还没有死透，抽搐着，血液流淌在他们的脚下。

其中一头因迪拉忽然张开眼睛，尾巴猛地甩起，眼看着尖端就要扎进洛轻云的腿部，但洛轻云极为迅速利落地抬起了脚，头没有低，眼睛也没有眨一下，就把它的尾巴狠狠踩断了。

“咔嚓”一声，就像某种讯号，周围的因迪拉一拥而上。

“砰砰砰——”

一阵枪鸣之后，几头因迪拉倒了下来，而剩下的扑到了融合者队伍面前。

他们反应及时地收起了枪，战术刀的冷光在黑暗中划过，过程中没有一个融合者发出了声音，整个空间环绕着因迪拉的悲鸣。

即便在融合者里，洛轻云的速度也是极快的，他的一切行动都像计算好了准确的角度与精妙的时间差。

他一脚将一头因迪拉踹了起来，后者正好砸在了另一头因迪拉直刺而来的尾巴上。又有两头因迪拉朝他飞扑而来，目露凶光，腥臭的唾液在半空中拉出几道弧线，而洛轻云单手撑地，向后腾空，两头因迪拉因此撞到了一起，而洛轻云也正好避开了它们的唾液。接着他单脚踩在了墙壁上，视重力如无物般纵身一跃，绕到了那两头因迪拉的后面，一刀将它们一道解决。

此时另一头因迪拉咬住了一个融合者的肩膀，洛轻云转身将战术刀投掷了出去，正好扎在了那头因迪拉的嘴角上。这名融合者顺势扯住了因迪拉的尾巴，将它拽了下来，一脚踹穿了它的肚子。紧接着又有两头因迪拉冲向洛轻云，尾巴绷成了弧线，像弓箭一样袭向洛轻云的后背。

谈墨心知洛轻云的身手了得，但还是不免提心吊胆：这两头的速度太快了！

尾巴的尖刃已然触上了洛轻云的后背，谈墨下意识伸出手想要抓住它们，而洛轻云连头都没有回，倏忽压低了重心。一个漂亮的一字马！谈墨简直无法想象人类的躯体能够达到这样的韧性，只是刹那间而已，两头因迪拉就从洛轻云的肩侧飞了过去。洛轻云猛地扣住了它们的尾巴，狠狠向地上一砸，“砰——”一声，是骨头和内脏全部碎裂的声响。

整个矿井通道里终于安静了下来。

无人机探入内部进行扫描，确定在近五百米的深度范围内还有少数因迪拉在活跃，但已经属于可控范畴。

指挥官发出指令，让其他一线外勤人员进入。

而洛轻云却侧身躺下，耳朵贴着这一层的地面，说道：“下面有东西。”

“东西？什么东西？”另一个融合者问。

洛轻云没有回答。

指挥官询问其他融合者：“你们有感应到什么吗？”

“没有，除了因迪拉。”

这时候，杨峻的声音响起：“报告指挥官，我认为还是谨慎一点为好。洛轻云的开普勒感应更为敏锐一些，地下环境复杂，还是让无人机继续探查。”

技术员开口道：“受到信号的限制，无人机顶多再深入三百米就会丢失信号了。”

“那就再深入三百米！”

洛轻云和其他融合者原地待命，通信器里忽然传来杨峻的声音。

“大侄子，你猜我现在在哪儿？”

洛轻云仰着头，闭上眼睛，仿佛在更加专注地感受这里的一切。

“我在距离你两千多米的山头上。等你从矿井里出来的时候，叔叔就能看到你帅气的小脸了。”

通讯官警告道：“任务过程中禁止聊天。”

“啧，没劲。我这是在舒缓我大侄子紧张的心情。”

无人机已经下降到了地下八百米，扫描着漆黑一片的矿场内部。

忽然几头因迪拉蹿了出来，无人机开启防御性射击，从底下传来“砰砰砰”的声响，几秒过去了，画面变成了雪花。

“发生什么了？”

“报告，无人机坠毁，发现还有数十头因迪拉寄居在地下，开普勒能量值较接近地面层更强烈，其中疑似有这个生态区的种子。”技术员开口道。

“这些因迪拉很凶啊。”杨峻的声音再度传来，“无人机属于无机物，按道理不会轻易受到开普勒生物的攻击，但地下的那些小怪物这么有攻击性，下面肯定有因迪拉的种子。大侄子，大个头的因迪拉你怕不怕啊？”

洛轻云还是没吭声。

指挥官命令道：“因迪拉的种子也顶多是中级攻击性开普勒生物。融合者原地待命，技术员再次释放无人机！一定要给我看清楚里面到底是什么！”

“收到！”

在连续失去了三架无人机之后，第四架无人机终于拍到了这些因迪拉的情形，它们似乎在守护着什么。

那是靠在某个角落里的一个像是巨大的核桃般的卵。

它很安静，表面干涸，甚至侦测不到任何生命迹象，仿佛早已因没有得到充足的营养而死亡。

“这……应该就是这个生态区正在孕育的幼种吧？这地方没有足够的食物，除非由因迪拉替它狩猎供奉养分，或者它直接以因迪拉为食，否则在这样一个荒凉的地下矿场，它注定枯萎啊。”技术员不解地说。

指挥官向中心城灰塔汇报了这个情况，考虑到这个矿场的重要性，中心城决定趁此时机将这个卵尽快清除。一旦它孵化出来，整个矿场都会被它视为巢穴，他们也就彻底失去了这片资源。

指挥官向融合者们下达了命令——清除这颗卵，收回矿区。

其他的融合者纷纷侧着脸，倾听着耳机内的声音，彼此交换着“谨慎小心”的眼神。只有洛轻云依旧垂着眼，目光仿佛渗透了地下五百米。

“洛轻云，打不过就跑，明白吗?”杨峻的声音在洛轻云的耳畔响起。

通讯官再次警告:“监察员杨峻，你如果再向战斗人员传输消极信息，我们会申请将你革除出监察员序列!”

“好好好！积极战斗！夺回矿场!”杨峻义正辞严。

洛轻云没有回答，似乎对杨峻的嘱咐并不在乎。他跟在其他融合者的身后，进入了矿场深处。

越是向下，空气就越是稀薄，因迪拉的臭味就越浓重。

如果是谈墨来了这种鬼地方，绝对要戴氧气面罩，回去之后不仅要生物消毒，还要管黄丽丽索要最香的沐浴露把自己洗上十几二十遍。

因迪拉的袭击越来越密集，有几个融合者受了伤，一头因迪拉拖着残缺的身体，还想要用尾巴横扫洛轻云的腿。洛轻云侧过脸，视若无物地从它的尾巴上踩过去，接着踩爆了它的脑袋。

“啪——”一声，谈墨的肩膀下意识颤了一下。

他忍不住一直跟在洛轻云的身边，视线一寸一寸地描摹着对方的表情，其他的融合者脸上是紧绷的神色，而洛轻云却没有任何情绪的波动。

谈墨皱着眉头越靠越近，企图从洛轻云的眼睛里看到一丁点儿对这个任务的慎重或者对那颗卵的犹豫恐惧，但是什么都没有。谈墨忽然有一种不大好的感觉——洛轻云他根本不在乎自己会不会折在这里。

又是一路断杀，他们终于抵达了那个卵附近。

谈墨也是第一次见到因迪拉种子的卵。明明是隐没在黑暗的角落里，它却有着极强的存在感，就像一颗巨大的心脏，随时会跃动起来。

守护在卵周围的因迪拉开始殊死搏斗，它们的攻击更为迅猛，有一种玉石俱焚的意味。

洛轻云手起刀落，割开因迪拉的脖子，扯断它们的尾巴，经过半个小时的相搏，这些因迪拉终于都被干掉了。

融合者们也是筋疲力尽，沉重的呼吸声响彻这个空旷的地下空间。而伤员们都在尽可能迅速地处理自己的伤口。

卵的外壳很硬，他们决定先敲开一个口子，然后直接将药凝弹打进去，把那个幼种凝固在卵里。

谈墨四下环顾这个地方，有什么让他感到深深的不安——满地狼藉，都是因迪拉的尸体，竟然让人产生一种即将迈入地狱大门的想象。

洛轻云侧过脸，手指点在耳畔的通信器上:“只有卵，没有见到卵的主人。”

谈墨心头一震：没错，就是这里不对劲！明明有这么多的因迪拉在护卫着这颗卵，那么驾驭这些因迪拉的开普勒生物在哪里？没有种子，因迪拉是不会拼了命地保护幼种的!

“那就趁着种子不在这里，赶紧把幼种处理掉。”指挥官沉冷的声音响起。

两名融合者已经带着设备准备给卵钻孔了，而洛轻云却不像其他人那样举着枪戒备，反而取出了营养剂，全部打进了自己的身体里。

谈墨眯着眼睛，洛轻云打进去的营养剂接近一周的用量，他到底想干什么？

“咔哒”一声，那个坚硬的卵被钻出了一个乒乓球大小的洞，黑黢黢的。当另一个融合者准备往里注射药凝剂的时候，那个黑黢黢的洞突然晃了晃——那根本不是洞，而是一只凑到洞口的眼睛！

谈墨下意识向后一退，卵里面的东西醒了！

那个负责注射的融合者当机立断将药剂打了进去，但是喷口完全被堵住了，药剂无法注入。所有人都紧张了起来。

从那个小巧的洞口开始，裂缝越来越大，朝着各个方向延伸。

“噼啪——”

开裂的声响在黑暗中就像一把刀刃劈开了人的神经，所有人都拼命朝着卵的方向射击。有什么东西从卵的里面蹿了出来，速度极快，窜来窜去，形如鬼魅。

这绝对不是因迪拉……至少不是普通的因迪拉！

枪口从卵的方向逐渐往头顶高度挪移，但无论怎样，都无法命中那东西。恐慌在融合者之间蔓延开来。

谈墨不禁跟着咬紧了牙关。

那东西盘旋着从天而降，猛地将一名融合者扑倒，所有人为了救他都拼命射击。只见那头怪物的尾部忽然像伞一样打开，化作无数的丝线，这些丝线迅速刺穿了那名融合者的身体，在他的皮肤中延伸，分离成无数更加细密的丝线，渗进他的血管。

“啊——啊——”痛苦的叫喊声在矿场中回荡。

指挥官的声音传来：“发生什么了！到底怎么回事?！卵里面的生物出来了吗？”

但战斗相当激烈，没有人有空回答指挥官的问题。他们都想尽快打断怪物的那些丝线，否则那名融合者就要死了。

谈墨看向那个已经碎得七零八落的卵壳，赫然发觉在卵壳的下方竟然有两具开普勒生物的遗骸，谈墨走近了蹲下来，瞳孔一震。

这哪里是因迪拉！这明明是比因迪拉要高好几个级别的开普勒生物——缇丰！

而那些丝线就是缇丰的消化器官，它们会进入猎物的体内，吸干猎物的开普勒能量。

这种开普勒生物唯我独尊，一旦被生下来，连自己的父母都不会放过，立刻会把它们掏空化作营养；而那两具开普勒生物的遗骸，就是它的父母。

又有一名融合者被缇丰捕获了，其他人根本无法靠近，普通的硅弹就算打进了缇丰厚实的外皮也没办法伤到它的内脏，他们不得不尝试使用小范围的药剂凝弹。

“砰砰砰——”

药凝弹的凝固速度根本赶不上缇丰的速度，而且它就像示威一样，将快要被吸干的融合者朝他们扔过去，后者的半边身体被凝固了，摔在地上动弹不得。

缇丰的尾巴甩过去，将凝固的部分拍碎了，而那个融合者也就这样死了。

谈墨周身都是冷汗，他和开普勒生物近战的经验很少，融合者们承担了绝大部分的风险。

最重要的是，大多数融合者都只是行动速度和身体强度高于普通人类，并不像高炙或李哲枫那样有特殊的开普勒能力。

这场战斗的惨烈程度超过了谈墨的想象。

这头缇丰吸取了两个融合者的开普勒能量之后，速度变得更快了。

通过任务记录仪了解到现场情况的指挥官只能忍痛下令："不能让它越长越大！这个矿场对我们很重要！请大家背水一战！"

这应该是中心城下达的死命令了。

闻言，本来位于后方的洛轻云一跃而起，踩在了某个融合者的肩头借力，极快地袭向缇丰。不光是其他融合者，就连谈墨看到这一幕都惊住了。

洛轻云的脸上毫无表情，如同杀神。

而缇丰面对他的突袭，消化触丝的反应慢了一拍，竟然没有击中他。

洛轻云的战术刀一把扎进缇丰耳侧的缝隙里，一个翻身来到了它的身上，提枪对着它的头顶就是一阵狂扫。

缇丰发出咆哮，消化触丝向骑在自己身上的洛轻云冲去，就像一张网。可是缇丰的速度明显又变慢了，洛轻云顺着它的背脊向后滑落，仰面朝着缇丰的腹部又是一枪。

这份气势给其他融合者以极大的鼓舞，所有人一拥而上。

洛轻云从缇丰的身上离开，他的身体散发出微微的蓝色荧光，证明他在使用自己的开普勒能力。

其中一个融合者将洛轻云扶了起来，问道："是你让缇丰慢下来的吧？你的开普勒能力到底是什么？"

洛轻云只回答说："我需要营养剂。"

他的开普勒能量正在被极速消耗，对方犹豫了一下，还是把营养剂给了他。

但这时候又有一个融合者被缇丰捕获了，洛轻云皱着眉头，似乎非常用力；有人朝着缇丰喷出药剂，但药剂无法在缇丰面前达到有效的封闭浓度，随着这个融合者的开普勒能量被吸干，洛轻云更加无法抵抗了，他犹如承受着巨大的压力，单膝跪了下来。

之前给他扔过营养剂的队友将其他牺牲队友的营养剂拽了下来，扔给洛轻云："赶紧用——"

这个时候，洛轻云的耳边响起杨峻的声音："四个方向的监察员已到位，想办法把它从矿井里引出来！"

剩下的人精神一振，能离开这个鬼地方而不是和这玩意儿拼命，当然更好。

大家迅速撤离，但尝到甜头的缇丰不会轻易放过他们，"哐哐哐"地就追了上来。

只是每当它要扑倒队友的时候，就会鬼使神差地慢一拍，大家心照不宣——这应该是洛轻云的能力。

而洛轻云的临界值正在急速上升，耳边传来杨峻的警告声："大侄子，悠着点！

你到百分之八十了!”

其他的融合者路过洛轻云的时候，顺手就把营养剂扎进他的体内，确保他的能量供给，这样缇丰就能逐渐和他们拉开距离。

队友们纷纷拽住绳索上去，那个给洛轻云扔过营养剂的队友被缇丰缠住了腿，眼见着就要被拽过去，洛轻云拽着绳索挥过战术刀，把缇丰的消化触丝割断了。

“上去!”洛轻云拉住那名队友的手，向上一甩，对方拽住了绳索，踩着洛轻云的肩膀上去了。

可就在这个时候，缇丰忽然吐出了大量触丝，像是最后的挣扎。触丝几乎遍布整个通道，洛轻云迅速上升，但是来不及了，他整个人都被包裹住了。缇丰将他猛地向下拖，就连盘旋在半空中的飞行器都被绳索拽到产生一阵剧烈震荡。

“洛轻云——”队友的呼喊声传来。

但是飞行器切断了绳索，洛轻云就这样被缇丰拖了下去。

谈墨愣在那里，他知道指挥官的决定没有错——如果继续以飞行器强行连接着洛轻云，缇丰很可能会把整艘飞行器都拽下去，那就全军覆没了。

但是……

他为了任务、为了队友坚持到最后，奋斗到最后，结局就是这样被抛弃吗?

可是谈墨做不了任何事，眼睁睁地看着洛轻云全身覆盖着触丝，只能通过把战术刀扎进铁壁以抵抗挣扎。那些触丝很快没入了他的皮肤，进入他的肌肉骨骼，缠上他的脊椎，直接开始摄取他的开普勒能量。

洛轻云周身都是淡蓝色荧光，他的开普勒阈值在继续上升。

“洛轻云！洛轻云你还活着吗?你听着，无论如何你都要出来！你只要爬出来我们就有机会，明白吗?”杨峻的声音在洛轻云的耳边响起。

这是谈墨第一次看到洛轻云拼尽全力的样子。他全身的肌肉都在颤抖，手臂上的青筋都暴了起来，他忍住剧痛，战术刀每一次扎进铁壁的声音都让人心惊胆战，谈墨生怕他忽然就支撑不住跌落下去。

缇丰发出“呜噜呜噜”的声音，不肯放弃这个难得一见的优质猎物。

同伴上去汇报了情况，如果洛轻云不能活着挣脱缇丰，就会给缇丰十足成熟的养分，就算以后来了更高阶的融合者也无法收复这里。

洛轻云为了挣脱缇丰，开普勒阈值一直在升高，杨峻不断呼唤着他的名字，每一秒都是濒临极限的煎熬。

他的牙关“咯咯”作响，竟以血肉之躯将缇丰拽了起来，向前爬去!

缇丰被拖拽着、晃动着，洛轻云的脊椎承受着巨大的压力，一个不小心就会被消化触丝勒断。

谈墨的眼睛红了。

洛轻云就这样爬到了矿井的出口，当他的双手扒住矿井边缘的时候，头顶上飞行器的所有枪口都对准了他。

杨峻的声音哽在喉咙里:“洛轻云，再出来一点！我们看不到缇丰!”

洛轻云的身上拖拽着无数消化触丝，那些触丝都被他的力量绷成了直线，他向地面倾斜着身体，每一步都承受着巨大的痛苦。

缇丰终于被他拖出了矿井，一路发出“咔咔咔”的恐怖声音。

“……再出来一点。”杨峻指示道。

谈墨不明白了：为什么还不开枪？如果是他守在杨峻的位置，早就可以瞄准缇丰的眼睛了！

洛轻云朝着杨峻的方向继续前行，身后的缇丰狰狞尖叫，想要退回井中。

四个方向的子弹同一时刻抵达！药剂弹瞬间释放，氧气急速凝固。

洛轻云耳边的通信器里传来杨峻很轻也很沉重的一声：“抱歉。”

谈墨这才明白，杨峻要洛轻云把缇丰拽出来，不是为了救洛轻云，而是方便他们把缇丰凝固在矿井之外。

这是上级给杨峻的指令，他必须服从。

这也是为了保障二十多个城市制造武器的原料……

这是为了绝大多数人类的利益。

但对洛轻云来说，却极度残忍。

谈墨的喉咙哽住了，很疼。

缇丰的反应速度极快，它居然拽着洛轻云一起，在空气完全凝固之前蹿了出去！

暴怒的缇丰朝着杨峻的方向直冲而去，洛轻云再也无力抵抗，被它拖在地上。他想抓住一切可以抓住的东西，但都没有用。

谈墨的心再一次揪了起来。这感觉和自己奉命去阻止高炙越界不同。当时的他心里怀抱着去拯救一个人的信念；而洛轻云不一样，他这一刻连自救都做不到了。

“砰——”

“砰——”

“砰——”

接连三个方向的子弹袭向缇丰，都是打进了它的皮肤却打不透它！

正常情况下杨峻应当撤离，但是他却在原处一动不动。

洛轻云用虚弱的声音说：“快走。”

谈墨知道，这是对杨峻说的。洛轻云没有记恨他和其他 Inspector 一起朝自己射击药凝弹，服从命令是 Inspector 的铁则。

但是杨峻却没有动，因为他的耳中是指挥官的吼声：“不能杀死缇丰就击毙他——不能让缇丰继续获取他的开普勒能量！他的开普勒能量比其他融合者更高！杨峻！”

杨峻迟迟没有动手，其他方向的 Inspector 却开枪了。

“砰——”

缇丰将洛轻云甩了起来，他被重重砸落，也避开了子弹。

紧接着“砰”“砰”两声响，另外两个方向的子弹来袭，洛轻云再度被缇丰高高甩起——这一次就算他不死，脊椎也要被砸断了。

半空中，洛轻云似乎露出了一个冷笑，那个笑容在巨大的树影和日光之间一闪而过，谈墨简直以为自己看错了。

就在他即将砸落在地的时候，洛轻云忽然单手一撑，避开自己的要害，一把拽住了缇丰的消化触丝。那些丝线被绷得“嗡嗡”作响，几乎要把洛轻云的脊椎都钩出来。

“你的开普勒值到百分之九十七了。”杨峻的声音再次传来。

洛轻云没有回答，周身蓝色的荧光越来越明显，丝线之间传来“噼里啪啦”的声音，有一些裂开了，有一些还在洛轻云的体内。

谈墨还是不知道洛轻云的能力到底是什么，但是他知道还有戏，洛轻云有可能挣脱它！

“洛轻云，你的开普勒值到百分之九十八了。”杨峻再次提醒。

指挥官正在怒吼：“杨峻——他是高级融合者！他如果越界！和缇丰联合起来！不但我们任务失败！他还会成为人类的敌人！”

杨峻微微吸了一口气：“轻云，百分之九十九了，不能再升高了。”

洛轻云扣住触丝，一把一把往回拽，缇丰嘶吼着，挣扎着，竟然无法上前。开普勒值突破百分之九十九之后，他整个人就像暴走了一样。

谈墨终于明白在灰塔培训的时候，教官为什么会说融合者开普勒值百分之九十八和百分之九十九的能量释放完全是两个量级。融合者越高阶，这百分之一的能量差就越是天壤之别，自控的难度也就越大。

百分之九十九……基本可以判定为越界了，到达这个量级的融合者几乎没有人能够刹住车。

远处又是一枪袭来，目标是洛轻云的后脑。

这些人已经慌了，他们无法评估到底是吸取了大量开普勒能量的缇丰更危险，还是越界的洛轻云更致命。

子弹破风而来，谈墨看得心惊胆战——这些人对高阶融合者越界的恐惧已经取代了理性判断。

——如果洛轻云真的无法自控，他就不会在这里竭尽所能地控制缇丰了啊！

洛轻云就像早就预料到了这一切，偏过头，刚好避开那道冷枪。子弹打在了缇丰的身上，缇丰扭动起来。

这就像是一场拉锯战，缇丰在吸取洛轻云的能量，而洛轻云似乎正在使用什么能力阻止缇丰。

通信器里是杨峻沉重的呼吸，他的耳边是指挥官无休止的咆哮：“他会越界！等到他越界就是你的死期了，杨峻！”

洛轻云忽然抬起眼睛，神色一凛，踩住缇丰的尾巴猛地骑到了它的脑袋上。他拽紧那些消化触丝，就像骑着一匹马——他骑着发狂的缇丰冲向了杨峻。

杨峻果断地开枪，虽然心绪已经乱了，但是他每一枪依旧精准。第一枪打中了缇丰的左眼，第二枪继续攻击缇丰的左眼，但缇丰闭上了眼睛，子弹打在了缇丰的眼皮上。好不容易有了成效，可缇丰距离他已经不到五十米了！

他不得不放弃狙击，改用手枪，但手枪火力根本不是缇丰的对手。眼见缇丰的触丝就要将他包裹起来，洛轻云忽然一跃而下。他双手勾住缇丰的触丝，直冲杨峻而来，那一瞬间他的目光是透骨的寒意。

那种目光，不属于人类。

杨峻的子弹已经打完，所有训练刻在他骨子里的反应让他取出了自己的战术刀。

“不要——”谈墨伸长了手想阻止杨峻，却只是从杨峻的身体穿了过去。

缇丰的消化触丝摧枯拉朽一般从它的身体里被拽了出来，和着它的血水，井喷而出。

洛轻云手中的战术刀扔了出去，擦着杨峻的耳畔，由于惯性，他下落时抱住了杨峻，而杨峻的战术刀随即刺入了洛轻云的胸膛！

杨峻缓慢回头，才发现洛轻云掷出的战术刀击中的是一头体型硕大的因迪拉！洛轻云正是看到了自己身后这头因迪拉才会不顾一切冲过来的。

洛轻云向后退了小半步，战术刀带出的血喷了出来。

他晃了一下，还没有死透的缇丰突然朝着洛轻云喷出了最后的消化触丝，好似一柄利刃，穿透洛轻云的同时也穿透了杨峻。

“咳——”鲜血从杨峻的嘴里吐了出来。

两人一起倒了下去，缇丰也力竭而亡。

杨峻看着洛轻云，突然就笑了笑。

“第一次见你……就跟你说要多笑一笑……不要那么不合群……”

洛轻云没有管自己胸口的伤势，而是帮杨峻死死压着伤口。

“但凡你多刷刷好感度，让别人觉得你像个人……他们也不会那么催命……”

洛轻云没有说话。

“我很讨厌你，总能跟在梁队身边……她爱护你胜过自己的性命……”

洛轻云的神色终于有了轻微的波动：“我知道。”

“我接近你……是为了在必要的时刻顺利杀了你……”

血液从杨峻的后背漫延向四面八方。

“你到达百分之九十九……我没开枪……是因为我没有把握……不是我舍不得你……”

“我知道。”

“我在等你靠近……等缇丰……”

“等缇丰消耗更多我的能量，这样你命中我的概率更大。”

洛轻云说完，杨峻的最后一丝气息游离出他的身体之外。他睁着眼睛，眼瞳倒映着天空，但已经毫无生气。

“我知道你从被派到我身边的第一天起，就是为了有朝一日能干掉我。”

洛轻云抬起手，将杨峻的眼睛合上。

同样失血过多的洛轻云倒了下去，就在杨峻的身边。

要面带笑容，生活才能容易——这是杨峻教给他的第一课。

一直看着你的人，也是一直瞄准着你的人——这是杨峻教给他的最后一课。

一周之后，洛轻云面临灰塔中心城的调查。

评估专家用没有起伏的语气说："洛轻云，根据上一次的评估，你对死亡没有畏惧感。你的脑海里有两个世界，一边是开普勒，一边是人类，而你并没有清晰的边界意识。对你来说，开普勒世界更强大、更高等，让你足以居高临下地看待人类。人类对于你来说，就像羊圈里的羔羊……"

这样的评价会给他带来一辈子留在中心城隔离区的结局，但洛轻云就像没有听到评估专家的话一样，只是仰着头，看着专家的眼睛问："杨峻呢？"

专家以及在透视墙另一面的评估团队都愣住了，这是他们第一次在评估过程中听到洛轻云提及另一个人的名字。

"他死了。"

"他不会死的。他会看着我的。"洛轻云说。

"他已经死了，你亲眼……"

有液体从洛轻云的眼眶里流出来，顺着脸颊，挂在下巴上……越来越多，越来越多。

专家愣住了，回头望向墙那头的评估团队。

评估团停止了调查，洛轻云被送回了隔离间。

隔离期间，他始终抱着膝盖缩在床脚，监控可以看到他的身影，孤独脆弱，似乎杨峻的死给了他极大的打击。

谈墨来到他的床边，心里觉得不可能。像洛轻云这样的人，不会为杨峻而难过——杨峻不是那个能阻止他越界的人，也不是他在人类世界的羁绊。

谈墨坐下，靠近他，看见洛轻云埋在膝盖间的唇上带着一丝笑容！

——他一直都在练习微笑。

一个月之后，洛轻云获准解除隔离。

他在房间门口遇到了那天的评估专家，他替对方摁了电梯，轻声道："谢谢。"

那一抹浅笑，有三分腼腆和七分真诚。

专家愣了一下："你笑起来很好看。"

洛轻云再次笑了："这是第一次有人这么夸我。"

洛轻云走出电梯，离开隔离中心，行走在阳光下。

他仰起头。

他的手中握着杨峻的遗物，一枚雕刻了特殊花纹的弹头，散着金属寒光，又折射出阳光的明亮。

谈墨认出来这就是洛轻云在欢迎晚宴上，送给自己的那一枚。

第十三章

CHAPTER 13

所谓“取悦”

谈墨刚要伸出指尖触碰那枚弹头，就被一股不可抵抗的力量推出了这个世界。

他紧紧抓着面前的那只手，用力地倒吸一口气，却如同缺氧一般，吸进来的氧气无法进入肺腔。

“放松，那只是过去而已。”洛轻云的声音响起。

谈墨抬起眼来，看清了他，而洛轻云轻缓地将谈墨的手放回了床边。

“我的这里，有一部分属于开普勒的世界。”洛轻云轻轻在自己额头上点了一下，闭上眼睛，仿佛在聆听遥远的召唤，“如果用开普勒生命体的角度来看待人类的一切，我就能去妥善地评估、分析每个人的能力与价值。情感是会骗人的，但价值不会。”

谈墨看着洛轻云，他用温和却冰冷的语调说着这样的话，五官残忍的美感如同居高临下的神祇。越是残忍，就越是让谈墨移不开眼。

“我的很多队友都担心自己有一日会失去所有的人性，被开普勒生态系统操控。但我觉得，开普勒世界也没有什么不好——至少真实，且忠于本能。”

谈墨仿佛被掐住了喉咙，心脏有一种被镂空的痛感，这不是源于对洛轻云的同情，而是……他在想如果自己是杨峻，当时又会怎么办。

“谈副队，还有什么疑问吗？”洛轻云问。

他没有用那个看着让人心动的微笑，但越是冰冷的表情就越显真实。

“你……是怎么做到在开普勒值爆发到百分之九十九的情况下，却没有越界的？”

洛轻云靠近他，在他耳边轻声道：“你怎么知道我没有越过去呢？”

越界与否，对于洛轻云来说已经没有意义了。

因为用人类的方式活着对他来说可能更辛苦。

有时候，人心比顶级风险的开普勒生物还要可怕。

“那你为什么要赶过来救我？”谈墨侧过脸，看向洛轻云。

他记得自己深陷米诺斯虫巢穴时，在通信器里听见的洛轻云笃定的声音——洛轻云也许无数次练习过如何微笑，但一定没有练习过怎样让自己的声音听起来那么真实。

面前的洛轻云安静到空洞，就像是走向湮灭的前兆。

谈墨控制着自己的呼吸，他下意识做了一个摸腰的动作，可惜他的腰间没有枪。

“你看，你也想杀我。”洛轻云用的是陈述句。

谈墨看着洛轻云的眼睛，忽然笑了，有什么东西在他的笑声里蓦然流动了起来。

他凑到洛轻云的面前，开口道：“洛队，你看，归根到底你还是人类。”

“……”

“你做出了和杨峻一样的判断——灰塔的 Inspector 守则规定，Inspector 永远要站在融合者的对立面上，你刚才看到我要拿枪，你就觉得我想杀你了。”

谈墨的目光明亮而坦荡，他把放在腰间的手伸过去，向洛轻云慢慢张开。

他的手心里躺着一颗糖。

“你看，我也可以是想请你吃糖。”

洛轻云垂着眼睛低下头，那一刻，他眼底的珍惜和专注让谈墨心头微微震动。

“你把自己最真实的样子展示给我看，是想让我害怕吗？”谈墨手一翻，又把那颗糖收回兜里，“试着换个方式，或者讲另外一个恐怖故事。”

洛轻云侧过脸去，好像是笑了：“那好吧，我换个方式让你害怕——你知道为什么米诺斯虫没有像对待其他人类那样把你吸干吗？”

“不是你说的吗，我是它的驸马爷。”谈墨靠着床头，好整以暇地看着洛轻云。

他倒是没听见洛轻云那会儿在上面说的原话是什么，但常恒还有江春雷他们看热闹不嫌事大，把这个梗到处传颂，现在全银湾市灰塔都知道他多了这么个外号——“驸马爷”。

“那你知道它为什么没选别人，而是选中你吗？”洛轻云又问。

“因为我的体脂率是在场所有人中最完美的。”

洛轻云摇了摇头：“这只是开普勒生物对地球的适应性罢了。无论它们多么看不起人类，人类仍旧是地球上最出色的生物，拥有最复杂的大脑结构。根据开普勒生物学的先驱凌喻的理论——开普勒生物的精神体被称为‘第六维空间’，也就是思维空间。它们其实不在乎你的肉体是成熟还是腐烂，你吸引它们的地方，是这里。”

洛轻云隔空点了点谈墨的脑袋。

——物质泯灭，精神永存。

谈墨觉得洛轻云的话太离谱，这就好比在说人死了以后能上天堂。但他隐隐又觉得洛轻云没有骗他。洛轻云再怎么样也拥有开普勒生物学的硕士学位，而且他还是唯一一个从出生起就在中心城基地长大的融合者，也是第一个从暗藏开普勒本源的零号基地生还的外勤队员。

他也许比任何一个学者都更了解开普勒生物。

“要不然，你怎么会那么容易击中开普勒生物呢？像是那只异化李哲枫的海斯提阿，吞噬周叙白的鸿蜮，还有越界后的高炙——你和开普勒生物之间心有灵犀。你对于那些自视甚高的开普勒生物而言，就像知己，就像飞蛾扑向的那团火……”

洛轻云的双手靠近谈墨，谈墨感到明亮的散发着消毒药水味道的空间正在被剥离，那个不再陌生的世界在他的眼前变得逐渐清晰。

“它们面对你，会有一种强烈的奔赴感。你是稍纵即逝的火花，灭亡前的极致欢愉，而它们想和你的精神世界相连。

“它们会前仆后继地出现在你的面前，引诱你，腐蚀你，一边想拽住你，另一边又害怕毁掉你思维里那片照亮黑暗的火树银花。”

洛轻云的声音带起空气共振，谈墨发现无法克制自己去盯着洛轻云的眼睛。

“想想米诺斯虫，它为什么要千辛万苦构建出人类的躯体？就是为了迎合你的审美，为了诱惑你罢了。开普勒生物的审美是一致的，米诺斯虫想藉由你来填补自己与人类繁育后代的欲望，那么，有更加高等的开普勒生物觊觎你也是理所当然的。”

谈墨的背脊蓦然绷紧，连呼吸都像是被掐住了。

“现在，回到我们刚才的问题……难道答案还不明显吗？”

洛轻云的声音很轻，像是怕把谈墨惊醒一般。

谈墨忽然伸手在洛轻云的额头上推了一下：“我信你的邪。”

他以为以洛轻云的力气自己不可能推动他，但是洛轻云却向后一仰，接着又低下头笑了起来，还用一只手捂住了自己的脸。

谈墨扯了扯嘴角，说：“要是你说的是真的，这些年我遇到的开普勒生物都应该对我呵护备至，可事实上——它们总是想要我的命。”

“但是刚才有那么一瞬间，你相信了对吧？你仔细思考的样子真可爱。”洛轻云的声音里是浓浓的调侃，而那一抹笑，不是假的。

“我相信的不是开普勒生物爱上我，而是相信我自己就是这么有魅力。”谈墨一副脸不红心不跳的样子。

“你不需要害怕我，无论我在世界的这一边，还是那一边。”洛轻云说。

谈墨愣在了那里，他不确定自己从洛轻云嘴里听到了什么。

“你……什么意思？”

“意思就是，做我的副队长，我的监察员。”洛轻云说。

之前那种蛊惑人心的危险美感消失了，洛轻云仿佛从另一个世界归来，精疲力竭地看着他。谈墨抬起腿直接踹了过去，命中了洛轻云的肩膀，但他纹丝不动。

“小爷看着像块砖吗，哪里需要哪里搬？白天做的梦呢，叫白日梦。不要梦得太美好。”

谈墨以为洛轻云会说点什么，或者会用他擅长的冷酷表情来警告自己什么。

但洛轻云只是了然地点了点头：“我知道了。”

他早就猜到这个答案了。明知故问，只是对五年前那个隐忍一切痛苦的谈墨的尊重。

谈墨不想自己的瞄准镜里出现第二个高炙。

他花了五年的时间去了解高炙，了解高炙的行为模式甚至下意识的反应，只有到了这个地步，当他用“朱雀”瞄准高炙的时候，才拥有接近百分之百的把握。

但也仅仅是“接近”而已。

谈墨张了张嘴，还想说点什么，却又不知怎么说起。

洛轻云的手伸了过来，轻轻挡在谈墨的眼前，说：“我知道。”

谈墨的眼前一片黑暗，他脑海中想起的画面都是杨峻临死前对洛轻云说的话。谈墨明白杨峻在最后关头吐露出来的“真言”不是为了伤害洛轻云，而是希望洛轻云明白全部真相。

而洛轻云的每一句“我知道”，不是他知道杨峻留在自己身边的真实任务，而是知道杨峻的坦白是对他最后的保护。

可是谈墨还是想说出来。他不像洛轻云拥有开普勒能力，语言是身为人类的他唯一的表达方式。

“融合者越界之后……就什么都不知道了。而我为了……”

“你为了击中高炙，总是在睡梦里回顾着瞄准镜里看着他的每时每刻，模拟着要用怎样的角度击中他。”

洛轻云的声音没有任何笑意，他平铺直叙的语调也没有一丁点温柔的意味。可谈墨就是觉得莫名放松，仿佛绷紧已久的心神可以稍微……稍微松弛下来。

“曾经你以为击中了高炙，一切就结束了。但直至今时今日，你还困在扣下扳机的那一刻。”洛轻云说。

“……你怎么知道的？”

“我把自己想象成你，想象你在瞄准镜前，想象你扣下扳机时候的心跳，想象假如子弹没有命中高炙……你很强大，谈墨。在那精湛的两枪出膛之前，你从没有怀疑过自己，也不曾设想过‘假如’。只是当一切都过去，你反而被困住了。”

谈墨的眼睛有一点湿，他不知道这是为什么。

和他搭档几年的吴雨声没有发现的，高炙没有发现的，老常也没有发现的，洛轻云却明白了。

“你看，你不是没有同理心，你也可以……”

“谈墨，你误会了。我可以把自己想象成你，是因为你值得。不是每一个人，都可以。”洛轻云轻声道，“睡一会儿吧，谈副队。”

他的声音很轻，就像在哄一个儿童。他缓缓放下了谈墨的腿，那双戴着黑色手套的手在谈墨眼前挡住了光线，也像是要把谈墨心底那个不愿意面对的瞬间挡下来。

“你为什么戴着手套？”谈墨试图透过手套感受洛轻云掌心的温度，但一无所获。

“秘密。”

“所以……‘取悦猎物’果然是骗人的。”谈墨轻声嘟囔着。

洛轻云笑了笑：“能够邀请你来我的世界，已经是三生有幸了。”

洛轻云一直保持着那个姿势，轻轻遮着谈墨的眼睛，不知道过去了多久，谈墨几乎真的快有了要入眠的感觉。就在他朦朦胧胧像要坠落之际，隔离房间的门突然开了，有医生来到门口说：“你可以出院了，你的朋友来接你……”

站在门外的人都傻眼了。

“这是啥情况？洛队……你对我们谈副队做了什么？！”常恒急着就要上前。

他身后吴雨声和张春雷也是吃惊不小的样子。

洛轻云拿开手，垂下眼笑了起来，那个面无表情但是让谈墨感到真实的洛轻云消失了，他又戴起了那张人见人爱的面具。

忽然接触到光线，谈墨觉得有些刺眼。

洛轻云站起身，谈墨知道他要走了。

“最后我想再问你一道特别简单的选择题：如果当时是你做我的监察员，你会在我的开普勒值达到百分之九十九的时候开枪吗？”

洛轻云的面容很平静，仿佛只是例行公事。

“我希望你能给我一个我喜欢的答案。如果我满意的话，我可以直接在这里向你展示——我这双手最核心的能力。”

这简直就是个爆炸消息，吴雨声他们都傻眼了，难道洛轻云身上最大的秘密，他们今天就可以亲眼目睹？

站在不远处不知道该不该凑上来的队友们忽然开始向谈墨疯狂使眼色。

——正确答案当然是救你、选你，总之是你是你还是你！

队友的殷切期盼不会改变谈墨的想法，谈墨知道问出这个问题的洛轻云很郑重。

“我当然会开枪。”谈墨回答。

常恒仰天捂住自己的眼睛：“您老是有把送分题答成送命题的瘾吗？”

吴雨声也长长地叹了一口气：“可以后送命的人是我们啊！”

江春雷恍然大悟：“那……秘密就还是秘密？”

谈墨就像没有听见队友的声音，而整个房间里由始至终就只有他和洛轻云两个人一样。

“第一枪，用高爆弹。”

洛轻云垂着眼笑：“这是不打算给我留全尸吗？”

“用高爆弹在那个怪物把你甩上天的时候，击中它右眼与右耳的中央。”

谈墨在接受灰塔训练的时候见过缇丰的生物构造图，后来又在洛轻云的记忆里见到了卵下方那两头缇丰的骸骨。这一切可以证明他的分析：缇丰全身最有可能被攻陷的地方就是眼睛和耳朵之间的骨缝。

“第二枪，用药凝弹，打进高爆弹炸开的骨缝里，直接凝固它的大脑。”谈墨毫无动摇地看着洛轻云，“我自信会命中。”

他的目标始终是开普勒生物，而不是洛轻云。

“谢谢。”洛轻云回答，“这是我思考了无数次之后，最温柔的答案。”

他低下眼，左手捏住了右手中指的指尖，缓慢地将手套拉开。

一旁的吴雨声他们睁大眼睛看着那只手一点一点从黑色的手套里露出来，心脏不约而同提到了嗓子眼。

那只手意料之外的漂亮。

它没有被任何开普勒生物咬伤过，上面找不出哪怕一道最细微的疤痕。

它也没有被灼伤过，白皙修长，优雅得仿佛经过了时间细细雕琢，并被长久地珍藏，只为在此时此刻解除尘封。

呼吸停止，心跳远去。

洛轻云的手指点在了谈墨的眉心。

所有的感官神经在那一刻仿佛从四面八方迅速回流，紧接着温润的感觉在身体里流窜，每一颗细胞都仿佛被某种力量安抚。

他听见了来自另一个世界的声音，那里充满了偏执与狂热，理智与冷静，绚烂如浩瀚银河，却又黑暗得看不到一丝光线，温柔与强悍并行不悖。

我曾经想将你消融于我的世界，但现在我愿意将你送还彼岸。

谈墨自己都不知道自己伸出了手，轻轻扯住了洛轻云的衣襟。

哪怕看不清洛轻云的脸，这个人身上的味道，他的体温，他的触感，都像是无声的挽留。

以及致谢。

当洛轻云的手离开谈墨的眉心，无限凝固的世界瞬间延展开来，恢复原样。那些极端矛盾却又相互扶持的情绪骤然远去，谈墨忍不住大力呼吸起来。

“这是我最后一次吓唬你，谈副队——这是被开普勒生物锁定的感觉……很可怕，也很上瘾。”洛轻云回答。

谈墨刚想说我并不觉得你可怕，洛轻云已经转身离开了病房。

“晚安，谈副队。”他告别道。

剩下的人纷纷围了上来。

常恒第一次展现出自己的求知属性：“快告诉我们啊！洛轻云的双手到底有什么能力？”

连吴雨声也忍不住问：“快说啊，为什么要戴手套？”

江春雷更是添油加醋：“他碰你那一下，你人都傻了，你就那么看着他，好像变成了智障！”

“你才智障呢！”谈墨给了江春雷一个大白眼。

“他是不是对你进行了什么精神攻击，比如让你的呼吸系统停止功能之类？”所有人都好奇得不得了。

谈墨将脑袋埋在膝盖里，用双手盖在后脑勺上，脑海中仍然是洛轻云临走前的“晚安”。

现在是白天，洛轻云这么说的含义，是希望谈墨从那一枪里走出来，获得真正的安宁。

“你们别问了。以后他是你们的队长，你们可以慢慢了解啊。如果什么都从别人嘴里知道了，你们就不会想自己去了解他了。”

尽管洛轻云没有解释那双手的力量到底是什么，但谈墨心头闪过一个想法。

对另一个人坦诚相待，何尝不是一种“取悦”呢？

江春雷他们还在讨论着洛轻云的手，各种天马行空，到最后连点石成金、妙手回春都出来了。谈墨无奈地叹了口气：“打住，打住——有时间说这些有的没的，不如跟我说说KTV里米诺斯虫的调查结果！”

米诺斯虫到底是怎么进入银湾市的？

有一个地方被感染就意味着有第二个、第三个！必须对全市进行紧急排查，确认这究竟只是小范围的感染，还是虫潮？要是银湾市沦陷的话……

吴雨声摁住了谈墨的肩膀:“你别紧张，听我说……调查结果出来了。是非法贩卖开普勒生物样本导致的。”

“什么，竟然还有人在贩卖开普勒生物样本?真想把这些家伙的脑袋撬开看看里面是不是寄生了什么鬼东西!”谈墨无语了。

吴雨声叹了口气:“我们在前线拼命，但总有人在后面把危险的东西当成商机。”

官方的研究机构会采集开普勒生物的样本来进行研究，采集方式就是利用药剂将它们凝固后回收。

永河市与银湾市毗邻，在边界城市中算是商业发达的地方，之前大搞低级开普勒生态区的旅游业，结果遇上生态区进化，上百人的旅行团差点困在里面出不来。尽管旅游业大受挫折，永河市的商人们依然没有对开普勒生物产生什么敬畏之心，相反，他们开始悄悄从研究机构中偷取开普勒生物的样本，比如虫、花或者其他基因融合的杂交生物，将它们封进人造水晶里，制作成装饰品甚至人体佩戴的首饰，价格不菲。

永河市灰塔发现这种情况之后，对这种非法商品的流通进行了严厉打击，但还是有不少产品通过灰色交易流入了周边城市。

那天KTV的值班经理身上就戴着一个封着米诺斯虫的水晶项链。根据监控录像，经理的项链不小心断了，人造水晶摔在了地上，正好被扫地机器人清理走了。机器内部的粉碎机将水晶碎开，里面的米诺斯虫成功脱逃，感染了这栋楼内的其他虫类，比如蟑螂、蚂蚁等，形成了一个小型的开普勒生态区。

随着这个生态区的不断扩大和进化，它们开始寻觅人类作为营养，那些唱歌的客人最终都成了米诺斯虫的食物，也包括那位值班经理。获取足够多的营养后，生态区进化升级，种子产生了对配偶的需求。

“可问题是，通常的米诺斯虫求偶，都会找其他虫子啊！怎么这一次的反而找上了人类呢?”谈墨百思不得其解。

“你别忘了，开普勒生物不是普通生物，而是有智慧的生命体，这就意味着它们善于学习。向人类求偶，自然也是跟人类学的。”吴雨声解释说。

“哈?怎么学的?”

“来来来，是时候给我们谈副队敞开新世界大门了。”江春雷说着就把KTV值班室的视频调了出来。

“谈副队，你看啊，这个值班经理到了晚班就会刷剧或者看小说。而他戴的那个米诺斯虫的项链就挂在胸前，里面的虫子可不就跟着他一起看吗?这不就是“学习”吗?

“顺带说一句，这个值班经理看得最多的‘动作片’就是这部《海中奇情》，讲的就是一个奇丑无比、大肚腩还秃顶的渔夫出海打鱼，不小心捕捉到了一只空灵优美的人鱼……然后你懂的……”

“然后他们就谈起了激烈的恋爱?”

“呃……确实很激烈，船都翻了……”

谈墨摇了摇手:“打住打住，我对什么秃顶渔夫和人鱼的故事不感冒。你就直接跟我说，那只米诺斯虫到底从这电影里学到了什么?”

“谈副队，你看清楚，这个人鱼像谁?”江春雷把电影画面截了出来，放大了给谈墨看。

“啊哈?”谈墨惊得差一点从床上翻下来。

这条人鱼的脸还有姿态，和米诺斯虫形成的少女几乎一模一样。

“副队,你知道自从这部电影开始流行之后,你的外号又升级了吗?”常恒憋着笑。

“不用说了，我不想知道。”

“可是我超想说的。”常恒拍了拍谈墨的肩膀,“人鱼公主的驸马爷。”

谈墨愣了一下，竟然呼了一口气:“吓死宝宝了！我还以为我的外号变成了‘秃顶、啤酒肚的油腻渔夫’呢！你们看看我，看看我！哪点像那个电影里的渔夫了?如果米诺斯虫真的是跟着电影学的，那它应该看上那样的男人啊!”

吴雨声他们几个笑得不行，万万没有想到谈墨在意的点竟然是这个。

“言归正传，灰塔指挥中心对现在这个局面很紧张。要知道万一有哪个种子级别的标本泄漏了，哪怕是低级的种子，也可能会感染一整座城市。”

谈墨一边收拾自己病房里的东西一边听他们说着现在的情况。

日常巡逻的治安队伍增加了三倍，调查员也几乎全天候在市区各个出现疑似开普勒现象的地方进行取样分析，就连二队的休假也被取消了。

“那我的长假还算数吗?”谈墨问。

“啧，兄弟们都要连轴转了，你却只惦记着你的长假?”常恒狠狠薅了谈墨的脑袋一把。

“反正你们以后跟着洛轻云混了，没有大事不会劳动你们，你们安心在值班室里看大电影就行。”谈墨拎着包，走出了隔离室,“走吧，带我去看看老高。他现在情况怎么样?”

“还行吧，只能说没有很糟……这一次他在KTV里强行使用自己的能力，刺激到了体内的 anti-Kepler 成分，导致细胞活性再一次被削减……”

“说结果吧，麻烦……”

“大概会让他……少活三个月到半年。”吴雨声回答。

“哦……以后真不能让他去危险的地方，也不能再让他使用能力了——我会对他好的。”谈墨很认真地说。

“你别一副山盟海誓的丑恶嘴脸，高队不会相信你的。”吴雨声没好气地说。

第十四章

CHAPTER 14

故事会

谈墨背上包，二队的人就一起去看望高队了。

没想到高队的病房里已经有了不少访客，热热闹闹的。是安孝和、楚妤还有庄敬他们，阵仗还不小，又有鲜花又有水果，比起上一回高炙住院谈墨送的那一把棒棒糖捧花，可谓是诚意满满了。

楚妤坐在病床边，一边给高炙削水果一边和他聊天："高队，很多人说咱们谈副队的近身格斗很差，可是这一次我们演习领教了一下，他水平挺高的啊。"

被谈墨放倒的庄敬至今还很郁闷："是啊，攻击利落、判断准确，我至今不明白谈副队身手不好的传闻打哪儿来的？"

高炙用他一贯清冷客观的声音说："那是因为平日里陪他近战训练的都是外勤部队的队长。大家看惯了他在训练室里被虐到哭爹喊娘的样子，就以为他近战很差。"

"可我们洛队也是这么评价的啊。"安孝和很认真地问。

高炙侧过脸来看向安孝和，不知道是不是错觉，那目光里似乎带着一丝对安孝和智商的怀疑："你们洛队是级别很高的融合者，他的体能和反应力都不是一般人类能媲美的。"

"这就像过河，大象说河水很浅，可是等小蚂蚁过河的时候，就被淹死了呗。"楚妤把果盘送到了高炙面前的小桌上。

"不过谈副队的枪法是真的准！他从灰塔毕业的时候就这么厉害吗？"安孝和好奇地问。

这个问题不仅一队的人很感兴趣，就连在门外的吴雨声几个也很好奇。

谈墨觉得这帮人真够无聊的，他们不是来看望高炙的吗，怎么他反而成了话题中心了？

高炙很淡地笑了一下："其实我也不知道刚从灰塔毕业的谈墨到底厉不厉害，他其实是在北辰市的灰塔受训的。"

"北辰市的灰塔？不可能吧！"安孝和完全不相信，楚妤和庄敬也露出了怀疑的表情。

"为什么不可能？"高炙反问。

"因为洛队就是北辰市一线外勤的啊！像谈副队这样的监察员，哪怕是刚从灰塔毕业的时候也肯定出类拔萃，洛队号称'精英收割机'，怎么可能放谈副队来银湾市？"安孝和说。

高炙并没有回答这个问题，而是扬声道："我知道你们几个在外面，还不进来？"

谈墨揣着口袋，笑着走了进来："老高，精神头不错啊。我隔离的这几天为了你寝食难安，你却享受着众星捧月的感觉。”

说完，他直接坐在了高炙的床边。吴雨声、常恒和江春雷也都赶紧进来向高炙打招呼。

“高队长命百岁！”常恒高声道。

“高队义薄云天！”吴雨声想也不想就接。

“高……高队……万寿无疆！”轮到江春雷的时候，卡了壳，口号想了半天才喊出来。

高炙摇了摇手：“得了得了，今天又不是我的寿诞。谢谢你们都来看我。”

安孝和还沉浸在之前的那个问题里，见谈墨来了，更是要打破砂锅问到底了。

“谈副队，你从北辰市的灰塔毕业，没跟我们洛队打过照面吗？”

“照面？当然是打过的。不但打过，我还在他的队里执行过任务呢。”谈墨撑着下巴，懒洋洋地笑着，一脸不屑回顾的神秘模样。

“可是……我们怎么没听洛队提起过？”

谈墨耸了耸肩膀：“你们也说了洛队是‘精英收割机’，可那个时候的我不是精英啊。”

“不是精英？那怎么可能？”

楚妤的眉心皱了起来：“女人的第六感告诉我——是洛队辜负了你。”

她后半句话一出口，谈墨差点被自己的口水给呛着。

“辜负？咳咳……一个B的评价算不上辜……”

谈墨还没说完，其他人就炸锅了。

“是实习评级吗？我去！就你这水平只是B的评价？怎样的才能得A？”安孝和忽然在想自己能被选进洛轻云的队里，是不是出了什么差错？

“果然有过去啊。”庄敬点了点头。

“那什么，你们别误会……我当年可不比现在！所以洛队的评级是公正客观的……”

他的心胸可装下天地宇宙，当然也能装下洛轻云的评价！

“得了吧，从洛队说你的近身格斗确实很烂开始，我们就在怀疑他的评价标尺和正常人不同了！”

楚妤也凉嗖嗖地说：“啧，那他还好意思去找耿劲柔问为什么你不在新合并的一队里呢。”

谈墨脸上还是懒懒的，心里却惊讶了一下。洛轻云竟然为了他亲自去找耿劲柔？

耿劲柔那家伙的太极拳打得一向融会贯通，不知道洛轻云是不是他的对手。

谈墨笑着打圆场：“林子这么大，鸟儿这么多，离了我谈墨，大家照样飞嘛。还是要感谢洛队对我的看重。”

“洛队当然看重你了，不然不会找耿劲柔碰瓷啊。”楚妤开口道。

“碰瓷？”

“就是字面上的意思——‘碰瓷’啊。”楚妤做了一个端着小茶杯的姿势，两手一碰，“听张秘书说，耿劲柔为自己的碎茶杯难过了一整周。”

“我的老天爷，瓷器是耿劲柔的命，他在我们银湾号称‘瓷洗太后’，那些瓷杯瓷壶的，他每次用完了都要自己亲自清洗！洛轻云竟敢跟他碰瓷？而且连个检讨、处分通知都没有，看来洛轻云还是厉害啊！”谈墨摸了摸自己的下巴。

江春雷已经笑得肚子疼了，其他人想到那个场面，也都在憋笑。之前他们两队之间演习杀得你死我活的，到了这会儿忽然发现大家的笑点都是一样的，说到合并，也算是物以类聚、人以群分了。

“我们听说，高队要进入灰塔指挥中心了。以后分派任务和信息分析都由高队负责，还要请高队多多指教。”楚妤开口道。

“什么？老高不是退休，而是去指挥中心？”谈墨的眉头紧紧地皱了起来，“我还计划和他一起环游世界呢！灰塔这是要把老高的剩余价值都压榨殆尽吗？”

高炙的每一天都是生命倒计时，这样的时间应该用来享受人生，做那些从前想做却没有机会做的事情，而不是把自己关在灰塔的办公室里，面对一堆令人头秃的文件。

庄敬看向高炙，眼底都是钦佩和尊敬：“现在开普勒生态区扩展速度和复杂性都在成倍递增，一线外勤部队的折损率也越来越高。高队的战斗经验丰富，有了他专业的战术指导和环境分析，能提升许多人的生还率。”

“哼……那么老高呢？每天把脑袋提在裤腰带上的日子还没有过够，就不能给他点属于自己的时间吗？”谈墨转身就走向门口，“我去找耿劲柔那条老狗——看我不拆了他的骨头……不，我也要去碰瓷！”

灰塔高层办公室里，正在办公桌前喝着咖啡的耿劲柔猛地打了个喷嚏。

吴雨声和常恒赶紧上前，一左一右把谈墨给拽住了。

常恒小声说：“谈副队！你先听高队是怎么个意思啊。”

吴雨声也靠在谈墨的耳边说：“你有没有想过，也许对于老高来说……这才是最有意义的活着的方式？”

谈墨顿住了，回头看向高炙，他发现高炙正用平静而坚定的目光看着他。

“老高……你想留在灰塔指挥中心吗？”谈墨小心翼翼地问。

高炙点了点头，语气平和地回答：“是的，我想留在灰塔。小谈，我已经习惯了危机四伏的日子，那些所谓的岁月静好于我而言是一种消磨。就算你陪我环游世界，让我看美好的大江大河，无论是一花一树还是一叶一露水，我都会想着……就在不远的将来，它们都可能变成开普勒生态的领地，会成为开普勒生物的营养，被腐蚀，被同化，然后消失，我的心情又怎么会美好呢？”

谈墨沉默了，低下头无奈地一笑：“你不是无法习惯岁月静好，你是不放心我们。你怕啊，怕我们走在你前头。”

“对，我怕……我不牵挂这个世界，可我牵挂你们。留在灰塔指挥中心，我还能最大限度地帮助你们。我在这里迎接你们回来，这样不好吗？”高炙问。

“好，当然好……老高，其实你是知道我无法退役，所以也不退役了，是吗？”

谈墨抬起头来看着高炙，心里发堵。

这个世界上没有谁能真正的随心所欲，只要心有牵绊。

一向冷峻的高炙露出了一抹和煦的微笑，朝着谈墨拍了拍手："好了乖宝，过来爸爸抱抱。"

谈墨立刻过去，跟高炙拥抱在一起。

江春雷羡慕地叹了一口气："这世上只有谈副队是高队最心疼的崽崽……我们都是充流量送的吧。"

高炙拍着谈墨的后背，轻声说："好了。灰塔没有批准你的退役，我一个人待着也挺没意思的。"

"你这就是换个方式看住我吧？"谈墨讪讪地说。

高炙很淡地笑了一下，反问："你嫌弃我了？"

"怎么可能？我巴不得爸爸照顾我一辈子呢。"谈墨的鼻子酸了。

"可我一点也不想看你一辈子。"高炙胡噜了一下谈墨的头顶。

他的生命只剩下六年了，而谈墨的人生还有很长很长。

"趁着休假，整理好心情，尽快适应新队长。"高炙嘱咐道。

提到新队长，谈墨的脑壳就疼了起来，他摁了摁眼角，他还不知道自己这场休假之后要何去何从呢。

高炙看了一眼吴雨声，吴雨声立刻明白他有话要跟谈墨说，于是高声吸引了其他人的注意："为了谢谢一队的兄弟们到KTV来解救我们，高队说请你们唱K喝酒！"

"哦，好啊！一起去唱歌！"安孝和举起双手。他本来就是喜欢热闹的年纪，再加上这次演习让他对二队的队员们充满了好感，他十二万分地愿意结识新朋友。

"我也没意见。"庄敬点了点头，想了想又问，"要不要叫上洛队？"

楚妤的眉梢向上一挑："为什么要叫上他？竟然给谈副队B的实习评级？他不配得到任何表现的机会。"

安孝和幸灾乐祸了起来："对对对，浪子是不配回头的！"

谈墨满脸黑线，虽然知道没什么鬼用，但他还是再次澄清："那个……我跟你们洛队真的已经前嫌尽释了。"

但是常恒和江春雷却没有那么快乐。他们才领教过谈墨的送殡式跑调，实在不想短时间内再感受一次了。

吴雨声揽住他们的肩膀，小声说："好了，你们的表情不像是去KTV,反倒像是参加我的葬礼。等谈副队一来，灌他十七八瓶的，他倒了，麦就是你们的。"

"那可说好了，大家一起上！绝对要放倒他！"常恒说。

"放不倒他，就只能先放倒自己了。"江春雷决定把还在写报告的王小二叫来，多一个人多一份酒量。

等他们几个离开病房，就剩下高炙和谈墨了。

"他是好人我不配，忘了我吧下一位。"谈墨嘻嘻笑着说。

高炙无奈地轻哼一声，在谈墨的脑袋上又薅了一把："下一位，李哲枫还是周叙白？洛轻云有那么差？”

“他不差，条顺盘靓能力还超强……你也知道我和李哲枫从小是在福利院里长大的，世态炎凉见得多了，洛轻云……反而更让我觉得舒适。”

“哦，那他差在哪儿了？反正不可能是因为五年前的那个B。”高炙知道谈墨的心性，好了伤疤忘了疼，从来不记仇。

“差在他不是个富婆啊。反正我要找个富婆，从此以后不再出生入死。”

“不打岔了。你要是不肯留在一队，耿劲柔那边替你提交的退役申请也没有通过，李哲枫和周叙白那里你又要当端水大师……他俩要是真为了你打起来，你就能上我们银湾灰塔的头条了。”

提起那两位大兄弟，谈墨的脑壳又有点疼了。

“他俩打起来，凭什么是我上头条？”谈墨不甘心地反问。

“你蓝颜祸水，你祸城殃民啊。”

“那你跟小枫叶还有小白说说，让他们别打了。你是他们的前辈，他们听你的。”

“呵呵，我才不掺和进去呢。万一被一把黑火烧成骨灰，又或者被银梭扎成筛子，那多划不来。”高炙抬腿踹了谈墨一下，“运输部队去不去？”

谈墨精神一振，眼睛一亮，扑上去抱住高炙：“爸爸我去！爸爸我去！”

“你的‘我去’到底是你愿意去，还是在骂我？”高炙被勒得血管都要爆了。

“当然是我愿意！我本来以为人生一片灰暗，忽然又充满了光明！”

“你的人生不会有任何改变，仍然是撞在玻璃上的小苍蝇，前途是光明的，未来是没有的。”

高炙好不容易才把谈墨拉开。

“我知道你不想继续当监察员了。李哲枫和周叙白都是和你一起从灰塔毕业的兄弟，你不希望有朝一日他们成为你的枪下亡魂。至于洛轻云……他太麻烦了，你需要花成倍的精力去了解他。你是个容易共情的人，一不小心就会掉进他的世界里，再也出不来。”

高炙用最平和的语气说出了谈墨心底最恐惧的东西。

这种恐惧隐藏在谈墨心底每一个细不可察的缝隙里，他垒起层层高墙，看起来坚不可摧，但恐惧就被藏在高墙之内，死死压制着。洛轻云的到来让谈墨愈发清晰地认识到这一点，所有人都看到谈墨在笑，但洛轻云轻易看破了他的恐慌。

“我以为你会叫我直面内心的恐惧。”谈墨低着声音说。

“直面恐惧什么的，难道不是灰塔灌输给我们的毒鸡汤吗？明知道自己不擅长应对什么，却还要强迫自己去送死？”

“谢谢。”

“心情好些了吗？”

“好多了。”谈墨从病床边上跳了下来，伸了一个懒腰。

“去哪儿？”

“去浪。”

“不在这儿陪你爸爸了?”高炙好笑地问。

“不陪了。老人家的生活和年轻人的毕竟不同。”

“滚吧。天晴了雨停了,你又觉得你行了。”

“那也要谢谢爸爸给我找了运输部队啊。你就是我的天晴和雨停!”

谈墨露出大大的笑脸。

在KTV包房里再见到楚妤他们几个,谈墨没有提起自己要被调去运输部队的事情,只是他来晚了一步,麦已经被安孝和跟江春雷抢走了。

这一次的KTV档次比上一次好了不止一点半点。包厢的正中央是一个仿演唱会形制的全息舞台,只要站上去,就仿佛置身于万千观众中央,到处星光灿烂。无论你是破音走调还是鬼哭狼嚎,都有一众全息影像为你摇旗呐喊、鼓掌助威。

谈墨刚要去点歌,就看到楚妤拎着一瓶酒,婀娜多姿地走了过来。

“谈副队,走一个?”

谈墨爽快地接过来:“行,走一个。”

昏暗的包厢内,时不时有全息舞台的灯光掠过谈墨,将他的五官一格一格地暂停,宛如走马观花。

谈墨仰着头,下颌线收拢,脖颈的线条被拉起,就像一条河,生生不息,逆流而上。他的喉结滚动着,忽明忽暗的光线里,莫名地控制住了其他人的心跳。

谈墨先一步把酒喝完了,笑着朝楚妤倒置酒瓶:“走完了!”

楚妤拍了拍手:“谈副队好酒量!”

“你也不错,而且很感激洛轻云把你这样的巾帼豪杰带到我们银湾来,我已经好久没有在一线见到你这样赏心悦目又英姿飒爽的队友了。”谈墨瞥了一眼常恒和江春雷,意思是他们这样的糙汉和技术男,真的一点都没有观赏性。

楚妤笑了一下:“那还不是因为我非要跟着洛队吗?”

谈墨一听,来了兴趣:“像你这样的人,独立有主见,不像是会去追随某个人啊。”

“谈副队想听吗?想听的话,就要再喝一杯。”楚妤挑了挑眉。

“啊,我知道了,”谈墨眯起了眼睛,“你们想灌醉我,堵住我的麦。”

“谈副队如果对洛队的事情不感兴趣,也可以不喝、不听。”

谈墨脸上挂着对什么都不关心的笑,也明白自己既然不打算做洛轻云的监察员,那就不要再去了解他。可心底某处就像被钩子钩住了,他觉得如果自己不听下去,今晚乃至以后的某个时刻,都会后悔。

谈墨拿起了酒杯,豪爽地一饮而尽:“如果不想让我唱歌,那就说故事给我听吧。”

楚妤与谈墨并肩靠着点歌台,用很平静的语气说:“我的小队在执行任务的时候被困住了,那个生态区扩展的速度很快,我的队友迟迟未归,而我被许多因迪拉追赶着,并且被它们故意赶进了种子的巢穴。”

“因迪拉这种生物没有脑子,经常充当生态区种子的卫兵。你遇到的种子是什么?”

“禁湖。”楚妤说。

谈墨皱起了眉头，“禁湖？那是少见的擅长繁衍的开普勒生物，一旦掉进禁湖的‘琼浆’里，要么被迅速消化，要么就会被禁湖同化，成为守护它的爪牙。”

“琼浆”这名字听着很有仙气，而禁湖也是一种外观像水母般美丽的陆地生物。“琼浆”看似是周遭独立存在的液体，实则是禁湖的一部分，能形成实体猎捕生物。

“对，我被‘琼浆’缠住了腿，已经打算自我了断了。即将掉进去的时候，是洛队抓住了我的手，拿走了我的枪。他对我说，‘时机未到，择日再死’，然后把我救了上来，自己却被琼浆拖了进去。我抓住了他的手，但是禁湖的力量太大了，洛队掰开我的手，说了一句‘我会回来’。我只能眼睁睁看着他被‘琼浆’淹没。”

谈墨愣了一下，他知道对于洛轻云来说只是执行救援任务，楚妤就是他的任务目标之一，他会像机器一样去完成灰塔发出的命令。但救援并不等于要牺牲自己，在当时的情况下，他其实完全可以放弃楚妤。

“后来呢，他怎么回来的？”

“我上了救援飞行器，一整个晚上都寝食难安。有人为了救我牺牲了自己，你能明白那种心情吗？”

楚妤闭上眼睛，回忆着那天的情形：“但是第二天中午，我听说他返回了基地。我冲去了灰塔调度中心，看见他依旧穿着那身作战衣从消毒间里出来。我对他说，‘谢谢，如果你真的牺牲了，我会很内疚’。”

“洛轻云说了什么？”

“他说，‘不用谢，我不会为任何人牺牲’。听起来很自我对不对，可不知道为什么我就是觉得他很强大，值得信任，我想跟随他。”楚妤看向谈墨，补充了一句，“我绝对不是看上了他的脸。像他这样危险的男人，不是我的菜。”

谈墨笑了起来，但是内心深处却隐隐猜测——洛轻云的那句“我不会为了任何人牺牲”的意思，或许并不是说他不会为了保护任何人而死，而是在说掉进禁湖是他自愿的行为。禁湖里有什么东西是洛轻云需要的吗？

楚妤回到沙发上，给了庄敬一个眼色，示意让他接上。庄敬会意，“喀喀”敲了两瓶啤酒，刚要起身，吴雨声把他摁住，往其中一瓶里倒了一小杯XO。

“这算不算作弊？”庄敬小声问。

“保命要紧。”吴雨声轻轻推了他一把，“兄弟好走，别弄错了。”

庄敬很心虚，但他这人最大的优点就是无论心里如何兵荒马乱，都能保持一张扑克脸。

“谈副队……上一次演习见识到你的好身手……来，我们走一个……”

庄敬紧张得都结巴了，心跳如雷，生怕被谈墨发现。还好安孝和跟江春雷两个人唱得忘乎所以，就差没抱在一起原地举行婚礼，他们激情的歌声掩盖了庄敬紧张的声音。

谈墨接过酒瓶，扬起笑脸，凑到庄敬的耳边说：“你们是合起伙来想要灌醉我吧？”

庄敬心里咯噔一下。

“老子千杯不醉。你们这是当了吴雨声的‘炮灰’了。不过要我喝酒可以，你也学楚好讲个洛轻云的故事？”

“没问题。”

庄敬的话音落下，谈墨就爽快地拿起酒瓶，一饮而尽，然后将酒瓶还给庄敬。

庄敬没有喝酒，不沾酒精是医疗员的素养：“我第一次见到洛队，是被派去他那里当临时医疗员。”

“他的医疗员又死了？”谈墨皱了皱眉。

“不，是胳膊断了。据说那人差点被魔鬼藤吞了，是洛队把他拽出来的。”

“哦，那你继续说。”

其实谈墨心里清楚，医疗员对于洛轻云来说是没有太大必要的存在，洛轻云会救他，纯粹是预设了人类立场之后做出的选择。

“我第一次跟他的任务就遇到了高级米诺斯虫结成的茧。那个茧是那个生态区的幼种，明明还没有成熟，茧丝却有着极强的自主攻击性。”

“你们遇上玉茧了？”谈墨心想洛轻云的外勤队还真是命途多舛。当然也可能是因为他的开普勒级别高，所以被派去执行的任务危险系数相应也高。

“玉茧？”庄敬冷笑了一下，“我们碰上的是‘霸王之卵’！”

普通的米诺斯虫卵没有攻击性，它们只是安静地孵化；比普通虫卵更上一层的则是玉茧，里面的幼种有自主觅食的攻击性。至于“霸王之卵”——这其实是外勤队员们给有超强战斗力的未孵化的幼种的绰号。

“按道理外勤任务碰上霸王之卵，那就是一个‘死’字了。”庄敬的声音有种冷冽却平静的质感，很自然地穿透了江春雷他们的鬼哭狼嚎。

“但是你们运气很好，洛轻云能在一定距离内感应到霸王之卵的存在。”谈墨想象着洛轻云闭着眼睛，专注地感受开普勒生态区的样子。

“是的，但是他没有让我们的飞行器直接撤离，而是来到了那个卵的上空。有一个研究员被那个卵吃掉了，中心城的研究基地希望我们能回收那个研究员身上携带的重要记录盘。这并不是个死命令，我们完全可以量力而行，但是洛队却打算独自下去回收记录盘……在我看来，那简直就是疯了。”

谈墨沉默着没有说话，内心却隐隐有一种感觉，洛轻云接近霸王之卵不是为了完成任务，而是……为了看看卵里面到底有什么。

不……不是的，或许更像是想试试看卵里面的东西能不能让他——越界。

“当时我就对他说，霸王之卵太危险了，出了事情我不可能救得了他。但他只是对我笑了一下，我不知道他无所谓的是我的义务，还是他自己的性命。我亲眼看着他下去，亲眼看着他脱离绳索，他的脚尖还没碰到那个卵，重重茧丝忽然打开，将他整个人都吞了进去。所有的营救手段，包括炮击、药凝，对那枚卵都没有任何作用。”

“他自己不在意的，你们倒是在意。”谈墨说。

庄敬叹了口气，继续道：“有什么办法呢？他是队长啊。我们争分夺秒地想要重新打开那个卵，但它防护得密不透风，我们只能等待。洛轻云的死亡就像是既定事实一样，而我后悔没有以更强硬的态度挽留他。时间度日如年，副队长根据守则放弃对洛轻云的营救，我们决定离开那片区域。可就在那个时候，茧的丝线像突然失去韧性了一样，纷纷断裂开。洛轻云从茧里爬了出来，当他仰面看向我们的时候，我有一种飞行器会坠落的错觉。"

"洛轻云还活着，那么霸王之卵里的米诺斯虫呢？"谈墨问。

"这就是最不可思议的地方。调查员把茧拆开之后，发现里面连米诺斯虫幼种完整的尸体都没有找到，只发现了一些齑粉。洛轻云的报告里当然会向中心城的人解释他是怎么杀死幼种的，但这对于我们来说却好像机密一般。我在灰塔的电梯里遇见他的时候问了他，他当时笑了一下，只回答了我两个字。"

庄敬不是很甘心地眯起了眼睛。

"'你猜'。"谈墨回答。

庄敬愣了一下："你怎么知道他说的是这个？"

"两个字嘛，再结合洛轻云的性子，可不就是'你猜'吗？"

"没错，而我为了弄明白他到底是如何杀死霸王之卵里的米诺斯虫的，加入了他的小队。"

谈墨从口袋里取出了洛轻云送给他的水果硬糖，塞进嘴里，又"咔哧咔哧"咬开来。

"那你现在弄明白了吗？"

庄敬摇了摇头："没有。但我能肯定和他的那双手有关。"

谈墨搭着庄敬的肩膀说："大兄弟，你这故事说得就差点味道了。本来以为你是留悬念，原来是烂尾。你可是你们洛队的队员啊，你都不知道他的双手在战斗方面到底是什么能力，看来你还不是他的心腹啊。"

庄敬露出生无可恋的表情："他不需要心腹。"

"好吧，下一位是谁？"谈墨看向安孝和，"这故事说得要是不够精彩，敬我的酒都得给我喝回去！"

刚嗨完一曲的安孝和顿时感觉压力很大，但还是被江春雷推了出去。

庄敬回到了座位，吴雨声凑了过来："你没弄错吧？谈墨怎么一点要喝醉的前兆都没有？"

"没弄错。"庄敬又问，"谈副队的酒量是不是很好？"

"酒量这种东西，跟心情有关。借酒浇愁的时候，怎么也喝不醉；春风得意的时候，绝对一喝就倒。"

安孝和一看就是硬着头皮走过来的："那啥，谈副队晚上好啊。"

谈墨抬了抬下巴，那意思像个知名访谈节目："请说出你的故事"。

"我吧……我跟着洛队的时间比较晚，没有什么特别精彩的故事……"

"那你回去吧。"谈墨作势要用脚踹他。

"等等！我有！洛队的故事很精彩，只是我讲故事的能力不精彩！"

谈墨接过他递过来的酒，安孝和清了清嗓子："我从前并不是一线的，而是运输队的。"

"怪不得你那么高调，我以为你多厉害，结果一到演习连实习生都能干掉你呢。"谈墨凉凉地说。

"唉谈副队，这不是当运输队员的时候大家在舱里没事儿干，除了吃饭睡觉就是吹牛嘛。"

"行，你说。"

"有一次我们的运输机被大批鳞鸟袭击，不得不硬着陆，结果好死不死掉在了一个死火山的山口边，而山口底部就是鳞鸟的巢穴。运输机顺着火山口一路往下滑，我们就跟坐在过山车上一样，周围的鳞鸟群还在那儿推波助澜。难道它们就一点不担心我们的运输机撞毁它们巢穴里的那颗蛋？"

"后来呢？"

"运气好呗，运输机被火山口里一块凸起的岩石卡住了，让我们'苟'到了救援队来。你也知道标准操作——救援队放下钩索，把我们的运输机吊起来，我们就这么晃晃荡荡地要被带走了。谁知道舱门经历了长时间的摧残，早就承受不住，裂开了。一群鳞鸟扑棱着飞进来，要把我们都叼走。"

"它们要给那颗蛋里的鳞鸟准备食物？"

"嗯，你说的一半对一半不对啦。"安孝和的手指轻微颤动了一下，"它们是要准备食物，但是那颗蛋里面的可不是鳞鸟。"

谈墨愣在那里，如果不是鳞鸟，那就只有可能是和鳞鸟同系却比鳞鸟高危好几个级别的开普勒生物——螭吻。

"然后呢？"谈墨的喉咙有点紧，他忍不住开始想，如果是自己遇上了螭吻破壳会如何？

"我的队友们就像芝麻一样从舱内掉出去，然后被那些鳞鸟叼住，扔进蛋里。螭吻的蛋壳和我们平常吃的鸡蛋的蛋壳不一样，它是半液态的，人一旦掉上去就会一点一点陷进去，成为蛋壳的一部分，而蛋壳将给螭吻提供成长的养分。我被钻进机舱里的鳞鸟逼得也掉了下去，眼看着就要和其他队友一样掉到蛋壳上了，是洛队拽着绳索一晃而过，把我带走了。"

谈墨顿了顿，这时候只能说一句："你命真大。"

"对啊，我命是真大。"安孝和抬起眼来，长长地呼出一口气，"我的运输队长的双腿已经陷入蛋壳，人还没有完全进去，我至今还记得他绝望地呼喊'救救我'的样子。当时拽着我的洛队问我'要不要救他'，我想也不想就说'要救，求你救救他'。"

谈墨知道，洛轻云不是那种你求他，他就心软的主儿。救或者不救，他都会评估代价和可能性。

这个人已经陷进去了，要把他从螭吻的蛋壳里拽出来，谈何容易？

"洛队要我自己顺着绳索爬上去，然后他就真的晃到了运输队长的上方，将挂在他自己身上的绳钩解下来挂在了队长的身上。救援飞行器立刻上升，直接将运输队长从蛋壳里拽了出来——代价就是他的双腿也永远留在了蛋壳里。”

“能保住命已经是万幸了。现在科技那么发达，深宙集团的义肢技术已经广泛应用于各个领域，你队长以后的日常生活是不用担心的。”

“嗯。”安孝和点了点头，“大概是到嘴的食物就这么没了，螭吻很生气，后果自然很严重。那些鳞鸟对洛队那叫一个‘群起而攻之’，飞行器都快拽不住他了。洛队为了避免飞行器坠毁，放弃了绳索。我眼睁睁看着他掉进了螭吻的蛋里，一点一点被蛋壳吸进去，什么都看不见了。”

“你们离开了吗？”

“没有，飞行器尽了一切所能和鳞鸟群对抗。我坐在舱内，身体抖动得厉害，耳边是我的运输队长挣扎的痛苦叫喊。当时楚妤已经是洛队的队员了，她来到我的身边，递给我一杯热茶。我问她‘洛队是不是死了’我说我很后悔，如果不是我求他救我的队长，他就有足够的时间返回舱内，也就不会死了。”

“如果他的队员觉得他会死，救援飞行器早就走了。”

“是啊，楚妤就对我说——现在谈生死还太早了。但那个时候我还不知道飞行器在等什么，直到我队长的手术都完成了，我突然听见机舱里一阵激动的呼喊声。我跟着楚妤去全息屏幕那里，看到螭吻的蛋壳越来越薄，也越来越透明，甚至能用肉眼看到里面才刚刚成型的螭吻！洛队的战术刀将最后那一层蛋壳划开，裹在里面的螭吻‘呼啦’一下就掉了出来。我们将洛队拉了上来，而北辰市灰塔的研究部门终于拥有了第一条也是迄今为止唯一一条螭吻标本。”

“你……去看过那个标本吗？”谈墨问。

安孝和怔了一下：“谈副队，你可真有意思。你不问洛队的情况怎样，却问那个标本？”

“这不是显而易见吗，洛队活得好好的，还带着你们来银湾了嘛，我当然更关心那条没来得及破壳就被解决了的螭吻啊。”

“那你也可以关心一下我啊。我也可能出现PTSD（创伤后应激障碍）啊。”安孝和委屈死了，难道自己还不如一条死掉的螭吻吗？

谈墨的胳膊搭上安孝和的肩膀，笑着说：“孩子，你这么心思单纯不藏事儿，出心理问题的概率不大。反倒是那头螭吻，估计投胎了都会记得你们洛队的。”

安孝和点开了自己的通信器，调出了全息资料给谈墨看：“喏，这就是那头螭吻。”

谈墨抱着胳膊眯起眼睛，仔细观察。它确实还具有完整的形态，但是生物组织大量破损，看起来就像破布烂衫做出来的皮影。谈墨不相信洛轻云在那么有限的空间里还能和螭吻大打出手。

到底是什么能力毁掉了它？

“谈副队，我的故事说完了，你……是不是该把酒喝了？”安孝和小心翼翼地问。

“喝，我当然喝。你小子还担心我赖账吗？”

谈墨仰起脸，将安孝和带来的酒一口气喝光了，然后又摆出一副要去点歌的样子，安孝和也赶紧回到了江春雷的身边，趁着谈墨还没开麦，能多唱几句是几句。

吴雨声又麻利地混了一瓶酒出来，起身走向谈墨。

沙发上的楚妤点开了自己刚才敬酒时录下来的画面，庄敬见状凑过来问：“在看什么呢？”

“人间绝色。”

“人间绝色，谁？”大直男庄敬迷茫极了。

“你猜。”楚妤笑着关掉视频，然后点了发送。

吴雨声来的时候谈墨已经起了戒心，他接过吴雨声手中的酒瓶放在一旁的台子上，吴雨声刚要说什么，谈墨用脚尖在他的小腿上轻轻踢了一下：“你鞋带散开了，绊倒你自己没什么，别绊倒我。”

吴雨声低下头去系鞋带，谈墨顺带接过了他的酒瓶。

等到吴雨声站起来的时候，只见谈墨拿过了自己放在台子上的酒，抬了抬下巴说：“阿声，废话不多说了，兄弟情义都在酒中。”

吴雨声才喝了一口，差点没呛到天上去。

这不就是他倒了一大杯XO进去的那瓶酒吗？

吴雨声一抬眼，就看到谈墨勾起的嘴角，笑得就像人渣大反派。

“别愣着，干！”谈墨一口气把酒喝完了。

吴雨声已经开始头晕了，去他的“兄弟情义都在酒中”！

此时的洛轻云正在灰塔指挥中心的办公室里，面前的全息电脑呈现出这段时间银湾市内密集发生的疑似开普勒现象。

他起身去煮了个咖啡，低下头的时候才发现手腕上的通信器有一条信息，来自楚妤。

点开一看，画面里昏暗的光线下好像是某个人的脖子，随即是一个酒入咽喉的吞咽动作，那脖颈线条和下颌线形成了一个独特的角度，让洛轻云觉得有些眼熟。

咖啡好了，但是他打了一杯冰水一饮而尽，不紧不慢地回复：你们在哪儿？

第十五章
CHAPTER 15
如神

半个小时之后，谈墨还是没能拿到麦，酒倒是被灌了不少。

一队那帮人的目标从一开始的“把谈墨灌醉保住耳朵”变成了“谁是最后那个让谈副队倒下的人”。

吴雨声已经趴下了，一直远离交战区的王小二想护着谈墨别喝太多，谈墨却摸了摸王小二的脑袋：“小宝……你谈副队厉害着呢……这群渣渣不是我的对手！”

王小二欲哭无泪：“谈副队，我不是小宝，我是王小二……我是实习医疗兵……”

“我知道你是谁，你是我们队里最小的宝宝，所以你是小宝。”谈墨笑着说。

王小二看着谈墨，他还是第一次看到谈墨这么笑，有点恍神。

“来，我陪副队走一个。”常恒靠着谈墨，手在桌上排成一排的玻璃杯上弹了一下，玻璃杯上的铁制子弹杯“稀里哗啦”落进去。这酒度数高，除了常恒，没人敢跟谈墨拼。

“你这是自不量力。”谈墨扯起嘴角。

车轮战之后，谈墨已经有点上头了，脸上发烫。要不是包厢里的光线偏冷色调，其他人应该早就发现他脸红了。不仅如此，他能很清晰地听见自己“咚咚”的心跳声，当楚好走到全息舞台上放声高歌的时候，谈墨的脑袋有点晕。

这是喝醉的前兆。

啧啧啧，这帮龟儿子……他今天好不容易听了一些关于洛轻云的事情，还想分析分析呢，结果现在脑子都不灵光了。

他向后仰着，靠着沙发长长地呼出一口气。

江春雷拎着酒瓶在谈墨的身边坐下，大着舌头说：“谈……谈副队……我敬你……我们来一个！”

谈墨有气无力地回答：“我醉了，不喝了。”

江春雷不知道打哪儿来的力气，狠狠在谈墨的肩膀上拍了一下：“骗……骗人！喝醉了的人都会说自己没……没醉！你说自己醉了，说明你没醉！”

“真的醉了……我头晕。”谈墨回答。

“你看不起我！所以才不跟我喝！”江春雷强硬地把酒瓶塞进谈墨的手里。

谈墨把酒瓶又塞了回去，冷酷道：“不用怀疑，我就是看不起你。”

酒精会降低自己的判断力，非特殊情况，谈墨不会让自己喝断片。

江春雷说风就是雨，竟然哭起鼻子了。

“哇——谈副队看不起我！我就知道他看不起我！我开枪没他准！胆子没他大！经验没他丰富！更加没他讨高队长喜欢！没有话语权！哇——哇——”

江春雷哭到打嗝，看得旁边还没有倒下的常恒、庄敬和安孝和都向谈墨投以谴责的目光。

“好好好！别哭了！我喝我喝！”

谈墨又喝了一瓶啤酒下去，整个人都晕乎乎的。

不知道过了多久，歌声停下来了，只剩下鼾声此起彼伏。

王小二倒在地上，和常恒搂在一起，吴雨声倒在沙发上，安孝和与江春雷坐在地上靠着沙发座，两人的脑袋挨在一起，像在比心一样。只有庄敬还算很端正地坐着，双手交叠放在身上，闭着眼睛。

至于楚妤，就侧卧在谈墨的身边，谈墨随手拎了一件外套，盖在楚妤的身上。

有点头晕，睡一会儿吧。

迷迷糊糊之间，谈墨听到了包厢的门被推开的声音。

原本XO和啤酒的味道占据了整个空间，可就在那一刻，咖啡醇厚的香气一涌而来，瞬间五脏六腑都变得暖热，还有一丝让人清醒的夜间露水的味道，直达谈墨的嗅觉神经深处，他懒洋洋地睁开了眼睛。

一个身穿灰塔制服的男人逆着光朝他走来，谈墨只能分辨出他修劲利落的身型，腰背挺拔，形成一种峻峭冷淡的轮廓，步伐中带着一丝漫不经心。

“谁啊……”谈墨的喉咙动了动，酒精上头的他慵懒得很，连声音都没怎么发出来。

黑色的制服随着光影变化折射出金属质感的冷光，上衣被皮带束缚着，产生禁欲的约束感。对方的五官被笼在昏暗的阴影里，糅杂了人的念与欲，又和这个人类的世界保持疏离。克制与欲望本就是互相矛盾的，此刻却混合成了这一道令人心颤的剪影。

他走进了全息舞台，四面八方的灯光落在他的周遭，黑色的发梢缀上了一层银光。他的影子像一道悠长温和的瀑布，流淌在谈墨身上。谈墨眯起了眼睛，仿佛陷入了学生时代的旧诗故梦里。

那个时候……

他崇拜着灰塔中最年轻的队长洛轻云，听过无数关于他的故事和传闻，见过他的人都说他温柔有礼，能力超群，谈墨想成为他的监察员，想成为他可以依托的后背。

终于，他毕业了，跟着洛轻云出了一个实习任务，接到任务之前他兴奋得几个晚上没有睡着觉，想的就是能在瞄准镜里看一看这位传奇队长的真容，然后……就没有然后了。

谈墨捂着眼睛笑了起来，自己并没有真正了解洛轻云。

一个足以当上队长的融合者，完成了那么多不可能完成的任务的人，怎么可能温柔？他不会有悲悯，他最大的仁慈就是一枪解决自己被胎果同化的队友——这是他当时看完江春雷传来的视频得出的推测。

他不需要人类成为他的后背，因为他有一半是属于开普勒世界的。

是否越界，全凭他自己的心意。

可是当洛轻云将“真实”展现出来的时候，谈墨却忍不住想，其实从不存在绝对的“越界”。

他的心在哪里，哪里就是他的领域。

洛轻云在谈墨对面的桌子上坐下来，他的身边是东倒西歪的酒瓶和酒杯。

“我以为是神明降临……”谈墨低声道，“但是这世上没有神。”

洛轻云向前倾，把谈墨盖在脸上的手挪开，笑着问：“你们可真够意思，喝酒都不叫我。”

谈墨别开了脸，皱着眉头说：“要真没人叫您，您怎么会来？”

“为什么不看我？”洛轻云又问。

“不想看。”

谈墨伸手一阵乱摸，从沙发缝隙里摸到一瓶还没开的啤酒，递到洛轻云的面前。

“您来了银湾市之后，我还没给您敬酒呢……咱们走一个！”

谈墨把啤酒瓶在桌子边上敲了许久，想要把瓶盖起开，但是醉酒之后的大脑总是无法掌握距离感，酒瓶在桌子边上晃了半天，就是没成功。

洛轻云低着头，从他的角度正好看见谈墨发丝柔软的头顶。

“洛队……帮个忙把瓶盖起开吧！”谈墨说。

洛轻云轻声说：“都醉成这个样子了还要喝吗？到底是要拧开瓶盖，还是拧开你的天灵盖？”

“又是选择题？”谈墨把啤酒一扔，放弃了，“这世上纵有万千可能，都不是我们可以选的……就好比我无法选择不穿过那片爱德拉之海，你无法选择不成为融合者……我也没办法时空穿越……”

“穿越到哪里？”

“穿越到你和缇丰交战的时候。那时候我才刚学会用枪……”

谈墨侧过了脸，洛轻云另一只手拿过被谈墨扔开的酒瓶，坐了下来。

“谈副队，如果我把这瓶酒干了，你能回答我一个问题吗？”洛轻云问。

明明整个包厢里东倒西歪躺着这么多人，可这世界却安静得像只剩下他们俩。

“好啊。”谈墨提起了精神看向对方。

洛轻云被黑色手套包裹着的手指抵在瓶盖的边缘，轻轻向上一弹，瓶盖就飞了出去，正好落在了谈墨的腿上。谈墨眯起眼睛，看着洛轻云对着瓶口仰起下巴，“咕嘟咕嘟”的吞咽声音，莫名让谈墨想到了子弹上膛的声响。

酒很快就空瓶了，洛轻云把它很随意地放在了自己的身边，看向谈墨。

“五年前你跟着我出第一次实习任务的时候，明明被爱德拉的花刺扎伤了，为什么拼了命也要在我面前装作不疼的样子？”

虽然洛轻云早就站在谈墨的角度上猜想过了，可是比起去猜，洛轻云更愿意得到一个亲口说出的答案。

“为什么？为什么啊……让我想一下，我都快忘了。”谈墨皱起了眉头。

这么多年来，每每回想那一刻，他只觉得倔强的自己很好笑。

有什么好忍的，忍不忍结局都一样。

“对啊，你好好想想。”洛轻云不紧不慢地说。他拥有极致的耐心，等待谈墨的坦白。

“因为我怕你看出来之后，对我同情，对我网开一面。那样的话……你在我心里神一样的地位就会彻底崩塌。”谈墨垂着眼，笑了起来，“你肯定不知道，在我们那届……那届学员里，你是全民偶像，哈哈哈哈……”

回想起那个时候，自己特别喜欢和一堆人一起讨论洛轻云，不放过他的任何一场任务分析，真的好像个傻子。

“我不是神。”洛轻云说。

“怎么不是神？神一般的颜值，神一般的能力，神一般被你的队员信任，神一般……绝杀那些开普勒生物……”谈墨摇晃着脑子，觉得脑浆快要被摇匀。他自己都不确定自己说了什么。

洛轻云扣住了谈墨的手腕，将他略微拉向自己。

“那你有没有想过，也许你在我的心目中，也像神一样呢？”

这是有生之年，谈墨听到过的最不可思议、也是最高级别的赞美。

洛轻云低下了头。谈墨好像听见子弹再次上膛。

谈墨这一觉睡得非常好，醒来的时候他伸了个懒腰，神清气爽。

“诶？这是……酒店吗？”谈墨抓了抓后脑勺，心想难道是自己昨晚唱K唱挂了，被吴雨声和常恒扛进酒店了？

可是，这酒店房间的格局……多少有点熟悉啊？

谈墨又躺了回去，多睡一会儿是一会儿。在被子里闷了不到十秒，他忽然意识到什么，猛地把被子掀开。

“我去？”

他的裤子竟然没了！

吴雨声和常恒不会那么好心帮他换衣服的，能给他把鞋脱了都是谢天谢地了。

而且这间房间的衣柜跟他的竟然是同款？

越看越像是灰塔的公寓！

谈墨用力嗅了嗅，一把将被子拎起来，盖住自己的鼻子。这不就是灰塔后勤部使用的洗衣液的味道吗？

还有……若有若无的男士沐浴液的味道，很清爽甚至还有点清冷的调调……

这到底是谁的公寓？

就在这个时候，卧室的门开了，成熟温润的声音响起。

“谈副队，你醒了吗？”

谈墨其实从第一个字就听出来了来人的身份，但他脖子就跟卡壳了一样，一点一点转向门口。

“洛……洛轻云？你怎么会在这里？”

洛轻云靠着门框，侧着脸，身上穿着宽松的家居服，头发微微蓬松，手里端着咖啡杯，就这么一笑，眼尾笑纹扬起，慵懒而性感。

谈墨愣在那里。

他还是第一次看到这样的洛轻云，周身没有任何被压抑的、被隐藏的杀意，放松又真实，莫名的赏心悦目。

谈墨猛地回过神来。

“我昨天晚上不是在KTV里吗？怎么会到……？”

洛轻云不紧不慢地回答：“当然是我接你回来的。”

“那……那我的裤子呢？”谈墨又问。

“哦，今天周日，后勤部来收需要清洗的衣服，我就给他们了。”

哥，重点是这个吗？

谈墨很是有点尴尬：“那什么……谢谢你给我换衣服。”

“不用谢。”洛轻云回答，“谈副队喝多了之后挺乖的。”

他用杯子在谈墨的额头上轻轻碰了一下。

谈墨向后一退，却没有避开。咖啡杯是温的，这说明洛轻云起床已经有一段时间了。

“起来吧，已经中午了，我准备了午饭。”

“不用了，我回我自己房间去。”谈墨回答，“拿人手短，吃人嘴软。”

“糖醋排骨、糖醋里脊、松鼠鱼，谈副队确定不吃？”洛轻云问。

“……你叫了外卖？”谈墨本来还以为洛轻云每天打营养剂就行了，毕竟普通的食物根本无法弥补他在零号基地的能量消耗。

“我自己做的。”洛轻云回答。

“你还会做饭？”谈墨眯起了眼睛，表示怀疑。

“会啊。”洛轻云抬了抬下巴示意衣柜的方向，“谈副队的裤子上面一股酒味，你随便找一条我的裤子穿吧。”

说完，洛轻云就关门出去了。

门关上的瞬间，谈墨哽在胸口里的那口气终于呼了出来。

老天爷，他竟然睡在洛轻云的宿舍里！

这要是在灰塔当学员的年代，他这会儿可能已经一边和李哲枫打电话发神经，一边绕着洛轻云的卧室跑圈了。

而现在，自己平静得很，甚至还有那么点醉酒后的小无畏。

谈墨掀开被子，来到衣柜前，打开柜门才发现洛轻云的衣服并不多，西装衬衫有两套，剩下的就是薄线衫和休闲衣。款式很简单，和时下流行无关，但是面料很舒适。

谈墨拿了一条裤子套上。

“嚯……这家伙是脖子以下就剩腿吗？”

谈墨的腿已经很长了，但是洛轻云的裤子竟然还盖住了他的脚背。

他就这样拖着半拉裤脚出去了。打开房门，浓郁的菜香扑面而来，很有烟火气息，看来洛轻云并不是骗人的。

餐桌上摆着三盘菜，还有热腾腾的汤。

洛轻云拿着白瓷碗过来，递给了谈墨，“你是先喝汤，还是先吃饭？”

“先喝汤吧。”

汤是很简单的番茄鸡蛋汤，蛋打得很蓬松，番茄也是酸甜正好。

糖醋排骨的色泽油亮，糖醋里脊的外皮看起来很酥脆，淋着鲜艳酱汁的松鼠鱼也让谈墨忍不住咽口水。

“尝一下，我第一次做。”洛轻云说。

“你第一次做？骗人吧？你叫的外卖吧？”谈墨难以置信，提起筷子戳了一块松鼠鱼的鱼肉下来塞进嘴里。

外酥里嫩，酸甜不腻，这绝对是刚做出来的，外卖没有这么好的口感。

“我在讨好你啊，谈副队。”洛轻云半开玩笑地说。

“无事献殷勤，非奸即盗！”

谈墨嘴上不买单，吃起来却风卷残云。洛轻云自己已经很久没这么吃过人类食物了，看了觉得格外好笑，他的目光从逐渐半空的碗碟下移，看到了谈墨跟着进食节奏前后摇摆的小腿。洛轻云知道那条眼熟干净的裤子底下，其实爬满了黑色曼陀罗花般的蜿蜒伤痕。

这是他昨晚发现的。谈墨从脚踝到膝盖蔓延着黑色的痕迹，像某种诅咒，又像是刻痕。他的皮肤本来就白，这些黑痕缠绕在他的小腿上，形成旖旎又妖冶的画面，可是感同身受的痛觉却沿着洛轻云的视觉神经成百上千倍地侵蚀着他的大脑。

他很清楚这个痕迹是怎么来的。

那是被开普勒的“黑火”灼烧过的痕迹。

洛轻云一开始想，谈墨曾经掉进黑火里；转念意识到，他不是掉进去的，如果那样，黑火不可能如此稳定地至烧到他的膝盖。

他是自愿走进黑火之中的。

灰塔配备的战衣能让他耐受一定程度的黑火燃烧，直到火焰一点一点将作战服烧透，剧烈的疼痛感附着上他小腿的肌肤。他必然是为了执行什么任务，才会选择承受这种痛苦。

洛轻云坐在餐桌对面，看着谈墨毫无防备地吃着饭的样子，良久才呼出一口气。

回忆他翻阅过的关于谈墨的档案，洛轻云知道那次的任务是为了救一个人。

那个人是三队的队长李哲枫。他是谈墨的同期生，和谈墨一起调来银湾市，在一场任务里被高级开普勒生物“海斯提阿”感染成幼种。最终谈墨解决了这只开普勒生物，让李哲枫得以成为少有的能够控制黑火的融合者。

黑火灼烧的伤痕不会有凹凸感，更像是文身，那些张扬肆虐的线条，像是要征服这具躯壳。但是谈墨反过来，征服了一切。

吃完了饭，谈墨满足地靠着椅背，眯着眼睛，他又有点困了。

“谈副队，午饭还满意吗？”洛轻云一边收拾碗筷一边问。

“嗯……您退役了开餐厅，我愿意投资。”谈墨回答。

说完这句话，谈墨就后悔了。洛轻云要是说自己能不能退役就看他谈墨呢？

但是洛轻云只是回了一句：“什么时候谈副队嘴馋了，可以来找我。泡面对身体不好。”

这时候，谈墨手腕的通信器振了振，是高炙的信息。

——运输部队的陈队长在办公室等你，你决定要转去运输部队的话，今天下午三点前可以去找他聊一聊。

谈墨一看时间，已经下午一点半了，等赶到灰塔就两点多了，得赶紧去。

“洛队，我有点事儿要先走一步，多谢款待！”

“去吧。”洛轻云的声音从厨房传来。

谈墨回自己房间，拿了机车的钥匙，“噌”地就从公寓蹿了出去。

洛轻云走到窗边，垂着眼看着谈墨远去的背影，侧过脸去很淡地笑了笑。

“再见，谈墨。”

谈墨来到灰塔，上了电梯。运输部队在第十层，电梯路过后勤部的楼层时，电梯门开了，黄丽丽走了进来。

她一直盯着谈墨看，看得谈墨心里发毛。

“老黄，有事儿就直说……”谈墨最大的本事就是和所有美女都处成兄妹。

“老黄？你叫谁老黄？”黄丽丽抬起脚就要用高跟鞋的鞋跟踩谈墨的脚背，还好谈墨躲得快。

“小黄……”

“什么？”

“小丽！”

“嗯哼？”

“丽丽小姐姐～”

好不容易到了运输部队的楼层，谈墨左躲右闪地出了电梯门，没想到黄丽丽也是来这一层。她一把抓起谈墨的后衣领，把他拽到了拐角的地方，单手猛地撑在了谈墨的身边，虽然矮了谈墨一大截，却靠气势将谈墨镇得不敢呼吸。

“谈副队……你胆子可真够大啊，竟敢公然挑战监察员底线！”

“啥？底线这种东西不就是拿来挑战的……不是，你在说啥？”

“你不怕被感染吗？就算现在有各种措施了，但是像洛轻云这样的融合者，他的能力肯定特别突出，再坚韧的措施肯定也无法抵挡！”

“抵挡什么啊？”谈墨眯起眼睛，总觉得黄丽丽想的事情非常不正经。

“你测试了吗？有没有被感染？他跟你在一起的时候有没有把手套拿掉？你如果违反了监察员守则，中心城会代表月亮惩罚你！”

黄丽丽的问题就像连珠炮，谈墨连打断她的机会都没有。

这个女人在胡说八道些什么？

“丽丽姐，你能不能先从我跟前挪开？”

“哎你这人，这不是做姐姐的担心你越界吗！”黄丽丽一脸痛惜地放开了谈墨的衣领。

如果说融合者的越界是成为完全的开普勒生物，那么Inspector的“越界”就是对融合者产生影响客观判断的情感。

谈墨满脸黑线，用正经的语气说：“黄处长，我跟洛轻云是纯洁的、没有越界的，银湾市灰塔同事关系！你不要肖想我俩的旧日恩仇，当然肖想我本人也不可以！”

谈墨整了整自己的衣领就要去运输部队的办公室。

黄丽丽在他身后凉丝丝地叫住他：“诶，谈墨，那怎么你还穿上了洛队的裤子？”

谈墨一个踉跄，咳嗽了一下，脸不红心不跳地说：“这是我的裤子。”

“你知道个屁，这个牌子叫WKD，高端定制款，一条裤子就是你一个月的薪水。”黄丽丽点了点谈墨裤缝之间，“这个牌子的特点就是标志是光感的，只有在特定的光线和角度才能看到‘WKD’这三个品牌字母，低调奢华不过时，咱们银湾市灰塔只有洛轻云穿这个牌子。简单的优雅，属于成熟男性独有的内敛魅力，懂吗？好好的一颗翡翠白菜……”

谈墨十分敏锐：“你再骂？”

“说你了，天蓬元帅！”

谈墨在内心冷笑，没想到洛轻云看着不动声色，其实内里很骚包。

“反正穿在我身上，就是我的裤子。”强盗逻辑不接受反驳。

“呵呵，你那裤脚长到脚背了。谈副队你的品位不一直是九分裤就好，多一分浪费吗？”

“少跟我吵吵，赶快去工作吧你！”

谈墨飞快终止了和黄丽丽的谈话，来到运输部队陈队长的办公室前敲了敲门。

银湾市运输部队一队的队长陈志远，今年四十岁出头，据说当年做一线外勤的时候干练利落，说一不二。三年前退下来到了运输部队，脾性倒柔和了许多。

“陈队长，我是谈墨。可以进来吗？”

“哦哦，请进请进，我还以为今天等不到你了呢。”

打开办公室的门，谈墨闻到了一股浓郁的普洱茶的味道。

陈志远握着保温杯，呵呵笑着将谈墨迎了进来。

“谈副队，喝点什么？”

“跟着您喝茶就好。”谈墨说。

“我这里还有可乐、雪碧、北冰洋，零食有黄油小饼干、薯条、辣条、小鱼干。”陈志远把抽屉一拉，好家伙，还真琳琅满目。

“陈队长……过得很滋润啊！”

“哪里哪里，我女儿放学了会到我这里来做作业。小姑娘上了一天课肯定会饿，就准备了点零食。”陈志远给了谈墨一罐可乐，又说，“咱们就不寒暄了，直接入正题。

谈副队的情况我都听高队说过了。确实，你的腿如果长期保持高频率外勤，压力会让神经毒素发作得更快，退居二线是个好选择。”

谈墨“咔嚓”一声打开了可乐罐子：“谢谢您的理解。我也很愿意到运输部队来帮忙，就不知道陈队愿不愿意接收我。”

“我自然是愿意的，不过就担心李哲枫和周叙白回来了，得到我这里闹。他们想要你去他们队里，给灰塔的申请报告都快一周一次了……”

“他们俩只是对我有点内疚，想把我这个老弱病残放在他们身边照顾。您放心，我但凡能进运输部队，他们一定把你拉进群里给你发红包，每周送您营养品，希望您长命百岁好罩着我。”

谈墨这么一说，陈志远笑得眼睛都看不见了。

“那就好，那就好。还有，今早我听说，本来谈副队是要合并去一队继续当副队长的，却因为洛队……”

谈墨一口可乐喷了出来，溅了陈志远满脸。

“咳咳……咳咳……”

陈志远抽了一张纸巾，在脸上抹了一把，不紧不慢地说：“谈副队不要激动……虽然灰塔有监察员的规章制度，但你要是不打算当监察员了，这就无所谓了。”

谈墨摇了摇手：“不是，我没越界，这没越界！”

“哦。”陈志远露出一副失望的表情。

“所以陈队长，您还有什么顾虑吗？我有机会转到运输部队来吗？”谈墨赶紧把话题拉回正轨。

陈队长垂下眼，缓缓收起了刚才和煦无害的笑容，神情也变得认真起来。

“习惯了一线的紧张感，退到二线可能会让你觉得若有所失，不甘于现状。我们的任务和一线不同，一次运输，从头到尾你可能不是在打牌就是在睡觉，除了在训练场，你都未必有机会开枪……”

“这不就是我向往的生活吗？我没有神经病，也没有PTSD（创伤后应激障碍）。顺带一提，我斗地主的水平还不错的。”

听他这么一说，陈志远笑了。

“这周二我们有一场运输任务，我会向耿先生申请让你参与，你也自己感受一下，看看能不能适应。”

“谢谢。”谈墨站起身来和陈志远握手。

“不客气。”

谈墨才离开陈志远的办公室，就遇到了张秘书。

张秘书脸上没有太多表情，看起来已经站在陈志远的办公室外面等了一段时间。

“谈副队，耿先生在等您。”

谈墨完全猜到了他们接下来要做的事：“那什么……那些江湖传言都是捕风捉影，我……”

“我们只相信检测结果。”张秘书侧过身，做了一个“请”的手势，“洛轻云的影响力远超你的想象，今早中心塔也来过问了。”

罢了罢了，耿劲柔检测他，总好过中心塔的人来把他谈墨做成切片，一寸一寸地拆开来研究吧。

跟着张秘书来到了灰塔的顶楼，耿劲柔就在办公桌前等着，两三个穿着白衣的检测员站在他旁边。谈墨一进去，就拽开了耿劲柔面前的椅子，一把将左臂的袖子撸了起来。

“赶紧的，抽血就抽血！如果检测出来我根本没感染，你要赔偿我精神损失费！”

一位年长的检测员来到谈墨的身边，在他的手指上扎了一下，取了血样。

“现在检测是否感染就和血糖检测一样简单。”耿劲柔替谈墨把袖子撸了回去。

“谈副队没有被感染。”检测员很快就回答。

耿劲柔微微松了一口气。Inspector 越界的负面影响可能比融合者越界还要严重。

据传十几年前，有一位融合者感染了自己的 Inspector，并且带着那位 Inspector 进入了开普勒区域，两人双双越界；灰塔派出了大量的精英前去追捕。故事的结局有许多版本，但无论哪个，都让灰塔对 Inspector 与监察对象之间的关系定下了铁则。

白大褂们拎着箱子鱼贯地离开了这间办公室。

“看吧？我就说了我没事。”谈墨盯着耿劲柔说。

耿劲柔慢悠悠地给谈墨倒了一杯咖啡，解释道：“你知道像洛轻云这个级别的融合者，如果对普通的人类另眼相看，希望得到对方，遵循开普勒本能的召唤，最简单的做法就是……”

谈墨垂下眼，笑了笑：“繁衍？”

“是的，把对方变成‘幼种’，获得和自己相近的力量却又不得不服从于自己，然后一起逃到开普勒生态区。”

“听起来好带劲。”谈墨无所谓地笑了笑。

“你恐怕是最有可能阻止他越界的监察员了。”耿劲柔说。

“我不可能会被他感染。”谈墨严正声明。

耿劲柔将一盒检测剂推到了谈墨的面前：“有备无患。”

“你还是不相信……”

“我相信。”耿劲柔回答。

“那你还……”

“我们人类是感情丰富的物种，没有任何人生来孤独。你是这样，洛轻云也是这样。”耿劲柔说。

“你是觉得他需要同伴吗？”

耿劲柔扯起嘴角，端着咖啡杯走向落地窗。

“你知道开普勒生物是一种思维世界高度衔接并且高度复杂的生物吗？他们对精神契合的追求远远高于人类对物质的渴望。开普勒生物一旦被某个特定生物的思维世界所吸引，就会极度忠诚，并且充满排他性。以上来源于开普勒生物权威学者凌喻的论文，内网公开发表的，你可以参考一下。”

谈墨想起洛轻云说过，他对开普勒生物有一种独特的通感，这种通感让他总能在电光石火的瞬间找到种子，甚至命中普通人不可能命中的目标。

虽然那有很大可能只是洛轻云吓唬他的说辞。

“假如洛轻云真的有什么企图，你知道自己该怎么办吗?”耿劲柔问。

“给我一把‘朱雀’，我让子弹出膛。”

耿劲柔把那盒检测剂推给谈墨，很认真地说:“这个比子弹管用。”

“你不是说高级开普勒生物的本质让他追求的是精神上的匹配吗?”

“那他还有人类的部分，需要人类的表达形式。”

“我去你的……我就要去运输部队了，洛轻云见都见不到我。这玩意儿这么大一盒，跟炸药包似的，你要我带着它上运输机吗?”

“我不确定中心城对你有什么安排，也许运输部队你也去不了……甚至你面临的挑战会比成为洛轻云的监察员更严苛。”耿劲柔看着谈墨，良久，深深吸一口气，“我倒真希望洛轻云把你感染了……让你失去作为 Inspector 最基本的资格。”

“我看出来你舍不得我了。”谈墨撑着下巴看着耿劲柔，露出一抹笑。

耿劲柔无奈地摇了摇头:“你不知道自己多有价值。”

“什么价值不价值的。洛轻云能从零号基地活着回来，他的价值更大。”谈墨起身说，“没其他事，我走了。”

耿劲柔提醒道:“检测剂请随身携带。灰塔承诺向您终身免费供应，不需要额外花费医保哦。”

“呸。”

谈墨把它一把抓走，这么大个盒子都没办法塞进衣服里。

算了，既然是免费，他把它带回去挂网上卖掉!

第十六章

CHAPTER 16

当我的监察员

谈墨骑着机车离开灰塔，绕着银湾市的环城公路骑了一大圈，气顺了才又骑回市区。

来到小卖部，谈墨进去买了一把棒棒糖，顺带买了一袋猫粮。小卖部后面的巷子里经常有几只野猫出没，每次谈墨买了零食之后，就会到巷子里喂喂猫。

他把机车停在巷子口，车灯开到最弱，照亮了巷子。

几声亲昵的猫叫声响起，有小猫从墙上一跃而下，落在垃圾桶的桶盖上，发出“砰”的一声；接着又有几道影子掠过，然后四五只小猫都出现在光照的范围内。

谈墨蹲了下来，把猫粮倒出来。几个小脑袋围过来，吃起了粮。谈墨叼着一根棒棒糖，挨个揉一揉它们的小脑袋。数过来数过去，小三花、小奶牛、胖橘、小黑妹都在，但是小白猫却不见了。

“嗯？小白哪儿去了？被谁勾搭走了吗？”谈墨问。

“喵……”

巷子的深处传来虚弱的猫叫声，谈墨的眉头蹙了一下，站起身走进巷子深处。

一只小白猫窝在角落里，它的后腿受了伤，血染红了一片，有气无力地看着谈墨。谈墨蹲下来，发现小白猫的后腿上扎着一把美工刀，一看就是被人恶意扎伤的。

“我×！”谈墨赶紧把小白猫抱了起来，放在机车前面，把它送去了宠物医院。

还好送得早，不然小白猫可能会感染，这条腿也会废掉。医生给它做了个手术，把美工刀刀片取了出来。

小白猫疼得厉害，一直“喵喵”地向谈墨撒娇，被麻醉的时候也非要谈墨抱着。

“这小姑娘怎么这么爱撒娇啊。”谈墨摸着小白猫的耳朵感叹。

给小白猫做麻醉的护士小姐姐笑了：“它可不是小姑娘哦，是个小哥哥哦。”

“噗——”谈墨正喝着热茶，差一点喷出来，“公的？你确定？”

“确定啊。”护士小姐姐朝谈墨眨了眨眼睛，“很帅的小哥哥。手术结束之后，您要带它回去吗？”

“抱歉，我住的地方不方便，可以养鱼但不能养猫养狗。而且我周二要出差，没办法照顾它，我能给它办个住院手续吗？”谈墨问。

“住院手续？”护士小姐姐笑开了花，“可以啊。那你还会回来看它吗？”

“当然会。”

谈墨说完又想到了什么，莫名地苦笑一下，支付了治疗费用之后就离开了。

周二早晨五点多，谈墨按掉闹钟，起床刷牙洗脸，骑着机车出门。

洛轻云听见隔壁的动静，侧过脸来看了一眼床头的电子钟。他对谈墨的生物钟还是很了解的，但凡没有任务，他可以睡到中午肚子饿的时候才起。

现在谈墨应该还处于休假期间，理应不需要早起。

洛轻云起身，来到窗口，谈墨骑着机车的身影拖拽着他的视线，毫不留恋地消失在路的尽头。

手腕上的通信器振了一下，是楚妤发来的语音信息："头儿，有个不可靠的消息，谈副队好像想调到其他部门去。"

洛轻云拿着咖啡杯转过身去，很平静地回复："让他去吧。"

曾经有无数人以为自己可以和洛轻云并肩一战，以为能成为他需要的人。但事实是，他们都高估了自己。

其他人看到了洛轻云的强大，看到了洛轻云安然自若的笑，但谈墨却看到了他阴影之下的真实。谈墨很特别，确实很特别。可就因为特别，洛轻云希望他能永远像一朵倔强的野花，仰视太阳，无论是生长在路边，还是贫瘠的土壤里。

都好过深渊。

他坐回沙发上，打开自己通信器里的文件夹，将关于谈墨的文件一个一个都删除。删到最后才发现里面竟然有上百个文件，洛轻云都没想到自己曾经对他这么感兴趣。

最后一个视频是谈墨调入银湾市灰塔二队时，被耿劲柔面试的一段谈话——

耿劲柔："如果你从监察员不小心变成了融合者，你会觉得跌落深渊吗？"

谈墨："万丈深渊，走下去不也是鹏程万里吗？"

视频里的谈墨比现在年轻一些。

还是那双明亮的眼睛，以及被正午骄阳吻过的笑容。

洛轻云的手指很轻微地颤了一下。

他知道"士为知己者死"，可惜自己不是谈墨的那个"知己"，谈何"生死"。

只是有些东西，不经意间拿起，费尽了力气也未必能够放下。

洛轻云转过身去，往凉透的杯子里继续倒咖啡。一个不留神，杯子满了，滚烫的咖啡流了出来，他手套之下的手指竟然有一种被烫伤的错觉。

"啧……"

就在这个时候，洛轻云接到了高炙的电话。

"高队，有什么事吗？"

"我一不小心办了一件麻烦事，可能只有你能解决。"高炙开口道。

谈墨去了运输部队报到，陈志远亲自将谈墨介绍给队员们，大家纷纷欢迎谈墨的到来，就连任务结束之后的欢迎会都给计划好了。

谈墨感到了如同春风一般的温暖，不到三分钟，他就开始和运输部队的人称兄道弟起来。

领完了装备，陈志远带着谈墨清点了运输的药品和补给，就带着他进入了内舱。

“等到飞行平稳，就没什么要忙的了。大家可以稍微放松一下，睡睡觉，看看自己喜欢的电影或者书，再不然……”

陈志远的话还没说完，谈墨就提议：“斗地主？”

“哈哈，我可没这么说。”

意思是默许的。

与此同时，耿劲柔的办公室门又被“砰”地打开了。

张秘书的声音迟迟传来：“洛队！洛队！耿先生他……”

耿劲柔一抬眼，就看到洛轻云站在门口，一只手垂在身侧，另一只手扣着他的门。

哦嚯，又一扇门“被报销”了。

耿劲柔忙不迭地把自己珍藏的瓷杯、茶壶全部收进保险柜里，这才挂上笑容看向对方：“洛队，有什么事吗？”

洛轻云的脸上是他一贯的笑容，但耿劲柔只觉得背后冷汗涔涔。

空气莫名变得低沉，耿劲柔认为这只是自己的心理作用，只要气势坚挺，他也能像洛轻云一样霸气侧漏——

显然是不可能的。

“耿先生，谈墨要去运输队，我没有意见。但你能不能告诉我，他今天去的是哪里？”

洛轻云拉开了耿劲柔面前的椅子，他的坐姿端正，扑面而来的却是压迫感。

“我明白煮熟的鸭子飞了谁都要发火……”

“他要去哪里？运送什么货物？又或者，他自己才是真正的货物？”

洛轻云的手指在桌面上敲了一下，很响。

普通人的手指没这么大力气，耿劲柔盯着被敲过的地方用力看，生怕他敲出裂纹来，这桌子瞬间垮掉。

耿劲柔用力咽下口水，回答说：“中……中心城……”

“真的只是运输任务吗？”洛轻云的脸上仍然带着微笑。

耿劲柔却觉得喉咙被掐住了一般，良久才坦诚道：“……运输队真正的任务是把谈墨送去中心城，接受……接受能力测试。”

洛轻云的笑容沉下去，表情冰冷，仿佛耿劲柔呼一口气上去就能冻住。

“你也知道零号基地里的东西多重要，揭秘零号基地，就是揭秘开普勒生物的……”

“不要跟我讲人类存亡问题。”洛轻云的声音很沉，“你知道我要什么。”

耿劲柔声音颤悠悠的：“运输机机场，运输机编号447，还有……”他顺带看了一眼桌上的电子钟，补充道，“还有十五分钟起飞。”

洛轻云立刻起身离开，楚妤就站在门外等他。

洛轻云大步流星，只扔下一句话给她：“开车，去运输机场卸货。”

十五分钟后，运输机在跑道上开始滑行，广播里响起“闸门关闭”的提示音。

谈墨系好了安全带，靠着椅背，将眼罩拽下来。今天起太早了，不符合谈副队睡到肚子饿的风格。

而就在此刻，运输机驾驶员看着面前的全息屏幕愣住了。

在运输机的后方，有一辆装甲车正在飞速奔驰，而一个男人的身影就站在装甲车的顶部。

“搞什么啊？”驾驶员立刻联系塔台，“有一辆装甲车正在我身后的跑道追逐我！请塔台确认情况，请塔台确认情况！”

他将画面上的装甲车放大，想看清楚车牌以及车顶的人，岂料装甲车车顶的人忽然发力，一跃而起。那种强大的爆发力，仿佛要将屏幕都撞碎！

这个男人的表情冰冷，冰冷中又带着一种笃定，就像一柄锋锐的匕首直冲心口，势不可当！

驾驶员的心脏都提到了嗓子眼。

不可能的，不可能的！这个高度没有人类能跳上……

运输机一震，男人的双手已经抓住了运输机即将关闭的闸门！

“我去——这还是人吗！”

头顶的红色灯光开始闪烁，警报声响起。

“警报——警报——闸门无法关闭，请检查货物摆放位置。”

“啥！物资又没有放好吗？”

一个队员起身，正要去检查货仓，却没想到舱门被一把拉开，一个神色沉郁的男人出现在他的面前。

风呼啦啦灌进来，吹得人睁不开眼。

“怎么回事？”

“到底还飞不飞啊？”

“谁啊！把舱门关上，不要命了吗？”

洛轻云一步一步地走进运输机舱，风肆意拖拽着他的发丝，被黑色手套包裹着的手拂过一排一排的座椅。

他前行，逆着光，五官有一种精致却极度阴郁的美感，另一个充满吞噬性的空间几乎自他的身后蔓延开来。

运输队的队长陈志远认出了他，开口道：“洛队，我们已经起飞了，请您……”

听到“洛队”这两个字，谈墨的神经瞬间绷紧了。

他的第一反应并不是把眼罩摘了确认对方身份，而是……装死。

什么意思，洛轻云是来给他送别的吗？

他一动不动，从脖子到肩膀都僵硬得厉害，面上不动声色，脑子里却兵荒马乱。

运输机不是都飞起来了吗，他怎么上来的？

这多危险啊！万一掉下去了呢？

等等，难不成洛轻云知道他想逃跑去运输部队，是特地来抓他的？

阴魂不散吗？！

他谈墨既然决定退居二线，那就是光脚的不怕穿鞋的，死猪不怕开水烫——大不了跟洛轻云干到骨折进医院疗养啊！

当谈墨心里百转千回的时候，洛轻云已经走到了他的座位边，谈墨从眼罩的缝隙里感觉到那道威逼的阴影降临。

心脏发疯一般狂跳起来，谈墨强迫自己不握紧拳头。

“谈副队。”洛轻云的声音在他头顶响起。

乍一听很温柔，很清晰，细品就有一种让人背脊发凉的利落冷冽。

谈墨还是没有动。

“谈副队。”洛轻云又喊了一遍。

整个机舱里忽然安静下来，除了洛轻云的声音，就剩下风声。

其他人莫名地噤了声，连舱门都没人敢去关上。

驾驶员不知道发生了什么，只能在广播里不断发出提醒。

“运输部队请注意，运输部队请注意——请在一分钟内关闭舱门。如果无法排除障碍，请告知驾驶舱，我们将在第一时间取消这次运输任务。”

谈墨坐不住了，他感觉自己正迎着其他人谴责的目光。

就在他正要抬手摘眼罩的时候，洛轻云的手指勾了进来，贴在他的脸颊和眼罩之间。手套冰冷的质感让谈墨的心底涌起毫无来由的内疚，全部的感觉神经被打了个结，他不可抵抗地被对方拎了起来。

谈墨对上洛轻云视线的那一刻，呼吸宛如凝滞了一般，他所有的注意力都在那双戴着手套的手上。

“洛队……您这欢送仪式很考验心脏啊。”

洛轻云很淡地笑了一下，那笑容就像细薄的刀片掠过谈墨的心脏瓣膜，血液眼看着就要从那道缝隙间迸涌而出。

“谈副队，这架运输机是前往中心城的，而你是他们运送的唯一的包裹。”洛轻云把手撑在谈墨的椅背上，耐心解释道。

“什么？”

“你应该会像我一样去接受进入先遣队的测试。我很清楚你的实力，你一定会通过测试。”

耿劲柔早就暗示过谈墨，但谈墨没有想到这一切会来得这么突然，并且这么快。

谈墨平复了一下自己的呼吸，仰面看向洛轻云，“我知道进入先遣队意味着要被派往零号基地，也知道那是连你都难以全身而退的生态区……更何况我呢？但零号基地的秘密关乎人类存亡，在毫无把握的情况下，中心城也不可能在这么短的时间内就把仅剩的精英再送进去……”

“人类在零号基地面前永远不会有把握。每一次进去，都只是为了排除一条错误的道路。”

站在他面前的洛轻云忽然单膝落下，反过来用仰望的姿态看着他，谈墨从没有在他的目光里看到过这样的郑重和期待。

他向谈墨伸出手，哪怕警报声不断，哪怕风声猎猎，他的表情依旧平和如初。

“为了离开零号基地，我失去了绝大部分开普勒能量，这是以我目前的能力仅能给你看的部分。看或者不看全凭你的心意；留或者不留，我也不再干涉。”

谈墨看着洛轻云的眼睛，他意识到这并不是一道简单的选择题。

倘使自己拒绝这个邀请，那么当下一次开普勒阈值达到百分之九十九的时候，洛轻云就会头也不回地越过去了。

如果谈墨去了零号基地，注定会被开普勒生态摧毁，那么洛轻云宁愿成为开普勒本身。

选择接受这个邀请……谈墨有一种强烈的预感，自己会被他说服，以洛轻云为自己世界的中心。

他会不得不在瞄准镜里一直看着他，小心翼翼、心惊胆战地陪他行走在那道界限上——重复过往的伤痛，又或者会有更广阔的未来。

几秒钟过去了，谈墨没有给予任何回应。

洛轻云扬起了他一贯的笑容，那唯独在谈墨面前透露出的一点点属于人类的情感又再度被封闭起来，他站起身，对陈志远说了声“抱歉”。

就在他离开的那一刻，谈墨一把拽住了他的手。

空间迅速倒退着收拢，谈墨的耳边响起了喧嚣而绝望的声响：危机四伏的开普勒生态，饥饿的魔鬼藤的咆哮，不知名的开普勒生物蜂拥而上，攻击性的神经线和消化触丝密集地穿透血肉之躯，不甘心被吞噬的生物还在垂死挣扎……

“撤退！撤退！啊——”

“那是什么！回来！”

“不行了！洛轻云……你一定要活着回去……只有你能活着回去了！……”

“告诉中心城……这条路是错的……”

“我们都……回不……”

厮杀，吞噬，挣脱，接着是重复的杀戮与挣扎，人类在开普勒生态面前，显得如此渺小无能。

洛轻云的身体承受着巨大的痛苦，每一个细胞都像是被一整片巨大的开普勒生态拖拽着，身体沉重到无以复加，每一次呼吸心跳都宛若筋疲力尽的浩劫，只要一瞬间的动摇和懈怠，就会走向最惨烈的灭亡。

越界，也许是最大的解脱。

只是感受洛轻云的感受而已，谈墨已经觉得自己宛如被凌迟了无数次。

洛轻云在零号基地内的每一秒钟都可能是最后一次感受这个世界。他朝着亮光的地方伸出手，渴望着世界的另一端，会有人将他拉回去。

“洛队——你这样完全违反安全操作！你在拿整个运输队的性命开玩笑吗？”陈志远的斥责声响起。

来自地狱的喧嚣骤然远去，运输舱内的警报声让谈墨回到了人间。

他紧紧拽着洛轻云，用力地呼吸。

好难受……

真的好难受……全身都是冷汗，谈墨的牙关咯咯作响，第一口呼吸让他无比庆幸自己还身在人间。

洛轻云没有转身，而是垂着眼说："谈墨，有时候拒绝并不代表懦弱，只是时机未到而已。哪怕是深渊地狱，你若真的要去分辨个对错，我也可以为你再去一次。"

陈志远说过，习惯了出生入死，他们的大脑就会变得无比渴望追逐生死疲劳的刺激。

而洛轻云，将会是他最难以戒断的瘾。

驾驶舱的广播还在不停重复，时间争分夺秒，不容犹豫，可洛轻云却以极致的耐心等待着谈墨的决定。

整个机舱里的心跳出奇地一致，大家虽然没有看过来，但都在严阵以待。

谈墨再不放开洛轻云的手，他们就要被风刮出去了！

这是同归于尽的新花样吗？他们会上灰塔头条！

洛轻云垂着眼，轻轻掰开谈墨的手。

"选我，现在跟我跳下去。

"或者跟着运输部队去中心城，你也不用担心我会本着'我得不到，别人也别想得到'的反派精神杀了你，因为我可以在另一端等你。"

洛轻云的声音很平静，仿佛他问的不是什么要人命的问题，而是那天早晨在公寓里，他问谈墨先吃饭还是先喝汤。

但是谈墨却在洛轻云的眼底看到一种被牢牢压抑的偏执和孤独。

洛轻云本应该是不懂什么叫孤独的，因为他没有真正得到过什么，也没有谁真的能与他并肩同行。

"老子看起来那么像炮灰吗？你他妈都办不到的事情，我难道就能一枪打出人类未来了吗?!"

谈墨这人天生反骨，中心城越是想要他，他就越是要唱反调！

而且零号基地这块硬骨头也不是他谈墨就能啃下来的，既然洛轻云能从那里回来，就意味着迟早有一天中心城还是会派他第二次去那个鬼地方。

如果要征服开普勒生态区，那当然要跟着实力最强的大佬啊。

要做"敢死队"，那就要做流芳千古的传奇"敢死队"，要么就是黎明前方光芒万丈，要么牺牲也要牺牲得轰轰烈烈！当个探路的哨兵多不划算！

何况谈墨就是有自信，他是灰塔最牛逼的那个 Inspector！

"咱俩征服开普勒世界啊！"谈墨喊出了他这辈子最蠢的口号。

洛轻云愣了一下，然后笑了。

很淡，甚至看不出来，但谈墨知道他真的笑了。

"你想好了，不去中心城，就只能当我的监察员。"

只有洛轻云这个高危融合者才是谈墨留下的绝对理由，也只有这个理由会让中心城都无法拒绝。

“洛轻云——你有本事——你带老子飞啊——”

话音刚落，安全带“啪嗒”一声打开了，谈墨被人一把拽了起来。

洛轻云以不容反抗的气势将谈墨带向舱门，大步流星，仿佛涌进来的风对他根本不构成阻力。

谈墨路过一排一排的座位，座位上的人都试图抓住谈墨，但洛轻云的表情极为强硬，那些伸过来的手还没有碰到谈墨就收了回去。

洛轻云带着谈墨来到关了一半的机舱门前，风“呼啦啦”灌进来。

此刻的运输机距离地面已经有差不多二十米了，谈墨被风吹得睁不开眼，倒是兴奋了起来。

不得了不得了，这还真的要跳下去吗！

洛轻云真有这能耐？好歹也拴了滑降绳索吧？

不……不对，他身上啥也没拴！

谈墨艰难地瞥了身边的人一眼，那侧脸轮廓深刻得像是最锋利的刀刃，在谈墨的眼球上凿痕刻迹，发丝被风吹得轻狂，而他的嘴唇抿成了温柔的弦。

看来这一波是来真的。

洛轻云，你可以啊！

谈墨的脑海里有千军万马飞踏浮尘！

“我早上吃了早饭，你要是让我在半空中吐出来我们就……”谈墨很认真地警告洛轻云。

这一波飞降服务要是没做好，谈墨绝对会让洛轻云在他的瞄准镜里不好过。

但是风把他的声音都吹散了。

这次洛轻云实实在在地笑了一下，谈墨的感官神经瞬间无限膨胀，无数炮火在他的血液中炸响，随之而来的却是尘埃落定一般的安全感。

“我不会带你做冒险的事。”

洛轻云猛地把谈墨横抱了起来，一跃而下！

“我去——”

谈墨的人正在降落，灵魂还留在机舱里。风灌进了谈墨的嘴里，他的每一个细胞都在战栗。耳边是喧嚣的风，嘶吼着要将谈墨拖入地狱；但身下是洛轻云稳定的手臂，他会确保谈墨的安危。

这都不算冒险？老子信了你的邪！

……但是真他娘的带劲儿！！！

第十七章

CHAPTER 17

炸烟花

谈墨下意识闭紧了眼睛，死死抵着洛轻云的胸膛。

一阵剧烈的震荡，骨头差一点散架，他们降落在楚妤驾驶的装甲车车顶的缓冲垫上。

“可以睁眼了，你没死。”洛轻云的声音在谈墨的耳边响起。

楚妤游刃有余地转动方向盘，车轮在地面上发出尖锐的摩擦声，与运输机的飞行方向背道而驰，跋扈又嚣张。

她抬头瞥了一眼车顶，面色平静，实际上心脏都快要跳出来。

那么一声巨响，她还真以为洛轻云把装甲车给压塌了呢！那样她就会成为灰塔第一个被自家队长砸死的司机。

谈墨缓缓睁开眼睛，猛地推了洛轻云一把，他真的没想到对方会带他跳飞机！

不是跳伞，不是跳楼，居然是跳飞机！

“你跳崖我都不拦你，你干吗带我跳飞机！”

“怎么了，吓着了？”

“是太爽了！可这不是云霄飞车，有钱就能玩！”

“我买一架？”

谈墨觉得洛轻云那看似低调微笑实则嚣张到极致的脸太欠揍了，不能让他太得意，便铆足了全身的力气，一拳砸向洛轻云的脸。而洛轻云轻松地接住了他的拳头。

在力量上，洛轻云有着绝对优势。

“我所有的冒险，只有你能阻止。”洛轻云语气郑重得不行。

谈墨侧过脸，叹了一口气：“老子出生入死有惊无险那么多次，差一点死于和自己人跳飞机！”

洛轻云一笑：“谢谢你的‘自己人’。”

“其实就算中心城真的要招我进入先遣队，我也可以拒绝。”

“你去了就不会回来了。”洛轻云笃定道。

另一边，运输机里的陈队长已经清理了被洛轻云推到禁区的货物，成功关闭了舱门。

运输机飞上了天空。驾驶员深深吸了一口气，他执行了那么多次飞行任务，还是第一次遇到这样的情况。

太考验心脏了。

陈志远回到座位，其他人正在讨论刚才发生的事情。

“那个就是一队的队长洛轻云？太恐怖了吧，竟然能跳上起飞中的运输机？”

“所以谈墨无法加入我们运输部队了?”

“这都冲冠一怒为‘蓝颜’了，看来谈墨还是更适合当监察员啊!”

陈志远的眉头却皱得很紧。只有他很清楚他们真正的运输目的是什么，而洛轻云就这么把“货物”劫走了，他还不知道自己要如何向中心城交代。

“有那么多的部门，为什么去运输部队?”洛轻云问。

谈墨直接躺在缓冲垫上，凉飕飕地回答:“因为我想当咸鱼。”

洛轻云笑了一下:“你只要告诉我一声，在哪里我都能让你当咸鱼，不一定非要去运输队。”

“告诉你了就当不了咸鱼了。”谈墨这会儿吹着车顶的小风，优哉游哉。

“我看你不是想当咸鱼，你是想当死鱼。”洛轻云叹了口气。

谈墨咂了咂嘴:“咸鱼还能翻身，你听过死鱼翻身的吗?”

“知道什么比天还大吗?”洛轻云一边说，一边从口袋里把他的铝制烟盒拿了出来。他咬着烟，侧过脸去点火。

这家伙摁打火机的样子，像是能把风点着。

“不知道。”谈墨心想，还有什么比天大?

“你啊，谈墨。真正的胆大包天，上了中心城的贼船你都敢跳。”

洛轻云将点燃的烟送进了谈墨的嘴里。

有那么一瞬间，谈墨觉得洛轻云这个举动是在向自己示弱，又或者是表达强行把他留下来的歉意。

洛轻云的手忽然摁了下来，被谈墨咬着的烟落下一些火星，谈墨以为自己的脸会被烫到，但那火星却被洛轻云的手给包住了。

“下次别再这样玩火自焚……”

“你要来灭火吗?”谈墨好笑地反问。

“不，我不会阻止你，我会和你一起‘作天作地’。”

车子开到了运输机场的闸口，一堆严阵以待多时的人将他们拦了下来。机场负责人气到青筋暴起，恨不能直接端起枪就把他们的装甲车打成马蜂窝。

“洛队，你是不是太过分了?”躺在车顶跷二郎腿的谈墨有点儿幸灾乐祸。

还“作天作地”呢，差点一艘运输机都被他“作”沉了。

洛轻云从车顶轻松地跳下来，落地的时候一点声音都没有，他迎着枪口，走向机场负责人。

“是我冲动了，抱歉。”洛轻云语气很诚恳。

机场负责人愣了一下，这件事当然不可能一句轻飘飘的话就过去了。

“冲动? 洛队是第一次冲动吗? 冲动了就能拦运输机吗? 冲动了就能跳运输机吗? 冲动了就能……”

“抱歉，我确实是第一次冲动，没有经验。”洛轻云说。

车顶的谈墨仿佛被空气呛了一下。

机场负责人完全没想到他态度会这么好，一时之间不知道怎么接下去了，只能说："我不管你是第几次冲动！我要耿劲柔给我个交代！他到底是怎么管人的？他的位子是不是不想坐了？！"

"好的。"洛轻云点了点头，转身敲了一下车顶，"下来，进车里。"

谈墨没动："上面空气好。"

洛轻云笑了一下，放柔了声音："谈副队，别闹了。快下来，万一运输机掉下来砸到你怎么办？"

瞬间鸡皮疙瘩遍布谈墨全身，他麻溜儿地从车顶翻下来，钻进了车里。

"今日可还安好啊，谈副队？"握着方向盘的楚妤说。

谈墨没吭声，只是看向窗外。他很清楚，无论楚妤私下里怎么挤对洛轻云，她的心也是向着洛轻云的。

洛轻云进了车，就坐在谈墨的身边。

"头儿，去见耿先生吗？"楚妤问。

"一会儿吧，谈副队今天起太早，现在应该要睡午觉了。"洛轻云说。

"刚才机场负责人不还说要去找耿劲柔吗？"谈墨心想运输机场要问责，洛轻云这个始作俑者怎么可以不在？

"机场负责人想找谁就找谁，他又不是你，我为什么要作陪？"洛轻云看向谈墨，反问。

"我是不是应该觉得荣幸？"谈墨笑着说。

耿劲柔接到运输机场负责人的电话时，竟然有一种松了一口气的感觉。

无论如何，谈墨终究是给他留下来了。

真要是抵达中心城，那就是"一入宫门深似海"，从此真的是生死难料了。

"洛轻云到底是不是你的人，啊？他差点弄毁我一架运输机！如果真的出事了，你说你打算怎么赔？！"

耿劲柔淡定地回答："首先，洛轻云从编制上来说确实是我的人。但不幸的是……"

"什么不幸？难不成你的乌纱帽掉了？"

"……还没有那么不幸啦。只是现在的银湾市灰塔没有人能打得过洛轻云，他取我首级如探囊取物，你说我是不是很不幸？"

"呸，我信了你的邪！不是说银湾的监察员是整个灰塔系统里水平最高的吗，就没有一个能击中他？"

"亲，洛轻云今天就是从你们机场拦下了那个最有可能击中他的监察员哦。你看，对于洛轻云的操作，是不是应该给他五星好评呢？"

"啪"的一声，电话挂断了。

站在门口的张秘书凉凉地说："先生，你不觉得自己有点脸皮太厚吗？有人取你狗命如探囊取物，是值得到处宣扬的事情吗？"

"我说的是首级，不是狗命。"耿劲柔喝着咖啡，散漫地说。

“洛轻云把谈墨带回来了，您好像很高兴的样子？”张秘书问。

耿劲柔靠着椅背，慢悠悠地回答：“别说银湾的灰塔，就是在整个灰塔系统里要找出一个能击中洛轻云的监察员，那都是不可能的事。”

“所以，无论洛轻云的监察员是谁，其实都是形同虚设？”

“重点从来都不是谁有能力击中他，而是他愿意被谁击中。”耿劲柔讳莫如深地回答。

张秘书露出一抹笑：“听起来，您在指望洛轻云会有飞蛾扑火的精神。”

耿劲柔垂下眼，转过椅子望向落地窗外的市区，那里高楼林立，公路与立交交错盘旋，令人根本无法想象隔离区之外是无间深渊，而深渊的另一头，就是正在无限繁衍的开普勒生态区。

“到底谁是飞蛾，谁是火……还不一定呢。”

谈墨怀着万分悲凉的心情坐着装甲车，回到了银湾市的市区。他悲凉的原因是前方有万字检讨书在等待着他。

楚妤从后视镜里看了一眼满脸了无生趣的谈墨，谈墨也发现了楚妤在看自己，目光里好像有那么一点点的内疚。

“洛队是怎么知道我想调去运输部队的？”

洛轻云倒是很坦荡地说：“楚妤告诉我的。”

楚妤冷笑了一下，眼神里写满了“没想到你这么轻易就出卖了我”。她立刻解释：“我也是听见江春雷在问吴雨声这回事，他在运输部队里有同学。”

谈墨翻了个白眼：“这个江春雷，就是一条‘酸菜鱼’。”

“啊？”楚妤不解。

“又酸又菜又多余。”

车子在银湾市灰塔中心停了下来，洛轻云下了车，朝着车内的谈墨伸出手。

从笑容到姿态都风度满满，但谈墨怎么看都觉得对方在向他传达“顺我者昌，逆我者亡”的信息。

虽然谈墨还不是他的对手，但他富有“蚂蚁撼大树”或者“螳臂挡车”之类的挑战精神。毕竟只要找对了支点，地球都有可能被撬起来，何况一个洛轻云。

谈墨自信地挥开了洛轻云的手，跳下车，问：“来灰塔干什么？”

“当然是为了找耿劲柔向中心城传达一下我的警告——以后未经我的允许，禁止把我的人调离我的身边。”

一句话，三个“我的”，强调意味非常明显，听在谈墨的耳朵里莫名很爽，仿佛他也能狐假虎威，视中心城的命令如无物了。

谈墨跟着洛轻云进了电梯，正好遇上黄丽丽。

“哟，被逮回来了。”她用的是陈述句，眼底是掩饰不住的幸灾乐祸。

谈墨闷声不响，倒是旁边的洛轻云笑了一下：“是啊，逮回来了。”

“他看着毛光水亮的，脾气可不大好。”黄丽丽又说。

谈墨心想，什么“毛光”？我是猫吗？

“好看又脾气不好的，才能大闹天宫。”洛轻云笑着说。

还“大闹天宫”！我是猴子吗？

洛轻云略微低了低头，轻声道：“我可以做你的如意金箍棒。”

“我谢谢你啊！”谈墨白了洛轻云一眼，“鉴于你应该是那片海，其他人会更希望我是定海神针。”

电梯门正好开了，洛轻云很绅士地做了一个“请”的姿势，谈墨走了进去。

他们来到耿劲柔的办公室外，却看到吴雨声、常恒、江春雷和王小二，都双手背在身后，蹲成一排。也不知道蹲了多久，江春雷的鼻尖上缀着汗珠，王小二的腿都在打抖。

“你们这是在干什么？”谈墨一把将王小二拽了起来，刚松力气，失去支撑的王小二就跟没骨头一样歪坐在地上。

“洛队，我们错了。”吴雨声第一个开口。

“哦，错了？错在哪里？”洛轻云也不着急进耿劲柔的办公室，而是站在门口，神色悠哉地问。

“我们身为一队的队员，应该密切注意每一个队友的思想动态，而本人疏于防范，竟然没发现谈副队存有二心。”吴雨声极为诚恳地说。

“我去！”谈墨万万没有想到，给自己当了这么多年戒备员的吴雨声居然是把软骨头！

洛轻云微微抬了抬手，意思是“平身”。

吴雨声呼出一口气，站了起来：“谢洛队。”

这无疑加速了其他人的倒戈。

“我说！我说！我身为一队的一员，应忠于一队！生是洛队的人，死是……”

“死人就不必了。”洛轻云很大度地将常恒拉了起来，拍了拍他的肩膀。

谈墨抱着胳膊翻了个白眼，凉飕飕地补刀：“他不是要做你的‘死人’，他是要当你的‘死鬼’。”

“我的‘死鬼’太多了，我消受不起。”

江春雷被呛了一下，双膝跪地，有点惨烈。而洛轻云的“死鬼”二字，听得谈墨虎躯一震。

“洛队是我的队长，洛队指东我绝不打西！洛队要我上天我绝不入地！”

“呵呵，就跟你有能耐上天入地一样。”谈墨已经不抱希望了。

高炙这才卸任多久啊，人走茶凉，这群白眼狼！

“很好。我希望我的队员们不会有‘身在曹营心在汉’的情况。你们崇拜高队，听高队的话，我一点意见都没有。但面对谈副队的时候，希望大家都能有底线意识，警钟长鸣。”洛轻云扣住了谈墨的肩膀，使了一股巧劲儿，把谈墨顺进了耿劲柔的办公室。

耿劲柔早有准备，桌上一个瓷杯都没有。

“谈副队，您这运输部队半日游回来了？”

耿劲柔一边说，一边从小冰吧里拿了一罐可乐给谈墨，又用金属杯装了咖啡推给洛轻云。

他就不信洛轻云还能把金属杯都给碰咯！

“回来了。老耿，你就直说是不是你告诉洛轻云这趟运输队是特地送我去中心城的？你到底是洛轻云的上司还是马仔？”谈墨把椅子一拉，大剌剌地坐了下来。

“我怎么觉得你叫的不是‘老耿’，而是‘老狗’呢？”没等谈墨反应过来，耿劲柔接着说，“谈副队也是灰塔的老人了，难道还不清楚我们灰塔的守则吗？强者称王，谁厉害谁就是大爷。讲白了我就是个负责跟上面沟通的联络员，你们谁厉害，我就是谁的马仔。”

“呵呵。”

“再说了，零号基地关乎人类的命运和未来，开普勒生态区的扩展速度越来越快，中心城也是从大局考虑才想将你招募进入先遣队的。有了上回接近全军覆没的经验，中心城也不会再贸然把精英送去探路了。其实对于谈墨你来说，去中心城的先遣队还是做洛轻云的监察员，价值都在伯仲之间。”

谈墨别过头去，就知道耿劲柔是一定会帮他的。他心怀感激地唤了一声：“老狗。”

“认清现实很重要。”耿劲柔抬起头，看向靠在办公室门口的洛轻云。对方的笑容很温和，就像来参加家长会的慈父。

“思想工作做到位了吗，耿先生？”

“到位了，应该到位了。谈副队想必很清楚自己的职责了。”

洛轻云笑了笑，指了指天花板：“我是说，耿先生，你和中心城的思想工作，到位了没有。”

“那早就到位了啊！以后，我绝对不会批准任何降低一线作战能力的申请！”耿劲柔回答。

谈墨在心里惊叹着耿劲柔有多么不要脸！

“谈副队，还有什么要说的吗？”洛轻云很民主地征求谈墨的意见。

谈墨凉凉地说：“洛队大概是二郎神转世。”

洛轻云勾着嘴角笑了一下。

“为什么是二郎神？”耿劲柔不解地问。

“这样才配做耿先生的主人啊。”谈墨拎起可乐，转身走了出去。

“洛队，我那一个月的休假还作数吧？”谈墨问。

“作数啊。”

“那我爱去哪里旅游，你管不到吧？”谈墨问。

“谈副队就是要去高级生态区度假，我也奉陪。”洛轻云说。

“呵呵。”谈墨走了两步，又回过头来。他不习惯在心里百转千回地瞎猜，宁愿要个直截了当的结果。

“我说洛轻云，灰塔的监察员没有千千万也有几百个，你今天既然选择了我，就要永远相信我。”

几辆装甲车从他们身边经过，上面队员的目光若有若无地瞥向两人。洛轻云截运输机的事情早就一传十、十传百了，大家当然好奇这两人杵在灰塔门口到底在说什么。

“我相信你。”洛轻云回答。

“不能再有这么作死的行为。”谈墨再次强调，“跳运输机这种事只此一次，还有下次……还得带上我！”免费的飞降啊！

洛轻云好笑地澄清道：“我不是作死，我是嫉妒了。”

“嫉妒？”谈墨怀疑自己耳朵是不是出了问题，“你嫉妒我什么？嫉妒我生得没你高，长得没你帅，力气没你大？还是在灰塔里没有那么吃香——”

“我嫉妒的不是你，是高队。”

洛轻云揣着口袋站在距离谈墨不远不近的地方，他的唇微微动了动：“我嫉妒他没有错过你。”

谈墨的心被撞了一下。他一直以为洛轻云不在意的。

“我嫉妒高炙，在过去的五年里，他是你世界的中心，是你瞄准镜里唯一的主角，是你可以冒一切风险背负所有重压去挽回的人。我忍不住惋惜，我曾经有一个机会，可以在你心里占据高炙现在的位置。”

谈墨试图从洛轻云的眼里找到虚伪的痕迹，哪怕有一丝的表演痕迹，谈墨立刻就能心安理得地插科打诨，趁机离开。

但是他看过了洛轻云的世界，见过了洛轻云声嘶力竭的挣扎。洛轻云不是需要有人像杨峻那样阻止他越界，而是希望当自己身陷零号基地那样的地狱时，能有一个回到人类世界的念想。

“我想找一个更加冠冕堂皇的理由留下你。但很可惜我发现，如果不是因为嫉妒，那就只剩下遗憾了。”

头顶的灰塔，络绎不绝的装甲车和货车，午后汹涌的云潮都褪去了颜色。唯独洛轻云，仿佛一现的昙花，如果此刻谈墨转身，就会万物衰败。

“算你狠。”良久，谈墨才从齿缝里挤出这三个字。

“谈副队去哪儿，我可以送你。”

“回去午睡。”

洛轻云一边握着方向盘一边笑了：“还要放摇滚吗？”

谈墨没搭理他。

他们进入灰塔管制区，闸门自动开启。到了公寓，停车之前，洛轻云的声音再度响起。

“谈副队。”

谈墨皱了皱眉，心想这家伙到底有完没完？

他突然不想回头。

“刚才的聊天，是我作为人类和你的友善对话。现在，我想说的是……”

洛轻云的声音带着一种凉意在车厢里回荡，谈墨就像被魇住了，双腿灌了铅一般，无法打开车门走出去。

明明知道一旦回头，看到的一定不是什么美好的事物，但谈墨就是被那股不属于人类世界认知范畴的力量所吸引，转过头来。

洛轻云就淹没在阴影里，五官的每一处起伏都流露出一种阴郁的美。

在这样分明的明暗对比中，谈墨的视觉神经忽然敏锐起来，整个世界就像被什么所威胁，正恐慌着从洛轻云周身退去，而他变成了那个世界独一无二的、绝对的中心。

“谈墨，请你持续不断地吸引我，给我一点理由，让我眷恋这个虚伪无趣的人间。”

他的脸像星体，朝有光的方向靠近，直到和谈墨一样，来到了光亮之下。

“既然答应了做我的监察员，如果未经许可擅离职守，我就不会对你这么温柔了。”

他的手停留在谈墨的耳边，保持着随时能触碰，却并没有碰上的距离。

谈墨骤然清醒。此刻与他谈话的，是洛轻云身为开普勒的那一部分。

“洛队，你也不需要那么厌世。讲白了你就是半桶水见多了，现在遇到我这个真神，才会忍不住拜谢。”

谈墨笑了一下，手指在洛轻云抬起的掌心里一弹，算是击掌起誓了。

“既然选择做我的目标，如果未经许可擅自越界，我也不会对你心软的。”

谈墨学着对方的语气说话，目光冷了下来，那与其说是一种警告，更像是子弹上膛之前的笃定。

两人下车，前后沉默地走回公寓，各自打开了房门，“咔哒”一声，就是两个空间。

谈墨慢悠悠打开自己的冰箱，感到有点凄凉。之前原以为自己会离开好一段时间，所以什么库存都没置办，现在只能去管制区内的小超市里转一转了。

谈墨在小超市里选购泡面，红烧牛肉味的好像都被买完了，只剩下味道奇特的叉烧味。

到底是谁发明的叉烧味的泡面啊？不香辣不浓郁，还有泡面魂吗？

超市的管理员正在观看最新的灰塔要闻。

“今日下午十五点三十二分，深宙集团一架自动驾驶的药品运输机因系统故障坠毁于B027生态区，由于回收成本高于制药及运输成本，深宙集团决定放弃该批药品，其中包括心脏复苏剂、神经元接驳手术麻醉药、R-3型镇痛剂……”

谈墨听到这里，心念一动：R-3型镇痛剂？那可是镇痛剂里的天之骄子啊。

他知道洛轻云会和中心城为此谈判，但无论如何，经此一役，运往中心城的镇痛剂估计要经过许多手续才能回到银湾市了。

万一他腿伤发作，那不得疼上天？

B027生态区吗？风险系数好像不是很高。既然深宙集团都放弃回收了，那他谈墨自己动手丰衣足食，不为过吧？

于是谈墨没有再回公寓，而是骑上摩托车，打算去一趟起飞台。

晚上一定会有值夜的治安队驾驶双人飞行器巡夜，自己可以申请一架飞行器到运输机坠毁的地方看一看，如果可以就把镇痛剂拿回来，如果不行，就当逛街咯。

谈墨拨通了耿劲柔的电话。这家伙好像在听交响乐，听闻他的计划，只是用漫不经心的语气回了句："深宙集团你都敢'截胡'？"

"为什么不敢，他们不是都放弃了吗？"谈墨抓了抓下巴。

"你以为B027生态区很安全吗？"

"所以我也只是去看一看，没有回收可能性就死了这条心嘛。"

"呵呵，你要是能把药带回来，我跟你姓。"说完，耿劲柔就终止了通讯。

谈墨歪了歪脑袋："这算是同意了吗？"

巡夜的治安队早就飞离了，起飞台上空荡荡的。谈墨算是明白耿劲柔的意思了——就是想去也得有飞行器啊。

今天的夜空很漂亮，群星闪耀，再配上起飞台下的万家灯火，别说，还挺美的。

谈墨揣着口袋，想着要不吹吹夜风就回去洗洗睡吧。

起飞台的角落里忽然传来"吧嗒"一响，那是打火机的声音。

谈墨转过身，发现有人正坐在一架双人飞行器上，宽肩窄腰，两条长腿就那么嚣张地岔着。谈墨可不记得治安队里哪位兄台有这么好的身材。

烟头的火光忽明忽暗，照出对方带着调侃笑意的眉眼，与黑夜浑然天成。

"洛轻云？你怎么在这儿？"谈墨惊奇地走过去，"这里怎么还有一架双人飞行器？"

"我跟治安队说我今晚要巡夜兜风，他们留给我的。"洛轻云吐出烟圈，白烟袅袅，掠过谈墨的耳边。

"啧……你巡夜？怎么可能，你当我傻？你哪有那么好心？"谈墨揣着口袋，好笑地问。

洛轻云承认："对啊，我没那么好心。"

"那你到底想干什么？"谈墨眯起眼睛问。

洛轻云伸出一只手，像是隔着整片夜空摸了摸月亮。"我从零号基地回来，几乎耗尽了自己的开普勒能量，如果想要尽快恢复的话，就要进食。"

"你还真的吃开普勒生物啊？"谈墨觉得这家伙又在逗自己了。

"要不要一起？"洛轻云斜过身来看着谈墨。

越是黑暗的地方，他的眼睛反而越是明亮。

"一起干什么？"谈墨慢悠悠走到了对方的面前，低下头看着洛轻云的烟。

好家伙，烟也抽这么贵的。队长工资挺高啊！

洛轻云倒是很会看眼色地把那支烟递到了谈墨嘴里。

"夜色这么美，一起炸烟花。"洛轻云笑着说。

“到哪儿炸？”谈墨来了兴致。

可以啊洛轻云，夜生活很刺激嘛！

“开普勒生态区。”

“好啊。洛队这是要去狩猎？”谈墨迅速抬起腿，一屁股坐在了洛轻云的身后，“不过你可以用拳头，我啥也没有，只能坐飞行器上干看着。你真买烟花了？”

洛轻云拎起什么东西，向后一扬：“这个烟花够不够？”

谈墨不用接都知道那是一把狙击枪，虽然不是“朱雀”那个级别的，但也是他执行普通任务时常用的枪型。

“你早就盘算着要我跟你一起去了？”谈墨咬着烟问。

“你是我的监察员啊。”洛轻云回答。

“我们大晚上未经批准擅离银湾市，你这是要害我扣工资，妨碍我养老，还是你觉得我当了你的监察员多半也没机会养老了？”

“你不想体会一把在生态区里杀进杀出的感觉？”洛轻云回过头来瞥了他一眼。

飞行器的引擎开始启动，发出“嗡嗡”的声响，他们略微向后倾斜，很快就冲进了滑道。

“哥哥你很狂嘛！你最好真的能杀进杀出，不然我一个不爽就崩了你啊！”

谈墨本来想说他很在乎他的工资，但洛轻云说要带他去炸烟花，竟然让他产生了一种小时候逃课出去打游戏的快乐。

冲上滑道之后，飞行器开始加速。谈墨向后瘫倒，没骨头一样坐着，低头看着底下高楼层叠，立交桥上车水马龙。

夜风很凉爽，谈墨嘴里的烟没两下就烧完了。他肚子有点饿，后悔没把在小超市里买的泡面吃完了再出来。

“饿了？”洛轻云的声音从耳畔的通信器里传来。

明明他坐在自己前面驾驶，却有一种他在自己耳边说话的错觉。谈墨下意识摸了一下耳朵。

“是啊，饿了，饭都没吃就跟你出来喝西北风了。”谈墨在口袋里摸了半天，竟然又翻出了几颗洛轻云之前送给他的糖。

洛轻云回答：“等我吃饱了再喂你。”

谈墨歪了歪脑袋，这话怎么听起来这么奇怪？

他们逐渐飞离了市区，灯火成了他们身后的点缀，而他们面前是荒芜一片的隔离区，周遭是由特殊药剂渗透凝结形成的防护墙。

飞过了隔离区，又是一整片的荒野。半个多小时之后，渐渐能看到一片低矮的草叶，它们枝叶细软，在月光下轻轻摇摆。这一整片都没有任何树林，形成开阔的平原地形。

“星垂平野阔，月涌大江流。”洛轻云轻声道。

他的声音带着微微磁性，读书的时候语文老师要是也有这样的声音，谈墨应该不至于睡得昏天暗地。

说着说着，他们就飞到了这一整片草原上空。

这些草的名字叫“叶轻舞”，名字听着挺美，开普勒级别也很低，但它们的草叶能在感应到威胁的时候迅速旋转，化作薄如蝉翼的刃，一旦掉下去，杀伤力还是很大的。

但不妨碍他们欣赏一下月下的叶轻舞摇曳生姿的美好模样。只见这些叶轻舞随风朝着同一个方向柔软地倒下，当风过去了，它们又慢悠悠地扬了起来。

这里应该不是洛轻云狩猎的地方，谈墨相信他如果真的要“进食”，对象也一定是更高等的开普勒生物。

“你的开普勒能力到底是什么?”在洛轻云开口之前，谈墨抢先说，“我不接受‘你猜’这个答案。”

“就像看电影一样，一旦提前剧透，你就不会再仔细去看之前所有的铺垫和细节了。”洛轻云回答。

谈墨没有继续问下去了。他隐隐猜到洛轻云的能力应该就是他被中心城忌惮的原因。

“不管你的能力是什么，一会儿绝对不能在我面前表演生吞开普勒生物——你真要吃，也一定烤熟了再吃。”谈墨说。

洛轻云的笑声传来，有点悦耳。

第十八章

CHAPTER 18

睚眦必报是吧

他们已经进入了这片开普勒生态区的腹地了，原本轻灵的叶轻舞逐渐稀少，取而代之的是低矮的树丛，但是他们在空中的视野依旧开阔。

不远处好像有什么隆起的东西，一些开普勒生物在那里徘徊。

当他们越飞越近的时候，谈墨才发现那是一架运输机，体形比一般运输机要小，看起来没有驾驶舱。根据附近地形以及通信器上的定位，谈墨确定他们来的就是B027生态区，而这艘运输机……就是深宙集团那架坠毁的药品运输机。

谈墨看着面前洛轻云的背影，忍不住猜想：难不成洛轻云是故意到这里来的？他知道这里面有镇痛剂吗？

这想法实在是非常自作多情，毕竟除了镇痛剂，新闻里面还说遗失的药物包括高浓度营养剂。

但这艘运输机并不孤独，旁边这些可爱的开普勒生物都在陪着它……呃，把“可爱”划掉，好像是因迪拉。

有因迪拉在，说明区内的种子饿了，驱使因迪拉出来觅食。

“因迪拉合你的胃口吗？”谈墨真诚发问。

“又臭又难看。”洛轻云反问，“你吃得下？”

谈墨呼出一口气来：“还好还好，不然我会把你踹进消毒水里，你就泡到天荒地老吧。”

“但是有因迪拉的地方，就有种子级别的生物在附近。我要下去一趟。”

眼见着洛轻云松开了安全带，侧着身就要做自由落体，谈墨一把抓住了他。

“等等！”

“等什么，你不会开飞行器？”洛轻云向后仰着，透过目镜看他的眼睛，有种不真实的感觉。

风掠起他的发丝，他的笑容依旧……欠揍。

“你不是说你的开普勒能量用完了吗？”

洛轻云的手指在谈墨拽住他的手背上弹了一下：“笨啊——瘦死的骆驼比马大。”

说完，洛轻云就随着滑索直坠而下。

谈墨气得抓头发：“急什么啊——？赶着去投胎吗！”

那些徘徊在运输机边的因迪拉耳朵动了动，齐刷刷仰起头来，看见洛轻云的瞬间，一双双眼睛都亮了起来，在月光之下仿佛百鬼夜行。

洛轻云才降下了三分之二的高度，因迪拉们便争先恐后地飞蹿而起，外侧的因迪拉毫不留情地踩着同伴的身体起跳，就像瞬间拉高的金字塔。

哪怕只是在半空中看着这一切，谈墨都不由得紧张了起来，他迅速端起枪，准备好将第一头咬向洛轻云的因迪拉打掉。

耳畔传来很轻的气流摩擦着电磁波的声音，那是洛轻云在笑。

他忽然松掉了锁扣，滑索迅速向上回到了飞行器中。不需要负担洛轻云重量的飞行器猛地向上升高，而洛轻云的左腿高高扬起，落下的时候脚跟将那头蹿得最凶的因迪拉的脑袋狠狠踩裂了。

其他的因迪拉扑了上来，战术刀的寒光闪过，三头因迪拉的脑袋瞬间和身体分了家。

“哐啷——”一声，洛轻云已经落在了坠毁的运输机顶部。

这回冲到他面前的因迪拉都有七八头了，洛轻云终于取出了腰间的枪，动作灵敏地扣动扳机，火光四射，张牙舞爪的因迪拉们都被打飞了出去。

还有几头受了伤，依然坚持试图用尾巴来攻击洛轻云，都被他一个横扫抢先一步踹了下去。

速度极快，角度精准，就像回到了矿井里的那场厮杀。

谈墨开启了悬停模式，他们的双人飞行器在洛轻云的上空做环绕飞行，而谈墨一手撑着下巴，另一手撑着枪，完全一副看表演的样子。

就凭一秒钟前洛轻云那个一脚踹飞四五头因迪拉的架势，这些因迪拉也就够他热热身吧。

远处又有成群的因迪拉闻风而来，洛轻云的开普勒级别很高，这些因迪拉却对他没有丝毫畏惧。这就说明它们的种子要么处于繁育期，已经饥饿到胆敢觊觎高阶融合者了；要么就是这个种子的开普勒级别和洛轻云半斤八两。

如果是后者，他们就有点危险了。

谈墨抬起枪，瞄准了远方。

洛轻云从飞行器顶部滑了下去，到达舱门边，他的声音在谈墨的耳畔响起："子弹没带多少，我的监察员——你的目标不应该是我吗？"

谈墨皱了皱眉，他拿到枪的时候就感觉有点轻，现在打开弹夹一看，好家伙——就三发子弹，够干啥的！

“你觉得三发子弹够我干掉你？你这是对我太过自信！”

洛轻云将某个微晶脉冲器摁在了舱门上，只听见一阵越来越急促的“嘀嘀”声响起，然后是“砰——”一声，类似空气炸锅的闷响，运输机的门慢悠悠弹开了。

只是无人运输机的舱门很小，人没办法走进去，得钻进去。

“你那玩意儿哪儿来的，竟然能把深宙集团运输机的门撬开？”谈墨感觉自己发现了新大陆。

“你家小春雷的作品啊。”

洛轻云双手扣住舱门顶部，身体几乎与地面平行，轻轻一荡，就进了机舱。

那一大群因迪拉距离他们只有几百米远了。

“洛轻云，你动作快点，不然你一出来恐怕就要面对因迪拉大军了。而我，只有三发子弹。”谈墨向后一躺，心想因迪拉要来群殴洛轻云了，这时间应该够他打两三把斗地主吧？

“我在找营养剂。因迪拉不怕，注意它们的种子。”

洛轻云话音落下，原本已经打开斗地主单机界面的谈墨立刻坐直，视线透过瞄准镜，一寸一寸地扫过这片区域。

因迪拉的数量有点多，它们的种子恐怕就在附近。

在哪里……种子到底在哪里呢？

谈墨的眉头渐渐蹙起，这些因迪拉越来越近，而且以谈墨的眼力竟然察觉不到丝毫种子的端倪。

曾经在灰塔内网有一个挺有意思的 Inspector 眼力和反应测试，就是在一段长度为三秒钟的全息视频里分辨和计算出有多少穿着红色衣服的人在过马路，谈墨是唯一一个答对的人——只有他看到了一个披着披肩、拄着拐杖，佝偻着的老奶奶，她的领口露出了一抹红色。

可是现在别说三秒了，因迪拉已经冲进五十米范围内了，他还是没有分辨出种子在哪里。

“洛轻云——你在里面磨绣花针呢？因迪拉就要到门口了！”谈墨冷声警告。

“种子呢？”从通信器的另一端，隐隐能听见对方在翻找什么的声音。

“我眼瞎，没找到。”谈墨集中了十二万分的精神，还是一无所获。

“如果你找不到种子，那么一定是它没有出现在你的视野范围内。”洛轻云的声音依旧从容，他好像将什么东西给打开了，舱内响起一阵警报声。

“那就是种子没有来，只派了小兵……”谈墨的眼睛眯了起来，将注意力放回到了药品运输机上，“等等。”

“怎么了，谈副队？”洛轻云问。

“洛轻云，你听过灯下黑吗？”谈墨打开了瞄准镜上的开普勒扫描仪，一层一层扫过这架运输机。

药品运输机为了保证货物的有效性，构造特别，扫描的光谱数据无法透过运输机的舱壁。

谈墨改变了飞行器的高度，贴向地面，让扫描的光谱斜入药品运输机的下方。

映入眼帘的开普勒能量团让谈墨大吃一惊。

“洛轻云你现在是虎口跳舞，赶紧滚出来！”

谈墨目前的飞行高度距离地面仅有四五米，那些因迪拉立刻转移了目标，朝着他飞扑而来。

这样也好，洛轻云从舱内出来的时候，就没有那么多因迪拉堵门了。

他的圈越绕越大，保持着因迪拉想要够却够不到的高度。

“真碍眼。”谈墨心想这如果子弹充足，他一枪一个，全都解决了。还能和洛轻云来个比赛，看看是他的子弹快，还是洛轻云的战术刀更快。

舱门终于开了，洛轻云的一条腿迈了出来。

谈墨冷笑了一下，瞬间提高了飞行器的高度："洛队，大姑娘肯出嫁了?"

但是当洛轻云的另一条腿迈出来的时候，谈墨愣住了。

"我去?"

他看见在洛轻云的脖子上，缠着一根很细的泛着蓝色荧光的触丝。

谈墨迅速瞄准了那根触丝，但是洛轻云说："别浪费子弹。"

他抬起了一只手，将一个金属小盒子塞进了腿侧的战术包里。

谈墨扬了扬眉梢，自己怎么忘了，这位可是徒手把缇丰连着消化触丝从老巢里拖出来的选手。

"洛轻云，你脸蛋那么好看，不要做了吊死鬼。"谈墨说完，再度压低高度去吸引那群因迪拉。

洛轻云垂下眼，指尖在那根触丝上轻轻拨动了一下。忽然间有什么东西从药品运输机的下方破土而出，速度极快，就跟人的肋骨收缩似的，猛地将这艘药品运输机给包裹住了，紧接着便是金属被碾压变形的声响。

一艘运输机就这样被压扁了。

这场面要是在从前，能让谈墨倒吸一口凉气，可是现在他跟着洛轻云，未免有些看不上。毕竟这家伙弄死过禁湖、霸王之卵甚至螭吻的幼种，眼前这玩意儿看着阵仗大，但总不能比禁湖和螭吻还厉害吧。否则这个生态区的级别早就提升了。

但是接下来发生的场面让谈墨吃惊，因为这些"肋骨"就像猪笼草一样闭得紧紧的，被抓在里面的运输机却在迅速缩小——这家伙把金属都给吸收了！

洛轻云忽然扣住脖子上的那根触丝，向后一退，猛地一拽，只听见"咔啦咔啦"的声音响起，那个藏在地下的大家伙竟然被它拽了出来。

"这啥玩意儿?"谈墨看愣了。

开普勒生物千千万，就算没有亲眼见过，灰塔每隔一段时间就会更新图片资料传到他们的通信器上，眼前这东西谈墨确定是真的前所未见。

地下的部分是米诺斯虫系的中级生物，绰号"白寡妇"，形似蜘蛛，通体雪白，腹部呈半透明状，经常在地下五到十米的深度活动。每到孵化期，它就会把自己的伴侣作为营养吃掉，所以得了"白寡妇"这个名字。

它虽然长得像蜘蛛，但只有四条腿，而且破土之后还能直立行走。最重要的是它长腿蜂腰，脸还酷似人类，眼睛就像冰晶黑葡萄，靠近了才能看清里面的复眼，猛一下很瘆人。

"白寡妇吃掉伴侣之后就会安心在地下等待产卵，不可能轻易破土！还有它背上那棵骨感猪笼草是什么?"

谈墨的神经紧绷了起来，那种坐看洛轻云表演的心态已经全然没有了。

谈墨刚说完，白寡妇背上层层闭合的骨节忽然张开，就像被风吹翻的伞骨。

"砰砰砰——"

无数粗糙的金属钢针朝着洛轻云的方向发射出来。

而洛轻云终于舍得拽断脖子上的触丝，纵身跃起。一切都像是计算好的角度，金属钢针擦着他的脸颊、颈间、腰侧还有手臂掠过，有的飞刺入土壤里，有的刺中了因迪拉，还有一枚擦过谈墨的鼻尖，谈墨向后一仰，立刻提升了飞行高度。

“洛队，请科普。”

“谈副队。”洛轻云一个箭步，膝盖猛地击中了白寡妇的脸，那力道极大，让刚站立起来准备吐出触丝的白寡妇硬生生翻倒了下去，“你吃过虫草花吗?”

白寡妇背上的“骨伞”就这样杵进了土里，扬起一阵尘埃。

“你让我反胃了。”谈墨前几天才喝过虫草排骨汤。

“白寡妇背上的就是一种巨型真菌，叫‘噬骨伞’。它可以吃下各种各样的东西，然后将食物中的元素凝化成它想要的样子。”

也就是说刚才噬骨伞吐出来的钢针，就是它消化了药品运输机之后凝塑而成的。

“那它一定学过炼金术。”谈墨密切注意着情况，这个白寡妇算是完蛋了，但是那些跃跃欲试的因迪拉却没有离开，“斩草不除根，春风吹又生。”

他希望洛轻云尽早把那个白寡妇肚子里的幼种解决掉。

洛轻云忽然纵身一跃。刚才白寡妇的脑袋被洛轻云一个膝击给踹开了花，无数本来要从嘴里吐出来的触丝反而从脖子里向外头撒出来，飞得到处都是，看着滑腻腻的，踩上去了一定会摔得很惨。但是洛轻云却准确无误地避开了所有的触丝，飞身而起，把战术刀扎进了白寡妇半透明的腹部。眼看着那些虫卵稀里哗啦就要流出来，“砰”的一声，一发药凝弹将它们全部凝固在了里面。

“呼……”谈墨心想还好没流出来，不然还要一个一个地解决。

然而因迪拉的围攻并没有消退，它们就像急红了眼一样，争先恐后地扑向洛轻云的后背。

谈墨忽然反应了过来：“噬骨伞——噬骨伞才是这个生态区的种子!”

死掉的白寡妇对于噬骨伞来说已经没有任何价值了，它从白寡妇的尸体下面迅速爬了出来。

洛轻云正要追上去，噬骨伞忽然张开所有骨节朝着洛轻云的方向用力一喷!

洛轻云一个后翻迅速远离，本来还以为又是它刚才消化掉的金属，没想到竟然是无数细微的像是蒲公英一样的东西，洋洋洒洒一大片。

——是它的孢子!

洛轻云在后翻的过程中就朝着它喷出来的方向接连开出了好几发药凝弹。子弹像无数柄小伞一样张开，抵挡住了那些孢子，将它们凝固，但仍然有一部分飘荡向四面八方。

“谈墨——越高越好!”

“老子早就飞高了!”

洛轻云一抬头，就发现谈墨确实飞得很高，那架势简直是要直冲云霄。

“你不大厚道啊。”洛轻云笑了笑。

“打不过就跑，这叫保留战斗力。”谈墨开口道。

那些孢子进入了因迪拉的体内，那些因迪拉很快像癫痫发作一样剧烈颤动起来。

它们的骨头被碾压之后又重塑，背上长出无数小型噬骨伞，这些小型噬骨伞吃掉了因迪拉的部分骨头，又朝着洛轻云喷射出来。

这简直就是暴雨梨花针，避无可避！

“靠——”谈墨驾驶着飞行器俯冲而下，风把他别在耳朵上的那根棒棒糖都吹走了。他朝着洛轻云的方向射出了滑索，就算他知道来不及了，但总要试一试！

谁知道洛轻云直接面朝谈墨躺倒，唇上还带着一抹笑。

是的，不用怀疑，这家伙就是躺倒了！

就在同一时刻他还打了好几发药凝弹，药剂在空气里凝结，刚好将那些骨刺给凝固住。

谈墨从洛轻云的上方掠过，飞行器的引擎震碎了这层伞，而洛轻云坐了起来。

“别怕。”他轻声道。

“谁怕了？”

“你不怕的话——刚才那冲下来的架势，不是同归于尽，难道是……？”

洛轻云抓住谈墨还没来得及收回的绳索，瞬间被拽起了七八米。

谈墨冷笑了一下：“我不发威，你当我是叮当猫？”

“叮当猫是什么？”

洛轻云的问题还没有得到答案，谈墨竟然将他直接拉去了噬骨伞的正上方。

“叮当猫很善良，但我睚眦必报！”

说完，洛轻云的滑索急速向下，洛轻云睁大了眼睛看着将飞行器调整到俯冲状态的谈墨。

明亮的圆月之下，谈墨的双脚死死蹬住飞行器，以腰腹的力量保持垂直端坐姿态，他微微侧过脸，肩头抵着枪，而洛轻云从未有一刻如此清楚地意识到，自己被谈墨的瞄准镜锁定了。

就在距离不到三米的时候，噬骨伞猛烈地张开了自己的骨节，它自从遇上洛轻云开始，目的就很明确——它要寄生到他的身上。

一阵很轻微的震颤。洛轻云凭借无与伦比的视力看到了谈墨发丝扬起，枪膛就像密不透风的茧，而子弹破茧而出，迎着洛轻云的视线而来。

它以细微的距离擦过了洛轻云的脸颊，空气形成带着热度的刃，与洛轻云的身体几乎平行，他哪怕轻微摇晃一下都会中弹。

可哪怕谈墨是真的要把他扔进噬骨伞，洛轻云还是一动不动地仰望着他。

“砰——”

子弹准确无误地命中了噬骨伞即将发射孢子的骨节中央，没能彻底震碎噬骨伞，而是卡进了骨缝里，也同时惹怒了它。

谈墨拖着洛轻云盘旋而上，那些被寄生的因迪拉疯狂地向他们吐出骨刺，但是还没抵达谈墨的高度就落了下来，而洛轻云也因为谈墨刻意的飞行速度被甩得像要飞起来。

“怎么不说话，吓傻了吗，洛队？”

谈墨的声音在洛轻云的耳畔响起，他这才从那一枪中回过神来。

“我只是在想，你说睚眦必报，到底是报复我什么？”洛轻云反问。

那些因迪拉吐了第二波骨刺之后，它们自身的骨架已经不足以支撑身体，许多都瘫软在了地上。而噬骨伞挣扎着扭动过去，像是要大快朵颐了。

“这家伙还真是什么都能吃！”

说完，谈墨带着洛轻云又做了个向下的大回环，把洛轻云朝着噬骨伞甩了过去。

“干什么？”洛轻云眼睁睁看着噬骨伞张开的骨节即将再度闭合成牢笼。

“一，二，三，四！再来一次！”谈墨用中学体操广播的语气说。

而洛轻云已经做好了蹬踹的姿势，就在他即将冲进牢笼之际，谈墨开了第二枪。

子弹从洛轻云的双膝之间穿过，击中的就是第一发子弹所在的位置，准确无误地将第一发子弹推进了噬骨伞的骨缝里。洛轻云顺势用力一踹，噬骨伞就像得了哮喘一样发出呼吸不畅的声音，恨不得来一个惊天大咳嗽。

谈墨目光一凛，噬骨伞恐怕是要将最后的孢子全部吐出来，他绝对不会给它这个机会。

双人飞行器再一次马力全开，将洛轻云扯开，又是一个大回环将他甩到了身后。

“谈副队——你这一番操作猛如虎，如果我不是臂力好，恐怕早就被你甩出去，粉身碎骨了。”

洛轻云的声音里裹挟着猎猎风声。

“你在里面找到高浓度营养液了吗？”谈墨冷声问。

“没有。里面因为失温，大部分的药品都报废了。”洛轻云回答。

谈墨叹了口气，也就是说他心心念念的R-3镇痛剂也无望了。

“既然你的开普勒能量不够，那就留着用在刀刃上！”

谈墨全速冲向噬骨伞，那架势简直奔着坠毁去的，洛轻云的胳膊都快被拽散架了，而谈墨再次从噬骨伞上方不到三米的距离一晃而过，带起一阵风。

“砰——”

那子弹的声音透过风传入洛轻云的耳中，也震在了心头。

噬骨伞的骨节像是被巨大的力量摁回了地面，接着一切归于平静。

洛轻云被拖拽着从它的上方掠过，看见谈墨开的第三枪近距离击穿了噬骨伞。

这样的魄力和反应能力，并不是铤而走险，而是他真的有把握。

更不用说这三枪从不同的角度和高度，命中了同一个地方。

“你确实是真神。”洛轻云说。

滑索向上快速收起，洛轻云来到了飞行器的正下方，谈墨伸手一拽，将洛轻云拽了上来。

“不要崇拜哥，哥不想变成传说。”谈墨把枪递给洛轻云，意思是没子弹了，拿着也没用。

“我想了好一会儿，终于想明白了你要报复我什么。”

“好一会儿？”谈墨乐了，“从小爷说出‘睚眦必报’这个词儿到拉你上来，还没用上两分钟吧？”

洛轻云笑着回答：“好几次你以为我会挂掉，但我都活着。我把你吓着了，所以你也想吓唬我，把我往噬骨伞里扔。”

谈墨又像是没骨头一样，向后一靠，两条腿都懒得踩在踏脚上，直接往下一挂，说道：“洛轻云，我知道你很牛。根据你在矿井的那一战，我发现你有让缇丰这种级别的开普勒生物行动变慢的能力。我不知道这是你能力的内核，又或者仅仅是表现出来的形式，但这种能力显然会导致大量的能量消耗。”

洛轻云安静地听着，不予回应。

“可你不会运气永远那么好，总是能找到合你胃口的‘食物’。像是因迪拉、白寡妇还有噬骨伞，我打赌你一个都吃不下。”

洛轻云沉默着驾驶飞行器，没有回头，谈墨看不到他的表情。

“花无百日红，智者千虑必有一失，你总会需要其他人的。”谈墨说。

他们回城的速度不快，风吹在脸上，还有点惬意，谈墨的肚子饿得更加厉害，那一声“咕噜”非常响亮。

“谢谢。”洛轻云忽然说。

谈墨闭着眼睛，眉心蹙了蹙：“真心的？”

“月亮代表我的心。”

“滚远点，天都要亮了。”

洛轻云从战术包里把那个金属盒子取了出来，向后递给谈墨。

“你可以选择用或者不用，这种最新型号的镇痛剂据说容易导致失眠、多梦、盗汗、心律失常和烦躁。”

谈墨睁开眼睛，把镇痛剂接了过来。捏在手里，谈墨还能感觉到冰凉，体感温度应该不到5摄氏度。这恐怕是仅剩下的没有失效的药品了。

不需要再问洛轻云带着他来这个生态区是为什么了。

“这副作用听起来更像是更年期，或者‘大姨夫’。”

嘴上这么说，谈墨已经把盒子打开，取出里面的针剂，打进了自己的小腿里。

洛轻云玩笑道：“你倒是来个大姨夫给我看看，我立刻选你为我繁育，我们可以共同缔造一个非常强大的生态区。”

“还是请你换一个与我无关的梦想。”

他们回到银湾市灰塔的时候，已经是早晨七点半了。

飞行器刚降落，调度中心的人就跑了过来。

“洛队，谈副队——耿先生已经知道你们去打劫深宙集团的事情了！那艘运输机的监控还在运转，把洛队进去扫荡的画面都传送去深宙集团总部了！”

谈墨愣了一下，打开通信器才发现里面有十几通未接来电，估计洛轻云的也好不到哪里去。

“打劫？我们明明只是去兜风，碰巧看到了一架坠落的运输机而已。天知道是深宙集团的？而且深宙集团自己发的新闻稿说放弃它了，怎么，还想占着茅坑不拉屎啊？”谈墨好笑地说。

他缺觉，而且从昨晚到现在也没吃上东西，所以心情很不好。

“这个……你们还是去和耿先生当面解释一下吧！”

“不去。”洛轻云简单明了地回答。

“不去？”调度员怀疑自己是不是听错了，洛队不是一向温和有礼的吗？

“是啊，不去。我和谈副队要吃早饭，吃完早饭要睡觉。”

说完，洛轻云就朝着谈墨打了个响指，经过调度员的时候，洛轻云将那把狙击枪塞进了对方的怀里，说了声：“麻烦替我还一下。”

调度员捧着枪，全程发蒙。

“去哪儿吃？”进了电梯里，谈墨问洛轻云。

“哪儿都行。我请你。”洛轻云侧过脸来笑了一下。

“那行，我们老刘记见。”

说完，谈墨跨上了自己的摩托车，头盔一扣，一溜烟儿开远了。

洛轻云顿了一下，叹了口气，发了条信息给吴雨声：老刘记是什么？

吴雨声的回复非常快：一个早点摊子，那里的韭菜盒子和卤肉拌面是谈副队的最爱。

还附赠一个定位。

洛轻云打开车门，坐了进去。

等他来到定位中的地址，他才发现这条街有点狭窄，人流量还不少，车根本开不进去，只能就近停下。

而谈墨早就翘着腿撑着下巴，在早餐摊的折叠桌前坐了许久了。

老板端着一个小篓子，篓子里垫了一张吸油纸，炸得黄灿灿、香喷喷的韭菜盒子就这么“啪嚓”一声被扔在谈墨面前的小桌子上。

“早啊，谈副队。”洛轻云在谈墨的对面坐下。

谈墨夹起韭菜盒子正要往嘴里送，对面的洛轻云却拦了一下。

“干吗？”

“很烫。谈副队的天花板不想要了？”洛轻云侧了侧眼，那些韭菜盒子还在冒油泡泡。

谈墨把它放回了小篓子里，忽然想到了什么：“洛轻云你应该对这些吃的不感兴趣啊？它们根本满足不了你对开普勒能量的需要。”

“可我身为人类的部分，需要食物把胃填满。”

谈墨想起洛轻云昨晚跑出去一趟，啥也没捞着，反倒是给自己找到了最后一盒镇痛剂。

还是对他友善点吧。

“老板，再来一份卤肉拌面，卤肉多一点！”

“谈副队这算是在谢谢我？”洛轻云笑着问。

“做人留一线，日后好相见。”

老板在他们面前放下两碗拌面，谈墨很自觉地把卤肉多的那份换到了自己面前。

他开始搅拌起来，对面的洛轻云却提起筷子似乎在思考什么。

“洛队，你该不会连拌面都没有吃过吧?”谈墨皱着眉头问。

“没有。”

“那你都在家里吃?”

“中心城的食堂。”

谈墨想起来了，洛轻云是跟着梁幼洁长大的，梁队又经常出任务，肯定一日三餐都是在基地的食堂里解决。

“哦。你就用筷子把面挑起来，像这样，面和面之间蹭一蹭，把底下的酱汁翻到上面来，颜色都差不多了，就能吃了。”谈墨非常耐心地讲解。

“谈副队，把你那碗给我不就行了?”洛轻云问。

谈墨理所当然地回答:“当然不行。我这碗里肉多。”

洛轻云笑了一下，低头吃着自己拌得酱红里透着一缕缕白的面条。

谈墨“嘎吱嘎吱”吞了三四个韭菜盒子，然后大发慈悲地将最后一个夹给了洛轻云。

“这个我就不用了。”

“不，你需要。吃了它，一会儿耿劲柔能早点放我们出来。”

等他们走出这条小街，洛轻云看到自己的车上出现了一张全息电子罚单，显示“违章停车”。

谈墨笑出声来，骑着摩托车就走了:“洛队啊，交规面前人人平等!”

第十九章

CHAPTER 19

危险的，迷人的

半个小时之后，谈墨率先出现在耿劲柔的办公室里。

这家伙今天脸色不大好看，桌子上依然一个瓷杯、瓷盘都没有放。

谈墨向后靠着椅背，低着头，偷偷在下面玩斗地主。耿劲柔是知道的，他咳嗽了好几声，谈墨都当没听见。

没多久，洛轻云也推门进来了。他拉开谈墨身边的椅子，坐了下来。

耿劲柔的表情愈发严肃，说："洛队，你很可以啊。"

洛轻云微微颔首，还是噙着一如既往的浅笑："我一直很可以。"

谈墨也在心里附议：是男人，怎么能说自己不可以呢？

耿劲柔直接调出全息画面，被洛轻云压制了这么久，他终于找到了发挥的空间。

"你看看！你这'很可以'，就连深宙集团的董事会都知道了！"

这段全息影像来源于药品运输机内部的监控。它虽然由于制动故障而坠毁，但里面的部分电路还是在工作的。谈墨停下了斗地主，抬起眼，看见的就是洛轻云跃入机舱的矫健身姿。他第一步就是调出药品存放清单，一直拉到了最后，找到R-3镇痛剂的库存位。

也就是说，由始至终，洛轻云就没有想进去找什么营养剂。

洛轻云没有开启储藏柜的指令，所以他只能简单粗暴地用蛮力将储藏柜掰出来。那毕竟是庞大的机器，单凭普通的人力，哪怕是有开普勒能量的加持，也不是那么容易的事情。

耿劲柔的办公室门有门把手，但密封的药品柜是完全没有着力点的。

他只能手指蓄力，一次又一次地用手指往金属缝隙里抠。这就是为什么谈墨叫了这家伙半天他都没出来的原因。

直到最后一次，他的手指终于插进了金属柜里。这时候白寡妇的触丝从舱底渗透进来，在他将柜子拉开的瞬间，绕上了他的脖子。洛轻云明明感觉到了，却像什么事都没有发生一样，笑着和通讯器里的谈墨聊天，顺便将柜子里的东西带了出来。

就在洛轻云离开没有多久，这艘运输机就被噬骨伞给压缩消化了，整个舱内空间坍塌，所有的摄像紧跟着失效，画面变成了雪花。

谈墨下意识摸了摸自己的手指，他不确定洛轻云的骨头有没有断掉，但是他的手指好像隐隐地在发痛。

洛轻云回答说："深宙集团不是公开表示放弃这艘运输机了吗？那里面的东西我们不去拿，它们也都会失效。"

"那里面的东西谁都能去拿，但是我们灰塔不能！我们是秩序的维护者，是深宙集团最密切的合作方！你知道我们每年有多少高精尖的飞行器、医疗仓是深宙集团供给的？”

“不也是深宙集团主张非要从开普勒22B星球取样，不然开普勒生物怎么会来地球的？”谈墨忍不住反问。

耿劲柔立刻指着谈墨说：“看看，看看啊！洛队，你这是上梁不正下梁歪！你对谈墨这种纵容的态度已经越来越向高队看齐了！”

洛轻云无所谓地端着咖啡杯，抿了一小口：“我和高队可不一样。高队致力于成为一个外表严格内心慈爱的父亲，而我嘛……”

洛轻云捏着咖啡杯的小杯柄靠向耿劲柔，而耿劲柔就像应激反应一般想要护住自己的杯子：“洛轻云你想干什么！你俩是碰瓷专业户吗？”

“哈？”谈墨皱了皱眉，这又关他什么事！

洛轻云则笑了一下：“碰什么瓷啊，这桌上哪里来的瓷？”

“你们，一个碰瓷我的高档珍藏！一个碰瓷休假！”耿劲柔就差声泪俱下地指控了，只是他忽然闻到了什么，立刻捂住了鼻子，“谈墨——大清早的你在我的办公室里放什么毒气！”

“毒气，什么毒气？是这个毒气吗？”谈墨故意朝着耿劲柔狠狠哈了一大口气。

只看见耿劲柔的肩膀一耸一耸的，捂着嘴脸色铁青，像是要吐了。

“你就是毒死我也改变不了万字检讨的命运！”

耿劲柔的话音落下，就看见洛轻云不紧不慢地从口袋里取出一张白色的纸，上面工工整整、密密麻麻写满了正反两面。

“这是我的检讨，请笑纳。”

不仅是耿劲柔愣住了，就连谈墨也愣住了。

可以啊洛轻云！把耿劲柔的套路摸得透透的。

耿劲柔恶狠狠地说：“就算洛队的检讨交了，还有谈墨的！”

“哈？”

一提万字检讨，谈墨原本看戏的心情一下子变得沉重，脑壳都在疼。

“谈副队的万字检讨在这里。”洛轻云再次不紧不慢地从另一侧口袋里拿出一张纸，在桌子上压了压平整，交给了耿劲柔。

耿劲柔的脸彻底绿了：“你们可真够……洛队，你知不知道你现在也是大海里的一条鱼？”

“我相信，我就是大海。水能载舟，亦能覆舟，谈副队你觉得呢？”洛轻云看向一旁的谈墨。

谈墨愣了愣，反应很快：“我听不大懂。但我觉得自己的万字检讨写得特别认真，耿先生一定要好好珍藏！”

“现在我有一些更重要的事情，希望耿先生能向中心城传达，也希望深宙集团能放下商人对利益的追求，关注一下生态区的蔓延趋势。”洛轻云的笑意收了起来。

耿劲柔的表情也变得严肃了，他抬起手对旁边的张秘书说：“您说之前，张秘书，给我送一桶漱口水来，我要看着谈副队喝进去再吐出来!”

谈墨立刻起身:“不用了，谁也不能毁灭我对韭菜盒子的热爱！你们聊，请深聊，我回去睡觉了!”

说完，谈墨立刻离开了办公室。洛轻云要说的事情，他已经猜到了七八分。

洛轻云看向耿劲柔，开口道:“这一次我和谈副队进入的生态区，按道理只是一个中级生态区，而和我们正面对上的开普勒生物是白寡妇和噬骨伞，以它们的级别，见到我时多少应该有些退却，但它们选择和我正面交锋，噬骨伞甚至想要寄生在我身上。并且同一时刻，不只是白寡妇孕育着米诺斯虫卵，噬骨伞也在迫切地释放孢子，也就意味着……它们都在极速繁育。我说到这里，耿先生应该明白我的意思了吧?”

“你是说，开普勒生态区正在有意识地加快侵蚀速度?”耿劲柔说。

“嗯。而且不得不说，白寡妇加噬骨伞这样的组合，杀伤力确实提升了不少。”

“这种寄生方式……乃至于基因的融合，搞不好就是生态区未来发展的趋势，看起来像是为了抢夺地球资源而进行的全面进化。我们银湾市是直面开普勒生态区的一线城市，会成为扩大侵蚀的首要目标……又或者在我们没有察觉的时候，已经被这些进化中的开普勒生物侵蚀了!”

“进化?”洛轻云露出了一抹嘲讽的笑意，“我宁愿称之为畸化。”

“畸化?”耿劲柔顿了顿。

“就像是癌细胞一样，加快复制速度，试图占领健康的人体。我倒觉得它们太过于心急，迟早会毁掉地球的生态系统，以同归于尽的方式来完成它们的侵占。”洛轻云垂下眼，像是想起了什么。

“如果这是畸化，那什么是进化呢？难道是像你或者李哲枫和周叙白这样的高阶融合者?”

“我们?”洛轻云低着头，笑了起来。

那笑声很低，听着云淡风轻，但沉下心来就会感受到一种苍凉。

“我们需要一个强大的种子，帮助我们完成这场进化吧……只是这样的种子，搞不好已经在很多年前被零号生态区毁灭了。”洛轻云说。

耿劲柔知道洛轻云在零号生态区里一定看到了什么，但更细致的答案，也许只有中心城，甚至中心城的少数人才知道。

洛轻云走出耿劲柔的办公室时，发现谈墨在一旁靠着墙半仰着头，像是睡着了。

“谈副队这是在等我?”洛轻云轻声问。

谈墨睁开眼睛，正好与洛轻云的视线相对。他的眼睛很明亮，轮廓看似张扬其实很温柔，洛轻云的手指动了一下。

“对啊。我们俩一起打劫了深宙集团，有事当然也要一起扛。”

谈墨不是那种捅了篓子还要别人顶包的人，而且也不知道洛轻云会和耿劲柔达成什么协议。

“谈副队，我希望有些事情你能放心让我来扛。”

“干吗？因为你个子比我高，天塌下来你来撑?”谈墨歪着脑袋问。

洛轻云摇了摇头，说:“因为我们不能都折在同一个坑里。如果你好好的，说不定能拉我一把。”

谈墨愣了一下，这是洛轻云对他那句“花无百日红”的回应。

“那要是咱俩真就折在一个坑里了呢?”

“那就请你就算踩着我的尸体，也要爬上去。”

洛轻云收起了所有的笑容，那一瞬间谈墨仿佛听到了零号基地里来自地狱般的咆哮嘶吼，它们正在吞噬着洛轻云的一切。

“……为什么?”

“物质泯灭，精神永存。我的精神会为了保住你而追求进化，免于畸化，而你活下来，这就算双赢。”

洛轻云转过身，走向电梯。

谈墨跟在他的身后，张了张嘴，本来想要问他“进化”和“畸化”二者到底有什么区别，但直觉告诉他这也不是洛轻云能用语言解释的。

电梯门关上，洛轻云微微靠近谈墨的方向。

谈墨立刻向一旁迈出了半步:“干什么?”

“我闻到了薄荷的味道，你还真生吞漱口水了?”洛轻云好笑地问。

“你不也用了漱口水吗?你也吃了韭菜盒子，我就没闻到你有韭菜味。”谈墨不爽地说。

“以后我们银湾市灰塔要是开那种超长的工作例会，我就请你吃韭菜盒子。”

“想让我对着耿劲柔放毒气?”

“嗯，是啊。”洛轻云一脸理所当然。

“那你得请全队的人吃，我一个人恐怕规模不够。”

“哈哈，好啊。”

“也包括你自己在内。”

“没问题。”洛轻云淡淡一笑。

这天晚上，谈墨睡得不是很好，不知道是不是新型镇痛剂的副作用——失眠、多梦、心律失常等等。以前只要他困了，哪怕耳机里放着摇滚，他都能入眠。但今晚，他睡得很不安稳，只要一闭上眼睛，就会看见自己出现在另一个地方。

周围的桌子和椅子变得很高，四周漆黑，墙壁上的小夜灯发出绿荧荧的冷光，看着就像静止的鬼火。前方有好几个透明的匣子，似乎有什么活物窝在里面，那东西的轮廓均匀地起伏，应该是睡着了。

谈墨走过去，发现匣子里是一些常见的宠物，有金毛、拉布拉多，还有几只猫。

洗手间里的水龙头大概是没拧紧，发出“滴答滴答”的声响。

谈墨循着声音走过去，看到一扇没有关死的门。

这个房间像是个值班室，里面有一张单人床，床上的人面朝墙壁，已经睡着了。电脑没关，屏幕的光线将房间照亮，谈墨就着这微弱的光看清值班房的墙壁上贴着一些宠物知识小科普。

这里分明就是自己去过的那家宠物医院！

谈墨向后一退。

为什么这张桌子也好，床也好，外面夜灯的位置也好，都完全不在自己正常视角的高度？

他做个梦而已，为什么会回到这家宠物医院？

值班室的角落里传来窸窸窣窣的声音。

谈墨走了过去，那里有什么东西团成一团，形成一片颤抖的阴影。

这是什么？

那片阴影像是发现了谈墨，忽然止住了颤抖。

危机感涌上谈墨的心头，他刚要后退，这团阴影动了起来，一双发着绿光的眼睛骤然显现，巨大的啮齿粘着唾液和血迹——那是一只老鼠。

而老鼠的爪子底下摁着一只……一只……一只金丝熊！

这只金丝熊只剩下空空一层皮毛和脑袋，眼睛睁得很大，仿佛前一刻还在享受从笼子里偷跑出来的喜悦，后一秒就被猎杀了。

这只老鼠浑身一震，它在蓄力，它要扑过来！

谈墨转身就跑，风从他的耳边掠过，那只大老鼠就要扑到他了！

即将被猎杀的恐惧感让谈墨奋力向前冲，他从门缝之间通过，其他的宠物都醒了，不约而同地发出叫声。凶狠的犬吠和撕心裂肺的猫叫交织在一起，让人耳膜发疼。

那只巨大的老鼠仍然追逐在谈墨的身后，谈墨冲上了墙，跳上了窗沿。

窗只关了一半，正好够谈墨逃出生天，但这是六楼，跳下去非把腿摔断不可啊！

大老鼠“噌”地蹿了上来，眼看着就要咬到谈墨的腿。谈墨已经没有退路，只能从六楼一跃而下。

失重感来袭，被洛轻云带着跳飞机的感觉再度涌上谈墨的心头。只是这一次，他没有安全感，也完全享受不到飞降的刺激，而是充满恐惧。

他的腿要断了！

触地的瞬间，谈墨猛地惊醒。

他腾地坐了起来，胸口像一个破风箱，无论怎么用力地呼吸都喘不上气来，仿佛吸进去的空气都从身体的另一个破洞出去了，背上冷汗直冒，心跳得快炸开。

那只老鼠呢？

谈墨一把掀开被子，下了床，把房间里的灯全部打开，把房间里每一个犄角旮旯都翻了一遍。

还好，没有老鼠。

谈墨忽然想起自己去运输部队前制造的厨余垃圾还没收拾，万一有老鼠呢？

他立刻冲到了厨房，把自己没扔的方便面桶、坏了的鸡蛋、喝完的酸奶盒子等等全部收拾好，并打开房门将它们爽快地扔进垃圾处理通道，再一回头，就发现洛轻云正站在自己身后。

谈墨倒吸一口气，瞪着对方："你干什么啊?！一点声音没有就出现在我身后！想吓死谁?"

洛轻云身上穿着宽松的家居服，脚上踩着拖鞋，露出小半截线条利落的脚踝，双手揣在口袋里，露出一小截黑色的手套。看来这家伙就是晚上睡觉也不摘手套。

洛轻云迎着谈墨的视线，不紧不慢地说："应该是我来问谈副队到底想干什么吧。凌晨三点半，起床打扫卫生扔垃圾?"

"现在才……！嗯……凌晨三点吗……"谈墨忽然之间没了底气。不是，你凌晨三点不睡觉听我墙脚呢?

"是啊。"洛轻云走近了一点，研究了一下谈墨颈边沾着汗水的发茬，很淡地叹了一口气，"做噩梦了?"

"没有，估计是镇痛剂的副作用，睡不着觉而已。"

谈墨从洛轻云的身边走过，却被对方摁住了肩膀。

"能告诉我你梦到了什么吗?"

谈墨歪了歪脑袋，他知道洛轻云不是故意的。他捯饬来捯饬去那么大动静，以洛轻云的听力想忽略也难……特别是他长期待在一线，警觉性本来就比一般人强。

只是，要怎么跟对方讲自己梦到被老鼠追击啊，他都能想象洛轻云调侃的笑容。

"谈墨。"洛轻云又很轻地喊了他一声。

"……我是做了一个不怎么美好的梦。洛队，长期上一线，做噩梦是一件很常见的事情。我只是个普通人类而已。"

洛轻云叹了口气说："谈墨，人类这种生物，有时候无声胜有声，什么都不说也能互相理解；但有时候，真话宣之于口也未必会得到信任。"

"洛队想说什么?"

"我会保护你，谈墨。"洛轻云说。

谈墨笑了一下："洛队，你会保护我和我做噩梦之间有什么关系吗?"

"如果你相信我的话，在噩梦里我也会保护你。"

谈墨顿了一下，抓了抓脑袋："我说洛队，我其实很感动的。但是……我是个监察员，是副队长，不是妹子，按照正常的逻辑，你这话应该是对女孩子说的。"

"什么意思?"这回换成洛轻云略微歪着脑袋，像是在思考什么了。

"如果洛队不理解，我推荐你看几部电视剧，你就明白了。"

说完，谈墨转身回了自己的房间，顺带发了一串脑残恋爱剧，类似《霸道融合者爱上我》之类的给洛轻云。

洛轻云：谈副队，这些剧你真的能看下去?

谈墨：能啊，泡面好搭档。

洛轻云：建议你别看了，我怕你脑子会坏。

谈墨：都当了你的监察员了，我的脑子还不够坏吗?

才三点半，谈墨还要继续睡。

谈墨睡到白天快中午才起床，一边咬着牙刷，一边从冰箱里把咖喱酱、土豆和牛肉拿出来，全部扔炖锅里炖上，并难得用电饭煲煮了一锅饭。

打开电饭煲，米饭香喷喷的味道在房间里蔓延。

谈墨得意地一笑："谁说老子不会用电饭煲的？老子煮的饭不香吗？"

随即身后的炖锅传来一阵不可言说的气味，谈墨打开锅盖一看，糊了。

手腕上的通信器颤了一下，竟然是一条来自洛轻云的信息：咖喱土豆牛肉在炖的时候得看着，不搅的话底部会粘锅糊掉。

"这家伙怎么知道我炖糊了？"

谈墨忽然想起了什么，大步走到阳台上。

他和洛轻云的阳台也就隔了两三米的距离，他也没把卧室和阳台之间的门关上，烧糊的气味自然穿堂而过。

"午安，谈副队。"洛轻云背靠着阳台，左手捏着一根烟。阳光落在这家伙的脸上，竟然有一种明亮坦荡的感觉。

"抱歉，让你闻到糊味了。"虽然这个抱歉根本不诚心。

"要不要我给你做饭？"洛轻云问。

谈墨顿了一下，想起前两天自己才吃过洛轻云做的饭菜——这家伙做的东西是挺好吃的。

"那您过来啊。"谈墨笑着用手指敲了敲阳台的边缘。

他只是随口一说，没想到洛轻云单手一撑，轻松一跃，就跳上了栏杆，接着长腿一迈，踩上了谈墨的阳台。

这个距离对于洛轻云根本不算什么，但倏忽来了一阵风，洛轻云身形一晃，谈墨以为他会掉下去，吓得一把拽住了对方；不料洛轻云向前一迈，正好双手撑着谈墨的肩膀，坐在了他家的阳台上。

"你差点被烟烫着。"洛轻云的声音响起。

"你是不是有病啊？这是几层楼你没看到吗？你……"

谈墨不说话了，他注意到洛轻云在笑。

"你故意跟我装？"

"我掉下去了又会怎么样吗？"洛轻云反问。

谈墨这才意识到，凭借高级融合者的肌肉和骨骼承受能力，就这个高度，洛轻云搞不好还能来个满分落地。

"冰箱里还有什么吗？"洛轻云把手里的烟给了谈墨，走进了他的公寓。

房间里的温度比阳台略高，空气里还留着属于谈墨的味道。

洛轻云能轻松地从后勤部统一的洗衣液甚至家具缝隙里分辨出谈墨的气息。

那是一种很淡的，温暖而柔软却又有些倔强的味道。

洛轻云打开了冰箱看了一眼，笑了一下："土豆和冻牛肉是你仅有的存货了吧？"

"洛队，可以来一个'无中生有'啊。"

"谈副队还在计较我们之间的那点传闻呢？"洛轻云还是一点都不生气，"找到了西红柿和鸡蛋，还有点挂面。"

谈墨正要把洛轻云那半支烟摁进茶几上的烟灰缸里，突然发现这烟的味道还挺好闻的。再仔细一看，这支烟是手工制作的，只是卷烟的人手上活儿细致，前后粗细一致，卷得也紧，一时间看不出来。浅绿色的烟丝干燥而温暖，谈墨放到鼻间闻了闻，味道并不呛，还挺沁人心脾，像是上好的木材燃烧后的香味。

黄丽丽说过洛轻云的生活品质很高，搞不好这烟是定制的，一根要他三天薪水那种。

谈墨不客气地把它含进嘴里，吸了一口。

啧，真是好烟！

五脏六腑都像是浸润在温水里一样，舒服。

洛轻云正在打蛋，谈墨后背抵着厨房的门，半仰着头深深吸烟。

“洛队这烟不错。”

“那是用金雀草和龙隐花晒干后的花心碾成的烟丝。”

谈墨冷不丁就被呛到了：“你……你说什么？那不都是开普勒生物吗？”

“是的啊。”

谈墨连掐烟都来不及，翻箱倒柜开始寻找耿劲柔给他的那一盒检测剂。

洛轻云的嘴角很轻地勾了一下，不慌不忙地继续切番茄。

“洛轻云你是不是故意的？你不怕被感染吗？”

“不怕啊。”洛轻云回答。

确实，他一个高级融合者不存在被中级开普勒生物感染的可能性。

谈墨好不容易从柜子下面把盒子找出来，拆了半天也没拆开，干脆直接把盒子扯开，检测剂掉得满地都是。谈墨在自己的指尖上扎了一下，血液滴入检测剂里，静置。

谈墨心跳得飞快，十几秒过去了，检测剂没有变色。

“你明明看见我抽你的烟！你为什么不提醒我？”

“谈副队……我记得你在北辰市的灰塔里是优等生毕业吧。灰塔没教你——失去细胞活性的开普勒生物不具备感染性吗？”

你说失去活性就失去活性了？开普勒生物还能在充满辐射的宇宙空间里不死呢，更何况只是干燥脱水？

“怎么会有人拿开普勒生物做烟丝……简直变态！”

“好抽吗？”洛轻云又问。

“……真别说，不是一般的好抽。”味道很纯，而且抽完了身体还挺舒适。

“那不就是了。”洛轻云正在给番茄熬汁，“不敢抽就不要抽。”

“谁说我不敢抽了！这烟还有吗？”谈墨走到洛轻云的身边，他刚才在自家阳台上抽烟，口袋里搞不好还有烟盒。

谈墨的手不客气地伸进洛轻云的口袋里，摸了半天只找到一个打火机。谈墨不死心，又去摸他另一边的口袋，可惜那里也空空如也。

洛轻云雷打不动地搅拌着番茄，反问了一句：“好摸吗，谈副队？”

谈墨顿了一下，这才反应过来自己的手正好贴着洛轻云的腿。

如果谁以为谈墨会尴尬，那就错得离谱了。

“多谢洛队提醒，机会难得啊。”谈墨伸进口袋里又狠狠掐了一把，“洛队，你那烟还有吗？”

“我的烟，谈副队不是觉得危险吗？”

“越危险越带劲儿啊。”

谈墨觉得刚才的自己挺丢人的，大概是被爱德拉花给扎得“十年怕井绳”了。洛轻云怎么可能把还有细胞活性的开普勒生物带进城里来，他又不是什么经销商。

“如果我说我不给你了，你现在是不是有种除却巫山不是云的感觉？”

“啊？”谈墨没想到，他总觉得洛轻云不是这么小气的人。

洛轻云又说：“这就是你给我的感觉。”

谈墨愣了愣，心里有点动荡：“那我要是凭自己本事拿到了这烟，洛队不介意吧？”

洛轻云心想谈墨大概是打算以后外出任务遇到金雀草或者龙隐花自己薅一把吧。结果回过头来，他就看到谈墨在烟灰缸里……啊不，是在铁皮糖盒里摁灭烟头。

他是把自己刚才只吸了一口的那支烟抽完了。

第一次见到谈墨抽他的烟……好像是在“黑色皇后”的机舱里。那时候的高炙死里逃生，谈墨一进来就到处找人要烟。

他咬着烟的样子，很懒散，却有一种鲜活的感觉。

当时他把那支吸了一口的烟给了高炙。

洛轻云笑了一下，把熬煮的番茄鸡蛋倒进捞出来的面里，忽然觉得房间里很安静，谈墨一点声响都没出。

洛轻云回过头，看着卧房大开的门，还有门那一头满载日光的阳台，突然意识到了什么。

“谈墨！”

洛轻云快步冲到了阳台上，就看见谈墨踩在阳台的边缘，一跃而起，跳向对面。

风迎面而来，洛轻云的心脏高高提起。

谈墨踩在对面栏杆上，轻微晃了一下，然后落在洛轻云的阳台地面上。

“你干什么！”洛轻云的声音扬高了一个八度。

谈墨转过身来，扯着嘴角笑了一下：“找烟啊。”

洛轻云站在那里一动不动，只是盯着阳台。

谈墨进了洛轻云的卧室，里面的摆设还是和之前一样简单，所有的东西一目了然，包括他扔在床头柜上的那个小铁盒。

谈墨打开一看，果然找到了那种烟。

他刚回到阳台，就看见洛轻云站在对面，脸上一点表情都没有。

“走正门。”

明明太阳很暖，谈墨却打了个寒战。

他只好从洛轻云的家门出来，又进了自己的家门。桌上是一碗西红柿鸡蛋面，洛轻云坐在沙发上抱着胳膊，半点没有和谈墨一起吃的意思。

“你有十分钟的时间吃面。吃完面跟我去个地方。”

这面碗里红的、黄的、白的，颜色交融在一起，鸡蛋那么松软地嵌在西红柿汤汁里，颇有点儿娇艳欲滴的味道……除了洛轻云的表情跟冰窖似的。

“去什么地方?”谈墨挑了一大筷子面，吹了吹送进嘴里。

唉，他就不明白了，为什么洛轻云这人做菜好吃，随便弄个面也好吃?

人不能在各个方面都有才华，这很容易被天妒英才的好吧!

“榆林街75号，那里出现了严重的开普勒生态化情况，形成了二级生态区。应该也是之前那批流入黑市的开普勒生物样本导致的。”

谈墨咽下那一大口面，含糊问道:“二级?蔓延性怎么样?”

“水路管道很可能被污染了。治安部队紧急出动，将所有水路管道全部凝固封闭，对外宣称‘城市供水系统升级，全城紧急停水’。”洛轻云回答。

“这么严重。”谈墨的眉头皱了起来，大口把面往嘴里塞。

“还有更严重的。”

“什么?”

“你下次如果再敢跳阳台，我会打断你的腿。”洛轻云的声音不急不缓，但很有力度。谈墨的腿莫名疼了起来。

跳阳台算个什么事儿吗?阳台与阳台之间才几米?他们出任务的时候，背个几十公斤的装备，不也是该跳的时候就跳?

“诶，等等!你刚才说榆林街?我去，我的猫还在榆林街一家宠物医院里呢!”

谈墨稀里哗啦把面吃了，随手扯了餐巾纸一擦，急匆匆地就出了门。

“你还养猫?”洛轻云跟着谈墨进了电梯。

“是我经常喂的流浪猫，受了点伤，我就给送去宠物医院了。”

谈墨来到地下车库，正要跨上自己的机车，却被洛轻云扣住了手腕。

“我开车。”

“我自己有车。”

谈墨真觉得洛轻云不食人间烟火。那街现在多堵啊，开车得开几个小时才能到?

“上车，我还有现场情况要告知你。”洛轻云的表情很严肃。

谈墨发现只要洛轻云取下那张微笑面具，自己就没办法和他唱反调了。对方公事公办的样子和高炙特别像。谈墨对认真的人毫无办法，只能跟着洛轻云上了车。

“根据调查，这个生态区的发源地就是一家宠物医院。”

他们从车库门离开，日光透过车窗玻璃照射在谈墨的脸上，让他有瞬间的恍惚。

“那家宠物医院……叫什么名字?”

“三叶草。”

谈墨的神情冷了下来，一路上没再说话。

二级生态区……那只小白猫已经凶多吉少了。

第二十章

CHAPTER 20

信使

堵车的情况并没有发生，因为灰塔对榆林街实行了交通管制。

他们轻松来到了事发那栋楼的正下方，不需要借助任何扫描工具，谈墨都能看到楼体外侧缝隙里长满了会移动的苔藓，绿意盎然，无处不在。而治安部队的人正对着楼梯喷洒药剂，将它们凝固起来。

“是虫藓。”负责这次调查工作的江心源走了出来。

江心源虽然年轻，但已经是灰塔科研班出身的高级调查员，今年荣升处长。二十四五的年纪，他看着并不像长期待在实验室里的研究员那般纤瘦，即便穿着防护服也显身形笔挺，面罩之下的五官流露出知性严谨的气质。

“江处长，这个生态区大概形成多久了?”洛轻云问。

“根据我们对虫藓的采样研究，以它们的细胞分裂速度……应该是今天凌晨的三点到四点之间开始形成的。”

“里面情况如何?”谈墨问。

“我们的调查员只进去了五分钟就决定退出来向你们外勤部队求援了。无人机无法进入内部，因为所有入口都被虫藓封闭了。里面的情况具体如何，得请二位带我进去看看了。”江心源抬了抬下巴。

“这些虫藓到底得了什么养分，竟然这么茂盛?”谈墨眯起了眼睛。

一辆装甲车开了进来，开车的是楚好，副驾驶上是吴雨声。车门打开，安孝和探出脑袋来:“洛队，谈副队，进来换装备!”

“谈副队要去吗？你好像还在休假。”洛轻云迈进车门之前问。

“废话。”他的小白猫还在里面生死未卜呢。

进了车厢，洛轻云双手拽着衣服的下摆利落一掀，车顶明亮的冷光落在他绷紧的肌肉上，描绘出极具力度感的线条来。他把衣服扔到一边，张弛之间，谈墨感受到莫名的压力。

“哟，洛队，身材真好。”谈墨说着也转过身，江春雷把作战服递给了他。

他弯下腰把T恤从头顶拽下来，腰身劲瘦的线条逐渐收拢，留下一道阴影没入松垮的休闲裤。谈墨有着看似单薄却充满韧性的身体线条，发力的时候肩胛和脊背看起来就像一张拉满的弓。

洛轻云迅速转过头去，低下头确认配枪的能量是否充满。

这栋楼是封闭环境，谈墨无法远距离执行监察员的职责，只能背着枪深入腹地。

“谈副队，身材真好。”吴雨声笑着说。

谈墨眉梢一扬:“不要学我说话。”

“跟紧我。”洛轻云离开了装甲车。

“收到。”谈墨侧着脸调试着通信器，并没有像平常那样跟洛轻云唱反调。

任务就是任务。

只要他担任着一队的副队长和洛轻云的监察员，他就必须看住洛轻云，也必须和洛轻云配合起来。

更不用说，他相信洛轻云的实力。

谈墨戴上了护目镜，紧跟在洛轻云的身后，走过一个临时搭建的双向通道。

江春雷走在他们俩的后面，提前释放了无人机。

整栋楼已经停电了，多半是虫藓侵蚀了电力系统，楼内只剩下应急灯发出的绿光，让里面的空间充满了诡异的感觉。

江处长带着两个研究员跟在后面，楚妤殿后。

他们首先进入的是大堂。晚上的大楼很空，没有什么人，因此伤亡情况还算乐观。

他们来到大堂的接待台前，发现上面已经生了一层厚实的虫藓。两个调查员带着取样器小心翼翼将虫藓夹了起来。只是被镊子戳了一下，虫藓就像从沉睡中惊醒一样，一个碰撞一个，整片虫藓争先恐后向外吐出气体，惊得两个研究员直往后退。

江心源开口道：“别担心，是氧气。”他们携带的空气测量器显示氧气浓度轻微提高。

只听见“哗啦”一声，接待台塌了下去，虫藓和尘埃飞扬而起，周围的荧绿光芒像波浪一样移动了起来。

江春雷吓得后退，正好撞在了江心源的身上。

谈墨回头瞥了江春雷一眼：“出息呢？”

江心源解释道：“不要紧张。接待台是实木做的，虫藓吸收了实木的营养，所以碰一下就塌了。”

“我们也都是营养。”谈墨开口提醒所有人。

虫藓算是谈墨最讨厌的开普勒生物了，它们游离到哪里就会疯狂摄取有机物的养分。当然，活人有知觉，没那么容易成为虫藓的食物，如果有虫藓落在身上，拍一拍就能掉下去，毕竟它们没有什么攻击性。但如果没有注意到，虫藓能把整片皮肤的养分吸食到坏死。

电梯不能用了，他们来到安全通道前，门上同样布满了虫藓，连门缝和门锁都分辨不出来了，这也是无人机之所以被挡住的原因。

谈墨想，门的另一端也许就是另一个世界。

无人机的灯光照射到门上，虫藓被刺激得疯狂涌动了起来。这样强烈的自主性，让调查经验丰富的江心源也忍不住担心起来：“这些虫藓……感觉只是这个生态区的前哨。”

“江处长，你如果只是想取样的话，可以交给我。楚妤，你带着江处长还有两位调查员离开这里。”洛轻云开口道。

“洛队，你还要继续向前吗？”江心源问。

"我能感觉到这个生态区的种子就在里面。不搞定它，整座城市都别想用水了。"洛轻云一边说，一边接过江心源的背包。

谈墨眯起了眼睛，对江春雷说:"你也退出去，我和洛队会把被虫藓封闭的通道都打开，你到外面一样可以操纵无人机。"

"可是我……"

"比起跟在我们后面战战兢兢、笨手笨脚，外加让我们分心保护你，你在安稳的环境里操作无人机更好。"谈墨回答，"你到了外面，随时向我们通报无人机的侦查情况。"

"收到。"

"谈副队不出去?"洛轻云好笑地问。

"我要是走了，万一你在这个生态区里发神经，都没人能一枪崩了你。"

谈墨侧过脸，朝吴雨声点了点头。吴雨声来到谈墨的身边，随时为他戒备。

等到江心源他们都撤出去了，谈墨取出配枪，换上了药凝弹，对着门开了一枪。雾气蔓延开来，依附在虫藓上，部分虫藓察觉到危机，沿着墙壁散开，剩下的被凝固在里面，形成薄薄的一片琥珀墙。

洛轻云取出战术刀，从门缝顶部一直划到底部，随即用刀柄在门把手上一敲，附着的虫藓裂开并掉了下来。他握紧了门把手，向下用力一压，安全门发出了"吱呀"一声，一股气流从门缝里涌了过来。

谈墨和吴雨声双双抬起枪口，他们肩头的测试仪显示氧气浓度再次提高了。

"咚咚咚"的声音传来，在安全通道里发出空荡荡的回响。似乎有什么东西从台阶上蹦了下来，谈墨正要扣扳机，洛轻云侧身压下了谈墨的枪口。

"等等。"

一个皮球滚到他们的面前，无人机的灯光照射在那个皮球上。

"应该是四楼一个早教班给孩子们准备的玩具。"谈墨回忆了一下，开口道。

无人机先行，不断扫描着楼道里的情况。

让人意外的是除了刚才的安全门上，楼体内部并没有他们想象中那么多的虫藓，如同被保洁阿姨打扫过一般干净，没有发现生物痕迹。

"有意思。"洛轻云把枪摁回枪套，信步踏上了台阶。

"什么有意思?"谈墨皱着眉，跟在洛轻云的身后。

就算洛轻云觉得没有危险，他也不会掉以轻心。他们向上步行了三层楼，谈墨的神经始终紧绷着。

"你不觉得虫藓就像礼物盒子外的那层包装纸吗？我们刚才拆开了包装纸，进入了盒子里。"洛轻云一边说一边继续向前。

他们来到了四楼，那里的安全通道门大开，楼道里空荡荡的，无人机先一步飞了进去。这一层的早教班内也并没有太多虫藓，除了储存食物的生活室之外。无人机判断没有风险。

谈墨正要上前，却被洛轻云一把捞了回来。

"干什么?"

"我们没必要进去，继续上楼。"

洛轻云抬了抬下巴，示意无人机撤出来。他们沿安全通道继续向上，来到六层。

和一到五层不同，六层的通道门被厚重的虫藓所覆盖。

"怎么会这么厚?"吴雨声习惯性地挡在了谈墨的前面。

"因为这一层是宠物医院啊。想想里面最多的是什么?"洛轻云的手直落落地摁在了虫藓里，半条小臂都被淹没了。

"一到三楼都是普通的公司，到了晚上职员都会离开，缺乏有机物；四楼给孩子们的零食也不足以喂养这么多的虫藓。但是这层是宠物医院，肯定有不少动物留在里面。"吴雨声回答。

"谈副队，你的猫凶多吉少了。"洛轻云不紧不慢地把手收了回来。

"不用你说我也知道。"谈墨回答。

门上的苔藓成片地被洛轻云拖拽而起，它们像是感觉到了他的温度，想要钻破那层金属手套摄取养分。洛轻云垂着眼轻笑了一下，手握成拳头，顿时那些虫藓发出轻微的"吱吱"声，像是在害怕，也像是在求饶。

洛轻云松开手，手里的虫藓尽数掉落了下来。

"治安部队请注意，治安部队请注意，我们将打开六层的通道，种子可能隐藏在其中，请问是否已做好封闭?"谈墨和外面留守的治安队汇报情况。

"所有水路、通风口已经封闭，可以打开通道，可以打开通道。"

"收到。开门。"谈墨开口说。

已经撤退并坐回装甲车里的江春雷额角渗出一层冷汗，旁边的江心源也很紧张。

"要不等我进去了再开门吧。"楚妤想再进去帮忙。

洛轻云的声音从通信器里传来："不用了。如果连我都搞不定，你来了也只是给虫藓送养分而已。"

谈墨向后退了四五步，这层虫藓太厚，不确定开枪是否有用。如果药剂效用不够，没被凝固的虫藓很可能会疯狂反扑。

"砰——"

空气随着那一枪轻微地震颤，子弹冲进了厚实的虫藓中，但是虫藓太过密集，药剂没有像想象中那样弥散开来，反似泥牛入海，没有起到任何作用。虫藓起伏交织，骤然间，一把绿色的矛头朝着谈墨的面罩直冲而来。

谈墨睁大了眼睛，吴雨声扣住谈墨的肩膀猛地将他拉开，但是那把矛头竟然掉转了方向，再次击向谈墨的腰腹。

虫藓怎么会有这么强的自主攻击性?

忽然他的腰被另一只手扣住，接着猛地一带，矛头又刺偏了。一只戴着黑色手套的手忽然挡在了矛前，谈墨心脏提到了嗓子眼，但那把矛头在触碰到手套前就迅速缩了回去。

"胆子可真大。"洛轻云轻声说了句。

“啊，我只是没想到虫藓会主动攻击，而且还是群体自主攻击……”

“我不是说你，我是说虫藓。”

洛轻云的表情很淡，无人机的光线掠过他的脸，有一种冰冷的金属质感。

他的左手食指勾住右手的手套边缘，露出了白净的右手手腕，接着是手掌，还有光洁的指尖。

一旁的吴雨声也忍不住盯着看。

洛轻云的手伸进了虫藓里，这层墨绿色的厚藓就像被加热了一样，争先恐后的向外吐出蒸汽。它们慌忙地向着四面八方散去，互相碰撞碾压，无人机的灯光顺着墙面照耀过来，谈墨赫然发觉它们竟然在攻击彼此，甚至把对方当成养分吸食。

成片的虫藓掉落下来，剩下的虫藓也充满畏惧，窝在了天花板的角落里，缩成密密麻麻的一团。

洛轻云抬起配枪，朝着头顶开了两枪，那些虫藓就被凝固进了药剂气雾里。

“走吧，我们进去。”

谈墨怔住了。他想起了之前看过的那段视频——无数阿卡那加魔鬼藤在山谷中自相残杀，胎果被摧毁，整个生态区尸骸遍野。

现在的虫藓也是互相攻击，就跟那个时候一样。

这是洛轻云那双手的能力吗，调动同一个领域内的开普勒生物互相攻击？

无人机前行，灯光照亮了整个幽暗的空间。

之前宠物住的玻璃房子里都被蒙上了一层厚厚的绿藓，这些可怜的小动物无法逃脱，只能在绝望中被藓潮吞噬。

“喵——喵——”

在这一片死寂中，洛轻云忽然模仿起了猫叫声。很轻，还有点软腻，听得谈墨耳朵痒痒。

“洛轻云你干什么呢！”谈墨压低了声音说。

“呼唤你的猫。”洛轻云回头看着谈墨笑了笑。

前面有一扇门，也就是宠物医院的值班室。

吴雨声用脚将门缓慢地打开，无人机侧着飞了进去，对里面的情况进行了扫描。

传过来的影像让谈墨感到惊讶：里面躺着一个人，背对着门，他的身上覆盖着厚重的虫藓，连骨头的养分都被吸食殆尽了。

这……这不就是他梦里的画面吗？

“谈副队，你怎么了？”洛轻云的声音从耳边传来，让谈墨回过神来。

谈墨没有回答洛轻云，而是对着通信器说：“江春雷，你操纵无人机去床边的角落看看。”

无人机降低了飞行高度，来到谈墨指定的位置，拍摄到了一小堆凸起的虫藓，但无法辨别底下是什么东西。

“看这个大小，是老鼠尸体吗？”吴雨声问。

“那得把虫藓拨开，看看里面的骨骼。”江春雷回答。

“我来吧。”洛轻云瞥了一眼谈墨，正要走进去，却被谈墨扣住了肩膀。

“不用。那不是老鼠，是宠物金丝熊。”谈墨回答。

明明那只是梦，但是谈墨却有一种很强烈的预感，梦里发生的都是真的。

“你怎么知道?”洛轻云问。

“如果我说，是我梦到的，你信吗?”谈墨半开玩笑地回答。

“我信。”

两个字而已，轻轻落下，却很有分量地落在谈墨的心头。

是的，洛轻云早就发现，也说过他和开普勒生物之间有着特殊的共感。

谈墨挪开自己的视线，对着通信器说:“让无人机去窗边，观察一下窗子是否打开，是否有老鼠或者猫的足迹。”

无人机遵循指示来到了窗边，果然发现几个虫藓凝集的痕迹，看起来确实像是老鼠的脚印。

“这是怎么回事?”吴雨声用探究的目光看向谈墨。

“老鼠咬死了金丝熊，吃了它，爪子上沾上了金丝熊的血，当它跳窗离开的时候，血迹留在了窗台上。血液也是虫藓的食物，所以虫藓就凝固在了上面。”谈墨回答。

“原来是这样……”通信器里传来江春雷恍然大悟的声音，“副队，你太厉害了，连这都知道!”

吴雨声看向洛轻云说:“可到现在洛队还感应不到这个生态区的种子……它到底躲哪里去了?”

洛轻云却带着莫名的笑意反问谈墨:“谈副队，你觉得这片虫藓的种子去哪里了?”

谈墨回答:“我猜想种子就是那只离开的老鼠，只有它是没被虫藓吃掉的生物。它去了哪里，就能把虫藓带到哪里。”

“什么？在一座城市里寻找一只老鼠，那不是大海捞针吗?”吴雨声看向洛轻云，“洛队，你也认为这片生态区的种子已经不在这里了吗？会有种子离开自己的生态区吗?”

“当然会有。比如当它放弃了这个生态区，又或者……”洛轻云眯起了眼睛，摸着下巴不知道在想什么。

谈墨没什么耐心地说:“说话说一半，弟弟短一段。”

洛轻云在谈墨的护目镜上轻轻敲了一下，轻声说:“比如……有比自己的生态区更吸引那个种子的生物存在。这个生物能成为生态区最佳的养分。”

谈墨心头微微一颤，手指摁在洛轻云的目镜上，将他的脸推开:“洛队，在这样的光线下，您的笑容就像恐怖片一样可怕。不要吓人了好吗?”

“我们现在怎么做?”吴雨声问。

“别问我，问队长。”谈墨用大拇指指了指洛轻云的方向。

洛轻云好脾气地说:“只能把这里生态隔离了。”

“行，我们先从这里撤离吧。”

无人机从那个房间里撤出来，掠过谈墨的头顶，轻微的气流带起了一片虫藓，它们形成荧绿色的薄纱，朝谈墨坠落下来。

谈墨仰起头，那条薄纱就像黑夜里的一道极光，谈墨的视线被吸引拖拽着，融入了那一整片夜色里。

他恍惚间看见了一个男人，五官轮廓和自己一模一样，嘴角带着七分狡黠三分笑意，嘴唇微启，像是在念他的名字。

——你好啊，谈墨。

“谈墨!”

洛轻云低沉的声音穿透了一切，眼前的极光被挥散，只剩下空洞的一片漆黑，谈墨被对方从虫藓下方拽离。

“你在想什么?!”洛轻云的手紧紧箍住他，紧到他的骨头一阵剧痛，醒过神来。

那片虫藓薄纱被洛轻云拨开，落在地上，逐渐失去了颜色。

“这是怎么回事？虫藓是要攻击我们吗?”吴雨声端起枪，打起十二万分的警觉。

谈墨咽下口水，道:“我刚才好像在那片虫藓里看到了一个人……一个跟我一模一样的人，在叫我的名字。”

“什么？我从来没听说过虫藓能致幻！难不成这个生态区进化了?”吴雨声说。

洛轻云瞥了一眼谈墨，坚定道:“这世上不会有任何人和你一模一样。”

说完，洛轻云就通知外面的治安部队准备对这里进行全面生态隔离。

他们迅速撤离，谈墨能感觉到洛轻云周身的气场很低。他扣着谈墨的手腕，几乎有点胁迫的意味，拽着谈墨沿着安全通道一路向下。每到一处转角，洛轻云另一只手就用力往墙上一摁，成片的虫藓相互汇聚、吞噬，而他的脸上没有任何的表情。

洛轻云一定是察觉到了什么。

“到底怎么了？洛轻云!”谈墨拽了他一下。

他们很快抵达一楼，眼见着前方就是大门，但大厅里那层厚实的虫藓消失了。

“哪儿去了?”谈墨眯起了眼睛正要上前，却被洛轻云一把扣住，拽了回去。

“看上面。”洛轻云抬起了脸。

谈墨这才发现天花板上聚集着黑压压一片虫藓，它们刻意隐藏了自己的生物外观特性，熄灭了光亮，埋伏在他们离开的地方。一旦他们走过，这些虫藓就会落下来，也许会往他们的防护服里钻，也许会击碎他们的护目镜，侵蚀他们的身体，又或者像刚才那样让他们陷入幻觉。

“呵!”谈墨用胳膊肘撞了撞洛轻云，“洛队，我以为你已经弄死它们了呢。”

“有更强大的种子，在很遥远的地方控制它们。”洛轻云说。

“更强大的种子？你是指，比你还强大吗?”

谈墨有些震惊，洛轻云的开普勒生物级别很高……比他还强大的种子，得厉害到什么程度?

“这些虫藓只是信使。”洛轻云说。

“信使，谁的信使？又向谁传递信息？”吴雨声问。

谈墨想起自己做的那个梦，又想起刚才自己差点被虫藓结成的绿纱罩住，沉下声说：“谁的信使我不知道，但它们要找谁，我知道。”

谈墨一边说着，一边摘下自己的护目镜，走了过去。

洛轻云拦道：“你要干什么？”

“去收信啊。”

“那是虫藓！”吴雨声也着急了，“你想被它们吸干吗？”

“它们熄灭了荧光，就是为了告诉我它们不打算攻击我。洛轻云无法让这片虫藓自相残杀，说明控制虫藓的开普勒生物是顶级的。你们就不好奇顶级的开普勒生物会对我这个区区人类说什么吗？”谈墨反问。

“我一点都不好奇，我只要你平安无事地回去，否则我怎么跟老高交代！”吴雨声一把将谈墨的护目镜摁回去。

谈墨看向洛轻云：“洛队，你说呢？”

“开普勒生物想跟你这个人类交流，只会有一个理由。”洛轻云说。

“什么理由？”

“拉你入伙。你入伙了，就没有人能像你一样从偌大的生态区里找到种子并将之击毙了。”

好奇心害死猫，探寻未解之谜也往往是万劫不复的前奏。

可偏偏谈墨就是个不知死活的家伙，去游乐园能端着泡面上云霄飞车；执行任务的时候别的监察员都离生态区远远的，谈墨却能背着枪往生态区里跳。

人类对开普勒生物有太多不解了。

这是一种精神世界高度集中的生物，群落之间的思维联系形式是人类永远无法达到的。

如果它们想与人类沟通，谈墨相信绝对不是通过语言，而是通过另一种方式。

想知道梨子的滋味，就只能自己亲口尝一尝。

“洛队，你是个信守诺言的人吗？”谈墨的手指勾着自己护目镜的边缘，笑着看向对方。

洛轻云曾经说过，当谈墨想要作死的时候，一定要叫上他一起“作天作地”。

“我陪你。”洛轻云说，“但是你看到了什么，一定要告诉我。”

“成交。”

谈墨再一次把自己的护目镜抬了起来，走向大厅。

“谈副队！”吴雨声还是想阻止谈墨去冒险。

“我会看住他。我就算干不掉这片虫藓，也不至于被它们干掉。”洛轻云这一次把左手的手套也利落地扯了下来。

两个人面对面站着，洛轻云正要扣住他的肩膀，谈墨却仰着头，露出了一丝调笑：“我想接收的是它的信息，不是你的信息。不要浑水摸鱼啊，洛队。”

洛轻云抬起自己的双手，无奈地笑了一下。

“疯了疯了，你们真的是疯了……”吴雨声一边摇头一边后退，但还是更换了弹夹，随时准备好开枪。

谈墨抬起眼，望向头顶的一片黑暗。这是人类的未知之地，是另一个世界。

黑暗之中，零星荧光亮起，那不是虫藓吸食营养时的荧绿色，而是泛着冷意的冰蓝色。

它们轻轻灵灵地坠落，不疾不徐，摇曳而下，让人想起星空下的雪花，一片一片相互交织，宛如大脑的突触相互碰撞，电光石火之间传递着隐秘的讯号。这片虫藓覆盖在了谈墨的身上，没有像网一样收拢，而是自然地垂落，仿佛真的只是一片毫无威胁性的轻柔薄纱。

当谈墨的目光被染成冰蓝色的一瞬，时间与空间并行交错，谈墨被无形的力量拽进了另一个不知道是否实际存在的空间里。

急促的脚步声响彻空洞悠长的通道，通道的后方是不断蔓延的虫藓，而虫藓的尽头是毫无光亮透出的黑暗，甚至能隐隐听见“嘶嘶”的、像是蛇在吐信子的声音。

“您要去哪儿啊?”

少年的声音遥遥响起，带着涉世未深的天真，以及让人汗毛直立的残忍。

黑暗之中，忽然蹿出几道影子，张牙舞爪，竟然是泰坦!

这些泰坦神态狰狞，四肢力量极大，每一步都在金属墙面上留下深深印痕。它们身上有的还挂着残破的研究员白褂，有的是作战衣，口舌流淌着黄稠的液体，疯狂追逐着前方一个穿着迷彩服的男人。

四五只泰坦飞扑向那人，看得谈墨心惊胆寒。如果是野外，躲避空间够大，也许还有苟延残喘的机会；但在这么狭窄的通道里，那个男人会被泰坦撕扯得四分五裂的!

谁知男人单手撑地，腰腹力量爆发，脚跟砸在第一头泰坦的头上，直接把它砸到颅骨稀烂、下巴落地；接着他拔出了腿上的战术刀，一个转身，将刀刃稳稳扎进了第二头泰坦的眼睛里；他左手压在右手的手背上，肩部骤然发力，战术刀从泰坦的眼窝处劈开了它的脑袋。

男人咬牙一踹，第二头泰坦的尸体飞了出去，正好撞在后面扑过来的泰坦身上。

“靠……”

男人向后踉跄了两步，低声咒骂。没承想那只泰坦被劈开的脑壳里竟然蹿出了几条绿色的“小蛇”，如同散开的绿色烟花，速度惊人，避无可避!

谈墨凭借自己高超的动态视力，辨认出那几条绿色的“小蛇”其实是阿卡那加魔鬼藤。完蛋!他的心都凉了半截。

男人骤然向后仰去，甚至没有撑地，完全靠腿部和腰腹力量支撑。寒光一闪，魔鬼藤被齐齐削断。而这个男人却瞬间恢复了平衡，转身继续向前奔去。

谈墨的心脏剧烈跳动着，他不知道这是发生在何时何地的事情，但有一点他能肯定，这个男人绝对不是普通的人类。

他的力量、速度和反应能力都让谈墨想到了那个灭掉一整个生态区的洛轻云，而他的身体协调能力和超常的韧性也和在矿井中对付因迪拉的洛轻云如出一辙。

所以这个男人也被高级别的开普勒生物感染了吗？

到底让他落荒而逃的是什么？

虫藓形成潮水，吞没了男人的前行之路，此刻谈墨终于看清了他的脸。

他的年纪应该有个三十出头，五官轮廓硬朗却并不显粗犷，坚毅的鼻骨和富有力度感的下颌线，透出一种历经风雨打磨却屹立不悔的气质。当他回眸看向黑暗的通道时，谈墨才发现他的眼睛形状很精致，甚至可以用“漂亮”来形容。

无比熟悉的感觉涌上心头，但谈墨怎么也想不起来在哪里见过这个人。男人的臂章已经破了，看不到名字，但是六芒星外加两条横杠的标志说明这个男人不仅仅是队长，而且还是 Inspector 。

这怎么可能？

没有 Inspector 能当队长，因为 Inspector 的职责就是监察队长！

这个男人是谁？

隔离区就在眼前，但是男人被虫藓困住了。他开了好几枪，药凝弹炸开，将虫藓凝固，但很快又有更多的虫藓涌来，覆盖在他的身上。

在这样的情况下，这个男人没可能活下来。他身上的所有有机物质都会被吸食，最后化为齑粉。

少年的声音从黑暗中传来，越来越近，也越来越清晰。

“为什么不用你的力量呢？它们都是你的臣民，你的仆人，体谅一下它们的心情——它们渴望着被你驾驭，渴望和你的思想相连。请不要拒绝，让我们进入你的世界。”

那声音悠长而虔诚，让人想起了教堂里的颂歌——高远，又有一种超脱生命之上的漠然。

附着在男人身上的厚厚虫藓越滚越大，把他裹成了一个巨大的球，男人拖着沉重的身躯想触碰隔离区的门，却被一层又一层的虫藓压迫着，最后倒在了隔离区前。

谈墨眼睁睁地看着，不知道为什么，他好像知道这个男人在想什么。

他有着不逊于洛轻云的杀伤力，却至今不肯使用控制开普勒生物的能力——难道是在担心“越界”？

而那个未曾露面的少年，不管他是谁，他之所以操控着这些虫藓，就是为了逼迫着这个男人使用越来越多的能力。

身为旁观者的谈墨很想告诉这个男人——必须要活着，活下来才能考虑越界或者不越界的问题。

就在这个时候，虫藓发出痛苦的嘶鸣，一声又一声连接在一起，形成一种震荡的声波，听得人头皮发麻。虫藓忽然开始向外释放某种淡蓝色的气体，由内至外失去了荧绿色的光芒，枯萎了像是灰尘一样落了下来。

男人的手挣扎着从虫藓中伸了出来，他的手里握着的是一只黑色的手套，它有点厚，但是那种流光的金属质感，让谈墨一眼就能认出来是和洛轻云那副手套同样的材质。

男人从虫藓的尸体里爬了出来，没有时间抖落身上的藓尘，飞奔着把手掌摁在了隔离区的门上。控制面板亮起，只有那么一瞬，谈墨看到了三个字："特一队"。紧接着隔离门开启，面板上的亮光消失。

男人关上了隔离区的门，与此同时，十几二十头泰坦从幽深的通道尽头冲过来，纷纷撞在了封闭的隔离区门上。它们不知疲倦地冲击着，数量越来越多，甚至不惜把脑袋撞裂了也要将门撞开。

越来越多的开普勒生物涌入了这个通道。不知何时，那些被抖落在地的虫藓慢悠悠地扬起，竟然死灰复燃，逐渐又亮了起来！它们附着在已经死了的泰坦身上，吸收了泰坦尸体的养分之后不断汇集，凝结成了一块晶莹剔透、只有指甲盖大小的晶体。

有人从黑暗中走来。这人穿着一双明显不合脚的军靴，一边走一边把T恤的下摆塞进迷彩服的裤子里。他动作有些笨拙地将外套的扣子扣上，不耐烦地说："这设计简直弱智。"

穿好了外套，他又把玩起了一个战术包，把什么止疼剂、抗生素拿出来看看，又像垃圾一样扔掉。

"废物。"

他越是走近，那群撞门的泰坦就越是争先恐后，仿佛这个人是什么催命阎王。

他就是操纵这群开普勒生物的种子。

"父亲，你不看看我吗？听说人类的父母很爱自己的儿女，为了儿女可以付出生命的代价。正是这样的保护欲，才让人类这个物种生生不息。"

谈墨有点惊愕：少年称呼隔离区的男人为"父亲"？

由于虫藓形成的阴影，谈墨看不到少年的正脸，只能从他的身形判断他约莫有十三四岁。

问题来了，躲进隔离区里的男人看着年纪也不大啊，怎么会有这么大的儿子？

"可你，除了昨天在我的培养舱前看了看我，之后的三十六个小时里，我就再没有体会过父爱了。"

谈墨惊呆了。培养舱？这孩子到底有什么毛病需要进入培养舱？

他才多大，已经能把自己的爸爸追得落荒而逃了？

这位"爸爸"身上的标志让谈墨猜测这一切发生在许多年前。

"零号基地"四个字忽然之间浮现在谈墨的脑海。

少年伸出手，接住了虫藓凝结而成的晶体，那个晶体却一点一点嵌入了少年的掌心，吸收少年的营养。随着一声又一声"啪嚓"声，他的血液里仿佛有火星在燃烧迸裂，泛着银色流光的嫩芽从他手心最深的纹路缝隙破皮而出。空气变得紧张起来，那些撞门的泰坦被一股不可抗力所吸引，一点一点地后退，靠近那个少年。

它们靠得越近，少年手心里的嫩芽就越是茁壮成长，枝叶迫不及待地展开，发出"喀拉拉"的、像是骨头被碾碎了又重新粘合起来的声响。"咚——咚——"，谈墨仿佛听见那株植物的心跳声。

而那些泰坦就像被吸干了生命，一个一个支撑不住倒了下去，一挨地就摔了个四分五裂，散开的尸块之间看不到任何血肉，完全枯竭了。

扎根于少年掌心的那株植物越长越大，甚至结出了花苞。

在谈墨的经验里，最常见的能开花结果的开普勒生物就是阿卡那加魔鬼藤，它的胎果可以孕育鳞鸟或其他攻击性开普勒生物，还能把人类吸收进去转化成泰坦。但是眼前这株轻灵的植株看起来可不像阿卡那加魔鬼藤那样凶悍残忍，它更像是一个曼妙的精灵或者优雅的天使，连接着两个世界。

花苞正逐渐地伸展，微微露出花瓣之间的端倪，只见花苞的底部出现了一个如同黑洞般的入口，昭示着另一个无限空间。

这是……

这是孕育高级开普勒生物的克莱因之瓶！

它拥有吸收生物能量，包括热量、蛋白质、脂肪乃至辐射的能力，而且可以孕育出一个强大生态区的种子！

为什么……为什么这个少年能控制克莱因之瓶？难道这个少年的开普勒生物级别凌驾于超S级生物？

这株克莱因之瓶延伸向隔离区的门，花瓣铺天盖地般绽开，连视线都没有落点。花瓣一寸一寸地渗进了厚重的金属墙壁中，畅通无阻，这便是克莱因之瓶的另一个特点——它没有有机物和无机物的界限。

紧接着，少年顺着克莱因之瓶走了进去。

谈墨知道躲进隔离区的那个男人凶多吉少了。

可就这么一瞬间，谈墨发现克莱因之瓶渗透的并不只是隔离区，还有他的周身！

就好像它从原本属于记忆的世界里反向渗透，入侵了本不应该身在此处的谈墨的思维世界！

他的脚下开始出现没有尽头的、属于另一个维度的空间，而四周银色的克莱因花瓣将他重重包裹，人类的世界逐渐离他远去，少年的声音在谈墨的耳边响起。

“欢迎来到我的世界……这里没有生和死的界限，没有你或者我的区别。”

那如同神祇般高高在上漠视一切的声音响起，每一个字都压迫着谈墨的神经。

谈墨疯狂地挣扎起来，身下的黑色空间有一种难以言喻的吸引力，让谈墨无法自拔地坠落下去。

他经历过无数次的“死到临头”，又无数次死里逃生。在他的心里，死亡是一切的终结，死了就不用再痛，也无所谓恐惧。但这一次却不同，谈墨预感一定有比死亡更恐怖的东西在这个深渊的尽头等待着他。

他拼了命想抓住什么东西，但周遭只有黑暗和虚无。

那是开普勒的世界，他也会被转变，会被控制，会失去自我……

他将不再是谈墨。

——这才是真正的死亡。

“谈墨！谈墨——醒过来！别陷进去!”

耳边有声音从另一个空间传来，以决绝的穿透力刺入了这片黑暗。

迟钝的感官神经逐渐恢复了敏锐，有一股力量涌入自己的血液和神经，就像瞭望台上的炮火，轰鸣着抵挡来自另一个世界的掌控。谈墨倒吸一口气，猛地睁开了眼睛。

他一把抓住了自己唯一可以抓住的东西。

他赫然发觉自己躺在洛轻云的身上，双臂紧紧抱住洛轻云的肩膀，而洛轻云已经摘掉了手套，双手向上撑住了层层压迫下来的虫藓。

黑暗里虫藓闪烁着密密麻麻的荧蓝色光斑，宛如星河直坠，即将淹没山河大地。

谈墨愣了一下：“洛队……你这是女娲补天呢？”

话音刚落，谈墨从洛轻云的眼底看到了一抹庆幸，那双眼睛像悬于天空之上的海，即将倾泻而下，将他淹没。

“你就贫。”洛轻云笑着说。

这里空间太小，满地都是掉落的虫藓，沾上了就得玩儿完。为了不掉下去，谈墨抓紧了洛轻云的上臂，洛轻云一侧脸，谈墨就感觉到一阵温热，是洛轻云脸颊皮肤的触感。

——他有着人类的温度。

“谈副队再不醒，我俩就得死在一块儿了。”洛轻云唇上的笑意明显，声音里带着调侃，可他略微颤抖着的手臂让谈墨确定他已经撑得很辛苦了。

那双手形成一个保护区，在这个区域内，虫藓无论如何威压都不能靠近，而他们俩也被困在虫藓里无法出去。

谈墨取下了腰间的配枪，但在这样的情况下，药剂弹的凝固作用杯水车薪。

虫藓只怕比墙还厚，他们已经接收不到外面治安部队的信号，也听不到吴雨声的呼喊。同样的，其他人也不知道他们在里面发生了什么。

搞不好……治安部队已经对这栋楼实施生物隔离了。

“你看到了什么？”洛轻云垂着眼问。

他的声音很低，目光也很沉，大脑深处似乎和谈墨产生了一种隐秘的共鸣，像最精巧的表，细小的齿轮一旦契合，秒针、分针、时针便被一一带动着旋转起来，周而复始无穷无尽。

洛轻云的气息环绕在谈墨周围，渗进他的肌肤，潜入了每一个细胞里。谈墨突然有一种异样的感觉，想要牵引和控制他。

老天爷，他是开普勒生物吗，竟然想要控制洛轻云？

“我……我看到有一个少年操纵着开普勒生物追击一个男人。那个男人逃入了隔离区，但是少年却自己喂养出了克莱因之瓶……”

洛轻云轻哼了一声：“你以为克莱因之瓶的目标是那个男人，却没想到是自己被吞掉了？”

“你……你怎么知道？你也看到了？”谈墨问。

“那是传递给你看的信息，我看不到。”洛轻云回答。

谈墨忽然想到，洛轻云这种高阶融合者，多半也是被某个克莱因之瓶“转化”而成的。

“谈副队，现在我赠送一道送分题给你，不要再答错了。”洛轻云说。

谈墨刚要送上一个白眼，可目光触上洛轻云的侧脸，就发觉对方神情冷峻——他这个问题很认真。

“你问吧。”

“一斤棉花和一斤铁，哪个更重？”

“一样重。”谈墨想都没想就回答，腾出一只手用力在洛轻云的胸膛上戳了一下，“再不离老子远一点，老子就……”

“就怎样？”洛轻云微笑着反问。

谈墨忽然侧过脸，朝着洛轻云撞了过去。

洛轻云下意识向后仰，却没想到谈墨冷笑了一下：“我能怎么样啊？”

那一刻，谈墨不知道洛轻云在想什么，也无法专注心神去揣摩洛轻云的目光，他只知道在那一瞬间他产生了一种从来都没有的想法——如果他自己被克莱因之瓶吞噬，获得开普勒能量，是不是也能像高阶融合者一样威慑其他融合者？

他是不是能让洛轻云俯首听命？

这个想法……让谈墨心跳加速。

这也许就是那个强大的开普勒生物给予谈墨真正的诱惑，它能赐予他比洛轻云更强大的力量，让他能征服这个看起来是融合者天花板的男人。

“是啊，一斤棉花和一斤铁是一样重的。”

洛轻云笑了一下，声音很轻，抬头看向头顶那距离他们越来越近的虫藓穹顶。

谈墨一下子明白了洛轻云那个问题的意思——虫藓本来是很轻盈的，就像棉花一样，就算里三层外三层把他们包裹起来，也不至于压到洛轻云抬不起手来。

一公斤棉花和一公斤铁的体积相差太大了。虫藓能这么具有压迫感吗？哪怕是一整栋楼的虫藓集中到了这里也不够啊，是什么让它们增加了重量？

“是水分。虫藓吸收了水分才会变得这么沉！”谈墨恍然大悟。

“之前治安部队担心虫藓会入侵城市用水，早就把这个区域的供水停掉了。”洛轻云眯起眼睛想了一下，“那就只有楼顶水塔了。”

一整座水塔的水就压迫在洛轻云的手臂上，这小子还能撑这么久，谈墨不得不说他厉害。

“既然现在这些虫藓的主要成分是水，那就让水结成冰。”谈墨刚想通知吴雨声，这才想起通信被屏蔽了，“我去……”

“把药凝弹换成冷凝弹。我配了三发，你呢？”洛轻云抬了抬下巴示意谈墨检查自己的弹匣。

“我也有三发。”谈墨没好气地回答。

“根据大厅的容积，六发冷凝弹足够把这里冻成冰窟。那么问题来了，我是不怕冷的，谈副队呢？”洛轻云问。

“你动作快一点，我就冻不死。”谈墨一点废话都不想说，从洛轻云的腰间取出了他的配枪，扯开他的战术包，嚣张地把里面的弹夹拿出来。

他朝着几个方向“砰砰砰”射击，温度骤然下降，吸进肺部的空气都带着透骨的凉意。

四周的虫藓发出轻微的“嚓嚓”声，那是其中的水分冻结的声音。

洛轻云的眼睫毛上附上了一层薄霜，竟然有几分清丽。

“能弄碎……它们了吗？”谈墨搓着自己的手指取暖，他呼出的白气就氤氲在自己和洛轻云之间。

“还没那么快冻到最外面。”洛轻云一开口说话，整个狭小冰冷的空间就有了几分温度，只是这温度很快就消散了。

谈墨的牙关颤了起来，他想抱住自己还想跑几圈，可惜没空间。再多待几秒，谈墨觉得自己连搓手的力气都快没有了。

“再忍一忍。”洛轻云靠了过来，将下巴抵在了谈墨的头顶。

好暖和。

不是说开普勒生物的温度都比人类正常体温要低吗？

为什么洛轻云身上这么暖和？

谈墨拼命贴近洛轻云，把他当作热源，洛轻云微微侧过脸，他知道谈墨冷到就快失去意识了。

“抓着我，过一会儿就不冷了。”洛轻云轻声说。

谈墨圈紧了洛轻云的脖子。

洛轻云仰着头，头顶的虫藓已经冻硬了。一股力量从他的双手向外蔓延，凝固的虫藓相互震荡，“喀啦”一声，几道裂隙向着四面八方蔓延，接着大厦倾颓着坠落下来。

洛轻云弯腰将谈墨护住。无数冰裂的虫藓块砸落，落在洛轻云的身上，又朝着其他方向滚去。

冰尘四散开来，冰柱的棱面折射出无人机的探照灯光。

“他们在这里！在这里！”

“洛队和谈副队都在这里！”

“快点！医疗队快点！”

谈墨的脑子一片混沌，无数人脸掠过他眼前。

洛轻云将他撑了起来，举着他越过如同泥石流般倾泻而下的虫藓块，吴雨声、安孝和与庄敬三个人赶上前来将谈墨接住，谈墨最后看到的却是洛轻云被虫藓淹没的身影。

他动了动手指，想抓住他，却没有力气。

洛轻云……

第二十一章

CHAPTER 21

近身肉搏

不知道过了多久，谈墨的耳边传来有规律的“嘀嘀”声，空气里弥漫着消毒药水的味道。

舒适的温度。谈墨的指尖动了动，啊，手指还在，没被冻掉……

等等，他现在在哪儿？

谈墨猛地坐了起来：“洛轻云！洛轻云呢？”

有人一把握住了他的手，安抚道：“你有工夫管别人吗？你先管好你自己吧。”

谈墨侧过脸，就看到了高炙。对方的眼睛下面是淡淡的乌青，估摸着已经守了他很久了。

听他这么说，就知道洛轻云的情况应该比自己活蹦乱跳多了。

“老高……我还活着呢……”

“祸害活千年。你就那么想跟虫藓一起被冻成标本呢？”高炙没好气地说。

“那我也得在一栋大豪宅里被冻成标本才值当啊。跟虫藓？太不美了。”

高炙把水杯递到谈墨的嘴边，还非常细心地插了根吸管：“你以为你自己是睡美人啊？放心，不会有王子吻醒你，赶过来给你的棺材钉上钉子抓紧时间火化还差不多。”

谈墨“咕嘟咕嘟”喝了两三口，呼出一口气来。

“老高，我晚上想吃馄饨。”

“我买的粥，你爱吃不吃。”

“老高，你好贤惠啊。”谈墨发自肺腑地说。

“是吗？我想把你的脑袋摁进粥碗里，憋死你。”高炙问，“吴雨声跟我说，你是因为要接收开普勒生物给你的信息才进入虫藓的。信息呢？”

提起这个，谈墨的眉头皱了起来：“老高，我问你，我们灰塔有监察员担任队长的情况吗？”

“据我所知，在正常指派的情况下是没有的。除非……”

“除非像是我们二队之前的那些任务，你先阵亡了，那么我作为副队长自然而然顶上队长的职责？”

“嗯。”

谈墨摇了摇头，这种情况不是他想了解的。他把自己看到的场面向高炙描述了一遍。

“按照你说的，那个男人逃入隔离区前的面板上显示他是‘特一队’的队长？”

“嗯。”谈墨点了点头，“我们有什么部队的编制是以‘特’开头吗？”

高炙眯起眼睛:“现在是没有。但是三十年前的开普勒探索联盟，负责保护科研机构的、由各国精英所组成的组织，是以‘特’字开头，而这个组织就是我们灰塔的前身。”

“难不成我看到的是……三十多年前的事情了？可为什么……?”

高炙拍了拍谈墨的肩膀说:“开普勒生物让你看到的，未必是真实发生的事情。你也说你还看到了克莱因之瓶，这说明你已经成为开普勒生物的目标了。它们想诱捕你、同化你，让你因为对幻境的好奇心而放松戒备，你一定要小心，最近这段时间先不要出任务了，这个情况我也会去灰塔跟耿先生讨论一下。”

“你也是被它们选中的，洛轻云也是，像我这样出类拔萃的人物开普勒生物还看不上的话，那我以后也没脸在灰塔混了啊。”谈墨不以为意地笑了一下，“与其战战兢兢，还不如我主动出手解决它们。”

高炙知道这小子并不是不了解克莱因之瓶的可怕之处，而是真的认为直面现实远比逃避有效。

“那个少年呢？他喊那个逃入隔离区的男人为‘父亲’……老高，你能不能给查一下，当年的‘特一队’里有谁是当了父亲，但是孩子却被开普勒生物感染的?”

高炙皱了皱眉头:“还有什么其他具体的信息吗?”

“我看到——那个孩子年纪很小，也就十三四岁……而且按照他的说法，前几天那位倒霉的父亲才在培养舱里见到了自己的孽障儿子，没过多久儿子就长到了这么大。不经过婴儿时期直奔少年时期？这在人类世界里不可能，但如果被开普勒生物感染之后呢，有可能一夕之间就长大吗?”

高炙看着谈墨，良久才说:“这个问题，你应该去问问洛队。”

“问他？哦，人家学历是烫金的研究生呢，跟我这种磕磕巴巴毕业的学渣可不一样。”谈墨抓了抓脖子，不知道为什么，脖子那儿痒得厉害。

“不是，我叫你去问洛轻云，不是因为什么研不研究生，而是他对这方面最有话语权。他可是灰塔众多外勤部队的里唯一一个从胚胎时期就成了融合者的人类啊。”

谈墨一听，愣住了:“胚胎时期?”

“嗯,他的档案能看到的人不多。我是接手保护他来银湾市的任务之前才知道的。母体感染这件事，我去中心城开会的时候也听到过一点，但不具体。”高炙不是个喜欢打听别人身世或者秘密的人，他所知道的也就只有中心城提供的资料了。

谈墨还在抓自个儿脖子，高炙看不下去了，一把扣住了谈墨的手，阻止道:“别抓了,你那里是被虫藓附着后的过敏反应，抓破了小心全烂掉。”

“吓唬谁啊。我这就不抓了。”谈墨赶紧把自己的手放进被子里。

“你得赶紧出院。李哲枫和周叙白这周末都会回来，你要是还不能出院，他们俩会守在你的病床边，为你……”

“为我端茶送水?”

“为你提前出殡。”高炙没好气地说。

"……别说了，我现在就能出院!"

"你是赶着去找洛轻云吧?"

谈墨各项体征恢复得很快，下午主治医生来检查，就表示他可以回家了。

高炙把谈墨送回了公寓，嘱咐他不要到处乱跑，好好休息。

"你知道我也没几年好活了吧？可别把我气死。"高炙万分认真地警告。

"当然！那是绝对的！好死不如赖活着啊!"谈墨拍着胸口保证。

等高炙一走，谈墨就联系洛轻云，毫不客气地发了条信息：在哪儿呢？死了没?

半天谈墨都没得到回复，看来洛轻云不是在训练就是出任务去了。

但是一队没有监察员，洛轻云这个人又挑剔得要命，死在谁手上都要千挑万选，估计一时半会儿还出不了任务。

那就是在训练吧。

现在吴雨声他们也归洛轻云调遣了，那就找吴雨声问问洛轻云在哪儿吧。

谈墨：哪儿呢?

吴雨声：灰塔训练中心。你是故意把自己冻进医院的吧？好避开近身格斗测试对不对?

谈墨一看，也懒得回复他，直接跨上机车，开去灰塔训练中心了。

刚进电梯，就碰到了黄丽丽和夏乘风。两人和谈墨对视，不约而同向后一退。

黄丽丽问:"谈副队，就来训练了?"

夏乘风竟然也关心起他来:"不多休息一下吗?"

这两个女人的笑容那么……那么荡漾，啊不对，是不怀好意。

"你们又在想什么奇奇怪怪的东西?"谈墨问。

"这个嘛……洛队和你的婚礼现场已经是我们银湾市灰塔浪漫榜单TOP1了！而且这份浪漫无可复制，再有钱的人都做不到。"

"哈?"谈墨眯起一只眼睛，对她们说的一切一头雾水。

走出电梯，黄丽丽反手发了一条链接给他。谈墨一点开，原来是江春雷的无人机拍摄下来的谈墨和洛轻云走入虫藓之下的场景。

谈墨和洛轻云面对面站着，谈墨仰着头看着天花板。洛轻云一开始双手只是简单地垂落在身边，但是当虫藓结成的那层薄纱般的罩子即将落在谈墨的头顶时，他抬起双手将"薄纱"轻轻撑住了。无人机飞了过去，带起的气流将那层"薄纱"扬起，空灵优美……

谈墨看着虚无的天空，而洛轻云则一直专注地看着他。

一层一层的虫藓飘落下来，散着冰蓝色的淡光，洛轻云和谈墨的轮廓逐渐模糊了起来。

直到谈墨的思想完全被开普勒世界带走，洛轻云才察觉到了不对，奋力将已经变得非常厚实的虫藓抬起，但是整个空间的虫藓就像是被吸了过去，迅速地附着在一起，形成一个密不透风的茧。

站在外面的吴雨声打空了自己的药凝弹，却阻止不了虫蘚前仆后继地将谈墨和洛轻云包裹起来。

虫蘚结成的茧越来越厚，蓝色的荧光越来越冰冷。最后，能听见的只有洛轻云的吼声：“谈墨——你给我醒过来！”

安孝和还有庄敬他们冲了进来，这个虫茧已经厚到快要占满整个大厅。

他们只能一边朝着虫茧射击药凝弹，将凝结的部分撬开，接着继续射击，继续撬开。

江春雷急得快要哭出来了，如果他们不能尽快打通一条通道，就算谈墨和洛轻云没被虫蘚吃掉，也会缺氧而死！

不知道过了多久，庄敬忽然大呼一声：“不用射击了，你们看虫茧结冰了！是由内向外逐渐结冰的！”

“一定是洛队和谈副队用了冷凝弹！”

“那快点凿开啊！不然谈副队就冻死在里面了！”

当这个巨大的虫茧坍塌的时候，虫蘚的碎屑全部落在了洛轻云的身上。

因为接触到温度而复苏的虫子不断地覆向洛轻云，但只要一触碰到他，就发出“噼里啪啦”的声音，又开始互相攻击。死掉的虫蘚齑尘般弹落下来。

洛轻云把失去意识的谈墨高高举起，送了上去：“带他走！”

画面里的洛轻云皱着眉。谈墨相信要不是因为在零号基地里被耗成了“空瓶”，区区虫蘚绝不是洛轻云的对手。但此刻洛轻云脸上并非是被自己看不上的开普勒生物搞得过于狼狈的不爽表情，而是……一种担心。

庄敬和吴雨声两个壮汉七手八脚地把谈墨拉了出来，但是洛轻云并没有离开。

视频到这里就结束了，谈墨猜想洛轻云应该是想利用剩下的虫蘚来反向追踪控制它们的开普勒生物。

黄丽丽的另一条信息弹了出来：怎么样，虫蘚织成的“婚纱”，是不是很浪漫？

谈墨没好气地回答：浪漫个锤子。

等你结婚，送你一万条！

他走进了格斗训练室，场上正在接受测试的是江春雷与安孝和，场外是三个教官，正在对他们进行评级。

谈墨眼睁睁看着安孝和只用了三招就让江春雷哭爹喊娘：第一招扣住江春雷的肩膀将他带过去，第二招抬腿一记膝击，第三招……放倒。

干净利落，没有一点多余的动作，仿佛江春雷是个没有感情的沙包。

“呃——”常恒别过脸去。

看着都疼。

吴雨声捂住了双眼，小声说：“我能申请……下周再测试吗？”

江春雷蜷着身子，半天爬不起来。

安孝和半蹲在江春雷的身边，吹了一声口哨：“小春雷，要不要哥哥给你个公主抱啊？”

“不需要！”江春雷满脸通红，捂着肚子倔强地拱了起来，但很快又塌了回去。

谈墨摸了摸下巴，自己当初想拒招王小二的时候，费了老鼻子劲儿也没能说服他。当时怎么没想到，直接让他来看这凶狠的近身格斗测试不就得了？

“安孝和。”

洛轻云的声音响起，温和中隐隐透出威压的气场。

安孝和的脸色立刻变了，一边扶起江春雷一边说：“你别生气啊，这不开个玩笑嘛？以后一起练习，共同进步！”

谈墨循着声音看过去，洛轻云穿着简单的白色T恤，迷彩裤也无法掩盖他那两条修劲的长腿。他倚着墙，双腿交叠，看起来没有丝毫攻击性，抱着胳膊，脸上带着淡淡的笑意。

修长的脖子上没有任何伤痕，和被虫藓咬得快烂了的谈墨完全不一样。

白里透红，与众不同。

“谈副队，我听说你的身手其实很不错。演习之后，我的人都在抱怨我对你的误判。”洛轻云也侧过脸来，看向谈墨。

“‘婚纱’二人组来啦！”江春雷还真是好了伤疤忘了疼，一张嘴就让人想打他。

谈墨直接把地上一瓶矿泉水踹了出去，不偏不倚砸在江春雷刚才被安孝和膝击的地方。

江春雷再次扑倒，旁边的安孝和非常识相地松了手。

洛轻云走到谈墨的面前，微微前倾，笑了笑说：“要不要来一局？”

“呵，我重伤初愈，洛队你好意思来挑我吗？”谈墨回答。

“如果你不是重伤初愈，就能打倒我了？”洛轻云微笑着反问。

“哪里哪里，洛队去问问整个灰塔，我赢过哪个队长吗？一个都没有，我还是很有自知之明的。”谈墨也学着洛轻云的样子假笑。

正副队长之间的气氛，和睦得让人觉得不大适应。

“我来，就是想问洛队一些问题。有空吗？请你喝一杯。”谈墨抬了抬下巴。

“那格斗测试呢？我劝谈副队跟我一起接受评估。”

“为什么？”

“在众多队长里，我一定是对你最温柔的那一个。”

“有多温柔？能让我评上A？”

“说得好像谈副队去年的评级不是A一样。”洛轻云回答，“赶紧结束了这个测试，我好认真回答谈副队的问题。”

谈墨这人有个优点，没用处的面子和里子都能扔到九霄云外。

他每次近身格斗都被高炙虐到爬不起来，被李哲枫踹到骨头散架，被周旭白拧到胳膊脱臼，也很感激这些给予他疼痛的兄弟，让他没那么容易死在任务里。

跟洛轻云这样的高手过招，那注定是要被修理的。但在这里被洛轻云这样级别的家伙虐，经验值也绝对能大幅上涨。

再不济，自己碰个瓷，表演个倒地不起，再去疗养一下。

“好啊，洛队你可要小心一点——我很金贵的。”谈墨一边说，一边把自己的外套脱下来，扔向吴雨声。

吴雨声大概是很惊讶自家副队长这“牺牲自己照亮他人”的选择，竟然一时愣着没接住，外套落地上了。

常恒赶紧过去把外套捡起来，用力拍了拍，讨好地看向谈墨：“副队加油！副队万里山河永不倒！副队一夫当关万夫莫敌！副队千万不要后脑勺着地！”

“我都……我都不知道老常这么会拍马屁呢……”江春雷一边摸着肚子一边来到吴雨声的身边。

“因为刚才抽签分组的时候，老常和洛队分到一组了。”吴雨声回答。

“哦，那要是我，这马屁拍得肯定比老常还响！”

谈墨活动着自己的手腕，回忆起在录像里看到的洛轻云。

洛轻云杀伐果断，击杀、格挡，没有任何多余的动作，一切以目的为导向，直接并且有效。最重要的是，哪怕做好准备对付他的直截了当，他却总能从一些刁钻或者出人意料的角度做出突破，让谈墨很佩服这个人的瞬间反应。

洛轻云脸上的笑意已经隐没，他朝着谈墨微微点了点头。

这场较量，是认真的。

谈墨调整着自己的呼吸，专注地看向洛轻云。

他是一名 Inspector，最引以为傲的就是自己的观察力和判断力。长久以来，无论是高炙还是李哲枫或周叙白，告诫他的就是要观察对手的肌肉，因为肌肉发力的方式是无法骗人的。

洛轻云穿着短袖，两条手臂肌肉线条流畅，看着劲瘦，但爆发力很强，而且耐力持久，不好对付。

根据评级规则，作为普通人类的谈墨只要能扛住洛轻云五次以上有效攻击就能得到A的评级。

教官吹哨，示意测试开始。谈墨骤然出现在洛轻云的面前，先发制人一拳袭向洛轻云的眼眶，力度和速度让场外的旁观者们睁大了眼睛。

洛轻云却直接抬手扣住了谈墨的小臂，侧身将他拉了过去，不仅化解了攻击，还让这一切看起来像是……送上门来。

谈墨旋即利落地抬起了膝盖，击向洛轻云的手臂，洛轻云松开了这只手，却用另一只手摁下了谈墨的膝盖。

短短一两秒的时间，谈墨杀气大开，洛轻云则一直在化解他的攻击。

谈墨心里很清楚，洛轻云能举起吸食了一整座水塔水分的虫藓，他在力量上是自己绝对无法抗衡的，要完成测试只能取巧。

洛轻云的膝击速度极快，眼看着就要顶在谈墨的腹部，吴雨声他们都惊呼了出来，却没想到谈墨侧身压住洛轻云的肩膀，一脚踩在洛轻云顶起的膝盖上，借力直接跨上了洛轻云的肩膀，接着托住他的下巴，顺势就要拧断他的脖子。

“我去——”安孝和看得心惊胆寒。

庄敬也傻了眼，他们还是第一次见到有人能骑到他们队长的脖子上。

但是洛轻云却一把捞住了谈墨，将他翻了个个儿，那一瞬间谈墨的衣摆腾起，露出劲瘦的腰背，而洛轻云的手正好伸进去扣住了他的后脊。在那十分之一秒里，谈墨感受到洛轻云的手指已经掐住了自己的脊骨，如果他想，完全可以顺势掐碎他的骨头。

好强！

只听见“哐”的一声，洛轻云一把将谈墨砸在了地上。

“喔——”

这一声太大了，吓得常恒跟吴雨声都冲了上来，生怕洛轻云把谈墨的脑浆子砸出来。

但是他们没想到，洛轻云的一只手垫在了谈墨的后脑勺底下。他坐在谈墨的身上，低下身来笑着说：“服不服啊，谈副队？”

教官表示测试没有结束，把赶过来的人都给拦住了。

“不会闹出人命了吧，然后我们就没有副队长了？”安孝和心有余悸地问。

“没了我们，也不会没有副队长的。”庄敬凉飕飕地回答。

但是谈墨没那么容易认栽，他暗中聚力，腰腹猛地一抬。洛轻云都没想到自己差一点被掀翻，他向下一坠，把谈墨给镇了回去。

“靠——”

这一下，谈墨的腰差点断了。

“没熬过五次有效攻击，谈副队的近身格斗好像要降级了。”

听到这里，谈墨气得快冒烟。近身格斗降级意味着他的薪水也会降级，而且一降就是三个月！

“我可以教你。”洛轻云低下头说。

洛轻云的眼底带着笑，眼角的笑纹都很明显。

平时都在假笑的家伙，现在不过把自己给摔了一下，凭什么就笑得这么开心？

谈墨憋着气，才一挣扎，对方的手就死死扼住了他的手腕，他困兽一般想要挣脱，但是洛轻云却直接压住了他的肩膀，压得他骨头发出轻微的“咔咔”声。在洛轻云的面前，谈墨有一种面对一整个危险生态区的压迫感，可偏偏不感到害怕。

假如说洛轻云真的是一整个生态区的话，大概会长驱直入气势如虹地到来，却又总会在最关键的时刻与自己保持距离；就好像全世界都可以被洛轻云侵蚀，但他会永远让谈墨保持清醒，独立做自己。

谈墨试着蹬了蹬腿，但是洛轻云纹丝不动。

这要是高炙压着他，谈墨早就死猪不怕开水烫，白眼一翻双腿一蹬装死了。但是洛轻云……谈墨就是不甘心，自己都不知道自己在较什么劲儿。

——开普勒生物带给谈墨的暗示已经浸透了他的骨血，哪怕自己在洛轻云面前不堪一击，可一旦产生了征服他的念头，就算是真的被洛轻云摧毁，谈墨也无法停止这种渴望。

就在这个时候，洛轻云的铭牌从他的T恤领子里掉了出来，在谈墨的眼前轻轻晃了两下，又转了半圈。

自己对洛轻云不切实际的想法像找到了出口，他抬起下巴忽然咬住了那个铭牌，用力往下拽，洛轻云被铭牌勒住，不得不低了下来。就在即将撞在谈墨的鼻子上时，洛轻云硬生生撑住了，甚至腾出一只手掐住了谈墨的脸颊，要他松口。

那一瞬，洛轻云的目光从暗含笑意和对峙的性质逐渐变得冷郁，他的手指很用力，指尖像是要穿透谈墨的两颊，却没有让谈墨感觉到疼痛。

“谈墨，回过神来。我不是你的敌人。”

但谈墨还是倔强地看着洛轻云。明明他们彼此之间都没有杀意，却又有另一种不可抵抗的气场萦绕在他们身边，现场没有任何人能够阻止。

对战的结果已经尘埃落定了，火药味显然还没有。一旁场外的教官冲上来劝他们放开彼此，但这两人都充耳不闻。

谈墨想的是，有本事你就一直捏着老子的脸，老子就是不松口让你这么趴到天荒地老！反正老子躺得容易！而洛轻云却有一种莫名的感觉，自己只要一松手，谈墨就不会再这样用力地看着自己了。

洛轻云有点后悔，他应该摘了手套的。

如果这双手没有任何遮掩地用力扣住谈墨，谈墨还会用这样死到临头却依旧嚣张的目光看着他吗？

当洛轻云这么想的时候，他也是这么做的。

低下头，洛轻云咬住自己手套的边缘一点一点往下，露出了自己的手腕，然后下压。

就算只有手腕上的皮肤碰到谈墨，那也……

洛轻云发现自己真正想要的不是使用这双手的能力，而是感受谈墨真正的体温。

——就像一个人类去感受另一个人类。

可对于谈墨来说，要不是这会儿牙关疼，他能抬起脑袋给洛轻云一记铁锤。

搞什么啊，竟然脱手套？这是犯规，这是作弊！

“唔……嗯嗯！”谈墨缩着脖子生怕洛轻云的手腕碰到自己。

好汉不吃眼前亏，他果断松开了铭牌。出于惯性，洛轻云微微向后仰了一下，谈墨把他的手套向上一扯，该遮的赶紧遮上。

“谈副队的牙真好，改天咬咬别的东西吧。”洛轻云把铭牌收进了领子里。

谈墨总觉得洛轻云话里有话，但洛轻云的表情却没什么波澜，唇线也是微微绷着，没有情绪流露。他的胳膊绕过了谈墨的肩膀，起身的时候轻而易举就将谈墨带了起来。

旁边的教官松了一口气，打起了圆场。

“输给洛队是很正常的事情，以后多交流交流就好了！”

“是啊，三个月之后还有测评嘛！再过仨月搞不好洛队就会对你刮目相看了。”

他需要的是“刮目相看”吗？他需要的是因为降级而减少的薪水！

谈墨心想自己的场子恐怕要李哲枫和周叙白帮忙找回来了，他都能想象到这两人的表情——你这没出息的东西。

想到铭牌上还沾着洛轻云的体温和汗，谈墨心里憋屈，只能“呸”了一下，用手背擦了擦嘴，转身就走。

“谈副队，你刚才说要请我喝一杯的，还算数吗?”洛轻云看着谈墨的背影问。

谈墨这才想起自己可不是来找打的，而是来找答案的。

他从常恒手里接过自己的外套，大剌剌回了句：“算数啊。”

“那就好，一会儿见。”洛轻云好脾气地说，仿佛刚才两人火药味儿十足的较量根本不存在。他朝其他人点了点头，就去更衣室了。

安孝和凑到了吴雨声他们面前说：“虽然说谈副队输了，而且输得还特别快，但总觉得他很厉害。”

“废话，吊打我们几个是足够了……如果他不打算碰瓷休假的话。”吴雨声说。

“碰瓷休假?”

“你们几个新来的，我来给你们解释一下什么叫作‘碰瓷休假’啊。”常恒作为受害人，非常大方地给新队友们分享经验，声情并茂地描绘起当日谈墨是怎样自己一个过肩摔被摔进医院，开启了睡觉打游戏混吃等死的美妙人生的——特别是还长了好几斤膘。

洛轻云进了更衣室，关上门他还是能听见常恒义愤填膺的控诉，心想他也得小心点了，毕竟谈墨有那么丰富的“碰瓷前科”。还好今天众人都看到自己垫住了谈墨的后脑勺，不然谈墨两眼一翻装失忆或者变白痴之类，这个副队长就真没了。

他坐在椅子上，弯腰把战术靴换回运动鞋，脖子上的铭牌又晃了出来，金属材质在黑暗中折射出一线微光，上面还有浅到几乎看不出来的痕迹，那是谈墨的牙印。

他换好衣服走出去，就见谈墨揣着口袋，一脸无所谓的样子站在灰塔大厅的门外。谈墨转过头来，看到了洛轻云，朝他勾了勾手指。洛轻云轻笑了一下。

“请我去哪里?”洛轻云问。

“去了不就知道了?”

谈墨带着洛轻云进了一家奶茶店，在靠窗的高椅上坐下，抬手说：“麻烦一杯招牌奶茶，三倍糖。然后再来一杯热水。”

以前就有人说过，谈墨坐在这种高脚椅上，脚跟踩在椅子下方的样子显得腿很长。直到洛轻云随意地在谈墨对面坐下，谈墨才充分理解了了什么叫“腿长到令人发指”。

谈墨领了奶茶，把白开水砸在洛轻云的面前。

“这就是你说的请我喝一杯?”洛轻云笑了笑，眉梢轻微一扬。

谈墨真不明白为什么这家伙一个细小的表情都有着那么多的意味，像是调侃，又像是戏谑，带着一丝包容，又有点像是生气了。

“是啊。老人家就要多喝热水。”谈墨用力吸了一口奶茶，用眼神告诉洛轻云“我只说请你喝一杯，又没说请你喝什么。”

“好吧，我就当是谈副队请我看你喝奶茶吧。”洛轻云说。

谈墨咳嗽了一下，不能忘了自己的正题。

“洛队毕竟是跟着赵教授的研究生嘛，听说你早年经常保护赵教授出去科考，还听说你是融合者里面少有的……”谈墨忽然不确定自己的问题里有没有洛轻云的忌讳了。

如果洛轻云是母体感染，很有可能他从小就没有母亲。谈墨也是被收养长大的，既然大家都没有妈妈，何苦互相伤害。

“我确实是母体感染的融合者，和那些在出任务的过程中被感染的融合者不同，我已经被感染很长时间了，至今还没有越界，确实算是奇迹。”洛轻云看向谈墨。

他的目光平和，没有自嘲，也没有任何对自己命运的悲悯，只是一种陈述客观事实的语气。

“那么……你是像其他孩子那样一天一天长大的吗？有没有经历过什么……类似于一天就从婴儿变成十四五岁少年的事情？”

在虫藓幻境里那个能够操纵克莱因之瓶的少年就是一夜长大的。

“没有那种事情，我从第一眼看到这个世界开始，就待在灰塔的中心城研究基地，在那里过了许多年，直到六七岁的时候被梁幼洁收养。”洛轻云说。

谈墨愣了一下，他不傻。所谓的“待在研究基地”，意味着洛轻云的童年绝不是和其他小孩子们在一起玩游戏分点心，也不可能有上课睡觉、逃课打游戏的任性。他就像一件标本、一个样品，被研究，被取样，在他的身上可能发生过各种游离在人道主义边缘的实验。

在这一瞬间，谈墨似乎能够理解洛轻云摧毁一整个开普勒生态区，杀死胎果里所有队友时的冷血与癫狂。他对人类这个物种没有同理心，他从小到大的认知里，人类就没有把他当成过同类。

在最渴望自由的年纪，陪伴他的只有研究基地的金属墙壁。

“那……还有没有和你类似的在胎儿或者婴幼儿时期感染的例子？能查到相关资料吗？”谈墨问。

他有一种预感，他在虫藓传递的信息里看到的并不是幻觉，而是从开普勒生物的角度经历的、曾经发生过的真实事件。

“其实连我在中心城研究基地的信息都是机密，其他胚胎到婴儿时期的感染者就更不用说了。无论是胚胎还是婴儿，都是思维和记忆相对空白的时期。开普勒生物又是高度思维化的物种，一张白纸最容易染上颜色，而胚胎和婴幼儿也最容易被彻底感染并且越界的。除了我自己，我并不知道是否还有类似的融合者。”洛轻云回答。

这么说，洛轻云就像“奇迹”一样。

可他的语气里没有丝毫的自傲，相反是一种平静的孤独。

没有人能对他的世界感同身受。

洛轻云垂下眼，拿起盛着开水的纸杯，慢慢地喝了一口。

落地窗外的日光穿透过他的眼睫，谈墨却在那一瞬看到了他内心的薄凉。

“你的妈妈一定很爱你。”谈墨说。

“嗯？为什么说这个。”洛轻云抬起眼。他其实并没有什么情绪，只觉得谈墨的安慰很蹩脚。

“是你刚才说的，开普勒生物是高度思维化的生物。当你的母亲被感染的时候，她的脑海里最强烈的信息可能就是保护肚子里的孩子，她的思维在抵抗它们，保护着像白纸一样的你，所以……开普勒生物没能把你完全带走。”

洛轻云怔了一下，良久，用纸杯轻轻碰了一下谈墨的奶茶。

“谢谢你请我喝的开水。”

“开水多健康。不像奶茶，热量大，糖分大，里面的珍珠还难消化。”谈墨笑了笑，他也不确定刚才洛轻云有没有难过，自己那句话到底是安慰还是补刀。

“我会找赵教授问一下，有没有胚胎或者婴儿因为被开普勒生物感染而加速生长的情况。”

“那就谢谢了。”谈墨站起来，伸了个懒腰，“我就先回去睡个午觉。”

他的目的已经达到了。

“不请我吃午饭吗?”洛轻云问。

“你都让我降薪了，还影响了养老金。”谈墨说完就没心没肺地走了。

洛轻云看着谈墨的背影，隔着衣服轻轻捂住了自己的铭牌，没有跟上去。

第二十二章

CHAPTER 22

收到请回答

谈墨刚跨上自己的机车，手腕上的通信器就振了起来，是高炙。

“浪到哪里去了？还说中午给你烧个糖醋排骨。”

“就算我真的浪迹天涯，也浪不出高爸爸爱的关怀啊！”谈墨眯着眼睛笑了。

高炙多半是听说他因为输给洛轻云而被降级的消息，这是要安慰他呢。

“排骨我差不多要烧好了，你要是中午不吃就晚上吃吧。”

“别啊！我现在就回去吃新鲜热乎的。我就是跟洛轻云喝了个奶茶，没吃饭。”

“嗯？你跟洛轻云喝奶茶？我还以为他不喝奶茶呢。”

谈墨撇一下嘴角，说：“我喝的奶茶，他喝的白开水。”

“哦，洛轻云还是挺自律的。”高炙说完这句话正要挂电话，却被谈墨给拦住了。

“等等老高，啥意思啊？喝奶茶就是不自律了？”

“你的脑瓜子里面都装了些什么啊？奶茶里的糖分很高，会引发开普勒能量活跃，像洛轻云这样接近开普勒极值的融合者需要控制这种不必要的糖分摄入。”

高炙的话还没有说完，谈墨忽然产生了一种莫名其妙的……内疚感。

谈墨把机车往前开了十几米，脑海中不经意想到洛轻云的目光，就落在自己的身上，明明没有什么深意，可现在想来又觉得……那有点渴望的意味。

就像小时候谈墨看到一个有父母陪伴的孩子在公园里玩，人家正在咳嗽，家长不让吃冷的东西，可偏偏谈墨就在人家小孩的面前嘬冰棍。本来他不吃冰棍，那个孩子估计也不会惦记，可他吃得那么嚣张跋扈，就跟故意炫耀似的，等谈墨转身，那孩子就跟父母哭闹着也要吃冰棍。

后来怎么样了，谈墨不记得了。

谈墨的机车绕了一小圈，鬼使神差又回到了那家奶茶店附近，而不可思议的是，洛轻云没有走，仍然坐在窗边。逆着光，谈墨只能看到一袭修长的剪影，而自己喝完的那杯奶茶还放在桌上。

吸管的管口被咬瘪了，那是谈墨一直以来的习惯。

“洛轻云那家伙……怎么还在？”

谈墨停了车，走进奶茶店，一直走到洛轻云的身后。

这家伙的听觉那么好，不可能没察觉谈墨的脚步声，可他就是一动不动地坐着，不知道在想什么。

谈墨忽然产生了一个想法：洛轻云该不会要喝他剩下的奶茶吧？

眼看着洛轻云的手离那个杯子好像越来越近了，谈墨的心都提了起来，手从洛轻云的脸颊边伸了出去，一把将杯子摁扁在桌面上。

“谈副队，你干什么呢？”洛轻云好笑地侧过脸来。

“这是我该问的吧，洛队——你在干什么呢？这是我喝完的奶茶！”谈墨说。

“你……该不会是以为我会喝你喝剩的奶茶吧？”洛轻云眯起了眼睛，仔细观察着谈墨的表情。

“重……重点是在这里吗？重点是你不能喝奶茶，更不用说我这杯奶茶里加了三倍糖！”

谈墨不留情面地把瘪了的纸杯扔进了垃圾桶。

“我不能喝奶茶？”洛轻云的表情先是疑惑，接着是让谈墨讨厌的笑容，“谈副队是不是误会了什么，比如我要控制糖分摄入之类的？”

“难道不是吗？”谈墨反问。高炙可从来不开玩笑。

洛轻云垂下眼帘轻笑了一声，手指在谈墨的太阳穴上轻轻敲了敲：“谈副队，用你那其实挺聪明但是不爱动的小脑瓜想一想，如果说糖分对我的开普勒临界值的影响真的那么大，我是不是所有淀粉类食物，包括米饭面条等等都不能吃？”

“哈？”谈墨转念一想确实是啊，而且大脑运转还需要葡萄糖呢，怎么可能不吃糖。

“能影响我开普勒临界值的因素有很多，最重要的因素是……”洛轻云就这么看着谈墨，突然转移话题，“谈副队怎么去而复返？”

谈墨被洛轻云看得心虚，但他还是面不改色地回答：“我打包杯奶茶回去喝。”

“哦，是这样啊。那您请便。”洛轻云抬了抬手，就跟奶茶店是他家开的一样。

谈墨刚要转身去点单，忽然反应过来了：“我说洛队，你干吗说话说一半？”

洛轻云抬了抬下巴：“谈墨，如果随便什么人都能知道影响我临界值的因素是什么，那么任何一个心怀不轨的人都有可能让我越界。”

谈墨愣了一下，意识到这应该是机密。

“抱歉。”

“你不用抱歉，你是我的监察员，这是你应该，也是必须知道的。问题在于，这是你自愿的事情吗？我也会想，是不是因为我给你出的选择题里没有更多的选项，而让你不得不留在队里？”洛轻云说。

谈墨愣在那里，一时之间竟然不知道怎样回答。

洛轻云撑着下巴，微微抬起眼看向谈墨：“偶尔，我会问自己这样的问题——我的谈副队之前拒绝我，害怕的到底是无数次进入开普勒生态区的出生入死，还是每分每秒从瞄准镜里观察我、了解我、揣测我，日复一日，我们会变得越来越熟悉，但是在我越界的那一刻，你依然只能杀了我？”

每一个重要的问题，洛轻云好像都是用这种云淡风轻的语气来问他。

洛轻云曾经是万众仰慕的存在，而这个“万众”里也包括谈墨本人。

为了这个人的命令，谈墨可以在压抑、紧张、淘汰率惊人的灰塔监察员训练中坚持到底；可以忍受爱德拉花刺的彻骨疼痛，强撑自尊不掉一滴眼泪；可以磨砺五年等着有朝一日被他刮目相看；也可以在重逢的时候明白……在强大的开普勒生态区的侵蚀面前，自己为洛轻云吃的那点苦根本无足轻重。

谈墨转过身，买了两杯奶茶，将其中一杯摁在了洛轻云的桌子上。

“请你的。影响你开普勒临界值的最重要因素，还是藏在心里，不要告诉任何人。”

谈墨知道现在的自己远远不够坚定。

等谈墨走远了，洛轻云把吸管扎进奶茶里，用力吸了一口，除了鲜奶和红茶的味道真的半点甜味都没有。

他把杯子转过来，看到谈墨在上面写了一排小字：强大来源于自律。

洛轻云失笑，撑着下巴看向谈墨离开的方向。

“……其实，任何看似微小的因素，都可能影响最终的结果。”

纸总是包不住火的，虫藓侵蚀的消息不知怎么被泄露了，各大媒体争相报道，恐慌在银湾市蔓延开来。

为了保险起见，中心城派出专门的团队到银湾市进行大规模排查，生活用水变得紧缺，超市里连矿泉水都被抢空了，甚至还有一些市民在向其他城市迁移。

谈墨没有买上矿泉水，倒是囤了一冰箱的可乐。实在不行就把可乐倒进电热壶里泡面呗！

火车和飞机票都售空了，想要离开这里的民众不惜开着私家车逃荒，这也就导致了路面交通的堵塞。

周一早晨，谈墨应该要去灰塔轮值，他一起来就在队内的小群里收到了抱怨的消息。总结一下，吴雨声和常恒都被堵路上了，而江春雷放弃了开车，刷了一辆自行车，蹬到半路发现也寸步难行。

“要迟到了怎么办啊！没按时打卡要扣钱的！”

“找洛队签字啊！这么堵我就不信有几个人能按时到岗。”

“开什么玩笑啊，洛队肯签，耿劲柔那个装模作样的家伙肯批准吗？”

“咱们谈副队怎么还没开始骂娘呢，不会到现在他还没起吧？”

谈墨一想，自己也是个刚被降薪的可怜人，这要是再因为迟到被扣钱，那就太惨了。

于是，谈墨放弃了他的机车，决定乘坐价值几十亿的“豪车”——城市地铁。

虽然所有公共设施还在照常运行，但是地铁车厢里冷清得要命。一节车厢里，除了一个年轻的妈妈带着一个小男孩，就剩下谈墨和另一个正在给父母打电话的年轻男生。

男生的父母要他别去工作了，赶紧买车票离开银湾市。

“爸，妈，你们放心，我觉得事情没有那么严重。如果真的到了要放弃银湾的地步，灰塔早就会开始组织市民撤离了，到现在都没有这样的消息，肯定是那些报纸在夸大其词。我还要去上班呢！要是连供电中心都不运营了，谁也跑不掉嘛！”

谈墨瞥了一眼那个男生，他脖子上挂着一个工作牌，原来是市电力公司的工作人员，名字叫陈念。

地铁还在向前开，谈墨看了看时间，等出了地铁站再跑上五分钟，踩点打卡应该没问题。

就在这个时候，对面的小女孩忽然发出了一声尖叫：“啊——老鼠！有老鼠啊！”

昏昏欲睡的谈墨猛地醒过神来，一抬头，就看到一只起码有兔子大小的老鼠倒踩在车厢的顶部，尾巴也贴着车厢，随着它的脚步一摇一晃，一双荧绿的眼睛就这么死死盯着小女孩。

——这不是就是梦里追着自己跳窗逃跑的那只老鼠吗！

谈墨下意识去摸自己的配枪，这才发现自己身上穿的是通勤常服，身上根本没有装备。

小女孩的妈妈以为老鼠是要吃东西，把包里的饼干拆了，扔了出去。但是那只壮硕的老鼠连视线都没有挪开，一直盯着小女孩。

普通的老鼠都是怕人的，可这只老鼠非但不怕人，甚至好像还很享受这对母女的恐慌。

它骤然落了下来，差一点就要掉在小女孩的脸上，谈墨眼疾手快一把将小女孩给拽了过去。

小女孩的妈妈拿着包疯狂地砸那只老鼠。还在安慰父母的陈念猛地看到这场面，也是吓了一跳。但是那只老鼠凶狠得紧，小女孩的妈妈愣是一次都没砸中它。

一时之间，小女孩妈妈的呼喊、小女孩的哭声，还有老鼠“吱吱吱吱”尖锐的叫声充斥着整个车厢。

陈念正要去帮忙，谈墨一把就将他拽了回来。

“别过去。”

说完，谈墨一把扯下了陈念的工作证，“啪”的一声把它掰开——硬塑料尖锐的裂口可以充当匕首。他一个箭步冲上前，看准了那只老鼠张嘴咬向小女孩妈妈的瞬间，将手中的塑料碎片扎向它的腹部。

这老鼠灵敏得很，谈墨这一下竟然只截断了它的尾巴。

它发出刺耳的叫声，从女孩妈妈的身上跳了过去，沿着车厢狂奔，跳进了另一节车厢。

“糟了！不能让它跑了！”

谈墨一边拨通灰塔调度中心的电话，一边跟在那只大老鼠的身后。

“紧急通报——发现开普勒生物踪迹！疑似虫藓种子的受体，是一只老鼠！正在地铁一号线从蓝银路开往丰和路枢纽中心的列车上！申请关闭本次列车车厢、封闭地铁！申请关闭本次列车车厢，封闭地铁！”

他必须跟着这只老鼠，如果能把它关进车厢里算是幸运，如果没关进去又没人跟着，再想找到它无异于大海捞针。而且前面车厢里可能还有无辜群众，谈墨必须尽全力把他们带出来。

终于，谈墨和那只大老鼠一起被关进了最后一节车厢，通信器里传来调度中心的声音。

“谈副队，你是否携带武器？”调度中心的工作人员问。

“坐地铁上班能带什么武器，塑料算吗?”谈墨捏紧了手里塑料，心想这调度中心得多没常识!

那只老鼠死死盯着谈墨，眼中发出凶狠的光，像是要扑上来钻进谈墨的五脏六腑里啃噬撕咬。

“谈副队，对该生物的评级还没有结果，为了安全起见，请您尽快撤离。”

谈墨心里觉得好笑，已经被关进车厢了他还怎么撤离啊?他又没有隔空穿梭的能力。

“废话不要多说，在我被这只老鼠吃了之前，你们赶紧派人来!”

话音刚落，大老鼠就迫不及待地蹿了过来，那股气势如同炮弹要在谈墨的身上炸出个大洞。谈墨抬起一脚狠狠踹了过去，爆发力惊人，直接把那只大老鼠踹到了车厢对面的顶部角落里。

“哐啷”一声，这要是普通老鼠早就骨头都烂了。

但这只老鼠掉在地上“吱吱”两声，嘴里吐出来的不是血，而是虫藓!

“靠——”

所有的公共交通工具里都有最基本的开普勒生物应急设备，谈墨立刻趴下，从椅子下面把一个红色的盒子拽了出来。

那只老鼠挣扎着爬起来，而谈墨将应急盒子里的喷枪取了出来。

喷枪里装配的是凝固药剂，操作原理就像灭火器，虽然不能像药凝弹被射出枪膛那样远距离释放，但可以趁着这只老鼠攻击力下降的时候赶紧把它凝固!

“哧啦——”

药剂喷发的声音响起，老鼠想要逃跑，但最终还是被凝固在里面了。

谈墨向后退了两步，长长地呼出一口气来。

“我那只小白猫也被你吃了吧?老子得给它报仇!”谈墨冷声道。

这列地铁停在一个前不着村后不着店的地方，窗外是黑洞洞的地铁隧道，只能等着治安队的人来确定危险解除，否则车厢不会开，他们也到不了站。

这时候，谈墨的通信器里传来一条语音信息，是洛轻云的。

“在哪儿呢?不打卡了?”

大概是电波干扰的原因，洛轻云的声音比平常更低沉，笑意带着磨砂般的质感，听觉神经被他的声音擦过，莫名酥痒起来。

洛轻云恐怕先一步到了灰塔，发现谈墨没有来上班，于是发了条信息来。

谈墨刚要回答自己差点被大老鼠吃了，谁知道车厢里响起“咔嚓咔嚓”的声音。谈墨本能地反应过来：这是凝固的虫藓块碎裂的声响!

真是消停不了三秒!

谈墨拎起喷枪冲过去，果然看见裂纹正在扩散，他还没来得及抬手，裂纹就像火山喷发，虫藓如同岩浆一般喷了出来。

谈墨赶紧向后撤，他不确定自己身上有没有被喷到，但是很快整个车厢都附上了虫藓，传染一样。金属车厢壁震颤着，那是虫藓在吸食营养，然而金属作为无机物，没办法给虫藓提供养分。

在这整个空间里，谈墨是唯一的营养源。

谈墨对着通信器，本来想说的是“洛队，三十秒到得了吗?”，但他意识到自己多半要“挂”在这里了，这个“三十秒赶到”的要求，恐怕会给洛轻云本来就不美好的余生带来深深的阴影。

“谈墨，你同情他，谁来同情你啊!”谈墨自嘲地说。

铺天盖地的虫潮涌向他，谈墨忽然深刻地理解了，上一次被洛轻云保护的自己有多么幸运。

还好没让洛轻云告诉自己那个影响他开普勒临界值的最重要的因素是什么。

谈墨知道，自己最害怕的不是洛轻云越界的时候自己救不了他，而是辜负他以命相托的信任。

“啧，没想到我竟然会因为一只大老鼠而领盒饭……这才是真的灰塔笑柄!”

这些虫藓，会附着到他的身上，让他发痒，先是吸食他皮肤的养分，等皮肤逐渐融化，就会渗透他的血肉……整个过程恐怕不会超过十分钟。

爱德拉之花的痛苦他都能忍受，虫藓并不算什么。

不同的是，中了爱德拉之花的神经毒素还能活下来，但是忍受虫藓就只是在体会死亡过程。

谈墨向着四面八方喷洒药剂。这些虫藓十分繁盛，让谈墨都觉得不可思议，仅仅是一只肥老鼠提供的养分怎么能让它们如此蓬勃。

就在这个时候，谈墨通信器里传来洛轻云沉肃的声音，封闭车厢带来的闷热感在那一刻冷却下来。

“谈副队，十分钟内我会抵达你的位置。”

谈墨必须承认，洛轻云就是他的救命稻草。

他现在就像趴在悬崖上的死树上，树干已经被蛀空了，摇摇欲坠，底下就是万丈悬崖，风还刮得呼呼响。就在他觉得自己死定了的时候，有人从悬崖上面扔绳子下来，要救他。

可惜，这绳子有点短，谈墨恐怕是够不着了。

“谈墨，收到请回答。”洛轻云的声音再次响起。

谈墨咬着牙，不断喷洒药剂。

他不知道该怎么回答对方。

这一次，他真的不认为洛轻云能赶上。等洛轻云到了，搞不好连他的尸体都已经被这些虫藓吸收干净了。

“谈墨，‘收到’两个字你不会说吗?”

洛轻云的声音更沉了，和刚才语音里带着一丝试探和调侃的语气全然不同，这完全是公事公办的语气，并且……在担心他。

谈墨咬着牙，回答道:“你他妈废话那么多!来就是了!都是虫藓!”

“谈墨，你听好，虫藓不会吃掉你，所以你别害怕。”

“我没有害怕！”

“——也不需要视死如归。”

谈墨愣了一下，洛轻云怎么知道他抱着这种想法？

“虫藓释放的气体会让你产生幻觉，你要小心的是这个！立刻把车窗砸开逃生，明白吗？”

“砸开车窗？虫藓会蔓延出去的！”

“虫藓的蔓延是有范围的，没有什么比你的生命更重要。”

洛轻云的声音很郑重，像是在托付一件极其重要的事情给谈墨，而对于洛轻云来说，谈墨的性命就是一件最重要的事情。

就在这个时候，那只老鼠忽然蹿了起来，谈墨猛地趴下，惊险地躲了过去。

“死老鼠又活了！”

“它的体内有虫藓的种子。”

谈墨本来以为它还要攻击自己，没想到这货竟然开始死命地撞玻璃窗。“砰——”一声，老鼠的脑袋撞开，脑浆子都溅到玻璃上了。但是那只老鼠显然被某种力量控制着，继续不停地往上撞。

漆黑的隧道让玻璃窗像镜子一样映照出老鼠狰狞扭曲的脸，搭配骨头和玻璃碎裂的声音，就像午夜恐怖片一般令人毛骨悚然。

终于，窗子被它撞裂了，玻璃渣落了它满身，黏在它的伤口里，但它丝毫感觉不到痛，鬼魅一般蹿了出去。

眼见着虫藓又要将车窗覆盖住，谈墨不管三七二十一，抬腿上去就是一踹。他也不怕虫藓落在自己身上，把整面车窗都踹开了，踩在窗沿上纵身一跃，追了上去。

那只老鼠受了伤，跑不了多远。如果放任它不管，它为了恢复自己的伤势，就会吸收更多的有机物——植物、小动物，还有路上遇到的人，都会成为它的食物，整座城市也会变成它觅食的后花园。

“洛队，我去追那只老鼠，你放心，我不会跟它硬碰硬！你动作快点！”

“收到。”

谈墨愣了一下，他没想到洛轻云竟然会回复他“收到”，这感觉就跟自己当了队长给洛轻云下命令一样。

那只老鼠的脑袋都开了瓢了，脑浆和血随着它疾驰的轨迹洒落在地铁隧道里。谈墨在黑暗中打开通信器的灯光来照明，他顺着地下轨道向前跑，死死锁定那只老鼠的方向。

但追了几百米之后，谈墨就失去了那只老鼠的行踪。

“靠……跑哪儿去了？”

谈墨小心地四下张望，他怀疑那只老鼠就埋伏在头顶的某个角落里，等自己一松懈，它就会发起袭击。

通信器的灯光照明区域有限，谈墨只能放慢速度。“咔吱”一声，他的脚下好像踩到了什么东西，谈墨低下头，发现那是某种动物的骨头。

灯光一寸一寸地照过去，谈墨辨识出来那是猫的骨头。

……这该不会是那只被自己送去宠物医院的小白猫吧？

谈墨跨了过去，他惊讶地发现这里不仅仅是有猫的骨头，还有其他动物的骨头，比如老鼠、狗，也有……人类。

那个疑似人类的遗骸已经被虫藓吞噬得差不多了，只剩下一截手指和头骨的一小部分。手指边还有一个扳手，旁边工具箱摔坏了，里面的东西散得到处都是。

如果谈墨没有猜错，这应该是个地铁维修工，误入了大老鼠的领地，理所当然地成了它的食物。

这里就是那只老鼠的巢穴了。

四周静悄悄的，安静得让人有种听觉产生障碍的错觉。

除了自己的呼吸，谈墨就只能隐隐听见“滴答滴答”的水声，那是墙体深处渗透管道的水声。

通信器电量不足百分之二十，灯光暗了下来，仅仅能照亮面前巴掌大的地方。

谈墨眯起了眼睛，将所有的感官集中起来，黑暗中某种无形的力量从四面八方涌来，压迫着他。他忽然捡起了那个扳手，猛地回身一挥，朝某个东西狠狠砸了出去。

——是那只大老鼠！

“吱——”它落到几米外，砸在了墙壁上，“咚”的一声在隧道里回荡。

但它残破的身体本来就是被虫藓所控制的，谈墨听见了稀里哗啦类似碎砖烂石被踩到的声音——那只老鼠又跑了。

“还真是怎么都死不了啊。”

谈墨冷笑了一下，心想洛轻云那家伙不是说十分钟就会到吗，这都几分钟了？

洛轻云的嘴，骗死人的鬼。

现在情势已经完全对自己不利，不能再跟下去了。

谈墨向后准备撤离这个地方，通信器微弱的灯光扫过，谈墨发觉那些零散的尸骨统一朝不远处某个方向延伸，而尽头的那片墙壁上好像有个洞。

过去，还是不过去？

谈墨意识到了——这只老鼠是故意把他引到这里来的。

还真是心机深沉，辛苦了您嘞！

越是这样，自己就越不能进去。大老鼠，还是有缘再会吧。

谈墨又向后退了一步，就在后脚跟落地的那一刹那，一只手摁在了他的肩膀上。

那一瞬，谈墨的血液向心脏冲涌而去，背脊涌起一阵冷寒，头皮发麻——竟然有人能悄无声息地接近他，而他却一点感觉都没有！？

“前面挺有意思的，谈副队不去看看？”

带着笑意的声音在耳畔响起，谈墨侧过脸，对上了一双在黑暗里显得格外明亮的眼睛。

是洛轻云。

谈墨二话不说，抡起扳手砸向洛轻云的脑袋。

洛轻云一把扣住了谈墨的手腕，侧过脸，很轻松地避开。

“你他妈走路都没声音吗？扮鬼吓唬谁？”谈墨咬牙切齿地说。

紧绷的心弦在那一刻放松了下来。虽然不甘心，但必须承认洛轻云这家伙一出现，那种命悬一线的紧张感就顿时被安全感取代了。

“我吓着你了？”洛轻云笑了一下。

这家伙的五官被微弱的光线镀上了一层幽蓝的光。谈墨别开眼，把手收了回来。

“我还以为你是那只大老鼠呢。”

“谈副队，你想清楚，是我好看还是那只大老鼠好看？这都能认错？”洛轻云反问。

“你好看，你最好看啦。你小心‘蓝颜薄命’！”谈墨没好气地说。

“走吧，谈副队，过去看看。”洛轻云走到谈墨的前面，打开了通信器，整个通道明亮起来。

隧道两侧和头顶的墙面斑驳，里面还嵌着休眠中的虫藓。当光线掠过，它们喷出些许氧气，发出类似蒸汽熨衣机般的声音。

谈墨看着洛轻云的背影，心想这个小气鬼既然找来了，怎么连把枪都不给他带？

“其他人呢，怎么就你一个？”谈墨问。

“在疏散地铁群众，还有保护调查小组。”洛轻云回头看了谈墨一眼，意味深长地说，“只有我，把谈副队放在心尖上。”

“呵，那你的心多半烂了。”

谈墨盯着洛轻云的后腰，等着他把腰上的配枪取下来给自己，但洛轻云这回貌似要铁公鸡做到底了。谈墨怀疑这家伙是不是故意什么都不给他，好让他躲在他的身后？

越向前，虫藓越是密集。墙壁上有一个洞，正好足够一个成年人走进去。

谈墨确定这个洞不属于地铁工程，他犹豫是否要继续向前，只好先观察了一下洞的边缘：这些痕迹并不平整……明显是被某种生物蛀咬啃食出来的。

“你追的老鼠应该是逃进去了。”洛轻云的灯光对准了洞壁上一串老鼠的脚印，这串脚印比一般老鼠的要大上一些。

“弄死它，赶紧的。”谈墨用扳手撞了撞洛轻云的后腰。

“谈副队，别乱碰。”洛轻云继续向前走去，“而且你着急什么呢？反正也来不及打卡了。”

谈墨翻了个白眼：“你不赶紧弄死它，难不成还等着它给你下老鼠崽子吗？”

洛轻云意味不明地笑了一下。

这个洞比他们想象中的要更长，前方竟然出现了银色的微光，总不可能是这洞直接打通到了另一个站台吧？

“是虫藓吗？”谈墨紧绷着神经问。

“虫藓多没有美感啊。前面这东西……求婚的时候可有排面了，保证能让谈副队心猿意马，闭上眼睛就从了。”洛轻云侧过身，靠着洞壁，扬了扬下巴示意谈墨自己看。

"'心猿意马'这个词儿不是这么用的。"

谈墨没好气地走了过去，越是走近，越是能听见某种有节奏的声音，又像呼吸，又像心跳。

这里头的空气比外面的要清新很多，甚至还有一股淡淡的清甜，五脏六腑都浸润在其中，有一种说不出的舒畅感。

这股味道，让谈墨觉得熟悉，就像……那次在KTV里自己差点成了米诺斯虫的"驸马爷"时闻到的味道。

"啪哒"一声，谈墨的脚尖踢到了一个小碎石。它滚落下去，发出了回响。

谈墨意识到前面一定还有一个很大很深的空间。

这里不是地下吗？地铁已经挖得够深了，怎么还会有更深的空间？

银色的光芒越来越明显，当谈墨看清楚眼前的一切时，差一点摔下去。

——那是一个巨大的坑洞，巨大的程度让人怀疑自己的眼睛是不是出了问题。

这确定不是陨石砸出来的？就算是人工开凿，这工程也没听过有任何报道啊！

洞壁上附着无数透明的银色花苞，仿佛簇拥在一起的万千星辰，亮光呈浪花状此起彼伏，像呼吸一样平稳有序。

这是一种极为危险的开普勒生物——魔鬼号角。它们只会出现在高级开普勒生态区里，守护繁育期的种子或者幼种的胚胎。

谈墨的目光一颤，寒意从背脊涌上脑门。

"这不可能……这里怎么会有这个东西！"

第二十三章
CHAPTER 23
择日再死

这个坑洞的中央，是一个比这些魔鬼号角更大的花苞，花瓣彼此螺旋缠绕，像是随时会旋转起舞的精灵。银色的流光从底部向上涌去，汇聚到所有花瓣的尖端，拖曳着冰晶般的粉尘四散开来。

“克莱因之瓶……这是克莱因之瓶？它是怎么出现在这里的！”谈墨难以置信地看向一旁的洛轻云。

洛轻云来到洞的边缘，竟然坐了下来，两条长腿在深渊上方轻轻晃着，悠然自得。仿佛克莱因之瓶对于他来说不是什么危险的生物，而是像寒夜里的极光那样充满观赏价值。

他用无所谓的语气说：“很美，你不觉得吗？”

“现在是讨论美不美的时候吗？开普勒生物竟然侵蚀出了这么大的空间，而灰塔却还无知无觉，你不觉得恐怖？那个克莱因之瓶里要么藏着这个生态区的种子，要么就是强大的幼种。只有高级的开普勒生物才会由克莱因之瓶来孕育！”

必须立刻通知灰塔，不惜任何代价把这个克莱因之瓶毁掉。

这里已经形成高级生态区了！再这样下去，银湾市就毁了！

“你急什么？那个克莱因之瓶是空的。”洛轻云撑着下巴，不紧不慢地说。

“空的？里面的种子或者幼种已经生长完全了？”谈墨问。

“我不是说了吗？这里适合求婚。”洛轻云回答。

“你疯病犯了？今天出门没吃药？”谈墨的通信器彻底没电了，他来到洛轻云的身边，拽起他的手腕，“快点用你的通信器报备灰塔！”

洛轻云却反过来拽了谈墨一下，他们本来就在洞窟的边缘，谈墨差点以为洛轻云是要把自己推下去，却没想到是被对方拽进了怀里。

谈墨直挺挺地跌了下去，一抬眼，就看见洛轻云低着头看着自己。

“人类的生命很短暂，格局也很小，甚至对未来的想象力都贫乏得很。”

洛轻云靠近谈墨，他的眉眼笼在阴影之下。克莱因之瓶的银光流转而过，谈墨的心脏突然像被一股力量狠狠握住，他的目光不再受自己的控制，而是被困在了洛轻云的眼睛里。

“要不要和我一起，越过去？”

洛轻云在轻声诱哄，一字一句都清晰得像是被强行刻进谈墨的脑子里的。

谈墨的喉咙缺水般干哑，洛轻云靠得更近，用他的鼻尖碰了碰谈墨的上唇。是彬彬有礼的试探。只要谈墨露出一丁点儿的动摇，就能拉开随心所欲的序幕。

“越……越到哪里？”

洛轻云带着谈墨朝后退了退，接着很轻松地就把谈墨横抱了起来：“你说呢？”

那一刻，谈墨在洛轻云的瞳眸里看到了灼烧的烈焰，这个男人的美感来自皮囊，却也来自那股蚀于骨髓的、对人类的轻蔑和蛊惑。

洛轻云的一条腿即将迈出去。

克莱因之瓶的花瓣如同周而复始的潮水，一层一层翻涌开来，所有的魔鬼号角都轻颤起来，发出柔和的声响，宛如八音盒的乐曲。

每一朵魔鬼号角的花蕊中心，都能看到一张美丽的少女的脸，她们像壁画里代表光明的天使，温慈平和。

耳边有风喧嚣而过，仿佛有一个太过于孤独的人，正期待着一场灵魂的共鸣。

洛轻云的那条腿已经腾空，谈墨感觉到失重，他们即将一起坠入克莱因之瓶。

有什么不对……

到底有什么不对呢？

谈墨在大脑里搜索着关于洛轻云的记忆。

“你的人可以不到位，但你的子弹必须到位。”

这个男人的命令简洁利落，只有结果，没有借口。

洛轻云知道他的职责是 Inspector ，会和他保持距离，一个人走向洞穴的深处，让他留守在洞穴外履行监察职责。

曾经，洛轻云的小队在一个生态区里全军覆没，洛轻云毫不犹豫地杀掉了变成胎果的队友——阻止他们成为失去人类意志的“泰坦”，是他身为队长对队友最后的慈悲。所以，为什么现在洛轻云会把他交给克莱因之瓶？

前往KTV营救被米诺斯虫围困的二队队友时，洛轻云亲自带上了给他们的装备。可为什么这一次，洛轻云连把枪都不给他带？

他还记得自己在KTV里换作战服的时候，洛轻云将手挡在他的脖子上面，就是为了不让米诺斯虫掉进去。

他也还记得洛轻云在虫藓的碎块中将他高高举起，生怕他被虫藓感染的样子。

洛轻云看似有一种身为高级融合者的优越感，但他无时无刻不在小心翼翼地保护着……保护着身为人类的谈墨，就好像他这样一个 Inspector ，将原本格格不入的洛轻云和人类的世界连接了起来。

所以……这不是洛轻云。

这是幻觉！

那么他是从什么时候开始进入幻觉的？

洛轻云不会让他靠近克莱因之瓶！

洛轻云不会让没有装备的他进入有开普勒生物的洞穴！

洛轻云不会单枪匹马来找他！他身边连一个队友都没有！

醒过来啊，谈墨，快点醒过来！

谈墨猛地睁开眼睛，他赫然发觉自己正站在巨大洞穴的边缘。眼前那个充满魔鬼号角的空间是完全真实的存在，只是此刻的它们蜕下了温柔的伪装，争先恐后地拉长了茎蔓，相互交织；花蕊中天使的脸孔全然变形，狰狞着露出了獠牙，随时要把他从高处咬下来。

而中央那株巨大的克莱因之瓶正肆意绽放。

谈墨身后被厚重的虫藓围堵，没有了退路。

魔鬼号角齐齐吹响，周围的空气形成了漩涡，谈墨想要维持平衡，但这阵漩涡的力量实在太大，他摔了下去。失重让他的思想从身体中剥离，眼看着克莱因之瓶的花瓣就要将他包裹，而花瓣中央就是开普勒的深渊，前所未有的恐惧涌上了谈墨的心头。

忽然，有一道绳索破风而来，穿过谈墨的耳边，“咔嚓”一声，果决地刺入了对面的岩土之中。

一个身影从谈墨身后降落，他还没来得及回头，一只手，一只非常熟悉的手扣住了他的腰，带着他从克莱因之瓶的花瓣之间惊险地穿行而过。

呼啸风声是来自地狱的挽留，这个人却角度精准地避开了所有魔鬼号角的撕咬。

在他们出于惯性即将撞到对面的岩壁时，对方的双腿强劲有力地一蹬，谈墨能感觉到那种肌肉的发力。随后他们稳稳地停住，谈墨听到了自己如同擂鼓般的心跳。

“洛轻云！”

谈墨第一次发现喊出这个名字的感觉竟如此舒爽，还有点劫后余生的庆幸。

“谈墨，你这不等人的性格什么时候能改一改？”

洛轻云的脸上戴着护目镜，谈墨看不清他的目光。

但是他紧绷着的唇线没有了以往的漫不经心，他圈着谈墨的力度很大，几乎让谈墨快喘不过气来。

“洛队，是你说十分钟内会找到我……”谈墨看到洛轻云身上背着的包，他就说嘛，洛轻云不可能不给他带装备。

“八分钟。”洛轻云回答。

八分钟他就找到他了。

他一边单手抱着谈墨，一边向上方射出绳索，目的是通过提升高度来掠过克莱因之瓶荡到对面。

“哒哒哒哒——”，密集的子弹声响起，吴雨声和常恒他们也赶来了。

“这都是什么东西！我们银湾市的地下竟然有这么大的开普勒生态区！”

“怎么这么多——快通知支援！”

魔鬼号角转而攻击吴雨声和常恒，尖锐的声音让这个岩壁剧烈颤动，濒临坍塌，他们不得不迅速退出洞口。

砂石如同瀑布般悬泻而下。

谈墨抬起头看着摇摇欲坠的岩顶，对洛轻云说：“岩顶会被魔鬼号角的声音震裂！我们搞不好还没荡到对面就会掉……”

话还没有说完，洛轻云就侧开了脸：“我知道。”

“喂，你脖子红了。”谈墨就挂在洛轻云的肩膀上，惊奇地看着这一幕。

洛轻云没回答他，而是继续向上攀爬。为了不掉下去，谈墨的脑袋紧靠着他，双臂用力。

“喂！你耳朵怎么也红了！”

虽然情况危急，但洛轻云的到来让谈墨产生了“命不该绝，择日再死”的信心。

而且看着洛轻云这么卖力地保住他们两个的性命，谈墨有一种莫名其妙的大仇得报的快感。

洛轻云偏了偏头，他的耳朵正好蹭过了谈墨的脸颊，谈墨只听见他说了两个字：“闭嘴。”

魔鬼号角按捺不住，抖动了起来，它们要是齐刷刷开始奏鸣，谈墨怀疑自己的五脏六腑都会因为声波振荡而碎裂。

“要玩儿完了！洛轻云你赶紧发大招啊！”谈墨看着脚下的群魔乱舞，生怕自己掉下去，攀着洛轻云向上爬。

“你要是再乱动，信不信我弄死你。”

“我只是想拿你背上的东西。”谈墨对上洛轻云充满警告意味的眼神，咽了一下口水，“你要是没大招了，那我再垂死挣扎一下。”

洛轻云单手扣住绳索，松开另一只手，低声道：“摘了我的手套。”

这家伙的臂力再一次让谈墨在心里嫉妒到质壁分离。此刻的他单手扣着绳索，把谈墨向上一撑，让谈墨坐在自己那只抓住绳索的胳膊上——这显然不是人类能做到的事情。

谈墨对洛轻云的手原本充满戒备，但这危急关头什么都顾不上了，捏住洛轻云的指尖三下五除二往上拽，手套有点紧，谈墨用嘴咬住了洛轻云的手套，下巴一扬，粗鲁地把那只手套扯了起来。

洛轻云的手露出来，白净得根本感觉不到一丝杀气，可当谈墨的手指不小心刮过对方的手掌边缘时，一股无形的力量便在顷刻之间入侵，来势汹汹，就要掌控他的世界。

谈墨倒吸一口气，差点摔下去，是洛轻云稳住了他。

“带上你的装备，抓紧绳索。”

洛轻云望着坐在自己胳膊上的谈墨，那是一种很独特的目光，不再是清醒的审视，也不是捉摸不透的调侃。谈墨在洛轻云的眼里看到了只有黑白的世界，而自己是其中唯一拥有颜色的、生机勃勃的影像。

“我来搞定它，只是你别害怕。”洛轻云开口道。

“我怕个毛线！你真有本事搞定克莱因之瓶……”

话说到一半，谈墨就顿住了。之前被洛轻云干掉的那个生态区里，好像就有一株枯萎的克莱因之瓶。

“不搞定它，它会一直觊觎你。”洛轻云的眉头蹙得很紧，谈墨还是第一次看到他这么严阵以待的样子。

当然，那是克莱因之瓶，和什么噬骨伞、缇丰之类的完全不是一个级别。

“谈墨，把你的装备拿走。”洛轻云的声音很低沉。

在这之前，他一直是仰头关注着在他身上朝上爬的谈墨，此刻却低着头，看着洞底那株正欲绽放的克莱因之瓶。

洛轻云在审度，在评估。

这让谈墨也充满了好奇，洛轻云到底会用什么方法解决掉这个足以让一座城市为之覆没的超级大麻烦?

谈墨迅速解开了洛轻云背包的搭扣，并把它挂到了自己的身上。在他抓紧绳索的那一刻，洛轻云毫无预兆地松开了手。

“洛轻云——”

谈墨睁大了眼睛，看着洛轻云垂直坠落下去。

谈墨脑海中的第一反应是洛轻云担心岩壁和绳索的接驳负担不了他们俩的重量，所以放弃了他自己。

谈墨扣着绳索向下滑行，明知道不可能，却还是想要抓住他。

但是洛轻云勾起嘴角冲他笑了一下，口型说的是:“别怕。”

谈墨快疯了，眼睛红到血都要流出来。

洛轻云你什么鬼意思？老子又不怕死！

但自己跟着下去也没有用。洛轻云的两个字让谈墨理智回笼，停止了下滑。

洛轻云掉进了克莱因之瓶，花瓣互相缠结并迅速闭拢，最终发出一阵满足的呜咽声。整个空间仿佛胸腔在共振，又像是一只巨大的魔物正在大快朵颐的声音。

魔鬼号角从四面八方涌向克莱因之瓶，献祭一般匍匐而下，将自己化作它的营养。紧贴着瓶身的魔鬼号角刚枯萎下来化作齑粉，又有无数魔鬼号角蜂拥着贴上去，还真够“前仆后继”的。

谈墨心急如焚，想着怎么才能让这朵破花把洛轻云吐出来。

江春雷的无人机打通了虫藓的围堵，飞了进来。谈墨咬紧牙关，用力一荡，落到了之前自己掉下来的那个洞口边缘。

无人机里传来江春雷的声音:“谈副队，你赶紧撤离这里！治安部队要对这里进行生态隔离，你要是再不撤走就会被冻在里面了!”

谈墨充耳不闻，他打开包，迅速换上作战服，戴上护目镜。

里面有狙击枪的配件，他快速组装，利落地把枪架上了肩膀。当他从瞄准镜里看到那群疯狂的开普勒生物时，难以言喻的恨意涌上了心头，将他包裹了起来，连呼吸都沉重无比。

洛轻云是为了救他才跳下去的。

洛轻云被克莱因之瓶吸收了，他很可能会越界。

如果他越界了，那么……

“靠——”

冷静，谈墨。

如果你无法理性地旁观这一切，如果你无法收拾自己的情绪，那么洛轻云就真的没救了。

谈墨的牙槽咬得“咯咯”作响。

他还不够了解洛轻云，跟不上他的思维，无法预料他的习惯性判断。

他还无法击中他。

他……还没学会如何挽回他。

脑海中忽然有种预感一闪而过，谈墨将狙击枪的弹夹拆了下来，发现里面竟然都是普通的硅弹，一颗 anti-Kepler 药剂弹都没有。

洛轻云那个混账东西压根儿就没想过获救！如果越界，他一心求死吗？

生平第一次，谈墨感觉到了强烈的侮辱——自己竟然不被洛轻云所期待。

不……等等，谈墨，你脑子被魔鬼号角吹坏了吗？

这分明应该是洛轻云的自信——他自信不会因为克莱因之瓶而越界！与此同时，他也相信手握狙击枪的谈墨，能和他一起解决这该死的倒霉玩意儿！

谈墨的唇线绷紧。

好吧洛轻云，就让我看看，我们之间到底有多少默契。

就在这个时候，克莱因之瓶内部像是受到了什么冲击，产生一阵剧烈的震颤，匍匐向克莱因之瓶前行的魔鬼号角尖叫着朝四面八方逃走。途中它们忽然开始彼此纠缠，相互撕咬，透明的银色花瓣化作了利刃，割裂，刺透，绞杀。

魔鬼号角的悲鸣充斥着整个空间。

谈墨的耳膜都快要裂开了，脑袋疼得端不住枪。

徘徊着的无人机也经受不住这样的声波攻击，失了准头，撞在岩壁上。

魔鬼号角紧贴着岩壁，不顾一切地想要钻进岩壁的缝隙里，像是在逃避什么。

谈墨晃了晃脑袋，强行让自己清醒一点。而那株巨大的克莱因之瓶如同血液过速的心脏似的，一阵一阵向外膨胀，原本彼此缠绕的花瓣就像被烫伤了一样，回旋着重新张开。

一只手穿透了花瓣之间的间隙，手指修长白皙，指缝间渗着银蓝色的液体。那是开普勒生物的血液——是洛轻云！他要出来了吗？

谈墨再度把枪抬起，透过瞄准镜，他看见克莱因之瓶努力地要把洛轻云吸回去。

第一枪，子弹击中了花瓣之间的缝隙，趁着子弹的冲击力，洛轻云的整条手臂都穿了出来。但是花瓣挤压的力量极大，谈墨担心洛轻云的胳膊被挤断，他深呼吸了一次，再次寻找到花瓣之间的另一道缝隙，开了第二枪。

子弹冲了进去，那些绞在一起的花瓣颤了一下。洛轻云抻出整个肩膀，手贴在克莱因之瓶的外部用力一摁，原本充盈的花瓣缺水一般变得泛黄，失去光泽，随即洛轻云半个身子都挤了出来。

“洛轻云……”

瞄准镜里的洛轻云护目镜上都是裂纹，表情冷冽中带着一丝狠戾，谈墨从没有见过那样的他，下意识向后退了一步。

但下一秒，脑海深处有什么闪过，谈墨拔出了自己的战术刀扔了过去。洛轻云单手接住，狠狠地把刀扎进花瓣里，用力一撬，花瓣松开，他的一条腿跨了出来。

谈墨抓住机会，接连开了三枪，枪枪命中花瓣间隙。

而那些还在挣扎的魔鬼号角被元气大伤的克莱因之瓶隔空吸取了生命力，无处可逃，只能枯萎。

暗淡的克莱因之瓶再次明亮起来，银色流光变得密集，洛轻云的逃亡越发吃力，眼见着又要掉回去。谈墨的手指再度回到了扳机上，他仔细观察着整个区域——这个生态区的种子到底在哪里？

在克莱因之瓶里吗？

不，不可能。如果在里面，洛轻云肯定能遇上，洛轻云如果没干掉那个种子，怎么从里面出来？可如果洛轻云在瓶里已经干掉了种子，克莱因之瓶也会因此而毁掉，哪来那么强的力量和洛轻云抗衡？

没有时间了，再这样下去洛轻云又要被吃掉了。

谈墨将枪口微微上抬，却突然听见洛轻云的声音在这个空间里回荡。

“别开枪！”

谈墨顿了一下。

洛轻云抬起头来，看向谈墨，脸上的护目镜掉了下来。没了遮挡，谈墨看清他眼底若隐若现的蓝色荧光，那是他体内细胞开普勒化加剧的标志。

“谈副队，你剩下的子弹不多了——要用在对的地方。”洛轻云说。

谈墨的肩膀下意识一颤。

如果他就此越界……

“我还没有杀过队友，洛队就那么想让我破例吗？”谈墨咬牙切齿地说。

洛轻云笑了一下，问：“你相信我吗？”

“什么？”

“你相信我的话，就把子弹留给这个生态区的种子。”

谈墨心头轻微一震，浑身的怒意平复了下来。

是的，最后一颗子弹，必然是留给种子，而不是洛轻云。

他调整着自己的呼吸，集中所有的注意力，等待着那个可能转瞬即逝的时机。

洛轻云的手用力扣住花瓣的缝隙，他全身的肌肉绷了起来，手掌之下发出“噼里啪啦”的声音，仿佛有什么在灼烧。克莱因之瓶猛然间全部绽放，像是狼狈的野兽被扼住了咽喉，在死亡面前苦苦挣扎。

谈墨从没有见过这样的场景。洛轻云的手指嵌入了克莱因之瓶，所有的银蓝色流光涌向洛轻云的双手——这双手在掠夺克莱因之瓶的生命力。洛轻云双眼之中不断有蓝色的荧光流转，而克莱因之瓶逐渐萎缩、衰败，硕大的花瓣烂泥一般瘫软下来。

洛轻云周身萦绕着一种强大的气场，杀气沸腾，无所顾忌，直到整个克莱因之瓶垮塌下去，他才摇晃着从中跨了出来。

“洛轻云！”

谈墨把枪往背后一挂，拽着绳索滑了下来，一把扶住摇摇欲坠的洛轻云。

洛轻云却抬起眼，那双眸子里没有丝毫劫后余生的喜悦，而是恼火。

“谈墨……灰塔教你的东西都被你扔到哪里去了？”

“什么？”谈墨愣了一下。

“你的职责是什么？你应该和我保持相对安全的距离，一旦我越界了……”

谈墨把手套扔到洛轻云的脸上：“像我这样老道的监察员，你越没越界还能看不出来？”

“别太自负了。”洛轻云只是捏着手套，却没有戴上。

只要洛轻云这厮还活着，他作为目标的吸引力对于谈墨而言就远不如这地面上的克莱因之瓶。

谈墨把扫描器打开，这个洞窟里除了自己和洛轻云，已经没有其他生物了。

也就是说，克莱因之瓶和所有的魔鬼号角都被洛轻云杀死了。

看来除了控制，洛轻云的那双手还拥有吸取开普勒生物能量的能力。

之前对付虫藓，洛轻云没有办法掠夺对方的领地，原因是有非常高级别的开普勒种子在遥控虫藓，而这个种子的级别可能在洛轻云之上。但是当时的洛轻云为什么不能像现在这样直接吸取虫藓的开普勒能量呢？

“喂，上一次差点被喝饱了水的虫藓压死，你为什么不直接把它们的开普勒能量吸走？”谈墨问。

千万千万别让他知道洛轻云是故意让他们困在虫藓里的，那样的话，谈墨会想请他吃子弹。

谁知道洛轻云笑了一下，眼角泛起淡淡的笑纹：“小朋友，我如果什么开普勒生物的能量都能吸取的话，不就天下无敌了。”

“所以……虫藓不在你的食谱范围内？”谈墨有点遗憾。

“不是。”洛轻云摇了摇头。

“那你可以吸取能量的开普勒生物有哪些？”谈墨又问。

“秘密。”洛轻云笑着说，“谈副队想知道答案的话，得拿自己换。”

“好奇心害死猫。我对你的事情不感兴趣。”

就算谈墨在灰塔的生物理论课成绩不怎么样，他也知道开普勒世界同样遵循最基本的能量守恒定律。洛轻云吸收了这么多的开普勒能量，难道就这么存储在体内吗？这绝对会加剧他开普勒值的增长，也会让他更临近越界。

谈墨转身看了洛轻云一眼，发觉对方竟然堂而皇之地坐在克莱因之瓶的中央，慢悠悠地擦着手。

“起来。”谈墨用脚尖踢了一下洛轻云。

洛轻云却一动不动，反问道：“但你怎么确定我没有越界？”

“我第六感很准。”谈墨皱起眉头，有点不耐烦了，“你到底起来不起来？扫描完了，只要确定这个地方的开普勒生物都被你弄死了，我们就能把这里交接给调查小组了！”

更重要的是，现在还能赶上食堂的午饭。至于洛轻云的开普勒数值，还是交给灰塔去操心吧！

“那你预料到这个了吗？”洛轻云把自己的左手转了过来，他手腕上通信器正闪着红点，通信器里装有开普勒测试仪的芯片。

红点闪烁，表示开普勒数值的临界警报。

谈墨的脑子“轰”地炸开了，他只听见嗡鸣声，脑海中短暂地一片苍白。果然，他吸收能量超标了！

那可是一株克莱因之瓶！如果它的能量都不足以让洛轻云的开普勒值爆表，那它算个屁的克莱因之瓶！

洛轻云这样的融合者，一旦越界，恐怕没有哪个 Inspector 能杀得了他。

洛轻云看着谈墨的反应，很淡地笑了一下：“现在知道怕了？”

“不是你叫我别怕的吗？骗子。”谈墨冷冷地笑了一下，反正自己来不及跑了。

理智回笼，人总是要死的，死在洛轻云的手上要比死于大老鼠光荣很多。

谈墨在洛轻云的面前半蹲下来，摘掉了自己的手套，伸向洛轻云的脸。

洛轻云下意识向后缩了一下，怀疑道：“这是临终关怀吗？”

“临终个屁！给我看看你的眼睛！”谈墨凑近，掰开了洛轻云的眼皮。

看不出来，这家伙睫毛还挺长，轻轻贴着谈墨的指尖，这样微妙的触觉让人莫名心软。

果然啊，人长得好看，无理取闹也好，嚣张任性也好，甚至不守规矩都能让其他人对他的容忍度高出许多。

这样一想，谈墨确定自己果然是个颜控的俗人。

俗就俗一点吧，自己爽就好。除了他，还有谁能大摇大摆地碰洛轻云的眼睛呢？

谈墨仔细地看着，他们四目相对，谈墨能从洛轻云的眼瞳里看到隐约流窜的淡蓝色光。这和克莱因之瓶刚才如同心跳的起伏是一样的，代表洛轻云体内开普勒生物的力量还处于活跃中。

但如果到了临界的地步，又或者洛轻云真的压制得很辛苦，这方面的体征会更明显；谈墨确定以自己的经验和观察力，在瞄准镜里就能发现异常，不可能到了洛轻云的跟前才发现不对劲。

难不成是开普勒生物在隐藏自己的属性？

谈墨的手离开了对方的眼睛，转而贴向洛轻云的脖子。开普勒生物的“脉搏”和人类不一样，那是一种以细胞为单位的周身传导，但是谈墨感觉到的却是属于人类的血液脉动，与只属于人类的心跳共振。

只是洛轻云的脉搏……好像比自己想象的要快一些？

这家伙总是一副什么都无所谓的样子，难不成此刻也害怕自己越界？

“谈副队，你还有机会。”洛轻云的声音不大，却很清晰。

他闭着眼睛，半仰着下巴，仿佛谈墨就算掐死他，他也会引颈就戮。

谈墨抬了抬眼皮，凉凉地反问：“什么机会？”

洛轻云缓慢地睁开眼，一寸一寸地落在谈墨的脸上。谈墨有着精致英挺的眉眼，平日里和队友说笑时总显得张扬出挑，但当他神情专注地克制情绪的时候，会让洛轻云想起自己在中心城的研究基地里透过隔离窗看到的人生中的第一场雪。

脱离了天空的束缚，看似自由散漫，却没什么能改变它们坠向大地的坚定。

轻飘得几乎没有重量，却好像拥有击穿他心脏的力量。

就像此刻谈墨平稳的呼吸声。

——他不怕他。

“你还有硅弹吧？我现在还能勉强保持理智。你退到安全距离……”

洛轻云的话还没有说完，谈墨忽然站起身来，在洛轻云的通信器上踹了一下，红点就不亮了。

洛轻云顿住了。

“呵呵。”谈墨的眼睛里都是鄙视和不屑，“退到安全距离给你一枪，再被你轻而易举地避开？回到灰塔之后，你再把这事儿当笑话宣传一下，说我谈墨误判，朝着还没越界的队长开枪？”

谈墨真心觉得，洛轻云的这个心啊，实在是太坏了！

洛轻云转了转手腕，通信器别说不亮了，还出现了内部芯片损坏的提示。

“我也没想到是测试芯片坏了。”洛轻云真诚地说。

但是谈墨不是那么好糊弄的。他掏出腰间的配枪，拉开保险，抵在洛轻云的额头上，毫不留情地扣下了扳机。

“咔嚓”一声，洛轻云坐在原地，动都没动。

没有子弹出膛。

谈墨很清楚，以洛轻云的身手，要避开也就是侧个脸而已。

“怎么不躲？”

“为什么要躲？”

“哦，看来你知道弹夹里没子弹啊。真没劲。”

“有子弹我也不会躲的。”洛轻云说。

“为什么？”谈墨高高跳起，扣住自己刚才射出的绳索。

洛轻云的声音在谈墨的耳边响起，他说了一句莫名其妙的话：“因为……那也许是光照进来的地方。”

这家伙竟然也跟着跳起来了，一只手抓着绳索，另一只手就扣在谈墨的腰上。

谈墨忽然察觉到了什么，吼了出来：“你给我把手套戴上！”

洛轻云垂下眼，不知道是真心的还是又在调侃他：“谈副队既然不怕我，就借你的身体给我用用吧。”

借什么借，身体是可以随便借的吗？

洛轻云的脚尖刚落地，谈墨就迫不及待要把对方的手扯开。也不知道洛轻云是不是故意的，手往前一送，叫谈墨踉跄了两步，差点扑倒。他顾不上其他，刚站稳就往前冲。

洛轻云一手收了绳索，一手扣住谈墨背上的枪。谈墨转身挥开洛轻云的手，甚至不惜上脚去踹对方的膝盖，谁知道洛轻云又忽然松手了，谈墨“啪”的一下摔在了地上。

谈墨知道洛轻云不会害他，但总觉得借身体什么的绝对不是好事！

“谈副队跑那么快干什么啊？”洛轻云的声音从身后响起，带着笑意，却让谈墨有一种毛骨悚然的感觉。

这家伙“正常”了太久，总算要搞点“开普勒”的事情出来了！

“治安部队要对这里进行生物隔离！”谈墨连滚带爬地向前，还没逃出两米远，一片阴影笼罩了下来。

“洛轻云你干什么！我的身体绝对不会……”

洛轻云一手扣着谈墨的肩膀，另一只没有戴手套的食指压在了谈墨的唇上。

那一刻，谈墨一个字都说不出来了。

他用胳膊肘撑着自己迅速向后撤，洛轻云的膝盖就在他两侧，轻松地跟着他。谈墨企图推开洛轻云，但他们之间的距离依然越来越近。

“我的能量超标……只是借你消耗一点而已。”

谈墨的双手都撑在了洛轻云的胸膛上，摸到了他的心跳，他胸膛的起伏让谈墨再次清晰地感觉到……洛轻云是人类。

是和自己一样的人类。

“我保证，不痛也不痒。”

谈墨甚至产生了一种奇怪的冲动，他想将耳朵贴过去，听听这个人不屑用人类的语言去表达的情感。

洛轻云的笑容逐渐深敛，逆着光，他的脸上没有任何的表情。

“我把我的世界给你看，你自己决定进来，或者离开。”

洛轻云靠在他的耳边说。

就像上一次洛轻云冲上运输机，向着谈墨伸出了自己没有戴手套的掌心。

“开普勒的第二层世界——‘客我’……如果在最初的起点相遇，我们会如何？”

“最初的起点”，这个说法对谈墨有着极大的吸引力。大脑还没有来得及思考，他已经把手放在了洛轻云的掌心——是他的本能驱使他接受了这个邀请。

洛轻云抬起另一只手，他的指尖仿佛点在了谈墨最纤细的大脑神经上，巨大的力量涌了进来，势如破竹，占领了一切原本属于谈墨的领域。

“啊——”谈墨用力地挣扎，地面上的砂石被磨出“咔嚓咔嚓”的声音。

谈墨猛地开始下坠，他想抓住什么，但周围都是虚无，直到洛轻云的手用力扣紧了他。

“别怕。”还是那两个字在他的耳边响起。

第二十四章

CHAPTER 24

宝贝

他猛地惊醒过来，发现自己躺在冰凉的地面上，过分光洁的大理石砖映照出他的脸，而周身唯一的温暖来自他的左手——那是一个五六岁的孩子，就蹲在他的身边，看着他。

那双眼睛很大，深邃透彻，仿佛连接着另一个冰冷无欲的世界。

谈墨坐起来，那孩子没蹲稳，向后一仰，眼看着就要摔地上，谈墨一把将对方拉住了。

“这是哪里？”谈墨四下张望，只看到灰色的金属墙，以及一个小小的、勉强可以看到外面的窗子。

但是外面也是什么都没有。四方形的小广场就像一口天井，日光斜下，落在对面高耸得没有尽头的墙壁上。

“这里是中心城，灰塔基地。”孩子淡淡地说。

谈墨愣住了，那不就是洛轻云长大的地方吗？他怎么会到这里来？

银湾市离中心城十万八千里……所以这里……这里是洛轻云的记忆！

谈墨记得自己清醒的时候最后见到的是洛轻云的眼睛。他之前给自己展现的记忆是“本我”世界，这一次是“客我”。这两个有什么不同？

洛轻云这家伙怎么连地图说明都没有就把他拽进来了？差评！

谈墨气到不行，他一定要去找耿劲柔投诉，以后要把那副手套镶在洛轻云的手上，让他再也脱不下来。

闭上眼睛，谈墨用力对自己说要清醒过来，可是一睁眼，依然看见那个孩子用空洞的目光看着自己。

“啧……”谈墨咬牙切齿，深吸一口气，让自己的思维集中，周围始终只有这个空荡荡的没有任何生活气息的房间，他没能发现任何端倪。

“搞什么啊——洛轻云，好歹说一下我到这里来看什么？怎么才能回去啊！”

对面的孩子也不在乎谈墨自言自语的样子，趴在那个小窗子前，踮着脚，不知道在看什么。

他穿着纯白色的上衣，皮肤很白，眼睛很大，睫毛也很长很漂亮，是个可爱的孩子，唯独眼底深暗得没有一丝情绪。

“小孩儿，你看什么呢？这里怎么出去？”谈墨问。

“你不是工作人员吗？想去哪里就能去哪里。”小孩儿淡淡地说。

他很少眨眼，外面明晃晃的日光连谈墨看了都刺眼，但那小孩儿的眼睛却一直看着窗外。一开始谈墨以为他是在向往自由，就像其他小孩儿那样想出去玩，过了几分钟才发现那个孩子是在看远处墙壁上的一朵小花。

日光也许很美，但是快把墙缝里的那朵小花晒死了。

“我不是这里的工作人员。”谈墨说。

“不是工作人员的话，那你不可能出现在这里。”小孩子的声音里没有丝毫惊讶或好奇，平静如一潭死水，“那你应该是我幻想出来的。”

谈墨失笑：“如果你才是我幻想出来的呢？”

庄生晓梦迷蝴蝶，他和他到底谁是庄生，谁又是那只蝴蝶？

就在这个时候，房间的门开了，一个穿着白大褂、戴着眼镜的中年男子走了进来。

“洛轻云，今天是数学课，我们来回顾一下上周学的‘洛必达法则’。”

谈墨整个人都怔住了，这个小孩居然就是洛轻云？

他才多大，怎么就开始学这些东西了？

洛轻云离开了窗子，在小桌子前坐下。进来授课的人压根没有感觉到谈墨的存在，这让谈墨确定自己真的只是洛轻云“幻想”出来的人物。

还是小孩子的洛轻云挺着背，专注地看着对面的老师，从容地做完了一整张卷子，直到老师离开房间。

“他真的看不到我。”谈墨说。

“我说了，你是我幻想出来的。”洛轻云又回到那个小窗子前，他的鼻尖挺翘，呼吸在玻璃窗上留下一块小小的雾斑。

“那你为什么要幻想我出来？”谈墨又问。

既然这小孩儿是洛轻云本尊，要从这里离开，恐怕要从他身上下手了。

“打发时间吧。”洛轻云回答。

谈墨堂而皇之地在洛轻云的床上躺下，抱着脑袋看着对方小小的背影，思索着这个小孩长大之后徒手灭了一个高级开普勒生态区的场景。

“我们不是一路人，你拿我打发时间只会越打发越无聊。你不如撤销你的想象力，放我回现实世界。”谈墨开口道。

“你的现实世界里，应该不会希望出现我。”洛轻云说。

那是一种平静的语气，没有任何期待，仿佛心脏被穿透过无数次，无所谓被再一次刺穿。

“无论我希望或者不希望，你都是客观存在，不以我的意志为转移的。”谈墨回答。

“那在你的世界里，你想我怎么死？”洛轻云问。

谈墨顿了一下，这小子才几岁啊，怎么死不死的就挂在嘴边了？

“我想你喝奶茶的时候被珍珠噎死，躺床上玩游戏的时候被全息游戏机砸死，吃太多糖醋排骨血糖高死……”

洛轻云终于侧过脸来赏了谈墨一个眼神。

“珍珠奶茶是什么？”

“鲜奶、红茶还有木薯粉搓成的小丸子与糖的混合物。”

“全息游戏机呢？”

“某种制造全息场景的小型机器，你可以在这个全息场景里打怪升级，或者破解谜题。”

“糖醋的排骨应该很难吃。”

“不，你喜欢吃，你很喜欢吃。不然，你干吗要去研究怎么做?”

洛轻云顿了一下，慢吞吞地说道：“那大概是你世界里的那个我，挺喜欢你的吧。”

谈墨张了张嘴，他本来想说“你确实挺喜欢我，特别黏人，也特别烦人”，但那样的话，哪怕是开玩笑，他对着现在的洛轻云也开不了口。

“但他们一定不希望我存在。我这么危险，把我早点毁掉就好了。”洛轻云说。

他们？他们指谁？

“小朋友，你这么厌世可不行。”谈墨眯起了眼睛。洛轻云会这么说，意味着中心城基地里肯定发生过什么。

“世界不值得被我厌烦吗?”洛轻云反问。

“你有遇到过什么你喜欢的东西吗?”

“没有。什么都很简单。”洛轻云回答。

谈墨猜到了，高等开普勒基因赋予他高超的智商，让他能轻而易举地学习和掌握人类的任何知识。

不记得是谁对谈墨说过，高智商的人很容易走向一个极端——没有感情，只有逻辑。

谈墨放缓了自己的语气，耐心道：“数学、物理、化学，这些东西都是有逻辑的，它们遵循一定的规律。但有些东西是没有逻辑的，没有任何人能教你，也可能你学一辈子都学不会。”

“比如呢?”

谈墨的脑子卡了一下，想着得抛出什么洛轻云从来都没有见识过的东西，想了半天，他得出了一个恶俗的答案。

“比如爱情啊。你被关在这里肯定没看过什么《罗密欧和朱丽叶》之类……”

“那不过是大脑多巴胺分泌造成的愉悦感，人类以爱的名义完成繁衍。”洛轻云毫无波澜地继续看着窗外。

谈墨呵呵笑了一下。这个时候的洛轻云还真不好沟通交流，怎么“推波助澜”，他都一动不动。

太阳沉落，黑暗降临。墙壁上的挂钟到了十点，房间里的灯就暗了下来。

谈墨占领了洛轻云的小床，但洛轻云并不在乎，继续站在小窗前，看星星和月亮。

“洛轻云，你不睡觉吗?”谈墨拍了拍床沿。

“听说人死了以后可以永远睡下去，所以现在为什么要睡?”洛轻云反问。

谈墨无言以对，回了句：“是啊，我在你创造的幻觉里，睡着了也不是真的休息。”

“你小时候有被人哄着睡觉过吗?”洛轻云问。

“没有啊。”谈墨百无聊赖地回答。

“听说人类的孩子睡觉的时候，他们的父母都会给他们讲故事或唱歌。”

“我没有父母，所以没人唱歌哄我。”谈墨觉得对方的话不对劲，眯着眼睛反问，“你不是人类的孩子吗?”

“我是融合者，我一生下来就拥有开普勒基因。”洛轻云回答。

“那你也是人类，你这个年纪，就是人类的孩子。”谈墨拍了拍床边，“你过来睡觉吧。”

老实说，他有点担心现在这个“人类意识”淡漠的洛轻云再这样成长下去，会变得越来越……不开心。

人活一辈子，不就图个乐子吗?

而且他要是不在乎人类，身为人类的自己该不会就这么出不去了吧?

洛轻云没有去谈墨身边，他就像完全知道谈墨在想什么一样，淡淡地说:“来到我世界里的人，多半是因为我的开普勒值偏高，需要消耗而已。等消耗够了，你就能回去了。”

谈墨一听，眼睛一亮，立刻坐了起来。

“那你需要消耗多久?”

“也许下一刻，也许天长地久。”

这答案让谈墨一口老血差点吐出来:“谁他妈想跟你天长地久!”

就在这个时候，头顶传来警报声，红色的灯光掠过房间的每一个角落。

谈墨“噌”地坐了起来，侧耳倾听，有什么巨大的物体正在接近，地面在震动，地基被掀翻。

“那是什么?”

“应该是实验室里的开普勒生物失控了吧。”

失控?怎么可能是失控这么简单?

谈墨贴着墙，听到了部队被调动起来的声音，其中夹杂着哭喊声。

外面的四方广场上，沙砾起伏形成了巨大的浪，只见一根阿卡那加魔鬼藤咆哮着拱起身躯，从地底下钻了出来!

墙面上的钟被摇晃得掉了下来，眼看着就要砸到洛轻云，谈墨一把将他拽了过来，钟“哐啷”一下落在地上。

枪炮对准了咆哮中的阿卡那加魔鬼藤，火光将黑夜掀开。紧接着又有更多的魔鬼藤钻了出来，疯狂地报复着困缚它们的人类。

谈墨看傻了眼，他怎么也没想到中心城基地会遭遇开普勒生物的袭击。

紧接着，一只魔鬼藤忽然吐出一颗巨大的胎果，火力瞬间转移到了那枚胎果上。胎果在半空中爆裂，荧蓝色的液体溅射而出，一只半透明状的蝴蝶扇动着翅膀飞了出来。

“那是，高级米诺斯虫……”谈墨一时之间没能说出它的名字。

“银月姬。”洛轻云说。

他的声音带着冰冷的质感，那不光是处变不惊，而是对他人和自己的生死都非常漠然。

银月姬的翅膀是半凝固半液态，每当被炮火击穿，都能迅速自动愈合。

它低空飞行，挥动双翅包裹住了一个人类，当翅膀再度打开，只有武器装备一类的东西掉落在地上——所有的有机物都被吸收了，连骨架都没有剩下。

恐慌迅速蔓延。而洛轻云就站在那里，跟个没事儿人一样，看着窗外的一切。

高大的魔鬼藤翻滚碾压而来，瞬间抵达他们的窗前，谈墨抱起洛轻云迅速向后退去。魔鬼藤向后一仰，猛地撞上窗户，连带着一整面墙都摧枯拉朽一般被毁掉，尘埃扬起，月色透了进来。

谈墨试图把身后的门打开，但它是生物锁，谈墨开不了。

“是你的能力吗？你能控制这些开普勒生物的对吧？”谈墨问。

“我为什么要控制它们？”洛轻云微微侧了侧脸，他的表情竟然真的透着几分疑惑不解。

谈墨哑然。

魔鬼藤在洛轻云面前匍匐下来，仿佛在邀请他坐上去。

洛轻云被谈墨抱着，一动不动。

魔鬼藤的嘴一层一层地打开，里面有无数的人类在哀鸣，他们都是刚才被袭击的基地的工作人员。

“救救……求你救救我们……”

“好疼……好难受——”

“我想活着……”

谈墨不明白了，如果这些开普勒生物没有受到洛轻云的操控，那它们为什么要撞开墙，来到洛轻云的面前，一副听他指挥的样子？

远处传来一阵呼喊声：“是他——就是他——它们都是被他控制的！洛轻云就是它们的种子！”

一时之间，所有的枪口都转向了洛轻云和谈墨所在的方向。

“什么鬼？”谈墨看向声音的来源，竟然是今天那个教洛轻云数学的老师。

开普勒生物环绕在他们的周围，无论炮火如何密集，它们都保护着洛轻云。

火光和阴影在洛轻云看似稚嫩的脸上交替而过，可是这孩子连表情都没有变过。

谈墨好笑地低下头问：“你是它们的种子？小孩儿，怎么回事？”

洛轻云抬起头来，看向谈墨，回答道：“前几天他带我去看了一群被米诺斯虫感染的蚂蚁。那些蚂蚁在玻璃盒子里爬来爬去，想找出去的路，和我挺像。”

“然后呢，你帮它们逃脱了？”

洛轻云蹙起了眉头，摇摇头：“它们只是低级的开普勒生物而已，在人类的世界里会被抹杀或者成为研究的样本，在开普勒的世界里，则会被更高等的生物控制或者成为营养。”

谈墨有了一些不好的感觉：“所以，你把那些蚂蚁怎么了？”

“我控制了这个微型生态区，让它们陪我一起玩。”

“怎么个……玩法？”

“我的手指点到哪里，它们就爬到哪里。我还让它们排列出各种数字，比如斐波那契数列。然后数学老师看到了，就告诉了所有人，说我可以控制开普勒生物。”

洛轻云顿了顿，又加了两个字：“好蠢。”

“是挺蠢的。不过人类就是有着无穷无尽的联想力。你能控制微型米诺斯生态区，他们就觉得你以后也能控制……比如说，这些魔鬼藤。”谈墨说。

然而，所有的能力都会有限制，就好比洛轻云，他想控制一个高级生态区就必须拥有更强大的开普勒能力，只要测试他的开普勒阈值，就知道现在的他并不具备控制更高级别开普勒生物的能力。

人们对开普勒世界的恐惧，此刻都转移到了洛轻云的身上。

“就是他！前天他还破解了样本室的密码，一定是他趁机控制了里面的样木！”另一个失去了手臂的研究员哭喊着指控洛轻云。

谈墨看向洛轻云，露出惊讶的表情：“你破解那玩意儿干什么？”

“是他主动跟我打赌，说如果我能破解样本室的密码，他就帮我把房间的窗子擦干净。”

“哦，那他把窗子擦了吗？”

“没有。因为样本室密码被破解，他被调离了。”洛轻云说。

“那你亏了。”谈墨冷哼了一声。

“我以为你会说这种小事，不值得我当真。”洛轻云难得认真地看向谈墨。

“那不是小事吧。窗户不干净的话，你就看不清那朵小野花了。”

洛轻云怔了一下，尽管只是一闪而过，但谈墨看得很清楚。

“你要是害怕了，可以躲远一点。反正他们都看不见你。”洛轻云说。

“我不是害怕，我是惊喜啊，样本室的密码你都能破译，金库呢？”谈墨问。

他想着等回到现实世界，他一定要跟洛轻云建议一下，为什么要在一线外勤死磕呢？咱灰塔金库里的金子多亮啊！

“无聊。”洛轻云侧过了脸，但耳朵还是贴在谈墨的胸膛上。谈墨一低头，就能看到他微微泛红的耳郭。

外面的喧嚣和混乱仍然在继续。

“那孩子不是人类……人类的小孩哪有他这么高的智商！”

“梁教授就是在他面前跳楼的，他可一滴眼泪都没掉！他根本不是人！”

“梁教授搞不好就是他害死的！明明那么疼他，梁教授跳楼的时候他根本没阻止！他没有人性的！”

谈墨又问：“梁教授是谁？”

“把我从母亲肚子里取出来的人，也是把我养大的人。”洛轻云回答。

他的目光里没有丝毫颤抖，提起梁教授，也没有表现出一丝动容。

“那他为什么要跳楼？”谈墨又问。

“骨癌，太疼了。”洛轻云回答得很简单。

基地里越来越多的开普勒生物泄漏，朝着洛轻云前仆后继而来。

人类的怀疑和恶意也随之涌来。

谈墨忽然间理解了洛轻云的这种淡漠。这些人类将他养在这里，让他活着，教他知识，测试他的能力，却没有真正地将他当成人类。

“你觉得我现在该怎么办？杀光它们，还是杀光，他们？”洛轻云侧过脸，看向谈墨。

那双古井无波的眸子里，透着一抹纯粹的冷漠。

不是孤独，不是绝望，只是冷而已。

谈墨的喉咙动了动，他发现比起现在，长大之后的洛轻云确实更好相处一些。

至少……还会颇养眼地假笑一下。

“你又问我送命题了。”谈墨皱着眉头回答。

“为什么是送命题？”

“如果你杀了这些开普勒生物，炮火就会毫无遮挡、肆无忌惮地打到我们的身上，你死不死我不知道，我肯定会死。”

“哦。”

谈墨眉梢一挑，一个“哦”？攸关他谈墨生死的事，一个“哦”就结束了？

“如果你要杀人，那我也是人，我不知道你口中的‘他们’是否包括我。”谈墨继续说。

“那就不包括你好了。”洛轻云表示。

……总觉得潜台词是“你就不算个人吧”。

“——那您请随意吧。”谈墨摊了摊手。

反正这里也不是真实世界，洛轻云就算要毁灭地球，谈墨也就当个电影看看。

洛轻云闭上眼睛，微微侧过脸，细密的睫毛在炮火炸裂开的亮光里微颤。他很专注，仿佛试图在这片虚空中抓住什么。

围绕在他们身边的魔鬼藤忽然向着外沿移动，就像是领域的扩张，墙壁被推倒，围攻他们的基地守卫也不得不撤退散开。

这难道真的是洛轻云年少的时候发生的事情吗？如果他真的屠尽了整个基地的人，他就站到人类的对立面了，灰塔怎么可能还会培养他呢？

开着小野花的那面墙在一阵震耳欲聋的声音里被魔鬼藤摧毁了，坍塌的墙体像倾泻的洪水，烟雾腾腾。在这阵烟雾里，谈墨看到远处的灯塔上有什么闪了一下。

多年的经验告诉他，那里埋伏着一个 Inspector，正等待着最佳的射击时机。

等烟雾散开，洛轻云和灯塔之间的那堵高墙完全垮塌的时候，就是监察员的视野最开阔明朗的时刻。

天地恢廓，一枚子弹破风而来，尘粒被撞开，子弹从魔鬼藤之间的缝隙穿过，直冲向洛轻云的面门。

那一刻，谈墨失去了所有思考能力，本能驱使着他一把将洛轻云扑倒。

“砰”的一声，那枚子弹的声响在炮火声和坍塌声当中微不足道，却让谈墨全身的神经战栗不止。

谈墨抬起眼看了看身后墙面上那个小孔，他知道那个监察员一定会补射，赶紧一把将洛轻云抱起来，避入了阴影里。

他搂着小小的洛轻云，将他的脑袋摁进自己的怀里。

“你不该救我的。我死了，你就能回到你的世界里去了。”洛轻云说。

谈墨愣了一下，赞同道：“是啊，你死了我就能回去了！”

“现在也来得及。”

洛轻云正要把脑袋探出去，就被谈墨一把摁了回来：“找死啊你，那个监察员很厉害！”

“我不死的话，这一切都不会结束。”洛轻云说。

谈墨真的快烦死他这种泰山崩于前而色不变的样子了，忍不住质问道：“你才几岁啊？吃过几碗饭，见过几个人？你知道地球上有多少人类吗？你知道每个人都与众不同吗？我告诉你，这个鬼地方里的几百个人可代表不了外面的十几亿人！”

怀里的小孩儿难得闷着声不说话了。

“你死了，这一切也不会结束！明明这些开普勒生物一开始就和你没关系，可它们到了你面前却装作一副你是主人的样子，还卑躬屈膝地保护你，你就不想想这是为什么？”

“这是为什么？”洛轻云非常给面子地问。

“说明那个真正的种子想让基地里的人误会你，想让他们攻击你，也想让你杀光基地里的人，将自己与‘人类’这个定义完全剥离开，然后越界！幕后黑手越是这样想，你就越不能如他的愿！如果你死了，大BOSS岂不是要猴子称大王了？”

“所以现在我该怎么办？”洛轻云问。

“那当然，当然是……”谈墨被他问到卡壳。

是啊，现在的洛轻云该怎么办？

“我怎么知道？”

“是你说我还没见过几个人类，所以基地里的这些人代表不了人类的全部，是吗？”怀里的洛轻云抬起头来看向谈墨。

他的眼睛还是那么空洞，可是空洞当中又似乎有一丝透亮，里面好像出现了那么点小小的期待。

可就是这样一点小小的期待，让谈墨的心狠狠抽痛了一下。

“我不知道以后你见过的人类是对你好的多一点，还是怀疑你、戒备你甚至喊打喊杀的多一点。但我向你保证，至少，至少有一个人……会感激你在危机四伏里救了他一条小命，会为了追上你去学习所有他不擅长的东西，会害怕被你看不起所以哪怕痛到喘不过气也不敢在你面前掉一滴眼泪……他会希望他射出去的每一颗子弹，都是为了能够保护你，而不是杀了你。”

洛轻云的脸上终于有了点不一样的表情，他皱起眉头，非常认真地看着谈墨。

“看什么？”谈墨被他看得不自在，别过脸去。

“看你有没有撒谎。他们所有人撒谎的时候，我都知道。”

“我没撒谎。”

“嗯，我知道。”

谈墨差点忘了，这里是洛轻云的世界，就算是小孩模样的洛轻云，那也是洛轻云。谈墨现在非常怀疑洛轻云是不是故意把他关到这里套他的肺腑之言。

“在现实里，我有没有告诉过你……我最原始的开普勒能力是什么？”洛轻云说。

“控制开普勒生物自相残杀？”这其实是谈墨通过观看录像还有和洛轻云执行过的几次任务情形所做出的推测。

但洛轻云摇了摇头：“我的能力是——掠夺领域。”

每个开普勒生物的种子都对自己领域内的生物拥有控制权，掠夺领域自然包括掠夺控制权。这和高炙能控制进入周身十米范围内开普勒生物的能力不同，一旦领域被夺走，这种控制权的掠夺就是不可逆的。

怪不得……怪不得开普勒生物要逼洛轻云越界，如果他不肯，就宁可他被人类杀掉。

洛轻云的瞳孔里，蓝色的流光汇聚成骤然燃烧的火焰。火焰点亮的瞬间，那只银月姬如同飞蛾扑火般冲了进来，狠狠撞向他们身后的金属墙壁。

剧烈的震动里，谈墨弯下腰护住洛轻云的脑袋，而银月姬把墙面撞出了个大洞，金属豁口还残留着它受伤流下的银色血液。银月姬的翅膀损毁严重，瘫在地上，它半液态的身体无法弥合过于巨大的伤口，半透明的血液汩汩流散开来。

可它依然挣扎着要抬起自己的翅膀。

洛轻云很轻地说：“你做得很好，可以休息了。”

话音刚落，那只银月姬化作真正的液体，彻底死去了。

魔鬼藤像是受了刺激，朝着他们涌来。谈墨能感觉到翻滚的杀气，它们围拢不是为了保护洛轻云，而是发现洛轻云竟然能控制银月姬，由此感觉到了危险。它们要杀了他。

“我们走吧。”洛轻云拍了拍谈墨说。

“走去哪里？”谈墨把洛轻云放到墙面豁口的另一面，自己也迅速翻了过去。

“你不是说以后我会遇到有意思的人类吗？那么首先就要活下去。”

谈墨跟着洛轻云，在满是警报灯光的基地里走出了六亲不认的步伐。

到处兵荒马乱，偶尔有研究员看到了洛轻云，吓得转身就逃，仿佛他是瘟疫，比那些逃出来的开普勒生物还恐怖。

洛轻云忽然停下脚步，转过身朝着谈墨张开双手。

“干什么？”

“我走路没有你快。”

他要抱抱。

前方有奔跑的脚步声，是基地的警备人员赶来了。

“这理由可真棒。”谈墨一把将洛轻云抱了起来，快速跑进另一条通道里。

方向完全由洛轻云决定，而且这小鬼不知道什么时候顺了一张通行卡，应该是路上某个研究员落下的。谈墨由他领着，奇迹般避开了追捕，来到了基地的深处。

门上写着“样本室”。

“你把我带到这里来干什么？要活着，不是应该逃出去吗？”

“逃出去了，我就永远做不了‘人类’了。”

“你还想当‘人类’呢？”谈墨好笑地反问。

“只有把自己假装成人类，才会有机会遇到你说的那种人。”洛轻云说。

“哪种人？”

“会感激我，追逐我，想要保护我的人。”洛轻云回答。

谈墨怔了一下。

“那么你……要怎样假装人类？”

“假装自己有人性。”洛轻云把那个通行卡举高，在门上“嘀”了一下。

那扇门打开了，谈墨跟着他走进去。里面温度很低，谈墨把洛轻云放了下来，抱着自己的胳膊搓了搓。

幽暗的灯光下可以看到或大或小不同规格的样本容器中悬浮着一个又一个开普勒生物。有魔鬼藤、泰坦、鳞鸟、爱德拉之花和各种米诺斯虫，甚至还有一株刚刚长成的克莱因之瓶。

“真不愧是中心城基地，馆藏丰富啊。”

就这样行走在开普勒生物的样本之间，谈墨感觉到的不是开普勒生物的威慑，而是人类的可畏。

他们停在一个已经空了的样本容器前，洛轻云半仰着头看着里面，他的手动了动，想在一片漆黑里抓住什么，但是手只是微微抬起，就又放了下来。

谈墨垂下眼，他的视力很好，看清楚了容器上的标签：

洛明筠 28岁 AB型血

所以这个容器里曾经存放着洛轻云的母亲。

样本是不会随意移动的，因为保存本来就不容易，更不用说是这种妊娠中被开普勒生物感染的珍贵样本。唯一的可能性就是样本已经超过了保存时限，不得不销毁了。

“我们去那边。”洛轻云指了指研究室。

谈墨带着他过去，随意地给他拉开一张椅子。别看这个小洛轻云小胳膊小腿儿的，操作起全息电脑来有模有样。

他没有使用权限，但能直接入侵。全息屏幕上代码快速闪过，不到三十秒就进入了内部系统。他打开了一段视频，里面是一个胡子花白的老人家，拉着洛轻云的手站在一个样本容器前。

“这老头儿是谁？”谈墨问。

“梁教授。”洛轻云调了一下画面，梁教授的身影被放大，他低头看着洛轻云的表情很温和。

这种温和没有距离感，就像一个老人看着自己的小孙子。

“他被骨癌折磨得很痛苦，人类的医疗技术救不了他。但是很多人都不希望他死，因为他是最了解开普勒生物的科学家。人类需要他。”洛轻云指着画面说。

“但是强行拖延他的死亡，只会给他造成更多的痛苦。”谈墨皱了皱眉，什么时候“人类的需要”也变成让另一个人饱受折磨的理由了。

洛轻云很难得地点了点头，继续讲述道：“梁教授说想要看看我，他们就带我去了。梁教授见到我，就问我可不可以帮帮他，我就帮了他。”

“你怎么帮了他？”谈墨问。

“有一批开普勒活体样本被送进了基地。我就操控了它们，让它们在基地里捣乱。梁教授的警卫都去和样本搏斗了，病房里就剩下我和梁教授，他就趁机把窗子打开，跳下去了。”洛轻云说。

谈墨愣了一下，这对于梁教授来说是解脱，可对于洛轻云却很残忍。

“那他这么做，对你不大好。其他人知道了可能会说你无情无义。”谈墨说。

“嗯，所以人类好奇怪。梁教授那么想要解脱，我给了他解脱，可其他人都说我没有良心。不过梁教授有跟我说对不起，他实在支撑不住了。”

谈墨摸了摸洛轻云的头顶：“他让你承受这些，是该跟你说对不起。”

“他跟我说对不起的原因，是他知道不会有人像他那样把我当成孩子，哄着我了。”洛轻云回答。

洛轻云的眼睫轻垂着，全息屏幕的光亮映照着他孩子气的脸。谈墨只觉得自己明明防备得很好，但心尖最软的地方还是像被狠狠扎了一下。

“喂，从现在开始，你什么也不用做，什么话也不用说了。我会解决这一切。”

洛轻云说完又输入了一段代码，谈墨如果没看错，他打开的是整个基地的广播。

这小鬼要干什么？

黑暗中传来了脚步声，谈墨全神贯注地戒备了起来，但是洛轻云拽了一下他的衣角，将手指放在唇上，示意谈墨不要担心。

他的唇线弯起，带着嘲讽意味地笑了一下。

来到这里之后，谈墨还是第一次见到洛轻云露出死人脸以外的表情。就凭这一抹疏冷凉薄的浅笑，妥妥的洛轻云本尊。

“你怎么又跑到这里来了，看梁教授的视频吗？”

一个穿着白大褂、戴着眼镜的中年男人靠近了他们。谈墨认得这个人，他就是洛轻云的数学老师，也是刚才在混乱中指控洛轻云的人。

洛轻云没有回答他，只是盯着全息屏幕上的梁教授发呆。

“轻云，你还没有明白吗？就算你是被人类抚养长大的，就算你身体里大部分都是人类的基因，就算你吃他们的食物，学习他们的知识，他们还是不会把你当成同类的。”数学老师来到洛轻云身边，坐在桌角上，低头看着洛轻云的头顶。

洛轻云却不为所动，而是说：“谢教授，你才是那些开普勒生物的种子吧？”

“这重要吗？我所拥有的一切，你都能取走，这是你的能力。人类就是这样，卑微无知，恐惧着比他们强大的力量。知道为什么我只是调动那些开普勒生物来保护你，他们就迫不及待地要来杀你吗?”

洛轻云不置可否，只是推了谢教授一下:“你挡到我看爷爷了。”

“梁知秋可不是你爷爷，他只是个顽固不化的老头儿罢了。如果他体内有开普勒能量，怎么会抵御不了区区骨癌? 瞧瞧，梁老头一死，这些人类就开始恐惧你的力量。回到我们的世界吧，孩子。你会拥有最广阔的领域，那些伤害你、辜负你的人类最终都会成为你的食粮。”

头顶上传来震动的声音，那是治安部队在投掷生物隔离弹。整个基地都在晃动，全息屏幕上显示所有基地人员正在被安排紧急撤离，广场上的魔鬼藤却嚣张地把前来救援的飞行器掀翻了。

谈墨看了看洛轻云那漠然的样子，又看一眼屏幕，他是真的担心洛轻云来不及撤离这里了。

“你是从什么时候开始被种子寄生的?”洛轻云问。

“那批活体样本进入基地的时候。有一个样本死了，我和助理去进行解剖，发现它内部的种子还活着。”谢教授说。

“所以你就计划了这一切，操控开普勒生物在基地里大肆破坏，然后让它们来保护我。这样基地里的人都会误会是我操控了这些开普勒生物，由此引发一场消灭我的战斗?”洛轻云连眼睛都没抬起来。

“怎么，难不成你还想救那些不知好歹的人类? 你可以试一下，现在夺走我的领域，帮助那些人类撤离。可他们会在乎你吗，会来救你吗? 人类有一句话，‘非我族类，其心必异’。你觉得，自己是什么?”

“梁教授说了，决定我是什么的，不是我体内有多少百分比的开普勒基因，而是我想越界去开普勒那边，还是想成为人类。”

洛轻云的声音清晰无比，通过基地的广播传遍了每个角落。

“你不会相信人类喂给你的毒鸡汤吧?”谢教授冷笑了起来。

“我不相信人类，但我相信我爷爷。”洛轻云抬起眼，看向谢教授。

“你……你要干什么……”谢教授向后仰去。

他想避开洛轻云的视线，却被一股力量死死拽住，无法挣脱也无法抵抗。他感到自己的力量一点一点地从细胞中溢出、释放，进入血液，透过血管，散尽肌肉，他的身体满是漏洞，开普勒的能力从肌肤扩散而出。

“你的开普勒领域，我收下了。”洛轻云说。

谈墨这才发现，洛轻云小小的手里握着一支浓缩型营养剂。他到底是什么时候拿的?

从进入这里开始，他就在计划用营养液来补充自己的开普勒能量，也计划好了打开广播让所有人知道真相。

时间骤然静止，基地里肆虐的开普勒生物仿佛被冻住了。两三秒之后，它们不约而同发出了嘶鸣，开始互相争斗厮杀。

原本在半空中失去平衡的飞行器终于得以继续执行营救，一波又一波研究员被安全撤离。

谢教授从桌角栽倒了下去，被掠夺了领域的他，躯体迅速开始衰败。

“你……会后悔的……选择人类就是选择灭亡……”

洛轻云的眼底没有丝毫的动摇或悲悯，他只是抬了抬手，平静道：“你觉得自己凌驾于人类之上，但其实你也很卑弱。”

谢教授笑了一下，开口道：“我们会看着你……看着你在人类的世界里被隔绝、被怀疑……你现在已经开始孤独了……”

“我只是信守对爷爷的承诺而已。”

洛轻云的视线从谢教授的身上挪开，撑着下巴看着全息屏幕。那画面里梁教授抱着还是婴儿的洛轻云，轻轻晃着，哼着一首歌。

“我的宝贝宝贝，给你一点甜甜，让你今夜都好眠……

“我的小鬼小鬼，逗逗你的眉眼，让你喜欢整个世界……”

头顶上轰鸣声不止，天花板剧烈震颤，从监视器上可以看到小广场上的开普勒生物已经被隔离弹凝固在了里面，很快生物隔离凝剂会通过呼吸系统进行释放。

“你再不走，就走不了了。”谈墨提醒洛轻云。

但洛轻云不为所动。他关掉了广播，对谈墨开口道：“我就这么出去，人类不会珍惜我。只有他们费尽力气得到的东西，才会稍稍当回事吧。”

“哈？”

“这不就是人类的劣根性吗？把所有天真、美好和信赖都毁掉了，再来弥补。有了裂痕才显得脆弱，脆弱会降低他们的防备。”洛轻云看着谈墨，声音平静得让谈墨心底发凉。

谈墨向后退了一步，他骤然明白洛轻云做这一切的目的是什么。

他打开广播，就是为了让整个基地的人都明白操控开普勒生物的是谢教授，不是他。

他来样本室打开梁教授的视频，是为了让人类知道他对梁教授有感激，他怀念着梁教授，他爱着梁教授，他拥有人类的感情。

他夺走了谢教授的开普勒领域帮助人类撤离，自己却留在这里迟迟不出去，则是为了让人类感到内疚。

人类在对抗开普勒的战争里需要融合者，而洛轻云恐怕是其中最有价值的融合者之一。人类是不会轻易放弃他的，也就是说，一定会有人来救他。

在这之后，对他的排斥和怀疑都会大幅度降低。他就可以作为人类活下去。

样本室的广播里传来“沙沙”声，随即，一个女人的声音传来。

“洛轻云，我是梁教授的女儿梁幼洁。我们现在会打通所有垂直的通风管道，帮助你用最短的距离和时间离开基地，听到请回复，听到请回复。”

洛轻云并没有立刻打开通信回复，而是看向谈墨，露出一抹早有预料的浅笑。

“你看，他们很担心我是真的想死，所以还特地派了梁幼洁来救援我。”

谈墨看着洛轻云的笑容，这个笑容谈墨很熟悉，洛轻云见到每个人都会露出这样的笑容，彬彬有礼的，如沐春风的。

就算是谈墨，第一次在灰塔的课程上见到担任教官的洛轻云时，看到的也是这样的笑。

“要在人类的世界里生存下去，其实比在开普勒世界里更容易。开普勒的世界里，思维共生，没有秘密。但是人类世界不一样，只要我微笑，只要我假装有人对我很重要，我就能成为人类。”

广播里再度传来梁幼洁的声音：“洛轻云——我们就要下来了，你不要乱跑！相信我，我会带你离开！”

“我算不算赢了？”洛轻云看着谈墨的眼睛问。

那一刻，谈墨不知道该说什么。他开始怀念自己在现实里见到的那个洛轻云，至少他做的每一个选择，说的每一句话，做的每一件事，谈墨觉得自己都能感受到他的初心。

而这个小屁孩……只让谈墨想狠狠揍他一顿。

洛轻云抬了抬下巴，对谈墨说：“你身后的桌子下面应该有一把枪，是警备员藏在那里应急的，里面有硅弹。你现在已经知道了我最大的秘密，要么杀掉我，要么被我杀掉。”

这家伙在混乱中不仅仅摸了一张通行卡，还偷了枪！

谈墨这个成年人在这个小破孩洛轻云的面前就像傻瓜。

“我给你机会。在这里杀掉我，你就可以离开我的世界。”洛轻云抬起双手，声音带着蛊惑的意味。

世间的一切杀意在他这里都有着正当理由。

谈墨的手向后摸了摸，还真的摸到了一把枪！

就在这千钧一发之际，他看见倒在地上似乎早就没了生气的谢教授忽然抬起了手，他的手里也握着一把枪！

我靠！谈墨本能地扣下了扳机。

那一瞬，洛轻云的眼底有失望的神情一闪而过。

只听见“砰砰”两声，谈墨看见自己胸口上红色逐渐晕染开。

洛轻云歪着脑袋看着谈墨，皱了皱眉，很认真地说：“你准头不行……”

“你是在嘲笑灰塔第一的监察员吗……”

谈墨以为这一切都是假的，但是被击穿的疼痛居然很真。

洛轻云终于意识到了什么，他低下头，这才看见谈墨身后原本倒在地上的谢教授手中握着枪，睁着大大的眼睛，他的脑袋已经被谈墨击穿了。

谈墨靠着桌子，坐了下去，血液从他身下溢出来。

洛轻云冲了过来，双手摁住谈墨的胸口：“喂，你……你搞什么？”

“你才搞什么……不要试探人心……你是人，你也拥有人类的劣根性……”

谈墨忽然有一种自己赢了洛轻云的爽快。

“闭嘴。”洛轻云把身体全部的力量都集中在了双手上。他看到了远处的急救箱，但是太远了，一旦松开谈墨，可能还没等他拎着急救箱回来，谈墨就断气了。

“如果有人类对你好……你就对他们好……如果有开普勒生物认同你……你就做它们的王……你那么强大，为什么不随心所欲一点？”

谈墨疼得厉害，身体越来越冷，视野中的洛轻云变得模糊起来。

也大概是因为模糊，他好像看见洛轻云眼中的空洞晕染出沸热的水氲。

“为什么非要选人类或者开普勒，你就做洛轻云不就好了……”

洛轻云用力地捂着他的伤口，但是血却越流越多。

“你别流血了……别流血了……别流了……”

谈墨看着洛轻云，把自己的通信耳机别在洛轻云的耳朵里。

通风口被打开，梁幼洁带着人从天而降，他们将安全绳挂在了洛轻云的身上。

“洛轻云！这里就要被隔离了！我们只有十五秒——”

但是洛轻云却挣扎了起来，拼了命地想要抓住什么东西。

梁幼洁顺着他手的方向看去，她没有看到谈墨，但是看到了一个摔在地上的相框，那是梁教授和学生们的合影。

“放开我——放开我——他会死的！他会死的！”洛轻云用力抓着谈墨的手。

梁幼洁的眼睛红了，一咬牙，和其他的救援人员一起把洛轻云拖了起来。

“我父亲已经死了！以后我会照顾你的，我会像他一样照顾你的！”

躺在地上的谈墨看着洛轻云被拽入了通风管道，绳索高速攀升，他笑了一下。

在现实里，他可没机会看到洛轻云这种眼泪鼻涕横流的样子。

他用口型对那个还是孩子的洛轻云说：“别怕。”

十五秒之后，通风管道里隔离凝剂如同汹涌的风暴一般灌了进来。

谈墨抬起手，用最后的力气在手腕上的通信器上点了一下：“放……那首……”

气凝剂将他的声音和最后的呼吸淹没。

洛轻云被几个人强行摁进了最后一架飞行器。

舱门关闭，他却不肯坐下，而是发了疯一样要把舱门打开，声音哭哑，指甲都裂开了。

“他还在里面！他还在里面！”

梁幼洁给身后的医疗人员使眼色，对方将一支镇静剂递给了梁幼洁。

这时候，洛轻云的耳朵里响起了断断续续的歌声。

“我的宝贝，宝贝，给你一点甜甜，让你今夜都好眠……”

“我的小鬼……沙沙……兹……让你喜欢整个世界……”

洛轻云愣在那里，身后的梁幼洁抓住机会将镇静剂扎进了他的体内。

天旋地转，大脑沉沉，洛轻云倒了下去，又被梁幼洁抱起。洛轻云耳朵里的耳机掉在地上，被另外一个救援人员捡了起来。

“他在听歌？差点死了，这小子还有心情听歌？”

梁幼洁拿过来，只听到了最后一句歌词:“我的宝贝，让你知道你最美……”

她的眼眶瞬间红了，把洛轻云抱紧，几乎哭着说:“这是我爸哄他的时候唱给他听的。”

机舱里的其他人都愣住了。

“为什么你们都觉得他不是人类？就因为他学习太快，还是因为他没像普通孩子那样表现得需要我们保护？又或者是他身体里的……开普勒基因？这里的所有人都有可能成为融合者！那是我们出生入死之后被怀疑、被隔离的理由吗?”梁幼洁轻轻抚着洛轻云柔软的头发，她对这个孩子是发自真心的疼惜。

“梁队……你打算怎么办?”

“我会向灰塔提出抚养请求，我会亲自教育这个孩子。”

高空之下，灰塔中心城基地被彻底生态隔离，成了一座时间静止的堡垒。

（第一册完）

番外

EXTRA CHAPTER

共生

曾经，谈墨希望这辈子都能处于休假状态，最好长睡不醒。

这个愿望让高炙和周叙白他们嗤之以鼻，李哲枫建议直接送谈墨一口棺材，其他人表示愿意凑份子让谈墨睡得舒服。可等真过了一周想睡就睡、想吃就吃的日子，谈墨就觉得自己快要发霉了。

现在就是想凑足四个人打牌。然而高炙、周叙白还有李哲枫都被派去保护前往开普勒生态区考察的不同的科研队了，洛轻云则被派往北辰做交流；只有他一个人孤零零地躺在沙发上，游戏都通关三十遍了，他连NPC的台词都倒背如流。

这个时候，就该去骚扰那些忙碌中的队友。

谈墨挨个将高炙、周叙白还有李哲枫的通信器拨了个遍，竟然没有一个人理他，他皱了皱眉头。

“以前零号基地还在的时候，一个两个管我管得那么严！现在倒好了，找谁都找不到！这算不算‘飞鸟尽，良弓藏’？没有零号基地了他们就忽略我的存在了？”

谈墨又拨通了吴雨声的号码，只响了一声，就被对方果断挂掉了。

“什么？”谈墨猛地坐了起来，难以置信，吴雨声竟然挂掉了他的通信！

一条信息发了过来。

吴雨声：你要是真那么闲，就去一趟祥云大道1772号。

终于有事情可以做了。谈墨腰身一弹，从沙发上坐了起来，穿上外套，跨上机车，赶往祥云大道。

大道口进行了交通管制，车辆绕行，拥堵得厉害，就连机车也开不过去了。

“嘀嘀叭叭”一阵车喇叭声，让等待通行的人们越听越烦躁。

而谈墨超凡的听觉很快让他从行人们的聊天内容中得知祥云大道发生了什么。

“听说有人死了啊！”

“有人死了，警察去调查就好了，干什么把整条路都封了？这可是祥云大道，城南城北往来都在这条大道上啊！”

“唉，你没看到开普勒研究中心的车队刚驶入吗？”

“难不成发生了畸化生物感染？”

“这谁知道呢？”

谈墨的眉头很轻微地蹙了一下，将机车停到人行道边上，步行前往目的地。

自从畸化源被消灭之后，开普勒生物不断进化，和人类世界达成了一种和谐的平衡。但即便这样，还是会有一些贪婪的人类把开普勒生物当成发财的途径，各种偷猎案件层出不穷，引发双方的矛盾。于是人类成立了专门的部门以制止偷猎行为，追捕偷猎者。

与此同时，开普勒生物的寿命虽然很长，但它们才刚步入进化的正轨，偶尔也会出现基因上的偏差，进而发生畸化，就好像人也会生病一样。畸化的生物不仅仅会伤害同类，也会伤害人类。

祥云大道上发生的事情，很可能与畸化的开普勒生物有关。

谈墨穿过拥堵的车流，来到了一栋公寓楼。楼下停着开普勒研究中心的车子，警方正在维护秩序，车门打开，江心源走了出来。

一名年轻的警察看到谈墨，眉毛一皱，吼了出来："谁允许你进入管制区域——出去！立刻出去——"

谈墨像什么都没听见一样，扬着笑脸越走越近，招呼道："好久不见了，江处长！"

江心源瞥了谈墨一眼，淡淡道："我们上个月才刚见过。不过我看见了你，你未必看见我了。"

上个月江心源给所有外勤队上课，讲授开普勒生物的进化情况，谈墨身为外勤队中的传奇人物，不但没有给后辈做好表率，反而趴在第一排的位置上从头睡到尾。

所有老师对调皮的学生只有一个要求，那就是别打扰其他同学上课。

这就是江心源所言由来。

谈墨迎着警察们戒备的视线，走到江心源的面前，说："那江处长需不需要我陪你进去调查？你可以一边调查，一边向我授课。"

江心源眉梢一挑："你会听吗？"

"会，当然会——来源于实践的真理就像睡前故事一样有趣。"

江心源穿上了防护服，而谈墨只领了一把配枪。

"你不穿？"江心源一边调整氧气输出一边问。

"任何畸化对我都是无效的。"谈墨的指节在江心源的面罩上轻轻敲了一下，"而且戴上这些东西还妨碍视线。"

"你就继续凡尔赛吧。洛轻云要是知道了，一定会收拾你。"

说完，江心源就拎着检化箱走进了公寓，其他人保护在他的左右，谈墨走在最后面。

前面一个年轻警卫员时不时转过头来看向谈墨。对此，谈墨已经习惯了，作为终结开普勒畸化的传奇人物，他注定会被其他人所好奇和观察。

谈墨很淡地朝对方笑了一下，轻声道："你该看的是前方，你该保护的是江处长。"

"是……是！"年轻的警卫员立刻专注了起来。

他们来到公寓门前，江心源的探测仪一直亮着绿灯，这说明空气质量没有问题。

警卫人员将门打开，所有人鱼贯进入，就见正对着门的沙发上坐着一名年轻的男人。他向后靠着，看起来很放松，一双眼睛看着电视机的方向，眼底还泛着微光。

明明家里来了这么多人，他却没有丝毫的反应，仿佛属于另一个世界。

江心源皱起眉，生命检测仪并未感知到这个年轻人的脉搏——他已经死了。

“具体怎么回事?”谈墨看向协助他们调查的警员。

“受害者名字叫兰征，是个刚毕业的大学生，与女友在这栋公寓里同居。今天早上起来之后，他陪着女友一起去超市买了些菜，中午女友在厨房里炖汤，他在客厅里看了会儿电视，等到女友出来的时候，就发现他变成现在的样子了。”

谈墨在受害者兰征的面前半蹲了下来，看向他的眼睛，追问道:“也就是说，今天兰征在超市里接触了为数不少的市民?”

假如这种畸化存在感染性，那就麻烦了。整座城市都会成为它的蛊瓮。

警员回答说:“目前已经追踪到了当日百分之八十逛超市的市民，并且采取了隔离措施，截至目前为止没有发现其他感染迹象。”

所有人不约而同地叹了一口气，而谈墨却始终保持着半蹲的姿势。

江心源用检测仪碰了碰谈墨的肩膀，说:“谈队，你挡到我了。”

谈墨却一动不动:“我听说，人死如灯灭，而眼睛就是那盏灯。为什么你检测不到他的生命体征了，他的眼睛却还亮着?”

江心源打开扫描仪，从双腿一点一点向上，扫描着兰征体内的开普勒能量。

“腿部没有问题，内脏没有问题，肩周没有问题……颈部也没有问题……”

越是扫描，江心源就越是疑惑，这些重要的地方都感应不到开普勒能量，这人到底怎么死的?

谈墨撑着膝盖直起腰来，垂下眼，在内心深处怜悯着这个年轻生命的消逝，下定论道:“畸化生物在他的眼睛里。”

仪器扫描到兰征的下巴和鼻子，仍然没有警报，直到扫到他的眼睛，红灯闪烁了起来。结果显示,兰征的眼底被一种寄宿于开普勒植物内的细菌,“阿比诺”感染了。

江心源还是第一次遇到这种情况，表示疑惑:“到底是什么回事?根据我们的研究，阿比诺只能生存于开普勒植物的叶脉里，它是怎么进入到兰征的眼睛里的?”

“也就是说它们把兰征的眼睛当成开普勒植物的叶子了。人类的眼睛和开普勒植物的叶子区别可大得很，不过据我所知，视网膜的成分中含有叶黄素，而叶黄素也广泛存在于自然界的植物之中。这会不会就是阿比诺这种细菌可以生存于受害者眼部的原因?”谈墨开口道。

江心源愣住了:“你竟然知道叶黄素?”

“我还知道青霉素、红霉素、青蒿素呢!”谈墨转过身，走向兰征的卧室。

房间很整洁，看得出来兰征和女友非常悉心地经营着他们的生活。谈墨闭上眼睛，感应不到这个房间里其他开普勒能量的存在。

“这个房间到处都很干净，如果阿比诺具有传染性，不可能在兰征的生活空间里没有任何痕迹。如果他的女朋友也没有任何问题，我猜想阿比诺一定是以很特别的方式进入兰征体内的。我建议查一下兰征有没有进行过眼部治疗，或者有没有接受过眼角膜捐献。”

谈墨的话点醒了周围的人，警官们立刻调阅出了兰征的医保记录，但是里面只显示他购买过眼药水。江心源把兰征放在家里的还有随身携带的眼药水都找了出来，里面是干净的，没有阿比诺细菌。

警官们找来了兰征的女友，询问兰征这段时间的生活及行动轨迹。兰征的女友名叫梁云，和兰征一样是二十出头的年纪。

“……我怎么跟他说话他都不理我……连眼睛都不眨一下……我以为他在跟我开玩笑，就坐在他的旁边，心里想着看他能不动到什么时候……我还跟他赌气，说他要是再装下去就跟他分手……可是后来我就发现不对劲了……因为他甚至没有呼吸，一个大活人怎么可能一个多小时连气都不喘一下呢!”

已经过去大半天了，梁云的情绪仍旧停留在发现兰征没有呼吸的那一刻。

谈墨抱着胳膊，在镜子的另一面观察着梁云的所有反应。

她抽噎着回顾了自己和兰征这段时间的生活，基本是公司、公寓、超市三点一线。简单，琐碎，对破案几乎没有意义。

“梁女士，你再回忆并描述一下，当你从厨房里出来，发现兰征坐在沙发上一动不动之后，你做了什么?”

“我……先是叫他吃饭，他不应我，我以为他是看什么电视剧入了迷，结果……发现电视里播的只有广告，我就有点生气了，觉得他看广告都看得那么入迷，也不知道来摆碗筷。可是等我把饭菜都端上桌了，他还是一动不动，我就发了火，喊了他的全名……可他还是不理我，我就觉得他故意捉弄我。他不动，那我也不动啊。”

“然后呢?”

“然后我就在他身边坐下了，和他赌气……我坚持了半个多小时，就累了。我跟他说‘差不多得了，你到底生我什么气，你就直说’，可他一点反应都没有。这时候我终于发现他不对劲了，他的眼睛一直没有眨过！连胸口都没有起伏！我……我探了一下他的呼吸，他没气了!”

谈墨隔着单向玻璃，细细打量着梁云的表情。

这时候，警官问到了最关键的问题：“你发现他没气之后，没有试图对他进行急救吗？比如心脏复苏?”

梁云摇了摇头：“我立刻就叫了救护车来……”

“所以从你发现他不对劲，到救护车来，你都没有碰过他？比如摇晃，比如扶着他躺下?”

警方眼底的怀疑让梁云有一丝微小的慌乱，但是她的眼里很快就噙满了眼泪，情绪激动了起来。

“所以这是我的错对吗？如果我学过急救，他还是有希望活过来的是吗?”她的眼睛睁得很大，仿佛警方的回答能将她的精神彻底冲垮。

“不……不是的，他……他在你拨打救护车电话的时候，已经去世了。”

梁云还在继续哭泣，一位女警进去又是送水，又是为她擦眼泪。

谈墨的嘴角很浅地向上勾了一下。

江心源带着检查报告进来，用平板电脑敲了一下谈墨的额角，说：“你那邪魅一笑，让我怀疑你要扑棱出个大幺蛾子。”

“怎么可能，我可是个平凡又弱小的人类呀!”

“真不要脸。”

江心源把平板递给了谈墨，里面是兰征的尸检报告，以及对他体内阿比诺细菌活性的分析报告。

“兰征的死亡是在一瞬间发生的?”谈墨滑动着报告，眉心皱了起来。

“嗯，是的。阿比诺细菌在眼睛这个相对封闭的环境里，以指数倍级别繁殖增长。在到达某个临界点的时候，它们需要大量的营养和能量。”

“就在那个临界的瞬间，它们吸收了宿主兰征所有的能量，造成了心脏停跳?”

“是的。”江心源点了点头。

谈墨冷笑了一下，说:“如果是这样，那就有意思了。江处长，不介意陪我进去，和这位梁云女士好好聊聊天吧?”

江心源愣了一下，他眼中怀疑谈墨嘴里“好好聊天”的可信度。

询问室的门被有节奏地轻轻敲了两下。门推开，无论是正在安慰梁云的女警，还是在整理笔录的警官都不约而同地抬头，那位警官甚至还站了起来。

“谈队!”

梁云泪眼婆娑地抬起了头，下意识好奇是谁让这两位警员这么尊敬。

谈墨没有穿外勤队的作战衣，而是松垮的休闲外套和牛仔裤，外套的下摆衬得那双腿修长又有力。他手里拎着一个易拉罐饮料，是自动贩卖机里最便宜的那种;他把它放在了梁云面前的桌上，然后走到梁云对面，拉开椅子，向后一靠。

“喝点甜的，平静一下。你眼泪流太多，眼睛都肿了。”谈墨的声音温和，眼底是一丝同情和怜悯。

梁云愣了一下，她在电视上见过不少漂亮的男明星，他们的五官或多或少都有人工雕琢的痕迹。但眼前这位谈队不一样，他的眉眼有一种真实的美感。他很好看。

“您……您好……谈队。”

谈墨的手指扣着易拉罐，单手“咔嚓”一声将它拉开，手腕和手指形成利落的角度。梁云忽然有一种预感，自己的防线也会像这个易拉罐一样被轻易地打开。

而江心源却默默叹了口气，既然是来刷女士好感度的，就不能选一罐贵一点的饮料吗?

“梁小姐你好，不用紧张。本人就职于外勤部队，对开普勒生物非常了解。我身边的这位是开普勒研究中心的江处长。”谈墨微笑着介绍道，“别看他很年轻，却是研究领域里的翘楚。”

这顶高帽子让江心源开始怀疑谈墨是不是挖了个大坑在等他。要说研究领域里的翘楚，那得是谈墨的母亲和外公才对。

“我就问几个问题，没什么大事儿，问完你就能回家了。”

谈墨看起来又绅士又温和，江心源都怀疑他是不是被洛轻云附体了。这两人搭档久了，谈墨把洛轻云那伪君子的气质模仿得惟妙惟肖。

果然，梁云没那么紧绷了，她喝了一口饮料，涌上舌尖的甜味让她从喉咙到胃都在发腻。而谈墨的声音恰到好处地响起，缓解了这种过度的甜。

“请问一下，你男朋友兰征的眼睛是不是有什么问题？”

说完，谈墨就瞥见梁云正要离开易拉罐的手忽然又握紧了罐子。

“没……没什么问题啊？”

“可在你的家里发现了不少眼药水，医保记录显示是兰征的。”

“那是他工作长期对着电脑，用来缓解疲劳的。”

“缓解疲劳？可是这些眼药水都是用于眼部手术之后的护理，是处方药。”谈墨看向梁云，眼神很温和，没有任何逼迫的意味。

“眼部手术？我……没有听说过他的眼睛动过手术啊……这个我真的不知道是怎么回事了。”梁云摇了摇头。

“你的眼睛也没做过手术？”谈墨又问。

梁云再次摇了摇头。

“啧……那么兰征眼睛里的阿比诺细菌是哪里来的？”谈墨用请教的姿态看向旁边的江心源。

“除非眼部有伤口，不然阿比诺细菌是不可能进入眼睛里的。”江心源回答。

“我……我想起来了！他上周从单位回家，说他的眼睛里好像飞进了一个小虫子，他揉了很久。也许……也许是那只小虫子身上有阿比诺细菌……”

“你之前听说过阿比诺细菌吗？”谈墨问。

“没……当然没有……”刚说完，梁云马上又改口了，“又好像有点耳熟，也许在哪里听过……”

谈墨向后一靠，笑了：“那么梁女士，你的搜索记录很奇怪啊。”

梁云的脸色一变。

谈墨拿起了江心源的平板，打开界面时发出了“叮咚”一声，听起来就像收到新信息。谈墨的手指滑动着，嘴角很轻微地勾了一下，不紧不慢地问：“梁女士，你的搜索记录里不仅仅有阿比诺细菌，还有眼部手术的相关信息，和你刚才不知道兰征做过眼部手术的说法出入很大。”

被谈墨的外表和温和语气迷惑的梁云，此时警觉起来，目光沉了下去。

“我不知道您在说什么。”

谈墨笑了笑：“说谎话或者隐瞒实情，并不能误导警方的案件调查，因为我们现在对于开普勒生物的了解已经到达新的高度了。比如说，我们有开普勒细菌的溯源追踪技术。”

江心源顿了一下，他心想自己怎么没有听说过什么“开普勒细菌溯源追踪技术”，是他跟不上科技发展的时代浪潮了吗？

“这种技术，能让我们追踪到二十四小时内取样的细菌的传播路径，找到源头。”

梁云倒吸了一口气，谈墨注意到她的喉咙滚动了一下。她动摇了。

“江处长，你跟梁女士解释一下这种技术的应用吧，毕竟您是业界翘楚嘛！”

江心源表情没有变化，心里却早把那罐饮料泼谈墨脸上千百遍了。鬼知道什么是“溯源追踪技术”，睁眼说瞎话也要有个限度啊！

江心源咳嗽了一下，开始一本正经地胡说八道：“每一种开普勒生物，包括细菌，都有他们独特的生物酶。我们在一种名为‘卡迪’的开普勒植物中提取到了这种酶的显像剂。根据兰征眼睛里细菌的繁殖速度，可以推算出细菌源的生物酶含量，然后通过人工降雨将显像剂进行全城覆盖，接着就是卫星扫描。哪怕细菌源在地下三千米处，我们都有办法发现它的踪迹。”

江心源说完之后，手心里都是汗水。

什么生物酶，什么“卡迪”，什么卫星扫描，都是江心源的临时创作。

谈墨看向江心源，笑道：“江处长果然很专业。”

“谈队，客气了。”

下次谈墨要是再搞这种演技课，江心源绝对会喂他吃下一整罐的阿比诺细菌！

梁云的指节因用力而泛白，她很紧张，眼睛里早已没有了泪水。她现在内心焦灼，已经顾不上流泪了。

这时候，江心源的平板又振了一下，谈墨侧过脸对江心源说：“你的助理问你，一个小时之后预计有积雨云飘过我市上空，要不要借这雨水释放生物酶？”

江心源心里咬牙切齿，这是要一直即兴表演到结束了？

“可以。”江心源八风不动地点了点头。

谈墨一脸轻松地起身，对梁云说：“梁女士，您可以离开了。只是在这段时间内，您不能离开本市。溯源追踪很快就会有结果。”

“你们……找到那种细菌的来源之后呢？怎样查到是谁在使用这些细菌？”梁云一把拽住了谈墨的袖子。

谈墨垂下眼，梁云立刻收手，意识到自己的不妥，向后退了半步。

但是谈墨却眯起了眼睛，看着梁云：“梁女士，我本来想的是，兰征在某个不具备资质的地方做了眼部的相关治疗，导致了细菌感染；还有可能是因为一些意外，眼部受伤，而这个地方又恰恰被阿比诺细菌给感染了。但是你刚才却表示，这种阿比诺细菌是被人控制的？”

梁云的表情变了，眼中的慌乱从最深处浮到了表面，连江心源都看出来她慌了。

“我……我没有！你听错了！”

“我听错了？你刚才的原话难道不是‘是谁在使用这些细菌’？”谈墨脸上的笑意逐渐消失，目光镀上了一层寒意。

整个空间骤然收紧，沉重的压迫感让梁云喘不过气，她内心的秘密要被拽出来了，她只能拼了命地往里面摁。可是一旦她和谈墨对视，就感觉那双眼睛像无底深潭，吞噬着她的一切。

她张了张嘴，想要辩驳，但是一个字都说不出来。

“你说什么了吗，还是你想说什么却不敢说？”谈墨故意侧过脸，将耳朵靠近梁云，“梁云，等我们找到是谁在操纵这些细菌，这起案件的性质就很有可能上升为谋杀。如果我们找到了始作俑者，他把你供出来，你就是帮凶；你主动说出来，是配合调查，哪怕你真的做错了什么，也能减轻一些罪责。”

梁云蓦地向后退了半步，低着头，肩膀颤抖得厉害。

“别忘了，兰征是你的男朋友，你们在一起那么多年，他就这样白死了吗？”

梁云的内心终于溃堤，她哭着将事情的经过说了出来。

兰征的眼睛一直不大舒服，甚至偶尔会出现看不见的情况。为了不影响工作，梁云陪着他去了一家小诊所，在那里诊治不会留下医疗记录。小诊所判断兰征的眼睛患了一种罕见的疾病，发病迅速，他很可能在一个月内失明。

两个刚出社会的大学生，根本负担不起这样的手术。小诊所就给他们介绍了一个试验机构，被那里选中的话，不但手术免费，还能拿到一笔金额不少的补贴。这笔补贴足够他们支付小公寓的首付了。

但有一个前提条件，那就是保密。一旦泄密，兰征和梁云就要归还所有的补贴，还要支付巨额的手术费用。

“天啊，你们也真是太好忽悠了吧？”江心源发自内心感到无语。

“他们……他们说他们精密计算过阿比诺细菌的含量！还给我们看了大量的案例！很多人都恢复了视觉，能够正常地生活！又没有手续费，又能还清贷款……”

“这世上哪里有免费的午餐？如果你自己没有心存疑虑，又怎么会搜索关于阿比诺细菌的信息？”

谈墨没有再多说什么，离开了这间询问室。

江心源跟了上来，拍了一下谈墨的后背：“你这个大忽悠，很可以啊！没见你看警方的调查报告，你怎么知道梁云有搜索过阿比诺细菌？”

“猜的。兰征出事之后她碰都不敢碰他，说明梁云多半知道阿比诺细菌的存在。人对于这种有隐患的事物总会想要得到一个确定的答案，梁云身边没有开普勒生物的专家，她只能在网上搜索。”谈墨回答。

“那个开普勒生物溯源追踪技术呢？要不是我反应快，谁能配合你的表演？”

“梁云不肯说出真相，不外乎是想要装作自己跟这个非法的手术无关，也不想把得到的钱吐出来。只有让她知道我们有能力发现真相，才能逼迫她说出来。要说反应快，江处长，你的演技还是太僵硬了。”谈墨笑着说。

江心源懒得跟他继续讨论下去，而是抬了抬下巴说：“跟你演技匹配的人来了。你俩要是演个大电影，我把整个研究所的人都找来，给你们举着灯牌摇旗呐喊。”

谈墨回过头去，就看见一个熟悉的高挑身影正跨坐在自己车上，单脚点在路边，保持着机车的平衡。

“啊呀，我把机车落在祥云大道上了，多谢你给我骑回来。”谈墨揣着口袋，慢悠悠地走过去。

洛轻云很淡地笑了一下，将一顶安全帽扔给谈墨：“听说你无聊的时候，打了电话找高队、李队、周队，甚至吴雨声。那我呢？谈队升了队长之后，就看不上我这个前任搭档了？”

谈墨“嘿嘿”一笑，坐到了洛轻云的身后，拍了拍他的背说：“你这不是去北辰了吗？我肯定希望你能专注于把陈久揍到倒地不起，最好让他想起你就想原地去世。”

洛轻云向后拍了一下谈墨的头盔，机车瞬间启动，汇入车流，在缝隙间穿梭，很快就驶上了大桥。

“刚听到你跟江处长聊起演技的事情？”

“对啊，咱俩好久没配合了，不知道现在还有没有默契了。”

“你想怎么个默契法？”

久别重逢……呃，不对，其实也就是十四五天没见吧，洛轻云的声音里带着笑，隔着安全帽，听起来比平时要沉一些，平添了几分包容感。

“洛队，不知道你擅不擅长装瞎？”

“把你这个现世报当成宝，我本来就很瞎。”洛轻云半开玩笑地说。

“那就成了！晚上陪我去趟小诊所，你是我的帅瞎子，我是你的帅拐杖。”

洛轻云轻轻叹息了一声：“你这拐杖，可不大靠谱，估计能把我带沟里去。”

两人回到了公寓，谈墨在沙发上看着警方发来的消息，洛轻云在浴室里洗澡，两人隔着门继续聊天。

“谈队，你不考虑一下，你来装瞎，我来当你的拐杖吗？”水声让洛轻云的声音有种不大真切的断续感。

谈墨盘着腿坐在沙发上，摸了摸下巴，坚定道：“我也怕被你带沟里去啊！”

“导盲犬，拉布拉多，还不行吗？”洛轻云打开了门，一边擦着湿漉漉的头发，一边走到谈墨的面前。

他低下头，看着谈墨的眼睛。洛轻云的眼睛很漂亮，容易给人一种这人又绅士又纯良的假象，但如果非要用犬科动物来形容他，那也绝对不会是拉布拉多。

大概狼会更合适一些。

“你知道拉布拉多作为导盲犬，聪明可爱很贴心，性情稳重还绝对忠诚吗？”谈墨半仰着头，和洛轻云对视。

“我知道。我绝对稳重，也对你绝对忠诚。”

洛轻云朝着谈墨伸出了手，谈墨很不给面子地将他的手挥开。

“我们需不需要对一下台词，研究个剧本什么的？”

“我记得谈队更喜欢即兴发挥？”

两人相视一笑，恶魔因子蠢蠢欲动。

这天晚上，谈墨开着洛轻云那辆豪车，洛轻云则戴着一副墨镜，难得敛起了笑容。车子开到了他们经常吃烧烤夜宵的夜市。就在这个夜市的深处，有一家小诊所，这也是梁云带着兰征去看眼睛的地方。

车停在巷子口，谈墨先解开安全带，用胳膊肘撞了一下旁边一动不动的洛轻云。

“喂，到了，下车了。”

洛轻云还是懒洋洋的表情：“我正瞎着呢。安全带在哪儿？车框在哪儿？地上有没有小石子？还有，我现在是你的老板吧？”

谈墨被哽了一下，伸出两根手指作势要戳瞎洛轻云：“你等着。我这就来伺候你！”

谈墨绕到了车子的另一侧，把车门打开，弯腰探进座位里，解开安全带的同时，故意狠狠在洛轻云的肩膀上压了一下，把洛轻云扶出来的时候，又故意将他扶高了去撞车顶。

洛轻云单手撑住车框，笑着说：“谈队，你不大敬业啊。”

谈墨看了看洛轻云撑着车顶的手，奉还道：“洛队也不大敬业啊。”

“装瞎是个技术活。我能控制开普勒能量暂时封闭视觉神经，谈队你没这个技术啊，何必忿忿不平呢？”洛轻云笑道。

“啧，我是怕你恃宠而骄，把我使唤来使唤去。”

“行，等这个案子破了，我让你使唤一天，怎么样？”

透过洛轻云的墨镜，谈墨能看到他扬起的笑纹。这家伙真把他当小孩儿来哄呢。

“成，我现在好好照顾你这个装瞎的。等这个案子结了，你给我端洗脚水！”

两人算是暂时达成了共识。洛轻云搭在谈墨的肩膀上，谈墨引着他走进巷子里。

别看这家诊所开在不起眼的地方，走进去别有洞天。灯光明亮，淡淡的酒精味道说明这家小诊所平日里消毒工作做得挺好，候诊的座位也铺上了柔软干净的垫子，导诊台前的小护士衣着洁白整齐，看见他们两人的时候已经扬起了笑容。

“两位晚上好，是不是身体不大舒服需要帮助？”

她的视线在谈墨和洛轻云的身上多停留了几秒，毕竟这两人的外表很出众。

在诊所外面还很不配合的谈墨一秒入戏，扶着洛轻云的胳膊说：“这位是我的好朋友，他罹患一种和视觉神经有关的疾病，持续了快有半年。我们看了很多医生，都没有救治的办法，但是从其他病友那里听说，这个诊所有一些资源，能接触到一些试验性的疗法……所以我们过来试试。”

谈墨转过身来看向洛轻云，安抚性地拍了拍他的手背。

导诊护士的笑容愈发明显了一些，开始旁敲侧击地打听谈墨和洛轻云口中的“病友”是谁，以及他们两个从事的是什么类型的工作。

这些，江春雷早就以电光石火的速度替他们做好了资料准备。

“病友的名字我们不方便透露，只能说是在市立第三医院认识的。当时我们就在医院手术室外的走廊里，病友的家属很激动，说早知道手术不成功就应该听诊所医生的建议。我们看到了希望，于是就给了对方一点好处，病友的家属就透露了这个地方。”

谈墨一边说，一边回头看向洛轻云。

洛轻云没有点头，唇线绷着，像是并不完全相信这个小诊所的样子。

导诊护士也并未完全相信他们，又问了一些问题，随后带着洛轻云进了检查室。

谈墨就坐在检查室的外面，脚尖微微踮了踮，他知道洛轻云能从一定程度上自由控制自己的神经，但能不能“骗过”这些精密的检查仪器呢？万一穿帮了，他们就打草惊蛇了。

二十几分钟后，检查结束，导诊护士扶着洛轻云的胳膊将他带出来，对谈墨说：“检查结果已经送到了邱医生那里。我现在带你们过去。”

听到这里，谈墨微微松了一口气，扣住洛轻云手腕的时候，对方的食指轻轻勾了勾，像是在向谈墨炫耀。

导诊护士带着他们来到了走廊尽头，谈墨感觉不到任何开普勒生物的痕迹。他回头看了一眼洛轻云，对方没有任何表情，也没有任何暗示，看来洛轻云也没有感应到什么。

这里只是一个筛选试验体的渠道而已。

推开了诊室的门，一个穿着白大褂、戴着细边黑框眼镜的年轻医生背对着他们，正细细观察着洛轻云的全息检测图景。

“邱医生，您好。我是谭默，这位是我的朋友罗青云。他在半年前双目失明……”

谈墨的话还没有说完，对面的邱医生语气沉重地说：“这位罗先生，他双眼的视觉神经已经退化，起初他只是发现自己眼前有重影，以为是自己的散光度数上升，渐渐地，他发现自己辨别不清楚事物的轮廓……接着情况直转而下，他只能分辨白天和黑夜。五到六个月后，他就完全失明了。”

谈墨顿了一下，这是他和洛轻云提前编好的假身份，邱医生描述的一切也是江春雷编写进医保信息里的，邱医生基本上是在照葫芦画瓢。只是他们竟然能无须申请就直接看到病人的信息……

谈墨的手指在洛轻云的手腕上微微用力，暗示他：我觉得这个诊所不简单。

这后面恐怕又是一个规模不小的非法医疗组织。

洛轻云不动声色，声音低沉地开口道：“我还有可能恢复视觉吗？”

谈墨微微低下头，此刻的他嘴角忍不住勾起，心里想的是：好你个洛轻云，挺能装啊。这失明的忧郁，这对未来不抱希望的气质，拿捏得妥妥的。你还当什么外勤队队长啊，我要是你，直接奔着影帝去了！

这位神秘的邱医生终于转过头来，谈墨差一点没被自己的口水呛到。

他本以为这位邱医生走的是高级斯文败类的反派路线，谁知道这人发际线后移得厉害，头发最茂盛的部分恐怕就是后脑勺；再加上揣着西瓜般的小肚子，以及细黑框眼镜下的一双小豆渣眼——谈墨表示这个反派太接地气了。

邱医生故作权威地背着手，走到他们俩的面前：“治疗的方法当然是有的，就看你们愿意付出多大的代价了。”

“钱不是问题。”谈墨开口道。

邱医生笑了一下：“这位罗先生，方便透露一下你的经济来源吗？”

听到这里，谈墨有点儿小小的紧张。这个非法医疗组织既然能得到洛轻云的假病历，那就也能顺着他们提供的信息查到洛轻云的假身份。

时间有限，不知道江春雷把假身份编好了没有。

洛轻云侧了侧脸，示意谈墨扶着他在一旁坐下。他向后靠着椅背，双手轻轻搭在扶手上，浑身上下流露出“我是大佬”的气场。

“我是北辰运联集团的董事会成员，小谭是我的助理。”

邱医生的小豆渣眼忽然亮了起来，语气有些积极：“运联集团可是我市运输行业的龙头老大啊。罗先生，失敬失敬。”

洛轻云端出一副长期身处高位之态，下巴微微抬高，意思是让谈墨继续往下编。

谈墨才刚趁着邱医生和洛轻云说话的档口偷瞄了几眼江春雷编写的信息，心里还在纳闷着这啥狗血剧情呢，可到了这个份儿上，也只能硬着头皮往下说了。

“半年后，运联集团将会进行董事会换届选举，我们罗董很有希望竞争董事长，但是前提是……”谈墨看向洛轻云，“罗董的眼睛得能看见。”

邱医生露出“原来如此”的表情。

但是他并没有立刻上钩，而是非常谨慎地说：“罗董的情况，还需要我们进行一番会诊研究。三天之后，我这边会将研究结果通知到你。”

谈墨和洛轻云只能暂时离开。

回到了车上，洛轻云继续戴着墨镜装瞎。谈墨开着车，开了还没三分钟，洛轻云开口道：“你能把导航打开吗？我怕你在人生的路上迷失方向。”

“我觉得……我们是不是确实已经迷失方向了？”谈墨伸手用食指把洛轻云的墨镜给勾了下来，“江春雷编的身份和人设都太浮夸了——你是运联集团的董事会成员？你连运联旗下的飞机都没坐过吧！”

“别这样，我用过运联的快递服务。”洛轻云笑着撑着下巴。

夜色透过车窗，一片一片地掠过洛轻云的脸。

“你什么时候用过运联的快递服务？我怎么不知道？”谈墨好奇地问。

眼看着他又要开错方向了，洛轻云伸手扣住方向盘，转了回来。

“就是上一次你参加培训忘记带衣服，我给你打包寄过去的那次啊。”洛轻云摊了摊手。

谈墨这才有了点印象。

“诶，等等。为什么你是大集团里的大佬，我就是个秘书啊？我哪儿像个秘书？”谈墨非常不愉悦地问。

他决定回去好好收拾江春雷！

“你确实不像个秘书。”洛轻云笑了笑，“更像个吃软饭的小白脸。”

“虽然这是我的人生追求，但是你说得这么直白，我非常不满。”谈墨厚着脸皮说。

他非常乐观地没有把洛轻云的话当成讽刺，反而认为对方是在夸奖他长得好看。

回到公寓，谈墨躺沙发上看起了电视，找的都是那种有霸道总裁配个秘书的电视剧，倒是洛轻云进了厨房准备夜宵。

两人搭档这么多年，洛轻云已经很清楚谈墨的生活习惯了——睡前没吃饱，闹腾一整夜。

“罗董，你是在煮汤面吗？”谈墨单手撑着下巴懒洋洋地问。

“是的。谭秘书还有什么要求吗？”

“放两块肉——”谈墨扯着嗓子说。

洛轻云笑了一下，他手腕上的通信器振了好几下，来自各方队友。

高炙：你总算回来了，小崽子快闹死我们了。

李哲枫：喂饱他的嘴，占满他的脑，我们都有任务很忙，没时间陪他闹。

周叙白：洛队，欢迎回家。谈墨请回收。

洛轻云无奈地摇了摇头，把切好的牛肉片放进了汤里。

他才刚关了火，谈墨就先一步将汤面盛了出来。

“怎么转性了？”洛轻云好笑地跟在谈墨的身后。

谁知道谈墨不但把面放到了桌子上，还彬彬有礼地替洛轻云把椅子搬开，做了一个“请”的手势。

“洛董，请入座。”

“你这是回炉重造了？这么懂礼貌。”

“电视剧里刚学来的。我琢磨着，不会是我这个秘书演得不够像，所以穿帮了吧？”谈墨难得摆出自我反省的态度。

“你知道自己和秘书之间的差距在哪里吗？”洛轻云抬起头来，眼睛里都带着笑。

“差在哪儿？”

谈墨刚说完，洛轻云的手就伸了过来，将谈墨额前的发丝捋了上去。

“就差一个大背头。”

一秒安静之后，两人都笑了起来。

这时候，耿劲柔的电话来了，劈头盖脸就是一顿数落。

“你俩可以啊！角色扮演成运联董事会成员了！霸道董事长和不靠谱秘书的游戏玩得还开心吗？”

“还好吧，也没那么开心。”谈墨厚着脸皮回答。

“那你知不知道，就在刚才，运联公司的内网被人黑了！”

耿劲柔的话说完，谈墨的眼睛眯了起来：“不是，你怀疑有人到运联内部核实我和洛轻云身份的真实性？”

“是啊，江春雷着急得满头冒汗！对方那边查什么信息，江春雷就在这边紧急给你们编写信息放进去！”

“那就辛苦小春雷了！等着案子破了，我俩给他加鸡腿！”

谈墨和洛轻云相视一笑。既然这个非法医疗组织已经获取到了他们的信息，应该会相信他们的身份。

他们距离真相又近了一步。

第二天，谈墨还在睡懒觉，迷迷糊糊就接到了一个电话，对方的声音让他瞬间醒过神来。

“谭秘书你好，我是邱医生。”

谈墨“噌”的一下坐起身来，以低沉、严谨的电视剧配音腔调开口道：“您好，邱医生。请问您是来通知我们会诊结果吗？”

“是的，请两位来一下我的诊所。在这之前，我想要确认，罗先生是真的不计任何代价也要恢复视觉吗?”

谈墨回答:“是的。”

“哪怕代价是他名下百分之三的运联集团股份?”

谈墨的眉梢一挑，看来这个地下医疗组织的胃口很大。运联是个大型集团，百分之三的股份更是不得了的天价。

这时候，穿上衬衫、衣冠楚楚的洛轻云走了进来，在旁冷声道:“百分之三的股份，我还是出得起的。”

通信那端的邱医生笑了起来:“那就期待今天与罗先生的面谈。”

于是，谈墨也被迫早起，翻半天把自己的西装找了出来，他刚要进洗手间里捯饬自己的大背头，就被洛轻云一把扣住了门。

“我说……邱医生都已经见过你清纯少年郎的模样了，你再倒腾你那发型也没意义了。走吧，谭秘书——你现在这样就很好。”

谈墨放下了那瓶过期的摩丝，跟着洛轻云进了电梯。

“除了发型，还有什么其他的靠谱建议吗?”谈墨问。

“笑一笑十年少。”

“你要我保持微笑?”

“我是让你少笑。”洛轻云在谈墨的脑袋上揉了一把，“笑那么多，会被误会的。”

“切!”

谈墨发动车子，眼看着出车库的方向错了，洛轻云赶紧伸手给他正回来。

他们再一次来到那个小诊所，这一次他们终于进入了正题。

邱医生向他们提出了一种新型疗法，用米诺斯虫的虫丝来修复受损的视觉神经。如果洛轻云接受这种疗法，邱医生会立刻给他们安排手术，但是只能由邱医生派人送他们去指定的医疗机构。

洛轻云作势犹豫了两秒，还是点头同意了:“我要我的眼睛复明。如果你欺骗了我，我会让你付出惨重的代价。”

明明是自己有求于人，还一副高高在上的领导范儿。谈墨再一次佩服起洛轻云的演技。

“当然没有问题。”

“我还需要我的秘书全程陪同。”洛轻云又说。

“这个当然。毕竟手术过程中一些事项我们也需要有人为您签字。”

具体细节又聊了大概半个小时之后，邱医生就站起来，一脸深沉地说:“接我们的车来了。”

谈墨扶着洛轻云跟着邱医生来到了诊所的后门，一辆黑色的SUV正在那里等待着他们。开车的人戴着墨镜，穿着一袭黑色西装，那架势……更像是绑架。

谈墨状似担忧地看了一眼洛轻云:“先生，您确定要上这辆车吗?”

“不入虎穴焉得虎子。”

洛轻云的话音落下，邱医生便笑道："您绝不会后悔今天的选择。"

谈墨扶着洛轻云坐到了车后排，才刚为洛轻云系好安全带，便有某种气体喷进了车厢。谈墨立刻警觉地闭气，但是洛轻云却扣住了他的手腕，不需要任何语言，谈墨看懂了洛轻云的暗示：我会保护好你。

于是谈墨放弃了抵抗，让自己沉沉地睡了过去，和洛轻云靠在了一起。

不知道过了多久，淡淡的茶香混合着轻微的消毒药水味道涌进了鼻子里。谈墨猛地睁开眼来，发现自己坐在一个柔软的沙发上，面前的小桌上放着白瓷的茶壶，茶壶边的瓷杯里盛着茶水。

谈墨第一反应就是找洛轻云，他转头的瞬间，耳边就响起了洛轻云的声音。

"谭秘书，我们现在在哪儿？"

谈墨暗自松了一口气，一把扶住了坐在自己旁边的洛轻云。

门自动滑开，一组穿着白色工作服的医疗人员走了进来，为首的是一个留着微卷棕发的中年男子。

"两位，欢迎来到我们的医疗基地。在这里，你们不只能见证奇迹，更能亲身体验奇迹。"

谈墨用很小的声音说了句："广告词儿写的不错。"

"虽然来到这里的过程会让你们稍感不悦，但我保证接下来，你们不会后悔来到这里。"

一位戴着眼镜的年轻人走了过来，给洛轻云戴上了一个头盔。

"这是视觉成像器，虽然罗先生的视觉神经受损了，但借助这个头盔，就能清楚地看到周围的一切。"

洛轻云的脸上没有任何笑容："我不可能戴着这个头盔去参加董事会。"

"罗先生，请不要误会。这个头盔只是方便您了解我们的手术原理。忘记自我介绍了，我是您的主治医生，兰比尔。"棕发医生开口道。

"那么现在就开始吧，兰比尔医生。"洛轻云站起身来，整了整领口。

那副上位者的姿态，让谈墨觉得他很欠扁。

他们跟着医疗团队走了出去，面前是一个长长的走廊，地面光洁得可以析出倒影。谈墨行走在洛轻云的身边，看到洛轻云将右手的无名指向上勾了一下，谈墨瞬间理解了这个暗号：这里有大量的米诺斯虫。

谈墨呼出一口气来，什么开普勒生物不好，非得是无孔不入的米诺斯虫啊。真够麻烦的！

不过，再牛逼的米诺斯虫都会匍匐在洛轻云的开普勒能量之下。这么一想，谈墨立刻转换成了看戏的心态。

他们来到了走廊尽头的手术观察室，那里正在进行一台神经修复手术。不同的是患者需要修复的并不是视觉神经，而是脊椎神经。

只看到一只小巧的米诺斯虫被特殊的射频能量吸引，钻进了患者的脊椎，并吐出了无数丝线。这些丝线攀附上已经失去活性的神经，渐而取代它们，成了患者身体的一部分。

紧接着这只小虫又被那种射频信号吸引，离开了患者的脊椎，钻了出来。

“脊椎神经比较复杂，恢复起来需要三到五个月，还有一系列的复健。相比之下，视觉神经的修复就要简单许多了。”兰比尔医生微笑着说。

“确定这人能站起来吗?”洛轻云表示怀疑。

“您请看一下，已经显示有生物电流通过这些神经了。”兰比尔指了指显示器面板，“现在这项技术在我们这里已经非常成熟。如果您今天做了决定，我们可以在三小时后就为您安排手术。您绝对不会错过半年后的董事会换届选举，越早做决定，就越有充足的时间来做术后的调整以及康复。”

如果洛轻云真的是一位迫切需要复明的大集团董事，兰比尔的手术对于他来说无疑是极大的诱惑。

但问题就在于，兰比尔竟然说在三小时之后就能安排手术，这说明他们比洛轻云还要急迫。

谈墨心想，如果洛轻云没有答应，他们可能也无法离开这里。

他们的真实目的恐怕不止治好洛轻云以图谋运联集团的股份，而是有其他阴谋。

谈墨一脸担心地劝说洛轻云：“先生，我不认为您在没有足够研究和成果证明的情况下可以贸然接受这个手术！这里面的不确定性太多了，那可是米诺斯虫啊！目前还没有任何临床经验证明米诺斯虫的虫丝留在人体内会不会发生后遗症……”

洛轻云将一个孤注一掷、不愿从高处坠落的上位者演绎得淋漓尽致，他的双手用力扣住谈墨的肩膀，双眼透过头盔的目镜看向谈墨，冷声说：“我要赢。如果不敢承担任何风险，是不可能赢到最后的。我赢了，你就赢了。我如果败了……集团里的那些豺狼虎豹也不会放过你。想想你从大学毕业就跟着我拼到现在，你甘心就这么认输吗?”

洛轻云字字铿锵有力，背水一战的决心非常强烈。谈墨看着对方，逐渐露出追随者的狂热目光来。

“我明白了，先生。我在这里等您。”

“很好。”

洛轻云转过身来，看向兰比尔：“我们决定了，接受这个手术！”

兰比尔的唇线弯起，那种猎人即将捕获猎物的成就感从他的眼底一闪而过，但还是被谈墨看在了眼中。

谈墨在心底轻笑了一下，到底谁是猎人，谁是猎物呢?

洛轻云签了一系列的文件，然后又被送去做了一系列的检查。谈墨本来还担心这里会有开普勒能量扫描之类的检查，但大概是因为江春雷给洛轻云的人设就是普通人类，兰比尔医生和他的团队压根没往融合者的方向去想。

为了避免检查过程被干扰，谈墨被请到了另外一间休息室，面前放着一堆茶点。

谈墨整了整自己的领子，在他的衬衫领子下面，藏着江春雷新研发的迷你无人机。这种无人机只有蚊子般大小，能够飞进任何细小的缝隙，并携带高清摄像功能。

无人机飞进了通风管道里，画面返回到了谈墨的隐形眼镜上。

通过无人机的扫描，谈墨大致了解到这个医疗基地的规模，足以媲美他们银湾市灰塔的三号研究中心，而且开普勒生物的样本收藏也非常丰富。

这让谈墨想到了几年前的深宙集团，为了治好继承人的遗传性脑部肿瘤，他们没少研究开普勒生物。

那么，这个地下医疗组织的真实目的又是什么呢？

当无人机从另一个通风管道飞出来的时候，拍摄到了一组医务人员，他们推着一个坐在轮椅上的老人。

这个老人戴着氧气面罩，面容枯槁，行将就木，明明连手都抬不起来了，眼睛里却有着灼然的渴望——那是对生命即将走向尽头的不甘。

周围的医务人员对他非常尽心，他的一呼一吸都被密切关注着。

兰比尔医生走向这个老人，在他的轮椅前半跪了下来，握住了老人的双手，眼中是一种热切。

“我们找到了一个合适您的人。他外形高挑英俊，名校毕业，而且还是运联集团的高管。唯一的问题就是视觉神经萎缩，但您拥有完整健康的视觉神经，所以这对于您来说根本不算问题。”

说完，兰比尔打开了全息影像，展现出来的正是洛轻云的脸。

老人眼睛里的光更加明显，喉咙里发出声音，神情也变得迫切了起来。

“是的，拥有了这具身体，您会变得年轻有活力，还能去您想去的地方，做您想做的事情。您还能大展宏图，开拓新的版图，我们都会继续追随着您！”

兰比尔说完，老人露出了一抹笑容。

而谈墨的眉头却皱了起来。

这什么意思，这老头儿想要使用洛轻云的身体？

兰比尔医生说洛轻云的视觉神经萎缩对于这个老头来说不是问题……意思是在老头使用洛轻云的身体之前，他们会治好他？

可是听兰比尔医生的那个措辞，好像也不是这个打算。

谈墨的唇线绷了起来，该死的洛轻云，你装瞎倒是装得开心，留下老子在这儿担心你！

老人被兰比尔医生推进了与手术室相邻的房间，然后被送入一个医疗舱，陷入了深度麻醉状态。

与此同时，洛轻云也被送进了另一个医疗舱。这家伙竟然还闭上了眼睛。虽然谈墨不相信用于普通人类的麻醉剂真的能让洛轻云失去意识。

接着，在之前的手术中出现过的米诺斯虫在射频的引导下，一只钻进了老人的大脑中，另一只正要进入洛轻云的大脑。

警报声响了起来，是洛轻云那边的米诺斯虫不受控制，停留在原处不肯动弹。

整个医疗团队慌了神，又是在查射频波段是否正确，又是查看米诺斯虫本身有没有出现问题。洛轻云的表情依旧平静，谈墨却很清楚就是这家伙在控制米诺斯虫。

他不仅控制了自己这边的虫子，还控制了老人脑袋里的那只虫子。

“停下，马上停下！回收米诺斯虫！它没有进入预定的轨迹，它会破坏赵老的大脑！”

原来那个老头姓赵。

“不行啊，出问题了！米诺斯虫无法回收，它再继续往深处行进，就会破坏赵老左边的肢体控制能力！”

“这样下去，就算我们把赵老的大脑移植给受体，也会发生偏瘫！”

听到这里，谈墨和洛轻云大概就明白是怎么一回事了。

这群医学狂人比从前的姜家还要疯狂。姜家只是想要治愈遗传性的脑瘤，而这群疯子竟然想要把一个人的大脑移植到另一个人的体内，以此实现“永生”。

情况越来越危急，那只小虫的目标似乎是赵老的脑干，再这样下去，赵老很可能就失去呼吸功能了。

兰比尔当机立断：“开颅，把那只该死的虫子取出来！”

“可是赵老的身体虚弱，根本经不起这么大的手术啊！”

“检查仪器，弄明白到底是什么让米诺斯虫失控！我们必须确保米诺斯虫能够将赵老的大脑神经和受体的身体连接起来！”

谈墨摸了摸下巴，神情冷了下来。

这些疯子想得倒挺美，竟然妄图利用米诺斯虫来做神经接驳。可惜了，洛轻云可是除了周叙白之外，操纵米诺斯虫的第一好手啊。

果然，就在兰比尔准备实施手术的时候，就听见助理大喊了起来。

“不好了，不好了！我们饲养的所有米诺斯虫全部失控了，它们都想出来！”

“失控？”兰比尔露出难以置信的表情，“这些米诺斯虫是我们精挑细选的，一定是射频仪器出了问题！马上排查故障！”

手术室一片人仰马翻，只有洛轻云仍旧像个睡美……呃，睡美男一样躺在医疗舱里。

谈墨随手塞了几块茶几上的水果到嘴里，心想着距离天下大乱应该不远了吧。

他抬起头，看向四个角落里的监控，向后退了两步，助跑，蹬在茶几上一跃而起，沿着墙面狂奔，一把一个，十几秒的功夫，四个监控都被他给掰了下来。

监控一失去画面，地下医疗基地里的保安就急匆匆地冲了过来。

谈墨以双腿的支撑力将自己撑在了滑动门和墙壁的直角上方，保安冲进来的时候，没有发现一个人影，随即谈墨从天而降，直接落在了他的肩膀上，一个旋扭将他制伏在地。

其他跟进来的人完全没有料到这局面，正要使用电枪，没想到谈墨起身一个横扫，他们就像多米诺骨牌般接连倒下，连电枪都被谈墨顺走了。

此时，手术室里的警报声更响了。

“是那个秘书，那个秘书跑了！”

兰比尔心头一震，背脊瞬间冰凉，就连准备手术的双手都僵住了。

他看向隔壁的医疗舱，洛轻云仍旧睡得深沉，仿佛周围发生的一切与他无关。

“稳定赵老的情况，带上必须的药品，还有那个姓罗的，我们离开这里！”兰比尔下令。

其他医务人员迅速准备，一位麻醉医生不解地问：“那个秘书能跑掉，说明这两人都不简单！我们为什么还要带上这个姓罗的？”

兰比尔不耐烦地说：“现在看来这两人的身份可能是假的，搞不好还是灰塔派来的调查员！这个姓罗的就是我们的人质！”

“明白了！”

麻醉医生打开了医疗仓，刚要把洛轻云扶起来，本该沉睡的人忽然睁开了眼睛，双目明亮，唇上弯起一抹笑。

“我睡得正好，你们想带我去哪里？”

“啊啊啊啊——”麻醉医生向后一个踉跄，“你……你怎么醒了！”

明明仪器上显示这家伙还在麻醉状态啊！

更加让他们慌乱的事情发生了。那些被人工饲养的米诺斯虫成群攻击着容器，它们本来弱小无害，忽然之间开始了集体进化，翅膀振动着，甲壳变得越来越坚硬。

随着“啪嚓”一声，封闭米诺斯虫的容器裂开了一个指甲盖大小的缝隙。

兰比尔医生瞪大了眼睛：“不可能，这不可能！这些虫子怎么可能撞裂容器！”

洛轻云笑了笑：“开普勒生物本来就有着无限发展的可能。自由是印在开普勒生物基因里的追求，这种追求会让他们进化。”

兰比尔立刻意识到了什么，蓦地抓过一把锋利的手术刀，朝着洛轻云冲了过去：“你不是人类——你绝不是人类——”

当冷锐的尖端即将戳上洛轻云的心口时，有人发射了电脉冲，“砰——”地击中了兰比尔。

洛轻云的手还抬在那里，他侧过脸看向门口，谈墨举着电枪来到了他的身边，顺带一脚踢开落在地上的手术刀。

“能骂这家伙不是人的只有我。”谈墨冷酷道。

兰比尔被电脉冲击中后陷入了短暂的肢体麻痹，只能愤恨地看着洛轻云的方向：“你们……都是融合者……是灰塔的调查员……”

谈墨没有回答他，其他的医疗人员一股脑儿地冲向出口，他们知道一旦被抓住，这辈子可能都见不到太阳了。

“哗啦”一声，米诺斯虫如同瀑布一般从容器里流泻而出，迅速覆盖上这些逃窜中的人。他们发出惊恐的叫声，不到三秒钟就被米诺斯虫层层包裹，沉重到一步都迈不出去。

他们保持着冲向门口的姿势，像一尊尊布满米诺斯虫的雕像。

谈墨将电枪收了起来，来到另外一个医疗舱前，扫描了这个姓赵的老者的全身影像，传送给江春雷。

“我的天啊，谈队你总算有消息了，我还以为你被地下医疗组织做成标本了呢！”

“要做标本还得是洛轻云，收藏家们肯定喜欢他这种完美皮囊。”谈墨好笑道。

“查到了！我的妈呀，这老人是零域制药集团的前任董事长赵深，也是集团背后的实际控制者！而且，他今年已经九十六岁了！零域制药集团的前身是深宙集团下面专门研究抗癌药物的子公司，在十二年前脱离深宙集团独立上市，这些年一直都在研究抗癌药物和罕见病的治疗方法。没想到啊，真没想到……这么一家口碑、信誉一级棒的制药集团，竟然从事非法临床试验！”江春雷感叹道。

谈墨从容地将迷你无人机拍摄下来的影像全部传给了灰塔调查中心。

“抗癌药和罕见病的资金投入是巨大的，而回报很可能要等到十年、二十年，甚至更长时间之后。零域脱离了深宙，哪里来的庞大资金链发展药物研究？估计就是给某些人提供这种见不得光的特殊医疗救护得到的钱吧。”谈墨说。

洛轻云走了过来，拍了拍谈墨的肩膀。这是他们之间的默契，不需要任何言语。洛轻云在安慰他，希望他不要让自己陷入负面情绪里。

五分钟后，直升机队飞抵上空，调查人员们进入这个地方，接手了整个医疗中心。

当谈墨和洛轻云离开的时候，才发现这里的真身竟然是位于市郊的一家私人疗养院。据说每一天的养护费用都是天价。

“我好像能理解‘天价’的由来了。”谈墨撑着下巴，看着直升机外。整座私人疗养院从外部看起来完全是一片花园别墅区，而每栋别墅都配备了独立的医疗团队。

在这之前，这里不知道进行了多少次非法临床手术。

而兰征可能只是无数临床实验体中不起眼的一个。却没想到，这只弱小的蝴蝶掀起了大浪，将零域集团的黑幕整个揭开了。

“洛轻云，你的开普勒能量让你的体质远超一般人类，可能我变得像赵深那样垂垂老矣，不能动弹，你还在海上冲浪或者高空跳伞呢。估计到那时候，我也会像赵深一样，渴望成为你。”谈墨半开玩笑地说。

“嗯？我不认为到了那个时候你会羡慕我，说不定还会庆幸。”洛轻云说。

“庆幸什么？”谈墨转过头来看向洛轻云。

“到那个时候，推着你出去晒太阳的是我，给你翻身擦背的是我，坐在床边给你读报纸的是我，累的都是我，你肯定会在心里偷着乐。”

谈墨笑出声来：“你这么一说，我心里忽然爽了起来。”

“我会开始变得忧虑和惶恐，担心每一天可能都是你的最后一天。我对你有没有足够的耐心，有没有让你觉得孤独无助，还有……”

直升机遇到了气流，晃了一下，坐稳了之后，洛轻云就没有继续说下去了。

“还有什么？”谈墨却没有忽略对方没有说完的话。

“还有，你会不会遗憾没能继承我的财产。”

“滚吧。”谈墨笑了起来，“现在的医疗发展日新月异，我的身体素质在人类里面那是杠杠的。咱俩谁比谁活得久还不一定呢。”

“也是。”洛轻云轻笑了一声，“反正我老了，是不指望你能记得这些年的恩情，好好孝顺我了。”

直升机降落下来，谈墨也看到赵深的医疗舱被送进了灰塔。

这个地下医疗基地的案子在银湾市掀起了轩然大波，各家新闻媒体争相报道。

赵深就算只剩下最后一口气，也被送上了审判法庭。而谈墨和洛轻云作为案件侦破人员也受到传唤。

在出庭之前，洛轻云在走廊里见到了被推出来做治疗的赵深。

“是你……是你……他们都说你是融合者……是……最完美的融合者……”赵深已经不能动弹了，不知道哪里来的力量让他拼死抓住了洛轻云的衣摆。

洛轻云停了下来，垂着眼淡然道：“我是融合者，但这世上不存在完美的生命体。”

“你……你……”赵深艰难地张了张嘴，眼底漆黑的执着仿佛在说“这本来是我的身体”。

洛轻云略带嘲讽地一笑：“你是在想你可以用这具躯壳，精彩地活很久很久？”

赵深的肩膀颤抖了起来。

“你永远无法成为我。有很多人记得我，了解我，在乎我。他们很快就会发现你不是我，然后会讨伐你，惩治你，毁灭你。你该庆幸现在你拥有的不是我的躯体，不然你会在那个孤独的小房间里度过极为漫长的余生。”

说完，洛轻云直起腰，走向庭审大门。

来到门前，他手腕上的通信器颤了一下。

是来自谈墨的信息。

——我想了一下，明天开始我就结束休假，恢复训练。

洛轻云快速地回复：怎么了？

——我要锻炼身体，长命百岁。等你老得哼哼唧唧的时候，我亲手推你去广场。

——到广场上晒太阳？

——我要你眼睁睁看着我跟其他漂亮老太太跳广场舞！

洛轻云顿了一下，然后笑了。

岁月漫长，愿你也给予我漫长的惊喜。

（番外 完）